谨献给
深圳经济特区建立30周年
和改革开放前沿的中国经济特区

2010版

姜威 主编

深圳读本

感动一座城市的文字

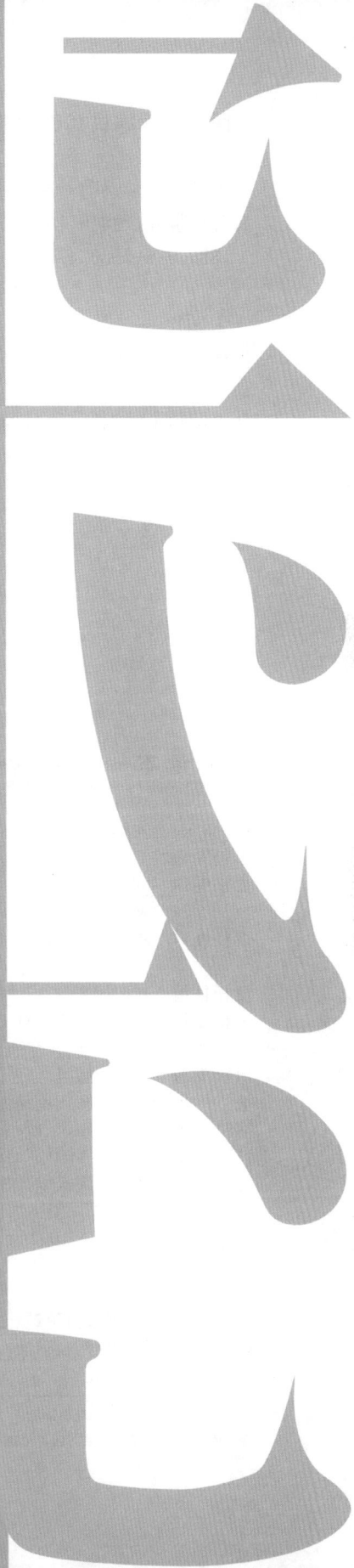

深圳出版发行集团
海天出版社

图书在版编目(CIP)数据

深圳读本：感动一座城市的文字/姜威主编.—深圳：
海天出版社，2009.10（2010.08 修订）
ISBN 978-7-80747-744-0

Ⅰ.①深… Ⅱ.①姜… Ⅲ.文学—评传—作品综合集—深圳市—
当代 Ⅳ.I218.653

中国版本图书馆CIP数据核字(2009)第185058号

深圳读本——感动一座城市的文字

SHENZHEN DUBEN—GANDONG YIZUO CHENGSHI DE WENZI

出 品 人 陈锦涛
出版策划 毛世屏
责任编辑 刘 晖 刘翠文
          陈 丹 侯天伦
责任校对 陈敏宜 黄海燕
          张 玫
责任技编 陈 炯
装帧设计 李松璋书籍设计工作室

出版发行 海天出版社
地　　址 深圳市彩田南路海天综合大厦　（518033）
网　　址 www.htph.com.cn
订购电话 0755-83460137(批发)　83460397(邮购)
文字排版 深圳市海天龙广告有限公司　Tel：83461000
印　　刷 深圳市华信图文印务有限公司
开　　本 787mm×1092mm　1/16
印　　张 25.25
字　　数 400千
版　　次 2010年8月第2版
印　　次 2010年8月第1次
定　　价 38.00元

序

感召时代的深圳声音

谢　冕

深圳的崛起是这个国家的一个奇迹。30年前，一群内地移民来到偏僻、落后的南海渔村，承载着为民族未来开路的崇高责任，追寻改天换地的梦想；30年后，他们的城市成为这个国家经济最发达的城市之一，他们的文明成为这个国家最有影响力的文明之一。

是什么力量造就了这个奇迹？这个问题值得每一个人深思。

这本书是深圳从小渔村到大都市的一个小小缩影，从中可以看到特区诞生的艰难：神圣职责的召唤、开边拓荒的悲壮、精神殿堂的璀璨……站在今天，眺望历史的彼岸，往事如烟。在新鲜生活盎然生长的节拍中，我们仍然能真切感受到那些经过岁月沉淀下来的文字，正以其特有的张力，无时无刻不在激荡着我们的身心——这些见证并召唤了社会每一次巨变的文字，这些浓缩了数百万打工青年命运的激情故事，这些在我们情感困惑、心灵无依时突然触动了我们心扉的诗篇……它们述说了本真的时代性情，描绘了本真的社会况味，也温暖了无数深圳人乃至全国人民的心。

感动一座城市的文字，也是感动一个国家的文字。为什么这么说呢？因为在中国，深圳已经成为一个绕不过去的名字。在某种程度上可以说，深圳在国人心目中代表着一个"新开始的生活"。我现在有意识地避免用"新时期"这个概念，它已经很陈旧了，而"新开始的生活"这个词，和过去停滞的、封闭的生活完全不同。20世纪80年代的深圳，给大家的正是这样一个形象。深圳，它总是以一种非常新鲜、充满活力，始终在"行动"当中、在行走之中的形象出现在

世人面前。这种形象吸引了全国诗人、作家和学者的目光。他们为它驻足，为它写下文字，为它魂牵梦萦，称它是"梦想中的家园"。

30年来，无数人用文字来表达对这个城市的敬意。在他们的笔墨之中，留下了一种对深圳非常诗意的回想。他们通过深圳抒发自己对"新开始的生活"的感激之情。他们对深圳的向往，实际上是向往这种新的生活，以及新生活所带来的无限可能性的魅力。在他们的文字之中，留下的不仅仅是一座城市，更是一个时代——改革开放滚滚洪流冲击下的时代，甚至是一个国家开拓新生活的心灵史。

深圳经济特区迎来30岁的生日。30载光阴，在人类历史的长河中，只是短短的一瞬。对于深圳，却意义非凡。这30年，筚路蓝缕，一路走来，成就与辉煌、激情与悲壮，是每一位深圳人不能忘怀的珍贵记忆。这30年来，深圳在这些文字的"长城"中，构筑出一种全新的人文精神传统。而《深圳读本——感动一座城市的文字》中收录的文章，正是这种精神传统的具体细微的体现。作为描写深圳经济特区30年伟大历程的文学作品精选集，本书以感动人、鼓舞人、激励人为选文标准，再现激情燃烧的岁月，承启光荣与梦想的明天。

本书作为感动一座城市的文字，立足于文学的言说，事实上很多篇章也曾影响过当代中国文坛。即以散文卷中的一篇为例，就是徐敬亚为《中国现代诗群体大观1986—1988》所作的前言《历史将收割一切》。今天的人们并不知道，这短短的一篇文字，却是深圳在当代新诗史上留下的浓墨重彩的一笔。还记得1986年，徐敬亚在深圳向诗歌界发出了"中国诗坛1986'现代诗流派大展'"的邀请函，引起强烈反响。在中国当代诗歌难寻出路的情况下，'86诗展曾是当年中国诗歌唯一的火山喷发口。作为改革开放的前沿，深圳在当代诗歌的创新发展方面，也曾是叱咤风云的旗手。20多年过去了，当文学逐渐边缘化、诗歌迅速走向个人化，深圳再一次担任了扛起这面旗帜的重任，召集并组织"诗歌人间"大型诗歌朗诵会，让诗歌回到读者身边，关注社会、关注人间。从20世纪80年代到21世纪，诗歌在深圳得到一次遥远的呼应。文字的轨迹，勾勒出的是人文精神的一脉相承。这种精神，正是造就深圳奇迹的内在力量。

这种文化的沿袭，让人不免感慨：人们只有了解前人走过的路，听到那些创造蓬勃、复杂、多元和人道的文化的人们发出的声音，才能更好地理解自己和他们的时代。阅读书中的精彩演讲、犀利政论、难忘歌词和经典诗歌，不仅

可以让今天的深圳人理顺深圳社会30年变迁的生态肌理，还是这座城市文化"寻根"的一次旅程。而这本书中包含的一切也是纪念中国改革开放30年一份特别的礼物。

　　翻阅这本厚厚的"深圳读本"，就像走了一段长长的路。从文学技巧来考量，尽管其中许多篇章都还不甚成熟，但更多的，已经成为当代文学史上抹不掉的名字，像刘西鸿的《你不可改变我》、马立诚的《"蛇口风波"始末》……它们的存在，指南针一样铭刻出这座城市的文化方向，并将在未来千百年的文化传承中，像灯塔一样，不灭地指引着这座城市的文化航程。

目录

散文卷

黄 裳	深 圳	2
季羡林	深圳掠影	9
梁 湘	请把我埋在梧桐山	12
徐敬亚	历史将收割一切	
	——《中国现代诗群体大观1986—1988》前言	13
邓康延	寻找我们的传奇	17
梁晓声	有野心的深圳人	18
聂雄前	什么地方,什么时候	
	——关于深圳的文化突围	22
王小妮	倾听与诉说	27
余秋雨	大空间中的深圳文化	30
易中天	没有方言的城市	34
袁 庚	人民要有知情权	41
陈俊年	深圳初夜	43
王绍培	深圳城市空间的文化解读	47
胡经之	人生难得此回搏	56
任正非	华为的冬天	60
安石榴	在一座城市之中搬迁自己	68

艺　衡　　四月，我们看海去 ……………………………… 71

谢　宏　　身份确认与文化认同 ……………………………… 72

闾丘露薇　深圳的日子成就了我 ……………………………… 75

刘申宁　　遥忆深圳古籍书店 ………………………………… 79

王　石　　生命在高处 ………………………………………… 82

王京生　　"你永远不可能和这座城市分离……" ………… 84

品位大男人　走过深圳的岁月 ………………………………… 86

秦锦屏　　阅读红树林 ………………………………………… 89

黄扬略　　鹏城赋 ……………………………………………… 91

塞　壬　　2004，务虚者的水贝 ……………………………… 93

欧阳杏蓬　深圳：一条大路上的海阔天空 ………………… 100

胡晓梅　　夜空不寂寞 ………………………………………… 109

蓝　艺　　我要去海边，我要闯深圳 ………………………… 114

谢有顺　　在深圳听南腔北调 ………………………………… 119

都　映　　深圳的雨 …………………………………………… 121

文　匠　　南方，我的深圳 …………………………………… 123

诗歌卷

徐敬亚　　这一次我能游过去 ………………………………… 126

陈　寅　　序曲如何开始 ……………………………………… 128

客　人　　限选必修 …………………………………………… 129

胡　冈　　本世纪不治之症 …………………………………… 131

文　雪　　新　居 ……………………………………………… 132

公　刘　　北京鸭 ……………………………………………… 133

洛　夫　　雨想说的 …………………………………………… 134

郭洪义　　我在城里耕作 ……………………………………… 135

关　飞　　无望的故事 ………………………………………… 137

赖房千　　夜　泊

　　　　　　——题一幅照片 …………………………………… 138

黄　海　　带走一把红土 ……………………………………… 139

罗 巴　铁皮屋顶 …………………………………………… 140

李 晃　台湾海峡

　　　——遥致余光中 …………………………………… 141

海 上　一百年的十字路口 ……………………………… 142

王小妮　等巴士的人们 …………………………………… 145

丁 当　莲花二村从不下雪 …………………………… 147

潘漠子　诗人的深圳生活 ………………………………… 148

安石榴　蜻蜓飞过城市上空（外一首） ……………… 154

田 地　南方，北方 ……………………………………… 156

刘 虹　早 晨 …………………………………………… 158

谷雪儿　在很远的地方想念深圳 ……………………… 160

谢湘南　零点的搬运工（外一首） …………………… 162

郑小琼　深圳，深圳

　　　——为改革开放三十年而作 …………………… 164

王顺健　小狗的痛流进高速公路 ……………………… 168

大 草　白菜顶着雪 ……………………………………… 170

太 阿　CBD豪宅社区遭遇蛙声一阵 ……………… 171

李明亮　这是凌晨五点整的深圳 ……………………… 172

程 鹏　出 租 …………………………………………… 174

李智强　地 铁 …………………………………………… 175

王宏国　十年不止 ……………………………………… 176

从 容　感 恩 …………………………………………… 177

孙 夜　寻 找 …………………………………………… 179

张 尔　青铜器 ………………………………………… 181

旧海棠　上弦月 ………………………………………… 182

一 回　你是哪里人 …………………………………… 183

何 鸣　过年（外一首） ……………………………… 185

范红梅　深圳，从沙埔头到梅林一村 ……………… 187

刘永新　十七楼 ………………………………………… 190

阿 翔　外省书 ………………………………………… 192

余文浩　　　述　怀 …………………………………………… 193

桥　　　　　那个打满补丁的人 …………………………… 194

菜　耳　　　夏天就快过去了，我心怀歉疚 ……………… 196

李晓水　　　房　子 …………………………………………… 197

深圳红孩　　父与子 …………………………………………… 198

航　月　　　爱你，跟爱情无关

　　　　　　　　——写给深圳 ………………………… 199

吾同树　　　消　失 …………………………………………… 200

李尚朝　　　在深秋，共南山 ……………………………… 201

张青松　　　泥头车呼啸而过的早晨 ……………………… 202

湘南无雪　　深圳，一只奔跑的羊 ………………………… 204

吕宗林　　　南漂的兄弟 …………………………………… 205

王　垄　　　深圳的语法 …………………………………… 206

歌词卷

蒋开儒　　　春天的故事 …………………………………… 208

蒋开儒　　　走进新时代 …………………………………… 209

唐跃生　　　永远的小平 …………………………………… 210

何沐阳　　　夜空不寂寞 …………………………………… 211

何沐阳　　　城市客栈 ……………………………………… 212

李海鹰　　　我不想说 ……………………………………… 213

唐　磊　　　丁香花 ………………………………………… 215

陈楚生　　　有没有人告诉你 ……………………………… 216

王晓岭　　　深圳情 ………………………………………… 217

田　地　　　爱在远山 ……………………………………… 218

陈亚凯　　　我生在一九七八 ……………………………… 219

邓康延　　　云在青天书在手 ……………………………… 220

李维福　　　走向复兴 ……………………………………… 221

小说·报告文学卷

刘西鸿	你不可改变我	……………………………………………	224
廖虹雷	老 街	……………………………………………………	240
薛忆沩	出租车司机	……………………………………………	291
王十月	出租屋里磨刀声	……………………………………	296
曾楚桥	幸福咒	………………………………………………	311
吴 君	亲爱的深圳	……………………………………………	320
马立诚	"蛇口风波"始末	…………………………………	340
陈锡添	东方风来满眼春		
	——邓小平同志在深圳纪实	………………………	372

编后记…………………………………………………… 386

再版后记………………………………………………… 388

深圳读本

散文卷

深　圳

黄　裳

　　从广州开往深圳的火车上是装了空调设备的。季节刚过了谷雨，在北国、在江南还是乍暖还寒的时分，这里却已经是盛夏了。坐在阴凉的车厢里望着窗外的田野、农舍，满眼是绿，一切都覆盖在金黄色的骄阳之下。在人家屋角篱边、水溪山脚的高地上，时时出现单株或成丛的树，几乎接连不断。树身都矮而茁壮，各戴着一顶浓密如伞的树冠，有的枝头还缀满了白色的碎花。入粤以来时时可以看见榕树，它那带着南国的丰足与慵倦的巨大躯干，落地生根的习性曾经引起过诗人苏轼的惊叹。我自信已经非常熟悉，可以不必踌躇就能辨识了。可是眼前出现的这些树呢？似乎有点像，可是比起榕树来它们却更挺拔而秀特、壮健而整饬，何况有的还开着细白微黄的花。同座的朋友看出了我的专注与迟疑，就带着几分骄傲为我解释，"看，这就是荔枝。"

　　荔枝，我是知道的。从书本上，从书卷中，从诗句里。我也吃过。吃过新鲜的，也吃过制成罐头的荔枝，这使我明白了杨贵妃那么喜爱它的因由。在这一点上，她的欣赏鉴定倒是无可非议的。可是亲眼看到生长了这神奇果品的母树，这还是第一次。我的惊喜更远远超过了在洞庭东山第一次看到成片的枇杷林。

　　苏轼还唱出过两句几乎谁都知道也不会忘记的诗，"日啖荔枝三百颗，不辞长作岭南人。"这里"不辞"有的本子作"不妨"，虽然只是版本的细微不同，也可以从中体会出诗人细微感情活动的差异。东坡真是一位快乐的诗人，就是在那样不幸的处境中还能随处发现生活中的美丽。从"不辞"到"不妨"，可以看出他不再是勉强的，而是有点心甘情愿地在这"万里蛮荒"地方作久居之计了。在北宋，这地方确是远离中原的荒徼，但不论如何边远，它依旧是在祖国母亲的怀抱之中，又是那么美丽、丰足。诗人的心思是与今天相通的，似乎也只有在今天人们才更容易透彻地理解诗人的胸怀。

东坡惠州诗中曾好几次说到荔枝，尽情地用最美的语言加以描摹、赞颂。"海山仙人降罗襦，红纱中单白玉肤。"怕是迄今最能写出荔枝神理的诗句。他又写下了长诗《荔枝叹》，从荔枝想到了封建统治者为了满足私欲加给人民群众的无穷灾难。从荔枝想到了列为贡品的名茶、奇花。终于喊出了"我愿天公怜赤子，莫生尤物为疮痏"。他赞美为人民带来欢乐的"尤物"，又诅咒为人民带来苦难的"尤物"，这里表现的不是诗人的矛盾，而是现实生活中的矛盾。

铁路两侧连绵不断的荔枝树，就这样一直把我们送到了深圳。

走下深圳车站，停车场上是一片大太阳。

车站也许本来并不小，可是现在显得很小。到处是土、车辆。一阵阵土灰是给开过的汽车卷起的，形成了一阵阵混浊的旋风。太阳光好像把空气里的水分全吸尽了，只剩下弥漫着的汽油味，周围零乱地散布着木板、铁皮临时搭成的小房子，供应着饮料和杂货。等车时我们在太阳底下站了并不太久，可是感觉上却很长，四面察看也找不到一小块可以躲进去的阴凉。

好像在什么地方看见过这种场面。我喜欢这一切，喧闹、繁忙、杂沓、灰土、汽油味，这一切充满了生机的人间味。

我想，这也许就是小时候从电影里看到的那种美国西部小城镇的场景。

这是一种奇异的联想，那些描写美国中西部早期开发故事的电影，照例有牛仔、警长、强盗、美人种种角色出现，演出着几乎是千篇一律斗殴、枪杀的爱情故事，很有点近似我们的武侠小说。过去了许多年，故事早都忘了，只剩下一些零碎片段背景的印象。还有，就是那氛围。而这正是我所喜欢、怀念着的东西。

一离开车站，眼前就展开了更为扩大而真实的画面，也进一步落实了那点迷茫、朦胧、似乎是被唤醒了的喜悦与激动，一切都一下子变得明确了。在这里人们用双手紧张而忙碌地安排着未来美好的生活，而且是用了那样的速度，在这地方现在和未来的距离好像比很多地方都更小。这是不能不引起人们的激动的。

平坦、宽展的路面几乎一半还是裸露的，没有披上柏油外衣。工人们在路上挑土、运料，使用的还是古老的扁担粪箕；可是就在那路侧，十几层的楼房耸立起来了。它们也是裸露的，只是一连串钢骨水泥的框架，没有一点装饰打扮。这样的高层建筑是整条街地兴建着的。有耸入云霄的吊装机的钢架，有五颜六色、各种型号的推土机、铲车和起重机械，大小卡车就在裸露不平的路上穿梭般来去，扬起了更高的阵阵烟尘。

　　深圳并不大，车子转了没有几个弯，只花了三五分钟就来到了住处。可是就在这块两平方公里的地方（后来知道这就是"罗湖小区"）几乎不留空隙地建造着高楼。到处都是一路上所见的忙碌施工景象。在这里，只有18层以上的才能算高层建筑。计划兴建的198幢高楼现在施工的就有近40幢，这中间就有48层150米高的国际贸易中心大厦。工人们平均六七天完成一层结构。更快的如湖心大厦是5天，翠竹楼只用3天半。他们采用的是滑模施工的新工艺。

　　住处一安置好，我就跑到屋顶平台上去看风景。4月半的太阳有一种透明的金黄色，从高处可以看到远山和天空中的云彩。这种澄明、鲜丽的彩云，好像除了昆明以外我还不曾在别处见过，只差不能那样快速地变换着颜色。身边近处是一块老城区，这就是宝安县的旧地。后来我们曾在这里走过，县人民政府的一些机构依旧设立在这里。人民法院门口照样放着两条黑漆长凳。整条街上无论是机关还是店铺，都还保留着旧日的风习，保留着一个古老的广东小县城的格调。可是围绕着这古老城区，一大群崭新的高楼拔地而起了。有的还只是空落落的骨架，有的则已完工。现代化的、高耸的、像孩子堆的积木似的高层建筑的群落包围了古老的城区。这真是一种壮观的风景。高楼脚下有临时建起的各种工棚，身边是各种型号的起重塔吊，它伸出了长长的手臂，稳重安详地将大小水泥构件提高、放下，从远处几乎听不到任何噪声。傍晚了，塔吊还在工作。吃了晚饭回来再看，塔吊依旧在默默地工作。天黑下来了，塔吊高处亮起了红色、绿色的灯，在深圳的夜空里缀满了炫目的星光，恍如迪斯科舞池的天幕。只是这里没有疯狂、急促的音乐，一切都是静静的，但建筑工人们依旧在默默地紧张地工作。夜已经深了。

　　在袖珍的《中国地图册》里，广东省《广州附近》附图中，在大鹏湾的嘴边，可以找到"沙头角"这个不起眼的地名。但在这一带，总共也只标出了两个地名，另一个是"宝安"，也就是如今的深圳。

　　沙头角是一个小小的沿海渔村。深圳河经过这里入海，注入大鹏湾。从深圳乘车来，要经过梧桐山。山上有盘山公路，公路两侧是布满山峦的松杉，葱葱郁郁，增添了山中的幽邃。除了行驶着来往的车辆，这里几乎是没有人迹的。车子攀上了山巅，眼前的视野顿时开阔了。极目望去，远处是一片碧色的海，与绿得带些沉黑的山相映衬，让人不禁眼睛一亮。这是很美丽的风景。从山头望海，与海滨所见感觉是不同的，并没有浩瀚、平衍、雄奇之类的感受。大鹏湾里的海，

就像安置在书桌上的一只别致的注满清水的笔洗。圈口边缘处有异样的纹饰，细看时才发现这儿有一排小小的建筑物，这就是沙头角的一条街。

1898年，清政府在一项卖国条约中把从九龙到深圳河南的土地"租"给了英国，在划定新界时，沙头角的一条街被割成两半，取名"中英街"。这地方颇有点神秘，谁都有兴趣来看一看。一条街两侧居住的是黄帝子孙，但却生活在不同的社会制度之下。

汽车下山时沿着峡谷前行。在公路一侧三五十米的地方就是"分界线"，这是用高矮两重铁丝网组成的，不时还可以见到些碉堡。"十年动乱"中在这里搞过所谓"政治边防"，到今天我们还可以从人们口头听到一些有关的故事，不过从说故事人的口气中可以听出，他们已经丧失了一点必要的兴致，意思仿佛说，"事情已经过去，就不必再让它在心里占领不必要的位置了。"就在公路一侧，在山崖平地处有大树生长的地方左近，可以看到新盖起的一座座小洋房，有人就索性称之为"别墅"。这倒是有点夸张的。房子小巧玲珑，多半是双层的小楼，材料是砖木水泥，装饰带着明显的广东地方色彩，有点洋气但不多，还少少沾点俗气，质量也说不上是怎样高级。没有时间下去参观，可是听说，这种普通农民的住宅，里面装备了高级的家具，彩色电视机、洗衣机、电冰箱、收录机、音响组合……人们述说这一切时，显得平平常常，并不以为有什么值得大惊小怪处。我相信这也确是普遍现象。

也许这就是人们称沙头角为"特区里的'特区'"的原因。同样，人们为什么对十年前的"政治边防"带来的一些真正奇奇怪怪的事件丧失了兴趣，也可以从这种变化中得到解释。这两年，人们不是走出去，而是搬来定居了。这一切变化都是党的十一届三中全会以后逐渐出现的。

进入沙头角前在海关入口处等候了好半天。人们排着长队在等候检查证件，这时是十时半，已经有人陆续从沙头角街上回来了。这多半是住在近处的农民，也许就是那些"别墅"的主人。他们是去采购食物和日用品的。每人都有一副小扁担，挑着饼干、快速面……以食物为主的杂货。引起我很大兴趣的是一些中年、老年妇女的装束。她们穿着可能称作"唐装"的民族服装。这是一套缝制得非常细巧的黑绸短衫裤，料子是讲究的，式样是纯粹中国式的，而且是古的，我想。她们头上有的罩着一块黑纱巾，顶端束着花样新巧艳丽的丝带，衬着黑底的绿叶红花好看得很，花样各不同。有的老太太头上戴的是竹笠，也编织得极精巧。顶部有一圈空隙，露出了发髻。圆圆的竹笠周边缀了一圈黑纱边，下端是精巧的流苏，恰好下垂到眼角处，这真是一种非常美丽实用的夏日服饰。猛然想起，似乎在什么地方看见过这种竹笠。是了，那是昆曲《千种绿》里的建文帝，好像戴的就是这种帽子，也许细节上有点差异，但无疑造型是一致的。

建文帝在燕王攻破南京、火焚大内宫殿时下落不明了。是被烧死还是逃出了火海，后来就一直成为疑案，好像到今天也还没有定论。像《从亡随笔》这样的著作在明代中晚期也出现了，好像说建文帝确是逃出虎口，逃到西南一带，在许多地方住过，后来终于当了和尚。有一本《月山丛谈》就记着："或又谓建文出走，自闽入广，止于贺县，娶妇而生孝穆。寻又他徙。"照野史的说法，他是到过广东的，后来又到了广西，那么舞台上建文帝的服饰与今天深圳妇女头上戴的竹笠有没有一点关联呢？

胡乱想着这类有趣的问题，不觉已经轮到自己进入沙头角街上的机会了。关于这条"神秘"的街，人们的结论是，如果只是走马观花地来回走一转，五分钟也足够了；如要过细地观察、浏览，怕就要两三个小时。这结论是的确的。这地方据说是"百货杂陈"的，但并没有书铺。

等我们走出海关，回到广场上等车时，太阳已经升到了中天。小榕树已不起作用，只能逃到一个堆放垃圾的水泥房子的檐下去。好在垃圾不多，还有很好的过堂风，也没有什么气味。

从什么地方看到过，现在每天来到深圳的中外客人已经几乎接近了它原来的人口数。这恐怕正是事实。就在我们住宿的旅舍，每天在餐厅里都能看到圆台面上放着好多张卡片，上面写着就餐者的单位和人数：××市政府、××矿务局、××校教授、××参观团……卡片常常调换，但从不空缺。这些来自全国各地不同身份的客人，当然都有他们各自的任务，交流经验、洽谈业务、讲课、开会……像我们这样只是来"观光"的是很少的，但也许并不少，我没有准确的统计材料，说不清楚。

观光也有种种不同的方式，其中又有许多讲究，各人的目标与收获也是不同的。像我们这样来去匆匆的过客，说不上什么深入的调查、了解，至多也只能感受一点气氛。但我觉得，即使如此，也还是得到了很大好处。譬如，当我们乘车驶进蛇口工业区，在新开的、很好的公路上行过时，经过了几个建成不久的厂区，看那规模并不太小，却几乎没有工人在这里走动，这就是一种看来奇特的现象。照

我的经验，内地类似规模的工厂，照例必有一个堂皇的厂门，必有一间或几间传达室，经常会有不少人进出或聚拢来议论这样那样的事情。但在这里却一切都不见。

汽车再开进去，我在路边发现了一面熟识的大标语牌，注意看时，才知道上面写着的是少见的新鲜口号。还不等我取出小本，车子就匆匆地过去了，这使我一直很懊恼，直到在一张报纸上发现了口号的原文为止："时间就是金钱，效率就是生命。事事有人管，人人有事做。"

最初看到这标语时的反应是，这不是资本主义的口号么？接着思路一转，忽地觉得它简直就是一道声讨"铁饭碗"和"大锅饭"的檄文。紧跟着自然就悟出了那些工厂"门前冷落"的真正原因。人人都去管自己分内的事去了，因而没有闲谈的余裕。悟出了这点简单的道理使我异常高兴。

没有找到负责人，我们真的是"走马观花"地转了一圈。一下子就开到了一处新辟的游乐场地。这在一个山坳里，中间还有个水塘。山边水涯都点缀了一些风景点，有红红绿绿的亭子、水榭……看得出这是在很短的时间里匆促布置起来的。如果请园林专家来参观，大概可以指出不少缺点来。但我想也不必如此严格地要求这些创业者。太阳实在厉害，四处寻找可以遮阴的地方，忽然发现前面有几排铁皮搭起的小房子。姑且走上去看，不料意外地找到了带领一批年轻作者在这里修改作品的韦丘。

他们就住在这些小房子里，每间又隔开前后两半。一张床，一个小写字台、两张沙发，就占去了房间的五分之四，主人正穿了背心短裤在埋头修改文稿。要是没有空调机，这铁皮小屋大约就是一座利用太阳能的理想烘箱了。

韦丘同志给我们介绍了蛇口特区的概况。有一些报纸上没有作过报道的情况倒是值得思索的。

他提到特区中青年人普遍的"不满现状"，不过这说的是从积极方面对现状产生的不满。在经济生活得到改善以后，经济结构也随之改变，青年人站到十字路口了。在这地方，几乎每个青年人都成了拥有电视机……的"七机部长"，接下去要追求些什么？推动生活的力量从哪里来呢？

在我们曾经参观过的"西丽度假村"，25元港币一张门票的主顾是青年工人，1元2角一瓶汽水的买主也是他们。这是一个方面。青年人中更为严重迫切的"危机感"则是害怕落后。他们拼命地学文化、搞写作，探求人生哲理。他们中间确有人才，人才来自四面八方。业余学校人满为患了。这些新产生的问题，是不应被忽视的。

坐在铁皮小屋里（这种小屋租给假日从香港来度假的旅客时每天收费港币90元），听着新奇的情况介绍，我想了许多。想到20多年前，我在上海郊区闵行黄浦江对岸农村里劳动。在田里干活，有时会看到壮实如小牛犊的青年农民，忽然扔下手中的农具，向对江长叹，说："一见闵行大烟筒，生产干劲就要松。"往往使我疑虑、畏惧，无从解答也不敢思索，不知道到底出了什么问题。今天也听到了不少出现在青年农民中新鲜而奇特的问题，不过比起闵行农民的感叹，则是属于完全不同性质的了。何况人们今天是无保留地摊开，大声地议论，思索着问题产生的原因，寻求着解决的途径。这可完全不再是20多年前的情景了。要说这不是进步、不是飞跃的进步是不可能的。

带头在党的领导下奋勇改革、逐步摸出了"蛇口方式"的人们也会有过这样的感叹，历史上搞改革的都没有好下场。不过他们并未被这"历史真实"所吓倒，因为他们懂得今天的社会主义祖国已经不再是过去的旧中国，也不会再走大的曲折、折腾的痛苦道路了。

离开了铁皮小屋，我们又到海滨去转了一转。为什么会有"蛇口"这个名字呢？那是因为在深圳湾畔有一座80多米高的小山，它延伸入海的部分正像扁平的蛇口。在正午的阳光下的海滨是非常美丽的。正是万里晴空，碧蓝无际。隔海对望就是香港的元朗。从地图上可以知道，珠江口这一带海域，就是著名的伶仃洋的所在。中国人民从文天祥的诗句中早就熟悉了这名字。海滨有新设的餐厅、百货店，顾客如云，我看旅游者并不多，多半是这里的建设者，而且多是年轻人。他们推着自己的自行车，停下来，走进去。极有兴趣地看陈列着的商品，研究着，挑选着。他们是这地方的主人。他们用自己的双手建设着新的生活。

深圳是一个可爱的地方。这里正在进行着一种重要的没有前例的实验。实验的成果不论是成功的失败的，对向"四化"进军的中国人民都有重要的参考价值。可惜只有短短的三天，还没有细翻这本大书，就离开了。

1983年7月9日

深圳掠影

季羡林

对我来说，深圳并不陌生。我在过去三十几年内，出国经过这里至少已有五六次之多了。1951年秋天第一次经过这里，只觉得这是一个破烂简陋的小车站。让我忆念难忘的只有一个罗湖桥。因为从国外归来，过了罗湖桥，就算是走进了祖国的怀抱。我曾几次在这里激动得流下眼泪，恨不得跪在地上吻一下祖国的土地。以后几次经过这里，每次都有一点变化。1978年最后一次走过，只觉得车站贵宾室相当富丽堂皇。至于镇内，则所见不多了，不敢臆猜。总之，深圳并没有给我留下什么深刻的印象。

两个星期前，我因为开一个会，又来到了深圳。这是唯一的一次不是因为出国而到这里来的。我们从广州乘汽车来到这里，本来是想到蛇口附近的深圳大学去的，可是因为迷了路，车子一直开进了市内。只见到处高楼林立，凌云摩天，而正在建筑的高楼则更是比比皆是。柏油马路，四通八达。行人摩肩接踵，熙熙攘攘。这是我所久已熟识的深圳吗？我有点怀疑起来。但是明确的事实是，这就是深圳。我熟悉的深圳已经大大地变了样子。

仅就我们借住的深圳大学来说，新鲜事物就说也说不尽的。在这个学校里，流行全国的根深蒂固的铁饭碗已经被打个粉碎。系、处领导与校长签合同，为期两年，到期视工作成绩，合则续聘，不合则炒鱿鱼（卷铺盖也）；教职员与系处领导签合同，为期也是两年，到期照上述规定办理。被炒了鱿鱼的自谋出路，没有什么客气，没有什么面子。铁饭碗一打破，则人人精神抖擞，不敢懈怠。至于工人，则全校几乎完全没有，所有的服务工作，食堂服务，打扫卫生，会场和教室清扫管理，无一不是用勤工俭学的办法，由学生来承担，学校根据情况，付与报酬。学生还自办书店，自办小卖部，甚至还自办银行，自任经理。内地大学一些独生子女的娇气，在这里也一扫而光，连娇气也无立锥之地了。这不但提高了工作效率，还教育了青年学生。那种不爱护公物，随便乱丢脏东西，不知稼穑之艰难，张口吃饭，伸手穿衣的公子小姐根本绝迹。这要比空口进行政治伦理教育，效果要好得多。提高效率，教育青年，真可谓一举两得了。

我也曾到著名的沙头角去参观过一次。汽车从深圳开出。现在时令在北方虽然已是在严冬，但是在这里却沿途树木葱郁，繁花似锦，使我们这些从冰天雪地的北国来的人大为诧异。快到目的地的时候，青山连绵。马路的右边沿着山麓架上了长城似的铁丝网。网的那面就是香港。汽车在山路上弯曲盘旋而下。下到海边的时候，就到了沙头角。这是一个极小的镇子。只有一条街，叫做中英街。从里面走出去，街的右边属香港，左边属深圳，虽然都是中国的领土，但是在英国的占领下，街中心实际上成了"国界"。街宽不过几米，长不到百米，谁也不知道这一条"国界"究竟是在什么地方。两边全是商店，鳞次栉比，一个紧挨着一个，货物塞得满满的，抬头一看，只见到处都是货物，汇成了一个货物的海洋。街上的人也挤得满满的，几乎都是来买东西的。拥拥挤挤，吵吵嚷嚷，一派繁华兴盛的气象。我感兴趣的不是五光十色令人眼花缭乱的商品，而是这一个十分奇怪、十分有趣的地方。街中间在深圳一面长着一棵老树，看样子年岁可能已有几百年了，它歪着身子，头顶歪到香港一面去，"国境线"大概就在它身上穿过。它大概亲自经历了英国殖民主义者霸占香港那样艰苦的岁月，它也将会经历香港回归祖国那样普天同庆的日子。树若有知，不知作何感想？到了那时，它大概也会由衷地高兴吧！

此外，我还参观了蛇口特区、西丽湖度假村、银湖度假村、深圳湖游乐园、香蜜湖度假村，以及全国最高建筑53层的国贸大厦，印象虽然扑朔迷离，但是用一个"新"字可以概括。

我每天晚上打开窗子，面对着在黑暗弥漫下的茫茫的大海，看到远处一串珍珠似的灯光——这是深圳同香港的边界，心潮起伏，思绪万端。我想得最多的是人们的思想必须赶上形势的发展。人的思想最容易保守。许多千百年遗留下来的观念、想法，往往被认为是真理准绳，正确无误，甚至神圣不可侵犯，用不着变化，也改变不了。然而我们伟大祖国和世界的情况却是日新月异。大家都承认，现在是"知识爆炸"的时代，知识更新的周期越来越缩短，每隔几年，知识就必须更新，否则就会落后。现在新生事物层出不穷。被英国统治了多年的香港经过中英两国的长期谈判，确定了归还日期，英国首相不远万里亲自来到北京签

字，这难道不是新鲜事物中最新鲜的事物吗？就拿眼前的珍珠串似的灯光来说，1997年以后，它还能像现在这样闪闪发光吗？一个很简单明了的道理摆在我们眼前：我们必须改变旧观念、旧想法，接受新概念、新想法。深圳掠影给我的教训也就是这一点，而我认为，这是最重要的、最有意义的一点。

1984年12月23日

请把我埋在梧桐山

梁 湘

　　我在深圳工作了五年多,对特区的一草一木、一山一水都有感情,对我们一起艰苦奋斗的同志更有感情。因此,我还是留在这里,定居在这里,我时刻关心着特区的每一个发展,每一个变化。还希望市长同志给我一个(深圳)户口。另外,在我未去之前,就此先立下遗嘱,死后我的骨灰安放在梧桐山,我要面向世界,看到中国的未来! 智利大诗人聂鲁达不是有这样一段诗吗,"如果必须生一千次,我愿意生在这个地方; 如果必须死一千次,我也愿意死在这个地方"。

1986年5月22日

历史将收割一切

——《中国现代诗群体大观1986－1988》前言

徐敬亚

这是一群轻松而艰难的人！在这么大的、沉重的国家里，在明晃晃的无暇艺术的衣食之争中，能有这么多人维持着自己高贵的生命方式，这是我和本书对你的提醒。

30年，诗的步步倒退的说法，现在，连正人君子们也不怎么反对了。然而，朦胧的地位被默许，并不等于后来的诗探者们从此幸运。也许是由于身在其中，我一直十分尊敬朦胧诗对中国现代主义艺术的血泪开拓。历数几千年，这股诗歌意识将中国人表现得最为清醒、冷峭而崇高。它以久蓄的人文精神，将新诗推到了国际艺术的20世纪上叶；当时，弄得大家对它都很敬畏。其实，它并非那么深奥。但在20世纪80年代初，它却被反对得十分可怕。大概，没有它对社会对艺术的强侵入强刺激，也就不会导致现在这一次诗的更大面积"泛滥"。它的反对者没能熄灭它。结果，恰是它的果实否定了它，并推进地淹没了它。

朦胧诗把诗写得充满人文美，在封建色彩浓重的中国，郑重地了不起了一次。据说个别的外国人士也很看重。因此，要使它成为起点就很难办。把极端的事物推向极端的办法就是从另一个角度反对它。崇高和庄严必须用非崇高和非庄严来否定——"反英雄"和"反意象"就成为后崛起诗群的两大标志。

历史决定了朦胧的批判意识和英雄主义倾向，这无疑是含有贵族气味儿的。当社会的整体式精神高潮消退，它就离普通中国人的实际生存越来越远。就像彻夜失眠而翌日凌晨的短暂兴奋过后的通体疲惫一样，一场比二次大战还漫长、折磨你又让你幸福微笑的10年之后，"悟性的疲倦"——以它哲学的开阔与充分慵倦的阴影覆盖了后崛起者们的心灵。大动乱后，中国人的真实生存、日常琐事、鸡毛蒜皮、七情六欲四处流淌了——应该说，"反英雄化"是对包括英雄

（人造上帝）在内的上帝体系的反动，是现代人自尊自重平民意识的上升，是把兴奋矛头最后指向人本身的一种必然结果。这种哲学上的洞开，使诗又一次接近了理性稀薄的空间。

语言这套"强制的牌"——在20世纪80年代中期文化探索高潮的熏风中，被诗人们第一次自觉地亮出来。贵族和英雄气息渐次消退，代替它的是冷态的生命体验。这使朦胧诗中疙疙瘩瘩的、饱含深刻的意象群纷纷融化。语言被诗人高度亲近、高度敌对。"反意象"的结果，是诗又一次打破了缠足——在艺术上，现代诗突破了朦胧诗仅达到过的后期象征主义疆界，进入了20世纪中下叶世界艺术的战后水准；对于新诗自身来说是更进一步靠近并发展了现代汉语。胡适的《尝试集》也是从一种语言方式向另一种语言方式的演化。

然而，冷酷地说，我们一直在辜负着这个国家！我们一直白白地流逝了那么多具有世界意义的精神苦难与精神迷津！中国新诗在它一面追随自身的生存空间、一面追随西方现代艺术的优美前倾姿态中，几十年并未能产生与它的复杂苦难充分相适应的成果。回过头去，为期五年的朦胧诗仍是它最饱满的高峰。

1983—1985年的三年中，现代诗呈现着不停演的换幕。1984年，大学生诗派中有一种懒散、铺排的情调蔓延于青年，为它带来了一段平庸局面。

1985年始，中国的现代诗分为两大分支：以"整体主义""新传统主义"为代表的"汉诗"倾向和以"非非主义""他们"为代表的后现代主义倾向。这是富有意味的东、西分流。前者是对新诗60年主体潮流最引人注意的反抗，它的具有诱惑的企图是将现代意识与东方相对思维相交合，但有的写成了黏稠的"现代大赋"，有的一味演绎、匡取、挥发古典经文。坦诚地说，成功尚小。如果排除理性欣赏，我不喜欢它们。这种极有意义的尝试，使人感到：浑然的东方意念的升腾，将是艰难而漫长的。但不管怎么说，中国现代诗中的"中国味儿"早晚有一天要漂亮地显示出来！后者是比朦胧诗群庞大得多的阵容，他们几年的努力，使人感到中国现代诗的巨大潜在力。他们给世界以一种新鲜口吻与方式。中国现代诗主流仍将以此为标志。但他们中不成熟的太多，成熟者又往往太草率。东碰西撞的人多，独立呼吸的大树少。几年来，在理论上，真正纯净的、贴切的、由自己创作积累出的诗歌观点与看法，至今产生得不够。这很遗憾。

这是一个五四、朦胧诗两大破坏过程的继续，它终于使现代诗与中国语言在总体上达到了同构、一致与融合，造成了几十年来诗的最舒展时期。这一时期，

诗的重心自北向南转移。诗的内在精气，由北方的理性转换成南方的感性乃至悟性。

毕竟，他们中显露了很多身手不凡的人——我不是指工匠式的技巧，而是指静观世界的方式与思维角度！这一点是中国几辈人所达不到的。他们改造艺术的愿望强烈也广泛：艺术、世界、人，在他们眼里是深深的不理想——这是强大的激动人心的文明的进步的前兆！在诗源、诗旨、诗艺等艺术观上，以及语感、语式、意象、声律等具体操作方面，这伙人对现存秩序持着严正的保留态度，至少超越了前朝诗人与艺术边缘的接触范围。现在，除了个别几位能跨越栅栏的朦胧诗人外，现代诗的天下已经是他们的了。他们刚刚20多岁，中国诗的希望真是年纪轻轻。

有一点我一直耿耿于怀——严明的编辑、选拔，严明的单一发表标准，大诗人小诗人名诗人关系诗人……什么中央省市地县刊物等级芸芸杂杂，把艺术平等竞争的圣殿搞得森森有秩、固若金汤。我在1986年的"编后"中说过：公开的刊物上就是看不到青年试验的全部面目！只允许好的（归根到底是只允许自认为好的），这就造成了对现状的歪曲。

在中国，文明历来是贵族的事。诗一直为优雅翩翩的人所玩弄。这种局面，大概一直到五年前才得到瓦解，至少尝受冲击。

朦胧诗后，这种对公开刊物的不信任，以一场局外的艺术大循环的民间形式出现了：巨量的自印诗集废弃了先进的文字流通形式，旁若无人地自生自灭起来。在中西文化大汇流（包括哲学与美学）的高峰年代1986年，它达到了完全可以说是当今世界上最空前的数量繁盛。

鉴于当年朦胧诗在兴起、发展过程中留下的出版及理论集结方面的遗憾，我一直希望有一次不负其时的理论与作品大呈现，仅仅从诗的发展、建树角度，而非社会、政治、道德，非单一程式化的标准。文学，其实历来是个平和、并存的世界。诗人在现实中，靠诗而身价百倍，诗也就容易一钱不值了。所谓文化史，其实是以多少优秀的、一文不名的被遮掩、被压抑掉的高才绝世者的思想和身体所铺垫。光荣都归在大人物账下。这不公平。

作为一种历史的集结，1986年中国诗坛现代诗群体大展尽量体现了它的青年性、前卫性、民间性。有些仍然不懂的人受不了，我想习惯会使他们平静。想想朦胧诗的遭遇，人们应该越来越明智。

无疑，匆忙的"大展"，催化了、夸张了当年群体集结的形势。说实话，它也促使了一些未成熟果子一夜间自我变红。好在活来活去，置身其间，我们也明白了历史是怎么回事。这次成书，通过编排详略，做了一些扭转。但木已成舟。你说它推进了诗或作践了诗，都一样会找到道理。

传统将收割一切光荣，耻辱和迷惑留给人们难堪的回味。

我很感谢同济大学出版社和深圳大学编辑出版中心，是他们使这本沉积了近两年的书得以让大家看到。

我也很感动于我和另三位编者朋友在多方面共同一致的愿望。

在最后的工作中，我同据说"最难合作的第三代诗人"之一——大胡子孟浪——的合作，很公道、很愉快、很一致，也很分歧。

1988 年 5 月 30 日于深圳下步庙

寻找我们的传奇

邓康延

翻开中国本世纪上半叶的历史，许多风云叱咤者是二三十岁的青年。18岁的师长，25岁的元帅，31岁的主席——青春是和创造联在一起的，血性是和光荣联在一起的，年轻原本无所不能。

后来，和平了，年龄渐渐成为有分量的档案和有保险系数的资历。当四五十岁还被称作青年的时候，一代青春被有意无意地看轻。于是，在点将会上，"他还年轻"便成了一种贬语。

年轻，失落在江山里、岁月里。

再后来，共和国说：谁跑得快谁就快跑吧。霎时，一切都变得年轻。速度成为生命运动会取胜的唯一标尺。

在没有烟火的战争里，卓越更难。

但我们要拥有自己的传奇。

曾有一个快退休的父亲劝阻已打好行装的儿子："你安安稳稳接我的班吧，还去瞎找什么？"

"父亲，也许我最终找不到什么，可就是不愿再过你那种一眼就看到结果的日子。"

寻找传奇，寻找属于我们这一代人的传奇。

那儿子至今还在路上，风尘仆仆却又朝气蓬勃，饥饥渴渴但又欢欢乐乐。

不可预料的生活呀，我们纵然寻找到的只是失败，但对后来者，又何尝不是另一种传奇！

（摘自《深圳青年》1994年第2期）

有野心的深圳人

梁晓声

我虽没有长住过深圳，却也接触了不少深圳人，感觉他们大多都是有点"野心"的。

我将野心这个词用引号括上，意在强调含有赞赏，不带贬斥之意。

野心这个词，按照《现代汉语词典》的权威性解释，指——对领土、权力或名利的巨大而非分的欲望。

但是，细细一想，不会有哪个人是为了占有一片领土而成为深圳人的。中华人民共和国的土地法早已宣告得清清楚楚，960万平方公里的每一平方米土地，其归属权都是归国家和集体所有的。即便你是亿万富翁，你也只能在二三十年内，最长六七十年内，用金钱买下一小片土地的使用权。所以，可以肯定地说，怀着占有领土的"巨大而非分的欲望"成为深圳人的人，不是疯子，也是傻瓜。"炒土地"者们的本质的动机和最终目的，并非是企图占有它，而只不过是企图在"炒"它的过程中赚取金钱。

为了权力成为深圳人的人，我想也不是太多。因为仅就权力舞台而言，深圳毕竟太小了。太小的深圳的权力舞台，怎能满足对它怀有"巨大而非分的欲望"之人的心理呢？除非是在别的权力大舞台上失意又落魄，才会转移向一个权力小舞台寻求安慰。何况，深圳从一开始便确定了向商业城市（包括高科技与市场经济接轨的战略方针）发展的蓝图。而商业城市的特征之一，便是政治权力保障并服务于商业的规律。在一个商业时代典型的商业城市，第一位的骄子是成功的经商者，第二位才是从政者。一个对于政治权力怀有"巨大而非分的欲望"之人，在深圳怕是找不到什么良好感觉了！

为了名到深圳去的人大概也是不多的。想来想去，除了歌星们，还会有谁呢？他或她，也不过是将深圳当成较理想的学习场或集训营。积累了经验，提高

了素质，便会从深圳这块跳板纵身一跳，跳往北京的……

更多更多的人，之所以从全国各地奔赴深圳，主要是为了一个"利"字吧。

古人云："天下熙熙，皆为利来；天下攘攘，皆为利往。"

这个"利"字，我强调的，并非它的商业内涵的一面，而是它社会学内涵的一面。

人既然生活在社会中，那么谁都是一个社会人，一个社会人，不可能不考虑自身利益。它包括——保障一种相对体面的物质生活的收入，选择能发挥自己某项专长或才智的职业的充分自由，参与公平竞争的激情和冲动，便于实现自我价值的社会环境……

我想，肯定的，更多更多的人，是被这样的一个社会学内涵方面的"利"字，而驱动而吸引，才由别处的人毅然决然地"变"成深圳人的吧。

如果，这样的一个社会学内涵方面的"利"字，是可以不太确切地用"野心"这个词来谈论的话，那么具有这一种"野心"，对当代中国人而言，实在是值得欣喜的事呢。尤其是对于当代青年人而言，倘连这么一点儿起码的"野心"都没有，那又实在不是一个国家一个民族一个时代的幸事。

对一个国家一个民族一个时代而言，如果它的大多数人，尤其它的大多数青年人，皆能相对实现以上那么一种"野心"，它必将是安定昌盛，高速发展的，前途也将是美好光明的。

在我看来，深圳是中国的第一座典型的"移民城"。也许，它还是全国青年人最多的城市和知识结构最高的城市吧。尤其后两点，和深圳的年轻，和深圳的现代观念为主体观念，是很匹配的。可以说相得益彰，无论认为他们选择了深圳，还是深圳选择了他们。

80年代初，我的一位大学同学，在宁夏颇有名气的一位作家，曾打算调往深圳。后来由于种种愿望以外的因素，至今没去成，什么时候谈起来什么时候遗憾得不行……

我的另一位大学同学，贵州人民出版社的编辑部副主任，也曾因打算调往深圳，来寻找我帮助，后来也是由于种种愿望以外的因素没去成，却至今"贼心不死"……

而我自己，1988年底从北影调到童影后，住房窘况大大改观，才最终灭了由北京人变成深圳人的念头。否则，尽管我觉得我与深圳缺少缘分，但也可以划归为"贼心不死"者中去。可见，曾想要去深圳成为深圳人的人，比已经去了深圳成为深圳人的人，少不了许多吧。

我曾应邀到渤海油田讲过文化创作课，结识了那个地方的一批男女青年文学爱好者。某天我收到一封从深圳寄来的信，困惑地打开一看，是其中一位女孩写来的。告诉我她已经调到深圳了。而且，是因为陪她父亲旅游到深圳，一下子就被深圳吸引住了。用她的话说，是"找到了某种感觉、某种缘分"。于是坐地就成了深圳人。去时是父女俩，回渤海时是她父亲一个人。她老父亲也特理解她，支持她，"自告奋勇"承担了回原单位替她办理辞职手续的义务……

她那封信，字里行间，充满了洋洋自得的人生信心。仿佛待嫁闺中的女孩，忽一日红鸾星动，相中了一位"白马王子"或被"白马王子"相中似的……

一位包头的文学青年，某天也出我意料地从深圳打来电话，说已受聘于深圳某一公司矣。也说找到了"某种感觉""某种缘分"。先是，他的一位同学去了深圳，受公司委派，回包头办子公司，将他从单位硬"挖"了出来。后来深圳方面派员去包头考察，发现他那位同学志大才疏，不善经营管理，将他那位同学"炒鱿鱼"了。宣布解散了子公司。同时在与他的几次接触中，发现他倒挺有能力，问他愿不愿意去深圳谋求自身"发展"。他自是喜出望外，于是跟随到了深圳……

我问："干得顺心么？"

答曰："我已经从那一家公司'跳槽'，换了一家公司干了。"

我替他忧患地说："那么，是在第一家公司干得并不太顺遂了？"

他在电话里笑了，说："您别替我操心。我在第一家公司干得也很不错。但第二家公司的待遇更高些。人往高处走嘛！在深圳工作变动是寻常事儿！"

去年10月，我在南京签名售书，遇到了我的一位"兵团战友"。他竟也装模作样排队买我的书。

他说他已经不是哈尔滨人了。

我问：调到南京了？

他说：调到深圳了。

我一怔，忙问他"感觉"如何。

他对我莫测高深地一笑，说："人挪活，树挪死么。起码的感觉是——我挪活了！"

签名售书活动的第二站是西安，又遇到了我的一位中学老师排队买我的

书。20多年不见,她白了头发。

我毕恭毕敬地站起,问老师近况怎样。

老师说,她已退休了,已调到深圳了。受聘于女儿和女婿的单位,当一名老业务员。

我奇怪,问老师:"深圳也欢迎您这般年纪的人么?"

老师一笑,说:"深圳那地方,不以年龄和资格论人,看重的是实际工作能力。我也没承想我自己,教了一辈子书,一朝下海,居然还能扑腾几下子!"

一不留神,你生活的周围,就会有一两个你熟悉的人,说变就变成深圳人了。一旦他们变成了深圳人,给我的印象是,仿佛都年轻了几岁。都对人生增添了几分自信和乐观。都自我感觉好起来了似的……

许多中国人碰到一起,总不免首先抱怨一通自己的工作单位,接着抱怨自己生活的那座城市、那个省,进而抱怨整个中国。那么多人倍感自己怀才不遇,倍感自己的才智和能力受到压抑,倍感活得窝囊活得委屈……

据我想来,他们的抱怨,也许不无各自的理由和根据。

然而,深圳人一般却不这样,他们很少抱怨深圳。也许是因为他们自己当初乐于去的吧,可又分明不完全是。分明还是一种"深圳人"共有的大家都恪守的什么原则似的……

我不信去到了深圳的人,没有人仍觉得怀才不遇;没有人仍觉得才智和能力受到了限制和压抑;没有人仍觉得与他人比起来,自己仍活得窝囊活得委屈活得累……但真的,我所接触的深圳人,一般都不抱怨。

在今天,与普通的中国人比较,这一点尤其显得难能可贵。

他们的不抱怨,似乎都向人们表明着他们自己的另一种自尊和自信……

仿佛,深圳像一所学校,它教育着另一种当代中国人……

（摘自《深圳青年》1994年第10期）

什么地方，什么时候

—— 关于深圳的文化突围

聂雄前

画家李世南的深圳之吻

深圳不知道不理解李世南，与这座城市的市民阶层正在形成又尚未形成有关，这是这座城市暂时还处在浮躁期的遗憾。许多人不被社会知道，并不值得大惊小怪，但艺术家是社会精神塑像、人格造型，或者说，是社会上人与人理解的中枢。素不相识的各色人等，就是通过对艺术家和艺术作品的共同理解来进行沟通的。

李世南1991年闯深圳，以不安分的艺术家灵魂对内地功成名就的安乐生活作必然的扬弃，他渴望第三次超越。此前，长安古都的十数年文化浸染，已使他在20世纪80年代初期崭露头角，以对国画传统的深刻洞察和对现代艺术的创造性转换奠定其在中国画界凤毛麟角的地位。他选择深圳，看中的是深圳与中国传统文化截然不同的人文风景，看中的是中外文化交融的桥头堡可能会赋予他的契机。

搬家。安排妻小。住宅装修。即使是特殊解决，李世南也尽历寻常人家的焦灼和烦躁。在他装修得过于精致又不失古朴的城堡里，他像孤独的狼一样等待着灵感的降临。他向每一个懂艺术的人滔滔不绝地倾诉，这倾诉实在只能证明他作为一个纯粹的艺术家在深圳的孤独。他像一个懂艺术或不懂艺术的人滔滔不绝地倾诉，这倾诉实在只能证明他是一个纯粹的艺术家，实在只能证明他作为一个艺术家在深圳的孤独。他像一个睁着茫然眼睛、面对陌生世界的孩子，试探着，惶恐了大概两年时间，然后自顾自地画他的《无语》系列，匆匆如过客的惶惑，渺小如蝼蚁的惊恐，表达的是一种由绚烂归于静寂的人生启悟。

1995年大年初二，我去李先生家拜年，一枝鲜活红艳的玫瑰引起我的注意，经打听是深圳市委宣传部部长大年初一早晨送来的。毕竟有人知道李世南的价值，我有一种百感交集的感动。而在内地文化人对李世南"几失半壁江山"（中风偏瘫）之后的艺术前途表示担忧时，李世南在艺术之神的佑护下，以超乎常人的坚忍意志进行着身体恢复。作于1994年大年三十，以"江上风波恶，我要逆流上"的立意成就的一幅大画，是他对同道们的担忧的一次响亮的回答。而这，又何尝不是好象征呢！

徐敬亚　王小妮的"解决"

徐敬亚王小妮夫妇住在我的楼下。徐敬亚早几年就成了自由人，王小妮因不堪单位的坐班制在去年也离职回家，这使我莫明其妙地想起崔健一首摇滚歌曲的题目：《解决》。

熟悉新时期文学历史的人都知道徐敬亚王小妮与朦胧诗的关系。在某种意义上说，一代中国青年就是通过徐敬亚、谢冕、孙绍振的"三个崛起"来认识朦胧诗，来将自己对朦胧诗朦胧的好感变成清晰的接受的。

徐敬亚王小妮肯定是真正的文人中来深圳来得最早的，他们到底干过哪些行当，有过哪些心路历程，我都不得而详。但是，我知道他们已经过得相当从容，相当纯净，完完全全地具备了一种自由文化人的心态。许多人都知道，《深圳商报》曾经有过一个脍炙人口的连载《深圳的100个女人》，许多人都在读《证券时报》正在进行的连载《忐忑的心》，但许多人都不知道，这是他们夫妇的茶后小品。从《深圳的100个女人》看，即使是他们并不用心的作品，但那种敏锐的感觉、深刻的白描和良好的对时代对历史的整体意识，都显示着他们的写作天分和不凡的理性。《深圳的100个女人》在深圳文坛上搅起了一场并不属于他们的不大不小的轰动，也带给了他们一笔实实在在的不大不小的收入。这很好，他们不靠这部作品的轰动来出名，可这部作品的收入却为他们的自由自在的生存提供信心。会署上徐敬亚王小妮大名的作品正在创造中，同时，以"苏灵"为笔名的畅销作品也会不断地制造。

自由，这是中国文人千百年来梦寐以求的理想境界。徐敬亚王小妮在深圳这块神奇的土地上，以工资所标志的社会角色的担当如此从容，实在为中国文人打开了一条生路。这是中国文人身份的一种革命性转变，自此以后，徐敬亚王小妮将在养身的畅销作品与用心的文化创造中获得一种尊严的生活，而无数的后来者将在他们的身后完成与西方文化机制的接轨。

银云心底永远的痛

谁也不知道，在《深圳商报》编证券副刊的银云是一位优秀的散文家。他在他所编发的版面上大量兜售批发那些诱人的股海轶事和骗人的炒股兵法，偶尔兴之所至也亲手捉刀写一些滑天下之大稽的诸如"毛泽东诗词与股市预测"之类的文字。饭桌上，闲谈间，他喋喋不休的股市话题和语惊四座的炒股妙论，完全掩盖了他作为一位优秀散文家的辉煌历史。

只有在熟悉的二三好友谈到文学这个令他永远心爱的话题时他才会沉默寡言。银云从骨子里讲，是一个太清醒的人。他从不缺乏对文学的狂热，但使他狂热的文学在给了他许多的同时，也带给他太多心灵的痛楚和疲惫。他经历过诗歌创作上的湮灭，在找准散文这块园地并开始卓尔不群的时候，他支持不住了。时代使文学不再神圣，这还在其次，关键是太过于用心用力的创作使他倍感艰难和困倦，为什么那些人随随便便地一出手就能声名鹊起呢？为什么似乎从未写过散文的余秋雨秀口一吐，便是当代文坛半壁江山呢？清醒的银云开始像怀疑自己的诗作一样怀疑自己的散文创作的前途。

银云在某些特定的时候，会忧伤地说，作为一个读者逛书店，看到自己几年前写的一些文章现在还被选入多种选本，实在伤感。在证券部大户室的屏幕前，有时他也会灵感大发：这涨跌的波峰浪谷多像张家界的山啊！对于一个赋予张家界那片神性的自然以人性的理解的作家，这种感叹真实得使人怀疑。

我不知道类似银云这样的"隐士"在深圳有多少，我也不能肯定银云会复出江湖，即使复出我也不肯定他还会有那样的激情和灵气。但是，银云和银云一类人在深圳的存在，永远是深圳文化的一股底气。

走不过《街道》与不成为《焦点》

深圳的读者都知道《女报》和《深圳青年》。《女报》在未获得全国统一刊

号之前，竟奇迹般地在广东省内发行到每期10万册，成功之处在于将打工阶层的生活还给打工妹自己，随着"打工"两字内涵的外延，这本杂志肯定还会有不错的发展；《深圳青年》经过"八年抗战"在一茬又一茬地换味之后，终于在近两年找到了感觉，几篇使纯情男女感动得一塌糊涂的稿件和几位名作家不轻不重的几拳，构成了《深圳青年》的全部。毕竟，这个不容易产生感动的社会总有需要感动的人，总有仰脸面对名人的人。

《女报》和《深圳青年》都是快餐文化产物，里面应有尽有。作为杂志所需要表达的平民意识和人性色彩，生存状态和生活潮流，这两本杂志都不缺乏。问题是，在世纪之交的时代背景上，在中外文化对撞的特定区域，这两本杂志都对正在萌芽的新人文精神表现漠不关心，缺乏从特区生活提炼精华的能力。

和《女报》和《深圳青年》在深圳享有广泛知名度相反，《街道》和今年创刊的《焦点》是"这里的黎明静悄悄"。《街道》近两年仿佛一道密语在深圳文化人耳边流行，作为深圳南山区办的一家杂志，不知从哪里来了那样几个法力无边的神仙，能组到那么高品位的稿件，能搞出版式与内容高度和谐的刊物。《街道》神奇地映照了不少特区的丰足与欠缺，在永远也走不进书店与摆不上书摊的尴尬中，发出着像凄清月亮一样皎洁的光芒。

《焦点》杂志的社长是李媚，一个有想法的摄影家和出版家。她想以刊名《焦点》来改变她原先主持的《现代摄影》杂志的冷清命运，但即使是具有这样一双慧眼，《焦点》依然难成为万众瞩目的焦点。从已出的数期看，《焦点》具有一种与深圳作为国际性都市雏形相称的大气，这是独一无二的。真正的大广视角和真正的焦点意识，使这本杂志刚刚创办就每期必有可读的文章，这使我感到惊喜。

一站与一生：今夜的星星不坠落

对于许多人来讲，深圳只是人生的一个驿站。许多人生性就有流浪的基因，许多人适应不了深圳，许多人进不了深圳的户口，这决定了一个问题的提出：深圳这一站与这些人中的文化人的一生有什么关系？

深圳经历是否能赋予他们以超越同档次文化人的契机？许多文化漂泊者在深圳的经历轰毁他们文化创造的神圣感，但只要这批文化漂泊者还会画，深圳的

星空就像一个梦境会浮现在他们的作品中。作为参照也好，作为背景也好，精彩的一面也好，无奈的一面也好，深圳毕竟为敏感的人提供一种与过往生活不同的经历和感受。而来自自身的文化比较和文化碰撞，会客观地给深圳的文化突围提供道路的参照。

（刊登于1995年9月9日《金融早报》）

倾听与诉说

王小妮

80年代中期，我去成都，看见公园大树下，从早到晚都坐着黑压压的人群。树影是黑的，席棚是黑的，衣裳也是黑的。那一片黑暗之上，笼罩着一层川音。我问朋友：这些人是干什么的？他说：喝茶啰，摆龙门阵啰。

辽阔地想一下，倾听与诉说，在中国多么广大无边！

80年代末，我到东北的乡下去过，当地的官员说，山东人跑进了关东，都变懒了。东北农民每年11月到次年2月是"猫冬"的。封门的大雪，把人们关在火热的炕上。北欧和格陵兰岛上的人患有"冬天幽闭症"。白夜和寒冷使人发疯，这种症状，起码在寒冷的中国东北我没有见过！每一扇家门，都结了十来厘米厚的白霜。这种门是永远也不上锁的，任何人都可以裹挟着风跨进门槛，跺去脚上的雪疙瘩，在热炕上随意长坐。拉过笸箩来抽烟，捏一撮带花的茉莉茶叶冲水。人们无休止地说东道西，火炕上永远有绵绵不尽的话题。

中国这么一个农业大国，没有足够的心理医生。许多事情就靠着树下的风和炕洞里的火调解着，疏导着。广大的国土上，有着无数全身投入的诉说人，也自然有无数的倾听者。这是中国人排解忧郁的特有方式。

地球在转暖，北方的风刃，由利变钝。整个国家都搅动起来了。就因为这些，倾听与诉说，都在悄悄减少吗？

去年，从欧洲回来了一对中国夫妇。他们背着大大小小的小羊羔皮袋子。他们本想在中国生活一段。而且刚回到北京，还曾经去八达岭一带看了公寓楼的销售处。但是一个月后，他们便果断地返回了欧洲。经深圳去香港的时候，在我们家，他们吐露了全部的失望。

那丈夫是我们很熟的朋友，仍保持着他在内地时的风度和矜持。而他的妻子却因为百感交集而加倍真实起来。她说这次回来非常失望。六年的漫长，使中

国成了他们唯一寄托着心思的地方。多少次想回来，坐在朋友当中，温上一坛黄酒，把奔波和悲怆讲给朋友。他们实心实意地把中国当成了一只遥远又温情的耳朵，以为故乡可以盛得下他们满肚子的诉说。人真的回到了中国，才发现朋友们各自东西，繁忙无序。最亲近的朋友，也先问你持有哪一国的护照，然后就问："在外面，钱好不好赚？"唯一能陪他们坐到深夜的，第二天一早就来敲门，送上个人资料简历，影印了一大包东西，说给哥们儿也想想出去的办法。

朋友的妻子连连摇着两个闪烁的大耳环。她说，这样也好，从此断了再回来的念头。

在我居住的这个城市里，人们不再愿意细说自己的内心，更不想为他人去洗耳静听。

在这里，你想说你没有工作，你想说你的住处已经丢啦，你想说你和老板关系紧张……你的酸甜苦辣是没人想听的。我听你的干什么？谁还不是一样？谁还不是在同一个地球上？我凭什么拿出时间来听你？

倾听的消失，不只在深圳。

北京一个年轻的社会博士，做出了一件令中国人瞠目的事。有一天，一个外省的崇拜者登门造访，想请博士谈谈对当前某某问题的看法。博士说：人的智慧是有代价的。那是我的结晶，你懂吗？你拿走了我的结晶，我要收费。一个小时，你应当付给我两百元！

当时我在场。我以为这个场面会非常尴尬。而令我意外的是，来人居然丝毫不犹豫。双方坐定，开始谈。两小时的述说与倾听，气氛平静。临行前，听者取出四百元，认真地付给了说者。

在倾听与诉说之间，隔断它们的是今天冰冷板结的世界。仿佛蜜蜂与花朵之间突然立起了玻璃的暖房。蜂、花和玻璃暖房，可能全都是合理的。

在前年的春天，有一个人，站到了我的门口。

我说，你要找的这个人已经不在了。

他茫然地看着我。我说，我是给她看房子的。这是一个黄昏。想谈诗的人在黄昏里不回头地走掉。

我不想同人交谈，更不想谈诗。诗，是比赚钱，比经营策略，比生意门路，更加纯粹的个人活动。有人想听全世界的自言自语吗？

现代社会就是不倾听。倾听的，似乎只有弱智。诉说的，只适合于失意者。

这孤落的幽灵,徘徊在全世界的上空,郁闷成疾。这是世纪之病。

人的尾巴已经退化了,再过几百年之后,人的发音功能和听力,也会逐渐地丧失吗?

(摘自《放逐深圳》,云南人民出版社,1996年)

大空间中的深圳文化

余秋雨

现在，能体现文化的尊严和高贵的专刊还不是很多，深圳居然有一个"文化广场"，这真让人刮目相看。在"百期贺词"中我曾经说过：《深圳商报》"文化广场"周刊，显示了一座新兴城市的文化解读能力。深圳的文化人，不能不对深圳文化有一种理直气壮的自信。在面对21世纪文化这一点上，年轻的深圳和中国的其他城市完全平等，没有矮人一截的地方。

深圳文化是否对大空间负责

去年以来，我去过台湾，去过香港；前不久世界华人学者在新加坡有个聚会，我也去了。就这样地走来走去，一路上不断地思考一个问题，就是对于今天我们的文化处境，许多人没有感觉到它的重要性。我们现在，其实正处在一个非常关键的时刻。我们马上就要面对纪元以来第三个一千年了。这是历史的千年跳跃。第一个一千年开始时，中国大致是西汉末年，欧洲是罗马时代；第二个一千年开始时，中国是宋代，欧洲还在中世纪；现在，第三大步即将迈出了，许多巨大的文化问题已经提出来，大量的预兆已经出现，我们正是在这样的转折背景下，来思考一座城市的文化角色，来考虑这座城市对大空间到底担负什么责任。19世纪后期，当时中国的各个地域有许多文化群落，比如在扬州、在桐城、在浙东等等，都很成文化气候，它们都有自己的历史，有自己的优势。可是到了"五四"运动前后，这批文化群落出现了什么样的情景？由于他们已经很难在新的情况下为新的空间负责，他们无法跟上已经大变了的世界。北京，成了当时中国文化大空间中的支点。

20世纪20年代，北京政治形势反复无常，使大批文化人移居上海租界。而在

上海,文化事业总是与文化产业的操作连在一起。上海,这个在文化资格上同苏州、扬州甚至连绍兴都没法比的后起城市,开始承担起大空间中的文化责任。

20世纪以来,许多城市,包括那些历史悠久的城市,都在强调自身文化的重要性。但到底重要与否,全看它在大文化空间中发挥什么作用。我们熟悉的一些历史文化名城,它们当然也不停地在建设自己的文化,但时移世易,在20世纪中国文化的版图上,它们的作用,渐渐地越来越小了。

深圳是一个新兴城市,深圳近两年格外关注自身的文化建设,进行了各式各样的讨论。但深圳讨论文化,更应该着眼于自己在新世纪的中国文化空间中可担负的特殊角色,如果不作这个考虑,反而去比照那些已经很难在新空间发挥新作用的历史名城,那就是引入别人的劣势,来冲击自己的优势。深圳在改革开放之初的轰然出现,本来就是要在大空间内担负责任的,本来就是要为整个中国大版图负责的。所以,我们在讨论深圳文化时,不能老是作内向性的思考,局限在打理自己的文化家底和自己的文化秩序方面,因而忘记了在大空间上可发挥的特殊作用。我认为,深圳在大空间上可发挥的特殊作用主要应体现在新时代文化的开拓方面。

进入新世纪的文化空间

我们所说的大空间是一种什么样的空间呢?

时代在飞速发展,近几年,许许多多的文化信号提醒我们:我们所处的文化空间概念有必要来一次比较大的变化。我们熟悉的文化空间,其实还是比较传统的。眼下最醒目的事实是:高科技极大地改变了文化空间。我前不久曾听许倬云教授说,现在坐在小小的办公桌前可以通过国际互联网及电子邮件迅速地同世界各国的学者直接对话,"我和他们交往的密切程度,已远远超过与我一墙之隔的同事"。于是,一种非地理意义上的崭新空间出现在每一个专业的专家们面前,这个空间变化是以前无法想象的。我们用不着花多少年去追赶,这个新空间已经逼到我们眼前了。

除了电子技术外,环保问题、生物工程、克隆动物乃至克隆人、太空技术、火星探测,已不再仅仅是自然科学领域的问题,而且每一项都极大地冲击着人文科学和社会科学。它给人类带来了从未体验过的最宏大的悲剧意识和喜剧意

识,带来了谁也逃避不开的对人类整体命运的关注,而且每一个问题都不可能仅仅由某个国家来思考。这已经成为天天逼近的总背景,连我们中央电视台的《新闻联播》也把这个背景浓墨重彩地描绘在每一个中国人面前,而观众对此产生震动和发出感慨,基本上都是因为它摇撼了原有的文化感知系统。在这种情况下,如果我们用内向性、自守性的方式来营造出一个地域文化和城市文化的概念,只可说有一种想象中的天真。

应该这么说,在我国,哪座城市或哪一群学者,能够比较超前、完整、主动地阐述当代文化空间的巨大变化,解释由此而来的一系列问题,并和文化传统作一番比较,将过去、现在、未来梳理得比较清楚,那么,这座城市和这批学者就有可能在21世纪走在文化发展的前列,新的文化群落也有可能较快地形成。

这也就涉及我对《文化广场》周刊的一个要求。《文化广场》上有些文章,挪移古典细节,钩沉史料,虽然也有陈酒酽茶的暗香,但毕竟显得有些琐碎了。能不能多发一些这样的文章:它们能焕发出这座城市本身的青春感、空灵感所赋予它的想象力。深圳应该是中国最具想象力的城市。应更多地把掉书袋的热忱转移到想象力上来。其他历史积淀比较深的城市,总有想象力不够的地方,它们那里蕴藏的老学者也多,那些属于老学者们的学问可以由这些城市多做一点。如果深圳今后的文化构建对未来前景特别有想象力,而这个想象力又那么有魅力,那么便于付诸实现,因此又那么能够裹卷其他城市,那这个城市在新世纪的文化地位就非同小可了。我们是侧重于面向未来的,而面向的又不仅仅是深圳的未来,而是中国文化的未来,全球华语文化的未来。

争取文化"结算权"

要开创新世纪,需要对20世纪作一个总结。不要把总结看成是一种包袱的堆垒。某种意义上,总结是筛选,是做减法,是让我们甩掉一些包袱,变得更轻便一些。北京有几座大学在做这件事,又是重评世纪大师,又是重选世纪经典。虽然总结的结果有争议,但想法是好的,效果则更好,因为大大激活了中国文化的世纪意识。而深圳,也有资格做总结20世纪文化的事。如果说,20世纪的文化,深圳没有来得及深入地参与的话,那总结就更有资格。因为旁观者清,总结起来不必有自我避讳,而且年轻的思维总是更加公正。因此,深圳,应该争取20

世纪中华文化各个领域的"结算权"。比如,我一直在想,深圳是否可以参与评选20世纪中国美术大师、20世纪中国音乐大师等等。这既取得了某种"结算权",又有旅游景观的价值。特别是美术大师,我最感兴趣,因为美术是有形的,便于永久性地呈现。20世纪中国美术大师可评十个,把海外华人也算在里边,例如张大千、赵无极;国内有齐白石、潘天寿、林风眠、傅抱石等,健在的吴冠中也可能是候选对象吧。在深圳郊外找一个不大的院子,造十栋小楼,每一栋按这些大师生前的最后画室来布置,这一定会得到大师后人的支持,而这个小院子,也必然成为一个景点,一个20世纪向21世纪的文化交代。有了这样的院子,深圳就向全国展现了一种文化选择能力。当然,这样的评选要依靠全国乃至海外的力量,否则一旦评得不合适而留存下来就会贻笑后代。深圳有能力与海内外权威专业机构和专家合作,组织好这样的世纪性评选。同样的道理,在构想和设计下世纪文化时,也要调动全国的高层智慧。在调动全国的高层智慧方面,深圳还需努力。先要弄清楚全国的文化坐标,然后再逐步提供可让全国参考的坐标。

希望深圳文化能出现一种其他城市没有的"瞻前顾后"的能力。我经常惦念着深圳,相信深圳一定有足够的力量和高度跨入下一个世纪。深圳文化人来自四面八方,有不少人在内地原来单位日子也不错,居然在很多年前割舍既得利益直闯深圳,体现了一种文化勇气。大家已经迈出了勇敢的第一步,何不齐心协力,再勇敢一点,在中国文化跨世纪的努力中再领先一步?

（刊登于1997年8月14日《深圳商报》）

没有方言的城市

易中天

大批移民的蜂拥而来，使深圳成为一座没有方言的城市

走进深圳，我们最直观的感受有两点。一是这个城市的人都很年轻，二是他们都说普通话。这是深圳和广东其他城市大不相同的地方，也是深圳和国内其他城市大不相同的地方。全国各城市都有自己的方言，唯独深圳是个例外。北京有北京话，上海有上海话。北京话不是河北话，上海话也不是江苏话。深圳当然有人说"白话"（广州话），或说别的方言，却没有北京、上海那种只属于自己城市的"深圳话"。深圳不但现在没有方言，而且将来也不会有方言。

因为深圳不属于某个地域，而属于全中国

事实上，深圳一开始就没打算成为省会的缩影、州县的翻版。它是特区，是改革的试管和开放的窗口。因此，中国历史上有的，深圳不一定要有；中国现代化必需的，深圳就一定要有。同样，别的地方有的，深圳不一定会有；别的地方没有的，深圳反倒可能会有。所以，深圳没有大锅饭，倒有分红制；没有铁饭碗，倒有炒鱿鱼。当然，深圳还有种种和改革开放合拍、和国际惯例接轨的东西，却不会有与国际性和现代化无关的方言。

何况深圳又是个移民城市。移民城市并不一定就没有方言，比如北京、上海就有。因为北京和上海的移民，是渐进的、掺沙子式的。在此之前，已有本土文化存焉。移民们零零碎碎细水长流般地进入这两个城市，不知不觉地就被同化。当然，沙子掺得多了，土质也会发生变化。本土原生文化和外来移民文化相互渗透交融，就形成了北京和上海独特的文化。这也正是北京文化和上海文化

虽然分别接近燕赵文化和吴越文化，却又并不等同于燕赵文化和吴越文化的原因所在。但，北京文化和上海文化又毕竟是在燕赵文化和吴越文化的基础上发展起来的，而且北京和上海的移民一开始也主要是北国和江南的就近移民。既然原本就大体上"同一方水土"，则新方言的形成，也就顺理成章。

深圳的情况却不同。深圳的移民，是突发式的、浪潮般的和全方位的。不过眨眼工夫，五湖四海的各方移民，便以排山倒海之势蜂拥而来。移民的人数，数十倍地多于本土居民，而且短时间内就形成了一个庞大的族群。本土文化和移民文化不大成比例，也就谈不上同化移民的问题。当然，香港文化和广州文化的影响还是强有力的，尤其是事关经济的那些习俗，如相信风水和崇拜财神。但这并不能使深圳变成另一个香港或广州。因为财神这玩意是认钱不认人的。财神也没有什么信仰、教义和原则，并不只接受说"白话"者的香火。你就是对他说英文，他也该干啥就干啥。事实上，深圳人的信风水、祭财神、说白话，并非心仪粤港文化，而是希望"先富起来"，或不过"入乡随俗"而已。

同样，移民们原有的文化也不可能在深圳形成气候。因为一个人既然打算移民，就必须做好思想准备，丢掉自己原有的某些旧东西或旧习惯，包括讲惯了的方言。大规模的自觉移民就更是如此。对于深圳人而言，这不但并不困难，反倒应该说是理所当然，是题中应有之义。因为在某种意义上，"闯深圳"和"告别传统"可以说是同一个意思。要闯深圳，就必须告别传统。甚至，闯深圳，原本就是为了告别传统。那么，方言什么的，又有什么不可舍弃的？

更何况，在这个强手如林的城市，是没有什么地方文化可以成为优势，可以"一统天下"的。你不可能要求陕西人说江西话，不可能要求东北人说湖北话，也不可能要求江浙人说四川话。唯一可以为所有移民都共同接受的，只有普通话。也只有普通话，才最具有文化上的优势。于是，普通话便成了深圳的通用语言，深圳文化也就成了一种"普通话文化"。

普通话文化是一种优势文化

的确，普通话是优于方言的。我们这样说，并不是歧视方言或反对方言，相反，我们这些研究文化的人，都喜欢方言。甚至可以说，一个没有方言的城市，是不容易解读的，也是没有趣味的。因为没有方言，也就没有特色，没有风味。细

心的读者一定不难发现，本书写深圳的这一章，远不如前面写其他城市的章节那么有趣。原因之一，就在于深圳没有方言。中国的城市，现在正越来越一体化和模式化。到处都是大同小异的新建筑，千篇一律的立交桥，毫无个性的街道和店铺、楼房和住宅，连果皮箱都区别不大。如果某一天连方言也消失了，我不知道中国将来的城市，还会有什么可读的。

但，尽管如此，我们仍不得不承认，方言又是有封闭性和狭隘性的。实际上，正因为方言有狭隘性，才有特色；也正因为方言有封闭性，才能保住特色；而正因为方言有特色，才会有风味。相反，普通话不同于方言之处，则正在于它的兼容性和开放性。前面说过，最具有兼容性和开放性的文化，也就是最具有优势的文化。开放才会有活力，兼容才会有发展。中国历史上有许多城市，如扬州、泉州、苏州、广州，都曾繁盛一时，就因为它们在当时是最具开放性和兼容性的。这种优势一旦丧失，随之而来的，便很可能是无法避免的衰落。比如扬州、泉州和苏州的繁华就已成明日黄花，而坚持粤语文化的广州，如不改弦更张，加强开放性和兼容性，则恐怕难免有落伍之虞。

在这方面，深圳的优势极为明显。

事实上，开放和兼容，正是深圳这个没有方言、说普通话的新兴城市的性格。自建市之日起，深圳就没关过门。或者说，它本来就是充满自信的中国人有意打开的门。从这扇洞开之门走进来的，不但有国外、境外的资金，也有他们的科学技术、管理经验、经济模式、营销理念、运作方法等等，比如企划、CI、广告、公关、信托投资、有偿转让、分级管理、经营预算、品牌战略、股票证券之类。只要是好东西，深圳都来者不拒，一概接收。一时半会拿不准的，也允许试。生活层面的东西，就更是少有禁忌。新潮服装、时髦发型、西式婚礼、境外旅游，在深圳都大行其道。桑拿浴、保龄球、高尔夫、夜总会、BAR、PUB，这些现在已为国人逐渐熟悉，先前却闻所未闻，或只在电影里看过，在老上海的故事里听过，却不曾或不敢尝试的东西，在这个城市也最早登陆，并风行一时。

深圳也是兼容的。活跃在深圳这个大舞台上的，并不是一个成分单一品类单纯的族群。改革者、投机商、文化人、阴谋家、暴发户、打工族、淘金者、江湖帮、皮条客、经纪人、创业者、流浪汉、科技精英、企业老总、白领雇员、街头摊贩、坐台小姐、江湖骗子，可谓无奇不有。各色人等，鱼龙混杂，阶层甚多，差别很大。但，无论是财大气粗的香港大富豪，还是克勤克俭的他乡打工妹；无论是

老谋深算的外国金融家，还是初涉商海的内地大学生，都在这个城市有一席地位，有自己的生存空间，而且活得如鱼得水。

开放和兼容也是深圳人的共识。1995年9月，《深圳商报》的《文化广场》周刊创办之初，即表现出一种开放兼容的气度。他们的口号是"共同的园地，不同的声音"。学界精英、机关干部、公司文员、打工一族，都可以在这个园地畅所欲言，而毋庸顾虑所言是否精当，所说是否准确。的确，一个开放兼容的城市是不会单调到只有一种声音的，就像气势恢宏的交响乐不会只有一个声部或只用一种乐器演奏一样。

开放和兼容构成了优势

相书有云：北人南相，南人北相者贵。鲁迅先生以为"这并不是妄语"，而且解释说："昔人之所谓'贵'，不过是当时的成功，在现在，那就是做成有益的事业了。"（《北人与南人》）深圳地居南国而人多北方（广东人把外地人通称为"北方人"，事实上深圳的北方人也确实较多），无疑是"南人北相"。其实，深圳又岂止是"南人北相"，甚至也是"东人西相"。作为一个面向全国开放的移民城市，深圳兼东西南北各地文化优势而有之。南方的务实，北方的豪爽，西部的坚忍，东部的精明，在这里都有表现，而且相得益彰。

更重要的是，深圳为东西互补南北交融创造了一种条件，包括宽松的文化氛围，轻松的文化心理，开阔的文化视野，多样的文化生活等等。在深圳，很少有人会死守童年时代养成的生活方式和心理习惯，也很少有狭隘的地方观念。这也不奇怪。一个没有方言的城市是不会有狭隘的地方观念的，而在一个都讲普通话的地方讨论"唯我家乡独好"的问题则显然是可笑的。事实上，大家都讲普通话，也就意味着大家都放弃或部分地放弃原有的文化，同时共同接受某种公共原则，不管这种放弃和接受是主动的还是被迫的。反正，在文化的磨合与重组中，可以放弃的，多半是不值得坚持的，而真正优秀的东西，则总是会留存下来。当五湖四海的移民都在放弃同时也在坚持时，一种文化上的优势互补局面，也就自然而然地形成。

无疑，这绝不意味着要形成一种样式单一的新文化。相反，对于深圳这样一种移民城市而言，能为所有移民共同接受的公共原则只有一个，即开放与兼容；

而在一个开放和兼容的城市，人们的生活也一定是多样的。只要到街上去走一走，看看深圳的餐饮业，你就会发现，几乎国内所有的吃法，深圳都有。甚至世界上有的，深圳也有。法国大菜、美国快餐、日本料理、南洋小吃，林林总总，五花八门。至于中国传统的八大菜系，当然也不在话下。川粤两大菜系固然风光依旧，湖南菜和东北菜也十分盛行。就连近两年才在新疆开始流行的大盘鸡，也迅速地出现在深圳街头。深圳毕竟是一个移民城市。移民们带来了自己的理想，也带来了自己的文化。为了生存，他们不得不把对家乡的眷恋暂时埋在心底，但事实上不少人的家乡观念还是很重的。深圳毕竟是"异乡"，毕竟是"别人的地方"。因此，遇到新结识的人，他们会询问"你是从哪里来的"。如果是"老乡"，便会格外亲切。总之，对于家乡的这份眷恋会不时地涌上心头。于是，每当夜幕降临，人们思乡之情最切时，家乡菜那浓郁的风味，就会和浓浓的乡情一起，如泣如诉地飘荡在这个城市的上空。它们和深圳电视台特别举办的《故乡传真》节目一起，寄托和抚慰着异乡人不可言说的乡愁。

然而钟情于各地风味的却并非只有家乡人。苟如此，则深圳人的活法，就不是多样，而是单一。事实上，深圳人是既听摇滚乐，又读《菜根谭》；既吃麦当劳，又去川菜馆的。因为敢闯深圳的人也都敢尝新，而这个城市的生活又如此的丰富多彩，那就应该尽情地享受天南地北五湖四海。因此，深圳人一般都有较宽的"食谱"。他们可能会比较钟爱某种食物、服饰、玩法，但不会拘泥于其中的一种。只要有可能，他们多半愿意都体验尝试一下。穿皮鞋的人也许比较多，但也有人喜欢北京的平底布鞋；有人喜欢小立领衬衫，也有人喜欢无领T恤。难怪有人说，没有人能说清深圳最时髦的衣着是什么。也许，根本就没有什么是最时髦的。深圳，只时髦多样。

深圳的生活是多样的，也是多层的

这同样不奇怪，因为深圳原本就是一个贵贱贫富悬殊的社会，不可能没有层次。尽管深圳的人均收入要远远高于内地，大多数人都比较有钱，但毕竟不是所有的人都能驾世界名车，也不是什么人都能住总统套房。省吃俭用寄钱回家的打工妹和在夜总会或KTV包房里一掷千金的大老板固然不可同日而语，18岁出门远行的外省青年与在证券交易所里翻云覆雨的炒手也不会心态相同。不同的

人有不同的地位、不同的收入，也有不同的想法和活法。拥有上万美金一张金卡的阔佬和名流衣冠楚楚，潇洒而高傲地出入CLUB，享受着我们只能在好莱坞影片中观看的顶级生活；白领丽人仪态万方，在名店街和精品屋流连忘返，在咖啡馆和健身房里体验优雅或放松身心；年轻的工薪族下班以后去蹦迪、泡吧、看艳舞，与朋友在红茶坊聊天，或者到有数码音响设备的影院去看一场进口大片。双休日，大小公司的老总们会开着名车和老婆孩子一起去吃大排档。他们平时在酒楼里应酬累了，很需要和家人共享天伦，却又不忍心再偏劳太太。大排档的家常菜则最能满足这种需求。所以，每到这时，大酒楼的生意往往比较清淡，而大排档却相当火爆。深圳人生活的多样，由此又可见一斑。

不过这些大体上都与打工族无缘。身心疲惫又阮囊羞涩的他们，多半只能挤在狭小的房间里看录像，麻木地盯着荧屏，一任港台片的打打闹闹哭哭笑笑刺激神经。但是，深圳人并没有忘记他们。有良心的深圳人都明白，如果没有打工仔和打工妹们的血汗和辛劳，我们这个城市是不可能平地高楼日进斗金的。于是，深圳人为打工族设计了一个休闲的好去处——"大家乐"。我到过红荔路上荔枝公园附近的"大家乐"。那里舞台宽大而场地开阔，设备优良而票价低廉，任何人只要花两三块钱就能买张门票进去观看演出。如果有兴趣也有胆量，还可以登台献艺一展歌喉。不想花钱也不要紧，你可以站在外面看。大家乐舞台是开放的，也是兼容的。它没有高耸的围墙、森严的门卫，只有一道低矮空疏的栅栏，象征性地立在座位后面，却留下许多空间，一任围观，不折不扣的是"大家乐"。这样的"大家乐"据说几乎每个居民区和工业区都有。它们其实体现了一种"深圳精神"。深圳是改革开放的特区，而改革开放的目的，就是要通过让一部分人先富起来，最终实现共同富裕，当然应该"大家都乐"。

深圳人多样多层的生活给许多企业提供了商机，也提出了挑战。因为消费者的需求是如此五花八门，那就谁也不可能独占市场。当然，也不能指望一个好点子就能吃一辈子。深圳人的生活是多样的，也是多变的。曾经红火一时的卡拉OK歌厅和保龄球馆忽然门前冷落，茶餐厅、茶艺馆、网吧、布吧、陶吧之类则渐渐兴盛。吃什么、喝什么、玩什么开始变得不那么重要，在哪儿吃、在哪儿喝、在哪儿玩却慢慢讲究起来。深圳人生活越来越好，花样也就越来越多。新潮一族迷上了锐舞派对（Rave Party），在DJ（专业唱片师）播放的强劲电子音乐声中通宵达旦跳舞狂欢；一些最早闯深圳的"资深改革者"们却会在黄昏或深夜打开

尘封的书箱，重温大学时的旧梦。没有什么共同的时髦，也不会有千篇一律。在这个无奇不有的城市里，人是形形色色的，人的活法也会是形形色色的。仍然会有人对黄色架步感兴趣，也会有人花20元小费在公园里找来历不明的女人"聊天"。

这就是深圳。的确，单纯是小城的特征，多元、多层、多样、多彩、多变才是特区。

（摘自《读城记》，上海文艺出版社，1997年）

人民要有知情权

袁 庚

女士们、先生们、朋友们：

感谢各位知名度极高的中外经济学者和企业家光临这个天涯海角，使这个本来是小渔村的年轻社区添加了新的魅力。

对于研讨会中涉及的重大理论问题，本人不敢班门弄斧，但面对这么多专家学者，又不能不讲几句。

我以为，要引进外国的资金、技术、设备等等，并不是十分困难的事，而要创造一个适应这个经济发展的社会环境，则要困难得多。进步的社会、进步的人，是任何一个国家和民族经济起飞的大前提。有人问："蛇口是怎么发展起来的？"我回答："是从人的观念转变和社会改革开始的。"

这个地方，是由跻身香港的一个中资机构——招商局——全资开发经营的，而不是运用政府的行政功能开发的。这里的企业 80% 以上是三资企业，这就意味着，蛇口自出娘胎就先天具有适应国际化市场经济的功能。作为一个企业，如果没有经济效益，没有在国际市场上竞争的能力，是一天也活不下去的。对于蛇口来说，开拓国际市场尤重于国内市场。人民的创造力和自由意志完全是按照国际自由竞争机制和经济规律、价值法则所规范的，而这种创造力和自由意志的充分发挥，则有赖于各种体制的改革。

在蛇口，当基础设施粗具规模以后，我们做的第一件事就是淡化特权和官本位，冻结了过去在内地的行政级别和工资级别。如果你问某个蛇口人现在是什么级别，是局长还是处长，那将引起哄堂大笑。这里的许多干部更乐意在企业施展自己的才能，我们的困难是，如果让一个干部从企业到政府部门工作，往往要花费很大的力气去说服他。

我们进行社会财富再分配时，非常重视它的公平和合理性。比如住房，任何人不能靠特权获得，在商品面前人人平等；至于薪酬，则要根据他的才能和贡献来确定。包括国务院明文规定的赴港出国允许携带大件的特权，我们早就主动取消了。

我们还主张，领导层要有透明度，人民要有知情权。当你作出有关人民利益的决策时，人民理所当然有权过问你。蛇口除了实行选举领导人之外，还实行一年一次的信任投票制度，即给人民以罢免权，在这里已坚持六年了。这就是权力的监督和制约，其中还包括舆论监督，不违反宪法的言论自由、各种群众性的压力团体等等。谁都明白，如果地球没有自己的轨道，没有制衡的力量，那就可能撞到太阳上去而毁灭掉。

我们提倡宪法所规定的言论自由，任何人、任何思想流派，只要不是想推翻共产党和搞人身攻击的话，他都可以发表个人的意见，有免除恐惧的自由。"我可以不同意你的观点，但我誓死捍卫你发表不同意见的权利"。所有这些，加上人才的合理流动、职业的双向选择，都使人成为真正的人，充分发展自己的才华，受到社会的尊重，而不是违背自己的良知、扭曲自己的个性。

有一位诺贝尔奖获得者李远哲博士，三个月前在这里和我见面时曾经有过一段对话。他问道："开发蛇口的哲学思想是什么？"我说："我们不仅要继承和发扬中国的一切优秀传统文化，而且要学习借鉴西方的优秀文化，包括科学、技术、工艺、管理。我们要创造繁衍现代文明的土壤，但决不能提供色情、暴力、同性恋、艾滋病滋生的土壤。我们要避免和防止西方的道德危机。"

刚才有记者问："蛇口今后的希望在哪里？"我想，蛇口的希望就在于，在光明中能够揭露黑暗，在前进中能够看到落后。80 年前，招商局历史上的一位知名人士郑观应写过《盛世危言》，曾想力挽招商局的衰败，但随着改革派人物谭嗣同的人头落地，当时的招商局也就跟着一蹶不振。以史为鉴，可以知兴废。

今天，我们还是要用《盛世危言》警醒自己，如果在座诸位能够不客气地为我们指出缺点和不足，指出今天招商局、蛇口工业区的阴暗面，那才够得上真正的朋友！

（本文系作者 1998 年 11 月 12 日在"中国经济改革回顾与展望"国际研究会上的即席演讲，标题为编者所拟）

深圳初夜

陈俊年

公元1980年9月20日下午5时45分，是我平生第一次抵达深圳的"历史性时刻"。

其时正是决定在深圳创办我国第一个经济特区的"红头文件"刚刚下发不久，我便奉命前往采访。荣幸之至，兴奋之至，自不待言。

下了火车，走向广场，我第一次遇见一辆极其标致的流动餐车。原以为火车上才有餐车，不晓得这里的广场上也有汽车变作餐车的，且周身描满图文并茂的彩色广告，雪白的塑胶盒盛满热饭香菜，更有流行歌曲佐餐，无怪乎惹得旅人雀跃争购，眼福、耳福、口福大饱一顿。经济特区最初的经济氛围及其奇特之处，由此得到了难忘的第一印象。

然而，初到特区的兴奋，旋即被住宿危机驱散了。进过三家旅店，均告客满。初闻服务员连说"爆棚爆棚"，我听成是"楼棚爆炸"，待混入走廊通道一看，到处散铺连着散铺，挤挤拥拥，才晓得"爆棚"之说绝非危言耸听。

那时候，深圳无酒店，无宾馆，无的士，也没有什么大中小巴。虽紧挨着香港，却一如内地的"老少边穷"。夕阳里拖着影子寻找住所，走遍街头巷尾，最显眼的，满地是港客们丢弃的红红白白黄黄的塑胶袋。晚风一卷，纷纷扬扬，飘飘荡荡，很有点不堪入目的特色。如此景况，令人堪虑：在这般贫困的边陲小镇办经济特区——有"经济"么？"特"得起来么？

记者证毕竟有用。天黑时分，我终于住进了宝安县委招待所——即现今深圳市迎宾馆那个地方。住宿费不贵，每晚2.10元。穿过小院，找到那间低矮的旧平房，经人指点，才确知我睡碌架床的上层。"流浪汉"成了"上层人士"，不胜欢欣。

安顿之后很无聊。数数床铺，二十有一，形同学生宿舍。看看住客，或坐或

卧，姿态万千。满室烟雾缭绕，盈耳各种方言。听得出，来自大南地北的客人中至少有三种人：刚调来的，想调来的，出差来的。无论哪一种人，他们都是应着创办特区的召唤而匆匆赶赴深圳的。因此，这里变成了特区信息交流总汇，也仿佛是特区社会心态展示中心。你可以从中得知各种议论，各种小道消息，窥见各种动态，各种心迹。应该说，多数人都想来深圳干一番事业，把特区看成是中国的希望。当然，也不乏怀疑者，动摇者。对面床的那位汉子，便直言不讳地说："我明天就走人，深圳这鬼地方呆不得！"

我初来乍到，不便插嘴。令人吃惊的是，大概晚上八时许，前来探望我的友人带来了一个可怕的消息：是夜，偷渡越境的人数据说将突破五位数！

偷渡和反偷渡，作为南中国边境的社会现象，由来已久，早有听闻，但今夜将出现如此严重的局势，却令我大为震惊！友人未及细谈，便匆匆告辞，说是所有机关干部都要去把守路口了。出于职业的敏感和好奇，我决定和他结伴同行。

那时候，深圳尚无彩色夜市，亦无迷人的霓虹。只有昏暗的路灯，照着死寂般的街道。一队荷枪实弹的边防军跑步擦肩而过，紧接着又有几股持枪持棍的"土八路"急急前行，转瞬遁入夜的尽头。我大步搀着友人奔赴目的地，气喘吁吁中，第一次深深地嗅到深圳的"火药味"竟如此呛人口鼻！

指定把守的路口，在现今竹园宾馆附近，那一带如今很繁华了，但当年却是荒郊野外，坟冢累累，风吹草动，令人毛骨悚然。而远处几个路口，也时有手电筒明灭，时有烟蒂闪烁。这一切，平添了夜的神秘，夜的警觉。

毕竟当过兵，我大步流星登上高坡，独自眺望深圳之夜的全景：啊！不见车河，不见人流，不见万家灯火。漫漫黑夜中，最触目的当是远处那条边境线，明晃晃如一把长剑将河山劈成两片，铁丝网上的电灯俨然警醒不眠的眼睛，彻夜圆睁！那绵延数十里的灯串，我认定它不是深圳胸前的美丽项链，而是注释历史的一行闪着泪光的破折号……

事情那么严峻，又那么令人费解。守路口守到深夜一点半，却遇不见半个偷渡者。于是，人们怀疑情报的可靠性，放肆议论起来。那当儿，有一位操着地道河南腔的干部说："俺是来建设特区的，没想到第一个夜班俺就当上了边防军！"说罢，他笑，我笑，大伙儿都乐了。

隐隐传来马达声，远处车灯忽现忽隐，我们又遵命迅速进入"战斗岗位"，萌生出"迎战"的渴望和冲动。料想不到，截住汽车，检查证件，才知道来者都是

如假包换的自己人——车上载满旧木箱、湘竹椅以及坛坛罐罐，跳下车的几位汉子，满脸笑容地自我介绍说："哇（我）是从沙（汕）头调来深圳的，这是调令，这是边防证……"

下半夜，这种美丽的误会，接连发生。受检查的汽车，既有河源开来的，也有梅县开来的，还有从江西开来的。风尘仆仆的建设者，或结伴南下，或举家南迁，都是昼夜兼程，赶来特区报到的。望着江西老表的妻子怀抱着熟睡的婴儿，不知是谁逗了句玩笑："嘻，这家子'开荒牛'还带来小牛仔呢！"

"迎战"变成意外的"迎亲"，真叫人喜出望外——盼望迎候更多的特区建设者。果然，这一夜，共有六批人马，是从我们这个路口进入深圳的，直至凌晨三时半，我们奉命撤离时，又接进一批建设者。我想，从死守到迎候，或许，历史的喜剧就从今夜启幕了……

迈着兴奋而又疲惫的步子，回到招待所，原以为要蹑手蹑脚摸黑做"上层人士"，未想到客房里仍然灯火透亮。走进房门，好生纳闷：好几床蚊帐里面都坐着赤膊汉子，或目不转睛地盯着席上铺着的图纸，或聚精会神地翻阅着枕边摊开的书本。我的那位"下层人士"是位眼镜先生。此刻，他坐在铁桶加枕头的"凳子"上，以床当桌，一边移动三角尺，一手拨弄计算器，忙乎得鼻尖上缀满晶莹的汗珠儿。我悄然走近一看，原来是一幅深圳市道路建设草图。我怦然心动，当他抬头望我时，我报以微笑向他致意。心想：有这么拼命的建设者，何愁特区"特"不起来呢？！

从深圳第一夜至今，十年了，我曾在特区这片新垦地上度过了无数美妙的夜晚。荡银湖，钓月光；登国贸，摘星星。夜上梧桐山，望梅沙浪如梅花漫天，香蜜湖有蜜香飘荡，蛇口半岛灯映南海好似金蛇狂舞。鹏城飞鹏，深圳深情。大厦崛起，特区长高了！一扇扇闪烁的窗口，亮出多少美丽的诗意。歌厅声声甜，舞厅步步劲。大道通衢上，分秒不息的是呼啸的深圳速度……

前不久的夜晚，那位深圳友人陪我去大鹏湾采访。据悉，那一带曾是偷渡者的跳海之地，墨黑之夜曾响起凄厉的机枪声……面对大海，我们感慨万千。我问他这十年深圳最大的变化是什么，他却问我："还记得那夜守路口吗？办特区以来，机关干部都去守路口，那是第一次，也是最后一次。你说这是为什么？"

我思索着，回忆着，便惦起那夜那人那情那景。对面床的那位汉子，离开深圳不知是否有过后悔？而十年后的今夜，那个小牛仔或许正在少年宫学弹钢琴吧……

　　这时，月光下，有一群打工仔从小梅沙走来，齐声唱着的竟是改了词的《抗大校歌》——

　　　　"南海之滨集合着一群

　　　　中华民族优秀的子孙……"

　　歌声伴涛声，随着徐徐南风向北向北……

　　　　　　　　　　1990年深圳经济特区成立十周年前夕

　　　　　　（选自《初夜》，陈俊年著，广东人民出版社，1998年）

深圳城市空间的文化解读

王绍培

南头关

在电视剧《围城》的片头，小说家钱钟书把人类的基本境遇概括成"城里的人想逃出来，城外的想冲进去"。假如你曾经在南头关轮候验证，你也许在内心产生过类似的思虑。

南头关（南头边防检查站）是那些乘飞机来深圳人的必经之地。他们在这里出示进入深圳的必要证件：边境通行证、深圳居民身份证、深圳暂住证或是出国护照。但那些从这里出关的人则省略了这一手续。进城的人与出城的人之间显然并不完全平衡。

现代中国的城市很少有这么一种"入城式"。古代的城市（无论中外）倒常常用围墙把自己限定起来，不仅以此作为防卫自己的设施，也方便看门人在必要的时候审查入城者的资格。北京被拆除的古城墙是建筑学家心中永恒的痛，但在当时无疑是"解放"这一口号的逻辑延伸。西安打算全面恢复其古城墙的风貌，旨在强化她作为旅游胜地的城市定位。只有深圳在她特区范围周边设置铁丝网具有与城墙相似的功能。关口的地位因此凸显了出来。

"入城式"并不复杂。在最为宽泛的意义上，它不过是"验证"这一简单动作。但这一新异的经验仍令人刻骨铭心。它显然强化了期待已久的从一种空间向另一种空间过渡的体验。关口作为一些人此前与此后生活分水岭的建筑象征物，留在了他们的潜意识中。

人生不过是在不同空间之中进行的转换。"围城"的寓意触及的是基本境遇当中的一种，这就是倦怠。它的二元对立的模式（城里／城外，进／出），也不足以说明空间的差别（而非对立）。许多人通过转换空间以缓和或解决他们在基本境遇中碰到的问题（失恋、逃婚、与上司不和、不满现状等等）。空间转换的幅度反映一个人在其基本境遇中碰到的问题的严重程度，"去深圳"在20世纪80年代常常会被当做是具有本体论意味的解决手段。假使问题依然存在，他们就会选择"出国"或"去美国"，鉴于这些空间当中隐含的层级的含义，我们不妨说中国人比美国人多一种希望。

我们早已失去了乌托邦的冲动，这与出现深圳这类空间或许有不小的关联——物理空间的转移在一定程度上取代了心理空间的转移。深圳不是乌托邦的替代物，也没有丝毫乌托邦的色彩。但是，对那些没有来的人，深圳是可能的梦幻之乡。耐人寻味的是，恰恰是用铁丝网限定了自身的深圳倒是对几乎所有人都是开放的。在我们的印象里，北京虽然也拥入了不少外来者，但最适合的一度曾经是流浪艺术家（前卫的画家、不得志的诗人、急于成名的歌手以及寻觅机会的演员）。广州最适合有些才气的写手，因为那里的媒体呈现出旺盛的活力。深圳则接纳任何人，你可以没有特别的长处。

进入深圳的难度——相对于内地城市而言至少你得有一纸"准入证"——似乎降低了在这里居留的难度。实际情形也许应该反过来讲，恰好是居留容易，才需要增加进入的难度。在深圳留得容易，不是这里的空间没有关口（关口或入口差不多是任何空间开始的地方），也不是这里的关口不涉及权力（关口也是权力的象征）。高速公路或停车场的进入权可以用钞票换；大学校园的进入权必须通过国家认可的考试；一份满意的工作往往需要一纸大学文凭；进入某间房屋需要一把钥匙；进出某位女人的身体——李敖粗俗而不失鲜活的比喻——则以爱情或结婚证为其"pass"。"假证行业"的存在从一个侧面说明深圳的空间同样有准入的问题，唯一的解释是：这里空间广阔，空阔的差异细微而丰富。这使得不来深圳的人是相似的，来深圳的人则各有各的不同。

深南大道

"向东／黄昏之水展开她的传说。"向东，深南大道上的车流展开了道路两侧空间梦幻的综合体。深南大道是深圳的动脉。在她的两侧城市像展品一样陈列。深南大道的西半段松弛舒缓，不时可见大片的空白为未来留下了余地。到上海宾馆，道路一下收窄，建筑的高潮迭起。80、90年代的深圳人在所谓主干道和

那些高楼大厦中灌注了对现代化的理解与想象，道路与交通的规划倒没有怎么考虑。一位激愤的诗人建议在这一带立一块耻辱碑，以纪念早期决策者们的短视。但是，在当年的决策者看来，现代化或许就该有那么一些拥挤。

与深南大道大致平行的位于北边的北环大道以及位于南边、尚未竣工的滨海大道是深圳的另外两条动脉，它们与那些南北走向的道路交织成交通的网络，使深圳的空间像被切割的蛋糕。按照这个设喻想象下去，那些标志意味的高楼大厦便是插在蛋糕上的蜡烛。当然，这一设喻过于亮丽，过于甜蜜。

意大利新理性派的建筑理论家阿尔多·罗西指出，任何城市都包含两个部分：标志（landmark）和母体（matrix），二者缺一不可。标志是我们对一座城市最初的认识，同时也是最后的记忆。标志是一个被实现了的建筑上的可能性，而母体则是包孕无数可能性的现实。罗西没有描绘母体的色彩。与标志相比，母体应该是灰色的。这也是可能性的颜色。

在初来乍到的王棉（缪永的小说《我的生活与你无关》的女主人公）眼里，深圳是一座"暧昧的城市"。同样是初来乍到的冶兰（文夕小说《野兰花》的女主人公），刚一步出火车站也是"迷茫在夜雾里了"。缪永小说的中文书名心高气盛，拒人千里之外，但是该小说的英文名"Lost in the none city"倒是毫不遮掩地表露了这类女人同样真实的另一面：伤感缠绵、孤立无助。这里的关键词是"迷失"，与冶兰的"迷茫"何其神似。她们都从这座城市的母体部分切入这座城市。这不仅对她们的生活是一个重要的寓言，这其实也是一般生活的寓言。按照香港的哲学讲师李天命的解释，人生总体是灰色、低调的，只是偶尔发光（我把此一旷达的人生观简称为"偶发主义"）。李天命无意中暗合了罗西的城市组合理论。

同样是灰色，情形实际上可以颇不一样。在内地城市，一个人有可能纯粹、明净；而在深圳，这种灰色中则有着"夜雾"与"霓虹"。深圳的灰色母体有一种"暧昧的"深度，有一些诱惑的情调。无论是冶兰的"迷茫"抑或是王棉的"迷失"，都有显而易见的见猎心喜的自愿。因此，"迷茫"或许是冶兰感触可能性的第一印象，"迷失"或许是王棉表达可能性的委婉用语。

这座城市的母体就是深灰。这一绝非平面的色度乃是由空间的错落交织构成的。布迪厄把"空间"定义为"位置的集合体"。不只建筑有它的位置，人也一样。人与空间相互给予彼此的灰色。人通过这种接受或给予强化自己与母体融合的信念与能力。其具体表现就是人的暧昧性：除开本身很可疑的各类证件、说明，剩下的就只有当事人的"口述史"。日本人把一个人的莫名消失称之为"人间蒸发"，而在暧昧的人身上存在着"时间蒸发"的现象，一段经历消失了。他既然可以从过去的关系网中消失，那他当然更可以从现在的关系网中消失。他使自己成为自己经历的唯一能随时找到的见证人。流浪给了他这样的机会，也给了他这样的权利。

流浪的酸楚往往夹杂着自由的滋味。对于这一经历的珍视，使深圳的集体无意识中积累着对匿名或半匿名生涯的偏好。可能是这个原因，为数众多的深圳人对名人有一种近乎本能的厌恶，除非这个人的名气与权势或金钱有关，他们或许才稍稍予以注目。

深圳中心区

建筑以及它们彼此之间的关系记载着城市生长的年轮。罗湖商业区（深圳的繁华之地）是80、90年代的深圳—迄今为止，在人们的口语里，仍然把那一带称之为"深圳"或"市里"。在位于福田的深圳中心区，人们准备塑造21世纪头十年的深圳，但是听上去，却像是在塑造一个深圳下属区域的中心。

这是深圳的阳面。一切建筑都被赋予标志性。在此它是最高权力的建筑的对应物。而权力机构也确实在这里设置了一个市政中心。市政中心这一概念的渊源可以上溯到希腊、罗马。不过，对几乎已成功塑造了有选择性的遗忘传统的现代中国人，建筑形式的历史意味充其量提供了某种闲谈之资。在更重视空间功能的取向之下，人们甚至用广场命名高楼大厦。他们对后一空间是叠加的、片断的而非铺陈的、连绵的视而不见。概念服务于主流意志。

行政权力对空间的塑造并不是全能的。部分原因是行政权力的空间有着刚性的限定。中心空间的品位与档次决定了它吸附边缘地带的能力。中心空间能统摄的边缘地带的范围取决于中心空间集合了多少独一无二的事物（在多大的范围内独一无二）。空间的特征最终会稳定在某个层面上，但是有创造性的文化仍会改写或重新阐释空间的意蕴。

地　王

地王现在是对那座深圳最高建筑物的俗称。深圳信兴广场以它的高度（一度据说是亚洲第一，但很快就被热衷于此类竞赛的亚洲人打破了）显示现代化的意象。地王本来是对建筑物下面的那幅土地的俗称。那里曾经是权力机构的所在地。至少在高度的意义上，地王象征着迅速崛起的商业势力。

深圳作为一座城市的面相委身于地王之上。正如埃菲尔铁塔与法国的巴黎紧密联系在一起。建筑高度的优越性之一是：它直截了当地进入视野而不是迂回曲折浮现于想象。地王与埃菲尔铁塔的不同也是显而易见的。后者体现了巨大的游戏精神。埃菲尔铁塔不多的可以与实用主义沾上边的一点或许是：它积累了一些驾驭钢铁这一新型建筑材料的技术经验。这建筑物本身几乎没有实用目的，尽管它提供了一个广大无际的视觉空间。

地王是工具理性的产物。空间的累积使用有利于摊薄地价的成本，但它也提高了技术的成本。与此同时，高度本身就成为商品的一个重要属性，愈高则愈贵。购买地王空间的商人把多付出的钱转化成商业信誉：既然能在地王里面购置产业，说明实力雄厚，是可以信赖的商业伙伴。这一商业游戏规则保证参与者一时之间似乎都是赢家。

这显然不是一个人人都可参与的游戏。普通市民无法产生接近它的冲动，这部分地解释了地王的周围为什么会是冷清的。然而，这没有妨碍地王成为深圳的象征。也许一切正是转化到象征的层面才得到认同：商业精神的象征、现代化的象征、繁华的象征、中心的象征。到最后，它则是出现在荧屏上或是明信片上的一幅图景、一个符号。

深大演会中心

鉴于地王业已具备统摄庞大空间的功能，对它的理解也就可以借助于别的建筑物。比如说，位于深圳大学校园内的深大演会中心。这是一处低调的建筑，似乎事先预见到地王这类建筑的崛起，与街面上流行的光滑晶莹的外装修迥然不同：它的开放结构本来是适应亚热带气候条件下的空气流通，但在与外观相响应的过程中凸显了未完成的形式感。这一点尤其令人满意,因为这使得这座主要是青年学子使用的、环境得天独厚的建筑物像它周围的植物一样,永远有一股可以期待的生命力。

像深大演会中心这样富于人文气息的建筑至少还有一处,即南山图书馆。它的基本轮廓是一个放大了的圆柱,用切下来的一块所形成的立面作为建筑的入口和出口。这一建筑形式的寓意或许是:让事物的核心呈现,而阅读是一种方式。可惜的是这座建筑在细节上既不纯粹,也不统一。显而易见的许多细节的构思并不是来自建筑师而是来自有权支配建筑的人。它的水平线被太多的打扮毁坏了。

人文空间没有一种夸张的高度不是偶然的,因为它不需要考虑地价和利润,但它仍然要考虑在哪些地价相对便宜的地方才可以站稳脚跟。这样,人文空间与寸土寸金的商业空间相比,它处在边缘的洼地上。于是人文空间与商业空间彼此都是一个遥远的意象,距离缓和它们之间的张力。这或许可以解释深大演会中心、南山图书馆为什么会出现在南山。在那里曾经有人提出过"文化南山"的口号。

书　城

而跻身于商业空间的深圳书城(紧邻地王)仅说明它多么彻底地把图书当做商品。它无法容忍自己不充分地利用一切空间,因此,在人们步入书城的台阶上我们看见口号以及广告。其结果是,在我们拾级而上的时候,我们首先看见了与书香氛围难以调和的丑陋的一幕。

松坪山小区

选择松坪山小区的唯一理由是:它不是一个样板小区。因此在这样的小区更能体现规划者的一般性意见而不是特殊的想法。

松坪山小区位于深圳西部,在广深高速公路与北环大道之间,距西南方向的蛇口有30分钟的车程(以普通人乘坐的巴士为交通工具计算。这一距离常常取决于交通状况),距市区(罗湖一带)有60分钟以上的车程。距离最近的西丽镇

（步行20分钟）对松坪小区居民不具特殊性，因此它不是他们的方向（无论是购物，娱乐或饮食）。

这一地理上的特性决定了松坪山小区必须是一个最低意义上独立自足的围城：一条东西走向的街（与广深高速、北环大道平行）把小区划分成南北两片。街边有一些发廊与食店，再点缀小邮局、储蓄所、门诊部、杂货店，以构成生活的必要条件。所有稍具奢侈意味的设施都被从这里剔除出去。没有电影院，没有健身房，没有游泳池，没有网球场甚或羽毛球场。对生活在这里的近两千户人家而言，教育也是必要条件，因此小区内有两家幼儿园、一所小学、一所中学。

尽管松坪山小区的房屋不完全属于福利房，但它大体上仍然可以归属于福利房的范畴中。社会福利思想规划空间的几个基本点——经济、平均、合理、民主——在这里也有明显的体现：平均的面积、平均的建筑、平均的质量、平均的朝向。

平均空间几乎抹去了差异性。每栋楼房的区别不在外观，而在编码。这甚至不能用经济考虑来加以解释。在外观上修饰一些旨在识别的标志，并不会花费额外的一笔钱。合理的解释只能是：规划者不愿意在这平均空间当中耗费激情。

这样的规划对平均空间中的居民并非没有意义。至少，在日常生活的视野中没有出现太大的落差。既然是生活，既然是在过一种必要条件下的生活，那么，心境的安宁本身就是我们所理解的幸福的组成要素。

W的书房

W的书房只有5平方米。对一个三流文人，这是一个恰当的尺寸。他用顶天立地的书柜进一步减缩了这个空间，以便这个空间仅仅容纳他，仅仅被他占据，这就像巢穴。这个意象很自然地令他把生存引向栖居这个概念。

书籍充满了巢穴（像别的候鸟留下的羽毛）。一本书就是一道世界的缝隙。按照柏拉图的说法，我们看世界的方式，不也就是透过缝隙去看？跟柏拉图的解释不同的是，缝隙不是使我们看得更少，而是更多。想象力帮助我们补足在窥视中没有看见的事物。热衷窥视是热爱书籍的结果，抑或原因，这是件无法分清楚的事，反正它们彼此融为一体。这一习惯为一个人成为一个文人提供了必要的前提。

　　文人，假如是本雅明所定义的文人，那么即使是三流文人也是对W的褒奖。较为准确的说法是，在W身上存在着文人性。真正的文人可以开辟一个自己的世界（罗兰·巴特的话或更到位：为自己开辟一个懒洋洋的小角落）。一个与外面的世界区分开来了的小世界。文人性不过是对开辟一个小世界有缠绵不已的神往，但他终究没有那么坚决，于是他的小世界或小角落便是"小围城"。他在"小围城"里想到的是"外面的世界很精彩"。文人性的另一层含义是他借文字作为谋生的手段。这当然不是一个决定性的特征。

　　　　所有水的集合与舞蹈，

　　　　风下面的唯一的大海。

　　　　永恒的律动与拍打，

　　　　发生在看不见的深处。

　　　　整个的海在动摇，包括船，

　　　　只有岸边的礁石挺立不动。

　　　　你在细雨中看见了，

　　　　海的碎片

　　　　像一些顷刻消融的雪。

　　　　只是一个最小的距离

　　　　海就不能动摇你，

　　　　难道这就是它狂暴怒吼的原因？

　　　　　　　　　　　　W：《大海》

　　海永远有它无法克服的"最小的距离"。市场也许就不能这么说了。在一个到处都是市场的地方，文人的选择是或者离开，或者改头换面。从前的诗人不大愿意提起他的经历。环境让人自发地、每时每刻地、大量地产生商业意识，因为环境里有许多机会与成就证明这种意识的正确。文人性于是成为一种策略，在运用得恰当时是一种策略。文人性有一系列的变形：平面设计师、模特儿摄影师、文化经纪人、通俗小说作家、报纸专栏作者等等。这些最具文化的外观识别标志的人距文人毋宁说最远。较为纯粹意义上的文人没有易识别性。他们作为隐士、作为匿名或半匿名者构筑"小围城"，极其罕见地发现了他的化外之地。

塞南古说人并不绝对需要一座都城。但W绝对需要一间W书房。人生虽然是在不同的空间进行转换，但最终确定下来的不过是为数不多的几种空间。这些空间成为活着的形式。强化活着的形式，不过是使活着之间有一些连贯、证明的意味。在书房里，证明是你买过的书、折过角的书页、写在书页边的随想、笔记里的只言片语。生活的意义就在于留下痕迹（本雅明）。对W而言，生活的痕迹留在了书页上。基于这一想法，他甚至在书房里也贯彻了简单主义，几乎摒弃了一切情调性的非书的小摆设。毕竟，即使是W书房，自得其乐也绝不是适宜的气氛。

（选自《邓小平文艺理论与广东文化实践》，花城出版社，2000年1月）

人生难得此回搏

胡经之

人生能有几回搏？连我自己也没有想到，过了"知天命"之年的我，竟会离开京都繁华之地，来到尚待开发的边陲小镇，还求一搏。

是改革开放的号角把我吹向这块正在开垦的热土。深圳特区刚成立不久，财政收入还只有1亿多元，市委就把目光投向文化教育，提出要"勒紧腰带""卖了裤子"也要办好深圳大学。清华大学副校长张维院士受命任校长，要以最快速度把深圳大学办起来。

就在1983年冬，张维校长在清华园寓所约见汤一介和我，向我们表示：深圳大学一开始就要向世界先进水平看齐，不走老路，想请北京大学的人参与创办中文系、外文系。希望乐黛云从美国回来后，我们三个人就跟他去深圳，把中文系成立起来。

那时，负责筹建汕头大学的罗列教授也邀我去加盟，我应允去看一看。我和汤一介一商量，决定由我先去深圳探一探，做实地考察，回来后再作决定。

1984年春节过后，我就先飞厦门，参加一个美学会议。再从厦门飞汕头，考察了汕头大学。然后又飞广州，转火车到深圳做实地考察。那时深圳大学的筹备处设在原宝安县政府所在地，极简陋，校舍刚在粤海门那里破土动工，一切都还在开始。但我在这里切身感受到了一种都想投身建设的勃勃生机，周围充满了朝气和活力。深大常务副校长也劝我们快来。在临时搭建的饭棚里，我巧遇也来考察的美学同行蒋孔阳、李泽厚、刘纲纪等，都说这里是国际文化交流的好地方，不妨来此一搏。

我一回北大，就和汤一介采取行动，向张维校长报告：等乐黛云从美国回来，我们就去深圳大学参与创办中文系；容许我们从北大调去一批年轻教师和研究生，从事教学和科研。

就这样一言为定。暑假一过，张维校长亲自率领汤一介、乐黛云、我，北大还有李赋宁（任外文系主任），清华的童诗白、汪坦、唐统一，人大的高铭煊等，由北京奔赴深圳大学就任。从此，我和深圳大学结下了不解之缘。

在欢庆校舍落成的开学典礼上，张维校长把我们这些从北大、清华、人大聘来的学者介绍给市委主要领导。这位负责同志热忱希望大家把深圳大学办好，学习世界先进文化，也让世界了解深圳，所以特别鼓励国际文化交流。在中文系成立大会上，我们迎来了香港著名学者饶宗颐、罗元烈，澳门大学程祥徽。次年，我们就在深圳大学举办了全国首届比较文学国际研讨会，宣布中国比较文学学会的成立，迎来了国际著名学者季羡林、杨周翰、佛克玛、叶维廉，英、美、法、日等国的比较文学学会主席，历史上第一次有这么多国际著名学者云集深圳。紧接着，1986年我们又在深圳大学举办了台、港、澳及海外华文文学国际研讨会，国内外许多著名华人作家、学者陈若曦、叶嘉莹、陈映真、秦牧、徐中玉、刘以鬯、曾敏之等首次云集深圳。市委主要领导还特地跑到深大来，和作家、学者们坐在讲台下，静听学术演讲，此情此景，犹历历在目。

中文系成立的最初几年，乐黛云和我采取轮换的方式来回于北大、深大之间。每年上半年她和汤一介来深大主持系务，我则在下半年来这里主持系务，其他时间仍在北大任教。我们陆续从北大调来了一批年轻教师和研究生，如章必功、郁龙余、景海峰等，有了一个较为稳定的教师队伍，后来成为深大的骨干力量。北大要乐黛云和汤一介回去全力抓比较文学研究所，于是他俩就回到北大。北大中文系主任严家炎劝我也回北大，发展文艺美学这一学科方向，并要我组织力量申报博士点，但我已喜欢上了深大，准备扎根深圳。好在家炎是我读副博士研究生时的师兄，我可以坦诚相告。他也很快谅解，决定把我的研究生王岳川留在北大，教文艺美学，放我远行。就这样，我终于在深圳扎下根来。

这样，历史给了我一次机缘，不仅得以参与特区初创期的开拓，而且与时俱进，投入了深圳的第二次创业。

深圳较早就意识到了必须向国际性城市方向前进，因而及早抓了高科技，发展文化教育，想建设成为现代文化名城。一介书生，能做什么？还是要抓紧培养人才。为了适应国际性城市、现代化名城的人才培养需要，我当机立断，把中文系扩建成了国际文化系，教育学生既要懂中国文化，又要懂外国文化，进而能从事文化传播，促进国际文化交流。这是国内第一次设置国际文化系，为此，《光明日报》还在头版作了介绍，这个思路，后为许多大学接受。后来，深圳大学成立了文学院，拓展了这个思路，把中文系、外文系、传播系、对外汉语部放在一起。在此基础上，我们继续扩大和深入开展国际文化交流，参与举办了国际美学学术研讨会，当代文艺批评研讨会等。我们还陆续邀请了国际著名学者布洛克、王朝闻、王元化、王力、汝信、伍蠡甫等做学术访问，袁行霈、钱中文、严家炎、裘锡圭、章培恒等都曾来访作过指点，对深大多有帮助。

我虽然以为教育的视野要广，但研究的问题却要面向现实。所以，我在深圳大学倡议成立了特区文化研究所，开始开展特区文化研究。我在1986年开始在此招收文艺学研究生，1987年起，进而开办了特区文化研究生班，先后培养了数十人，成为深圳市文化建设的重要力量，其中有市委宣传部副部长、文艺处长、文化局长、文联副主席、作家协会秘书长和专业作家等，为深圳的文化发展作出了贡献。我自己也融入了特区文化生活，写文艺评论，作文化研究，被选为作家协会主席，后又筹建了文艺评论家协会，在深圳鼓吹，文艺也要两手抓：一手抓创作，一手抓评论。在深圳20周年之际，我主编了《深圳文艺20年》一书，在《文艺报》发表了《深圳艺术之路》。最近，作家出版社把我20年来所写的文化评论、美学随笔、散文等40多万字合集出版，题名《胡经之文丛》，大多面向现实。

但我还是对文艺美学情有独钟。20世纪80年代初我在北大开设了文艺美学课程，开始把讲稿改写成专著，到了深圳后才最后完成《文艺美学》交付出版。1998年北大百年校庆，我又修改，增写了数万言，由北京大学出版社收入《文艺美学精选丛书》。20年来，我写了不少文艺美学论文，去年由华中师大出版社结集出版了《文艺美学论》，收入钱中文、童庆炳主编的《新时期文艺学建设丛书》。我积极参与文艺学的学术活动，学术界也并未忘记我，中国社会科学院文学研究所聘我为特约研究员。我先后被选为中国文艺理论学会、中外文艺理论学会的副会长，中华美学学会常务理事，广东省美学学会会长，《文艺理论研究》等学术刊物的编委。

学科发展如何与时俱进、开拓创新，这是我近数年一直在思考、探索的问题。1993年，深圳大学虽然还未有硕士点，更无博士点，但国务院学位委员会鼓励我个人申报博士生导师资格，获得通过，成了深圳大学的第一个博士生导师。这是对我的学术鼓励，也是一种新的学术动力。近十多年的文艺学术有了巨大变化，我指导博士生的研究必须面向新的现实，不要脱离实际。文艺美学这一学科

要发展，也要研究新问题。随着大众文化的蓬勃兴起，美学也要密切关注文化新态势，发展文化美学。所以，我和郁龙余组织了深圳大学一批青年学者，在中国社会科学出版社出版一套《文化美学丛书》。美学也要关注人和环境的关系，经济开发不能牺牲生态环境，所以我为海天出版社主编了《人与自然丛书》。经过了18年的奋斗，如今深圳大学已有了18个硕士点，一代中青年学者已成长起来。我所在的文学这一学科，章必功、郁龙余、吴予敏、刘洪一、庄锡华、王晓华、郭杰、钱超英等，文学功底都很扎实，学术又各有所长，都有不少著述问世。今天，我的一个最大心愿，就是希望深圳加紧一搏，"争创新优势，更上一层楼"，尽快取得博士授予资格，实现零的突破。我个人愿为此竭尽全力，再作一搏。

（选自《大地》2001年第20期）

华为的冬天

任正非

公司所有员工是否考虑过，如果有一天，公司销售额下滑、利润下滑甚至会破产，我们怎么办？我们公司的太平时间太长了，在和平时期升的官太多了，这也许就是我们的灾难。泰坦尼克号也是在一片欢呼声中出的海。而且我相信，这一天一定会到来。面对这样的未来，我们怎样来处理，我们是不是思考过？我们好多员工盲目自豪，盲目乐观，如果想过的人太少，也许就快来临了。居安思危，不是危言耸听。

我到德国考察时，看到第二次世界大战后德国恢复得这么快，当时很感动。他们当时的工人团结起来，提出要降工资，不增工资，从而加快经济建设，所以战后德国经济增长很快。如果华为公司真的危机到来了，是不是员工工资减一半，大家靠一点白菜、南瓜过日子，就能行？或者我们就裁掉一半人是否就能救公司？如果是这样就行的话，危险就不危险了。因为，危险一过去，我们可以逐步将工资补回来，或者销售增长，将被迫裁掉的人请回来。这算不了什么危机。如果两者同时都进行，都不能挽救公司，想过没有？

十年来我天天思考的都是失败，对成功视而不见，也没有什么荣誉感、自豪感，而是危机感。也许是这样才存活了十年。我们大家要一起来想，怎样才能活下去，也许才能存活得久一些。失败这一天是一定会到来，大家要准备迎接，这是我从不动摇的看法，这是历史规律。

华为公司老喊狼来了，喊多了，大家有些不信了。但真的会狼来了。今年我们要广泛展开对危机的讨论，讨论华为有什么危机，你的部门有什么危机，你的科室有什么危机，你的流程的哪一点有什么危机。还能改进吗？还能提高人均效益吗？如果讨论清楚了，那我们可能就不死，就延续了我们的生命。怎样提高管理效率，我们每年都写了一些管理要点，这些要点能不能对你的工作有些改进？如

果改进一点,我们就前进了。

一、均衡发展,就是抓短的一块木板

我们怎样才能活下来? 同志们,你们要想一想,如果每一年你们的人均产量增加15%,你可能仅仅保持住工资不变或者还可能略略下降。电子产品价格下降幅度一年还不止15%吧。我们卖得越来越多,而利润却越来越少,如果我们不多干一点,我们可能保不住今天,更别说涨工资。不能靠没完没了的加班,所以一定要改进我们的管理。

在管理改进中,一定要强调改进我们木板最短的那一块。各部门、各科室、各流程主要领导都要抓薄弱环节。要坚持均衡发展,不断地强化以流程型和时效型为主导的管理体系的建设,在符合公司整体核心竞争力提升的条件下,不断优化你的工作,提高贡献率。

全公司一定要建立起统一的价值评价体系,统一的考评体系,才能使人员的内部流动和平衡成为可能。比如有人说我搞研发创新很厉害,但创新的价值如何体现,创新必须通过转化变成商品,才能产生价值。我们重视技术、重视营销,这一点我并不反对,但每一个链条都是很重要的。研发相对用户服务来说,同等级别的一个用户服务工程师可能要比研发人员综合处理能力还强一些。所以如果我们对售后服务体系不认同,那么这体系就永远不是由优秀的人来组成的。不是由优秀的人来组成,就是高成本的组织。因为他飞过去修机器,去一趟修不好,再飞过去还修不好,又飞过去又修不好。我们把工资全都赞助给民航了。如果我们一次就能修好,甚至根本不用过去,用远程指导就能修好,我们将省多少成本啊! 因此,我们要强调均衡发展,不能老是强调某一方面。

二、对事负责制与对人负责制是有本质区别的,一个是扩张体系,一个是收敛体系

为什么我们要强调以流程型和时效型为主导的体系呢? 现在流程上运作的干部,他们还习惯于事事都请示上级。这是错的。已经有规定,或者成为惯例的东西,不必请示,应快速让它通过去。执行流程的人,是对事情负责,这就是对事负责制。事事请示,就是对人负责制,它是收敛的。我们要减少不必要确认的东西,要减少在管理中不必要、不重要的环节,否则公司怎么能高效运行呢? 现

在我们机关有相当的部门以及相当的编制在制造垃圾，然后这些垃圾又进入分拣、清理，制造一些人的工作机会。制造这些复杂的文件，搞了一些复杂的程序以及不必要的报表、文件，来养活一些不必要养活的机关干部，机关干部是不能产生增值行为的。我们一定要在监控有效的条件下，尽力精简机关。

市场部机关是无能的。每天的纸片如雪花一样飞啊，每天都向办事处要报表，今天要这个报表，明天要那个报表，这是无能的机关干部。办事处每一个月把所有的数据填一个表，放到数据库里，机关要数据就到数据库里找。从明天开始，市场部把多余的干部组成一个数据库小组，所有数据只能向这个小组要，不能向办事处要。办事处一定要给机关打分，你们不要给他们打那么好的分，让他们吃一点亏，否则他们不会明白这个道理，就不会服务于你们，使你作战有力。

在本职工作中，我们一定要敢于负责任，使流程速度加快，对明哲保身的人一定要清除。华为给了员工很好的利益，于是有人说千万不要丢了这个位子，千万不要丢掉这个利益。凡是要保自己利益的人，要免除他的职务，他已经是变革的绊脚石。在去年的一年里，如果没有改进行为的，甚至一次错误也没犯过，工作也没有改进的，是不是可以就地免除他的职务？他的部门的人均效益没提高，他这个科长就不能当了。他说他也没有犯错啊，没犯错就可以当干部吗？有些人没犯过一次错误，因为他一件事情都没做。而有些人在工作中犯了一些错误，但他管理的部门人均效益提升很大，我认为这种干部就要用。对既没犯过错误，又没有改进的干部可以就地免职。

三、自我批判，是思想、品德、素质、技能创新的优良工具

我们一定要推行以自我批判为中心的组织改造和优化活动。自我批判不是为批判而批判，也不是为全面否定而批判，而是为优化和建设而批判。总的目标是要提升公司整体核心竞争力。

为什么要强调自我批判？我们倡导自我批判，但不提倡相互批判，因为批判不好把握适度，如果批判火药味很浓，就容易造成队伍之间的矛盾。而自己批判自己呢，人们不会自己下猛力，对自己都会手下留情。即使用鸡毛掸子轻轻打一下，也比不打好，多打几年，你就会百炼成钢。自我批判不光是个人进行自我批判，组织也要对自己进行自我批判。通过自我批判，各级骨干要努力塑造自己，逐步走向职业化、走向国际化。公司认为自我批判是个人进步的好方法，还不能掌

握这个武器的员工,希望各级部门不要对他们再提拔了。两年后,还不能掌握和使用这个武器的干部要降低使用。在职在位的干部要奋斗不息、进取不止。

干部要有敬业精神、献身精神、责任心、使命感。我们对普通员工不作献身精神要求,他们应该付出自己的劳动,取得合理的报酬。只对有献身精神的员工作要求,将他们培养成干部。另外,我们对高级干部实行严要求,不对一般干部实施严要求。因为都实施严要求,我们管理成本就太高了。因为管他也要花钱的呀,不打粮食的事我们要少干。因此我们对不同级别的干部有不同的要求,凡是不能使用自我批判这个武器的干部都不能提拔。

自我批判从高级干部开始,高级干部每年都有民主生活会,民主生活会上提的问题是非常尖锐的。有人听了以后认为公司内部斗争真激烈,你看他们说起问题来很尖锐,但是说完他们不又握着手打仗去了吗?我希望这种精神一直能往下传,下面也要有民主生活会,一定要相互提意见,相互提意见时一定要和风细雨。我认为,批评别人应该是请客吃饭,应该是绘画、绣花,要温良恭让。一定不要把内部的民主生活会变成了有火药味的会议,高级干部尖锐一些,是他们素质高,越到基层应越温和。事情不能指望一次说完,一年不行,两年也可以,三年进步也不迟。我希望各级干部在组织自我批判的民主生活会议上,千万要把握尺度。我认为人是怕痛的,太痛了也不太好,像绘画、绣花一样,细细致致地帮人家分析他的缺点,提出改进措施来,和风细雨式最好。

四、任职资格及虚拟利润法是推进公司合理评价干部的有序、有效的制度

我们要坚定不移地继续推行任职资格管理制度。只有这样才能改变过去的评价蒙估状态。才会使有贡献、有责任心的人尽快成长起来。激励机制要有利于公司核心竞争力战略的全面展开,也要有利于近期核心竞争力的不断增长。

什么叫领导?什么叫政客?这次以色列的选举,让我们看到了犹太人的短视。拉宾意识到以色列一个小国,处在几亿阿拉伯人的包围中,尽管几次中东战争以色列都战胜了,但不能说50年、100年以后,阿拉伯人不会发展起来。今天不以土地换和平、划定边界,与周边和平相处,那么一旦阿拉伯人强大起来,犹太人又会重新流离失所。要是这样犹太人再过2000年还回不回得来,就不一定了。而大多数人,只看重眼前的利益,沙龙是强硬派,会为犹太人争得近期利益,人们拥护了他。我终于看到一次犹太人也像我们一样的短视。我们的领导都不要

迎合群众，但推进组织目的，要注意工作方法。

干部要有敬业精神、献身精神、责任心和使命感。区别一个干部是不是一个好干部，是不是忠臣，标准有四个：第一，有没有敬业精神，对工作是否认真，改进了，还能改进吗？还能再改进吗？这就是工作敬业精神。第二，有没有献身精神，不要斤斤计较，我们的价值评价体系不可能做到绝对公平。如果用曹冲称象的方法来进行任职资格评价的话，那肯定是公平的。但如果用精密天平来评价，那肯定公平不了。我们要想做到绝对公平是不可能的。我认为献身精神是考核干部的一个很重要因素。一个干部如果过于斤斤计较，这个干部绝对做不好，你手下有很多兵，你自私、斤斤计较，你的手下能和你合作很好吗？没有献身精神的人不要做干部，做干部的一定要有献身精神。第三点和第四点，就是要有责任心和使命感。我们的员工是不是都有责任心和使命感？如果没有责任心和使命感，为什么还想要当干部？如果你觉得自己还是有一点责任心和使命感的，赶快改进，否则最终还是要把你免下去的。

五、不盲目创新，才能缩小庞大的机关

庙小一点，方丈减几个，和尚少一点，机关的改革就是这样。总的原则是我们一定要压缩机关，为什么？因为我们建设了IT。为什么要建设IT？道路设计时要博士，炼钢制轨要硕士，铺路要本科生。但是道路修好了扳道岔就不要这么高的学历了，否则谁也坐不起这个火车。因此当我们公司组织体系和流程体系建设起来的时候，就不要这么多的高级别干部，方丈就少了。

我们要坚持"小改进、大奖励"。"小改进、大奖励"是我们长期坚持不懈的改良方针。应在小改进的基础上，不断归纳，综合分析。研究其与公司总体目标流程的符合，与周边流程的和谐，要简化、优化、再固化。这个流程是否先进，要以贡献率的提高来评价。我年轻时就知道华罗庚的一句话，"神奇化易是坦途，易化神奇不足提。"我们有些员工，交给他一件事，他能干出十件事来，这种创新就不需要，是无能的表现，这是制造垃圾，这类员工要降低使用。所以今年有很多变革项目，但每个变革项目都要以贡献率来考核。既要实现高速增长，又要同时展开各项管理变革，错综复杂，步履维艰，任重而道远。各级干部要有崇高的使命感和责任意识，要热烈而镇定，紧张而有秩序。"治大国如烹小鲜"，我们做任何小事情都要小心谨慎，不要随意把流程破坏了，发生连锁错误。

六、规范化管理本身已含监控，它的目的是有效、快速地服务业务需要

我们要继续坚持业务为主导，会计为监督的宏观管理方法与体系的建设。什么叫业务为主导，就是要敢于创造和引导需求，取得"机会窗"的利润。也要善于抓住机会，缩小差距，使公司同步于世界而得以生存。什么叫会计为监督，就是为保障业务实现提供规范化的财经服务，规范化就可以快捷、准确和有序，使账务维护成本低。规范化是一把筛子，在服务的过程中也完成了监督。要把服务与监控融进全流程。我们也要推行逆向审计，追溯责任，从中发现优秀的干部，铲除沉淀层。

七、面对变革要有一颗平常心，要有承受变革的心理素质

我们要以正确的心态面对变革。什么是变革？就是利益的重新分配。利益重新分配是大事，不是小事。这时候必须有一个强有力的管理机构，才能进行利益的重新分配，改革才能运行。在改革的过程中，从利益分配的旧平衡逐步走向新的利益分配平衡。这种平衡的循环过程，是促使企业核心竞争力提升与效益增长的必然。但利益分配永远是不平衡的。我们在进行岗位变革过程中也是有利益重新分配的，比如大方丈变成了小方丈，你的庙被拆除了，不管叫什么，都要有一个正确的心态来对待。如果没有一个正确的心态，我们的改革是不可以成功的，不可能被接受的。特别是随着IT体系的逐步建成，以前的多层行政传递与管理的体系将更加扁平化。伴随中间层的消失，一大批干部将成为富余，各大部门要将富余的干部及时输送至新的工作岗位上去，及时地疏导，才会避免以后的过度裁员。我在美国时，在和IBM、Cisco、Lucent等几个大公司领导讨论问题时谈到，IT是什么？他们说，IT就是裁员、裁员、再裁员。以电子流来替代人工的操作，以降低运作成本，增强企业竞争力。我们也将面临这个问题。伴随着IPD、ISC、财务四统一、支撑IT的网络等逐步铺开和建立，中间层消失。我们预计我们大量裁掉干部的时间大约在2003年或2004年。

今天要看到这个局面，我们现在正在扩张，还有许多新岗位，大家要赶快去占领这些新岗位，以免被裁掉。不管是对干部还是普通员工，裁员都是不可避免的。我们从来没有承诺过，像日本一样执行终身雇佣制。我们公司从创建开始就是强调来去自由。内部流动是很重要的，当然这个流动有升有降，只要公司的

核心竞争力提升了，个人的升、降又何妨呢？"不以物喜，不以己悲"。因此今天来说，我们各级部门真正关怀干部，就不是保住他，而是要疏导他，疏导出去。

八、模板化是所有员工快速管理进步的法宝

一个新员工，看懂模板，会按模板来做，就已经国际化、职业化，现在的文化程度，三个月就掌握了。而这个模板是前人摸索几十年才摸索出来的，你不必再去摸索。各流程管理部门、合理化管理部门，要善于引导各类已经优化的、已经证实行之有效的工作模板化。清晰流程，重复运行的流程，工作一定要模板化。一项工作达到同样绩效，少用工，又少用时间，这才说明管理进步了。我们认为，抓住主要的模板建设，又使相关的模板的流程连接起来，才会使IT成为现实。在这方面，我们要加强建设。

九、华为的危机，以及萎缩、破产是一定会到来的

现在是春天吧，但冬天已经不远了，我们在春天与夏天要念着冬天的问题。IT业的冬天对别的公司来说不一定是冬天，而对华为可能是冬天。华为的冬天可能来得更冷，更冷一些。我们还太嫩，我们公司经过十年的顺利发展没有经历过挫折，不经过挫折，就不知道如何走向正确道路。磨难是一笔财富，而我们没有经过磨难，这是我们最大的弱点。我们完全没有适应不发展的心理准备与技能准备。

危机的到来是不知不觉的。我认为所有的员工都不能站在自己的角度立场想问题。如果说你们没有宽广的胸怀，就不可能正确对待变革。如果你不能正确对待变革，抵制变革，公司就会死亡。在这个过程中，大家一方面要努力地提升自己，一方面要与同志们团结好，提高组织效率，并把自己的好干部送到别的部门去，使自己部下有提升的机会。你减少了编制，避免了裁员、压缩。在改革过程中，很多变革总会触动某些员工的一些利益和矛盾，希望大家不要发牢骚，说怪话，特别是我们的干部要自律，不要传播小道消息。

十、安安静静地应对外界议论

对待媒体的态度，希望全体员工都要低调，因为我们不是上市公司，所以我们不需要公示社会。我们主要是对国家负责任，对企业的有效运行负责任。对国家的责任就是遵纪守法，我们去年交给国家的增值税、所得税是18亿元，关

税是9亿元，加起来一共是27亿元。估计我们今年在税收方面可能再增加百分之七八十，可能要给国家交到40多亿元。我们已经对社会负责了。媒体有他们自己的运作规律，我们不要去参与，我们有的员工到网上辩论，是帮公司的倒忙。

我想，每个员工都要把精力用到本职工作上去，只有本职工作做好了才能为你的提高带来更大的效益。国家的事由国家管，社会的事由社会管，我们只要做一个遵纪守法的公民，就完成了我们对社会的责任。只有这样我们公司才能安全、稳定。不管遇到任何问题，我们的员工都要坚定不移地保持冷静，严格自律，不该说的话不要乱说。特别是干部要管好自己的家属。我们华为人都是非常有礼仪的人。当社会上根本认不出你是华为人的时候，你就是华为人；当这个社会认出你是华为人的时候，你就不是华为人，因为你的修炼还不到家。

沉舟侧畔千帆过，病树前头万木春。网络股的暴跌，必将对两三年后的建设预期产生影响，那时制造业就惯性进入了收缩。眼前的繁荣是前几年网络股大涨的惯性结果。记住一句话："物极必反。"这一场网络设备供应的冬天，也会像它热得人们不理解一样，冷得出奇。没有预见，没有预防，就会冻死。那时，谁有棉衣，谁就活下来了。

（2001年2月17日发表于华为公司内部刊物《管理优化》）

在一座城市之中搬迁自己

安石榴

这些年,我把对深圳的热爱表现在连续的搬迁上面。这种搬迁除了职业、生活的奔走之外,更重要的是灵魂的撞击和激情的煽动——我太喜欢那种到达与未知的感觉了,它使我觉得好生活正在等待着我。

到2000年底止,我在深圳居住已经超过了7年,7年我住过多少地方啊!几乎每隔几个月我就要换一次住处,每到一个新地点我都会兴奋莫名,充满干活和做大事的冲动。老实说,7年来有好几件可能会让我得意一辈子的事都是在搬迁过程中酝酿成功的,我确实是个一边行走一边思考的人。

以前我曾写过一首叫《坐上公共汽车我就想要写诗》的诗,开头几句我永远记得:"我是公共汽车的一只轮子/车子开动我就开动/我的头脑是一部机器/需要一只轮子带动。"我为诗歌付出过不少,这些付出同时造就了我的修养和素质,因此我愿意继续写诗来当做对自己的培养与娱乐。我几乎为我住过的每一个地方都赋予过热情洋溢的诗篇。我熟悉深圳的每一处角落,我是深圳的活地图,在大街上我给别人指路比交通警察还要老练和热情。毫无疑问,我热爱上深圳了,尽管这座漂亮的城市一再将我拒绝,但这有什么要紧呢?说实话,我至今已不再在乎自己是不是深圳人了,生活的过程才是重要的。很多人一生都弄不懂自己置身何处,弄不懂自己在那里生存的意义。我也不知道,但我至少到现在还知道寻找!

以前,应该说在我更年轻的时候,我喜欢在一座城市到另一座城市之间搬迁自己,那时候我想奔赴的是像欧洲文艺复兴时期的巴黎那样的都市,我总觉得有一种隐约的、像迷香一样的文化气息在远方召唤着我。现在我明白了一个道理:最真切的、最令自我迷醉的文化气息是从自己身上散发出来的,每一个人、每一个地方都是一个磁场。因此我放弃了那种出走与回来的徒劳迁徙,我只在深圳

这座城市之间搬迁自己。这样做说明我仍旧把理想寄托于寻找之中，同时也可能暗示了我依然流离失所，最起码我不会有自己的房子，没有一个固定的蕴含着等待的归处。

买房子真是一件大事。我不知道对诸如此类的误解该说些什么，有太多的人几乎一生都在为房子而奋斗，好像活着就为了找一个洞钻进去一样。而我多么渴望能够彻底地敞开自己，多么渴望能够摒除门户与偏见，自由、快乐地生活在美丽的广袤的大地上。是的，我以后也有可能会不得不为房子而呕心沥血，或者会为今天的搬来搬去、把有限的血汗钱贡献给无限的房东而后悔。但我确实在搬迁之间得到了快乐与激情，我确实在连续的调整之中一次一次地提升了自己，最重要的是，我确实需要通过多种挪动和激励来削弱、消除自己体内潜伏的惰性！

搬迁不是我生活的愿望，而是我在生活中不由自主形成的一个梳理自我的动作，在对生活尚未有更合乎理想的投入之前，我唯有用身体的疲倦来阻止内心的疲倦。当然我指的搬迁不仅仅是搬家，但搬家给我的体会更加真实和直接一些：唯有无家可归的人才真正体会得到关爱的分量有多重，唯有把家背在身上的人才真正明白安顿下来的快乐有多深！每次搬家，我都累得够呛，我往往要花上至少一天的时间先收拾好，然后到街上随便请两个民工来搬，到货场请一辆人货车来拉。我从不请搬家公司的人，他们总以为谁都认为搬家是大事所以漫天要价。我也不请朋友来帮忙，那样不光累了朋友，还得我扮出一副感激的表情请客吃饭，假情假意不说，反而要花更多的钱。

我租住的地方多是深圳本土人的私人住宅，屋子里大都是空空荡荡的。因为租房子的历史越来越长，我的家当也越来越多。每次搬走，想扔掉它们又觉得可惜，因为到新房子后照样得买，所以我越来越像一个蜗牛，背负的壳越来越重。我最向往的是能够有这样的房子，屋子里所有的生活用品一应俱全，我只需要带上自己的私人物件就可以入住，再离开时也只需背一个包袱就能上路，就像出门到别处小住几天一样。听说在深圳已有这样的屋子，但那是价格昂贵的酒店式公寓，是给商务或心不在焉的人入住的，像我这样纯粹的租客实在可望而不可即。

搬迁还能带给我种种真实的、置身于生活温情之中的感受，包括那些值得回味的生活情节、细节的创造。每每搬到一个新住处，我都会充满兴致与盲目地把自己的东西挪来挪去。我像个第一次得到一个单独房间的孩子一样兴奋地布置着自己的居所，有时甚至会在半夜醒来时打量四周，觉得某件饰物摆放得不好，爬起来重新安排一个位置。而每一次，我都等不及安排就绪，就打电话给朋友们，邀请他们过来，趁机把所在的地方渲染一番。我的朋友们都熟知我的这一点品性，有人开玩笑说我就像一个导游，去到哪里，相识不相识的人紧跟着都会熟悉哪里。有好几次我住的地方相当偏僻，朋友们来时，我一个一个地出去接。当我每次站在路口，看到朋友们绽开着笑容走近时，我都会感到一种幸福与满足。是的，我并不是孤独的，尽管我屡屡流离失所，但不管我在哪里安顿下来，也不管是多么短暂，我都会生出一种做主人的感觉，获得"有朋自远方来"的喜悦。这与我对自己的要求是相符的，我曾经对自己说过一句这样的话："无论在什么地方，都要像主人一样活着。"

我把自己居住过的地方一律命名为"边缘客栈"，并为此写了一首古体诗："边缘唯一栈，去留两相难。此身终是客，浪迹不知还。"请一位知名的书法家把这首诗连同"边缘客栈"四个字写成条幅，装裱了，配上镜框，我去到哪里，这面牌子就挂到哪里，真像是一面悬在愿望与梦想之上的旗帜。我印制过一种"边缘客栈"的名片，把它像传单一样散发出去。我曾在一家内部发行的文艺小报举办过一次"边缘客栈诗展"，前言列举了一大排经常出入"边缘客栈"的朋友的名字，后面是朋友们写的诗，也有专门为"边缘客栈"而写的。我有很多关于"边缘客栈"场景及活动的记述文字，所有的场面就像家具一样永远存放在我记忆的大厅。

除去居住地的搬迁，我还到过深圳不少隐秘的去处，被种种来路不明的情愫所触动。我甚至两度探访一个处于半山与世隔绝的村庄，村庄叫"半天云"，隐蔽在南澳海边的悬崖深处，终日云雾缭绕，硕大的老藤和参天的古树神秘诡异；我曾从蛇口大新码头开始，沿深港之间的粤港管理线一路东行至盐田港避风塘，其时这条线路仍属军事禁区；我曾在一个个静寂无人的深夜，独自在泛着各种松懈气息的街道上漫无目的地徒步……是的，我是深圳这座城市每一个明亮和阴暗之处的游走者，一个身体和灵魂都在不停搬迁和奔突的人！我明白，不管我获得怎样的安顿和快乐，搬迁的念头总有一天又会在我心底泛起，我依然愿意做一个一边行走一边塑造自己，并且永远都不会终止思考的人。

（摘自《人民文学》2001年第10期）

四月，我们看海去

艺　衡

四月，我们看海去。

夏天说早了，春天说迟了，然而，我们选择四月。

是的，报春的花朵将于四月纷纷从枝头坠落。是的，夏天才刚刚露头，还热得不够气氛，海滩也许是孤寂的，然而，我们选择四月。

因为，四月是变化的季节。

默默的春潮开始鼓动起夏的浪花，强大的暖流正铺天盖地砸向礁石，涌入海滩，春叶的幼稚转入夏的成熟，春的播种滋生着夏的繁荣。

我们喜欢这热闹前的寂寞，我们喜欢这幼稚向成熟的变化，我们看海去！

不必等到滚滚的人流都涌向海滩，你再去看海，海的壮阔，不取决于岸边的喧闹；不必叹息你没有跟上春的脚步，四月的海是大自然的第二个春天，你在这个时候看海去，你便是别一种意义上的红梅。

看海去，我们看海去，看变化的海，早已是不早，但，迟也不迟！

抓住人生中的四月吧，将悲春的叹息留给残花，走向大海，迎接丰实的五月、六月。

不管天时，四月，我们看海去！

（选自《真理是朴素的》，海天出版社，2001年12月）

身份确认与文化认同

谢　宏

有很长一段时间，在深圳初次见面，大家都会问，你是哪里人，然后各自有一番说法。以前大家通常都报自己的籍贯是某省某地的，他们这么说，更多是想从文化上找到一种认同感。现在可能有点变化，以前一说"我们"，可能就是说籍贯地，现在一说"我们"，更多是指"深圳"这两个字了，我想，愿意说自己是深圳人的，是越来越多了，这也是对一座城市，对一种文化的认同，这个过程是挺长的。

而我介绍自己，这方面的障碍就少些，通常我会说我是深圳人。我的经历也蛮有意思的。我的祖籍是深圳龙华。父亲年轻时去了粤北工作。我的出生地是粤北的重阳。我的初中是在那里上的。后来深圳经济特区成立，我父亲调回老家工作。我也是1981年回来的，1982年上了深圳中学，1985年去了上海华东师大读书，其间的4年虽然在上海读书，但寒暑假都回深圳过的，因此对深圳还是很熟悉的。1989年大学毕业回深圳工作，之后就没有离开过深圳。

从20世纪80年代到现在，我基本上见证了深圳的发展历程。看过它建设初期滚滚的黄土，也见过它发展受挫的沉寂和不被理解的孤独，当然也见证着它今天的繁华喧闹。在这个20多年的过程中，我对这座城市的感情，对这座城市的认同，也有一个过程，我说的是文化上的认同。当时我是怀有一种复杂感情的：一方面，我一直就以深圳人自诩，我在上海读书期间，深圳带给我许多的骄傲和自豪；另一方面，由于是在内地接受高等教育，在文化的认同感上，我又与这座城市存在着隔膜。当时，我很容易就与来自各地的人打得火热，但与本地高中或在本地上深圳大学的同学，多少都存在交流障碍，这个问题一直困扰着我。

我父亲告诉我，当初选择回深圳发展，主要一点是希望我们小孩有个更好的未来。我想他这样的考虑，更多是基于物质上的考虑，但也说明他在这点上的

先知先觉，当时我的叔父都去了香港，大概物质方面的富足，对他是个刺激。因为我父亲以前是他们家里的骄傲，挣钱最多，而斗转星移，他发觉自己落后了，他想要改变自己。在20多年的发展里，深圳在物质上的建设发展成就，证明了他当初的选择和直觉是正确的。但要在文化上认同这座城市，还需要再走一段路。有很长一段时间，我父亲一讲到朋友，说的都是他在粤北的朋友，在精神上他是孤独的。

我记得，一直到20世纪90年代后期之前，一到春节，深圳就变得"人烟稀少"，变成了一座寂静的城市，在唱空城计。住宅区里的楼房一到夜晚，都是黑压压的，人们都像候鸟一样，返回故乡去了，寻找他们精神上的慰藉，然后在春节后返回这座城市工作。春节前后的春运，便成了蔚为壮观的景象。有那么长的一段时间，深圳人的故乡都在远方。大家都叫这城市是移民城市。大家只把它当做是生命中一座路过的驿站而已。这种没有家的感觉，这么多年来，一直就困扰着在这座城市生活的人。对这类话题，对谁是深圳人这样的话题，大家都有过许多的争论，但都没有一个定论。最后这一切都交给了时间来做判断。时间是最有力量的，时代的发展，它将一切变与不变都沉淀下来了。一晃就到了21世纪了，再谈这个"深圳人"的话题，大家已经不再问谁是深圳人了，而是问，你作为深圳人，你为深圳做过什么。话题的改变，意味着一种对自身身份和对这座城市在文化上的认同。

深圳发展的历史很短，所以它的文化积累也是很少的，但好就好在来这座城市的人，大都是年轻人，大都受过高等教育，全国各地都有。这样的人口构成，使它的文化积累时间大大缩短了，也显得更有分量，层次更高，也更有包容性，具有海洋文化的特征。正是由于这些因素，因为都亲身参与了这个积累的过程，使大家一说起深圳，一说起这座城市，就有了一种亲切感和自豪感。所以现在大家聚在一起说话，不再那么热衷于去寻找故乡来的人，谈论家乡的陈年旧事了，说得更多的，是深圳当下发生的人和事情。

更有意思的是，现在深圳出生的一代人，他们说起自己的身份时，都会很自豪地说自己是深圳人，并不像他们的父辈那样，眼睛里还闪过一丝的犹豫，他们是和深圳一起成长的一代，他们流露出足够的骄傲和自信。

我一直就说自己是深圳人，因为我自己是伴随着深圳成长的。我在这里见证了这座城市物质上的发展历程，看见过这里的土地上，那些高楼大厦起起落

落，道路也四处整齐地穿行；另外，就我知道的资料来看，我是深圳唯一一个20世纪60年代出生的、在深圳成长起来的作家，也见证和参与了这里大大小小的文化活动，我一直就用手中的笔，忠实地记录下了这里发生的人和事情。这么多年来，同样也有许多从各地来的艺术家，也用各种各样的手法，将这座城市发生的变化告诉了世界。现在他们谈到深圳，也会说"我们深圳"，这一称谓的变化，其实也充分说明了，言说者对这座城市的认同，而且是文化上的认同。

我想，一个人的身份是需要确认的，一座城市的发展，同样也是需要生活在其中的公民来认同的。这样它才会有一个光明的未来，城市和市民才有一个良性的互动，和谐相处的环境。我想深圳大概也经历这么一个过程，从相互的怀疑到猜忌，再到磨合和整合，再到相互的信任和鼓励，最后达到一种一起共同促进，谋求共同发展的理想境界，这大概也是我们共同展望的未来吧。

（原载于 2004 年 8 月 6 日《晶报》）

深圳的日子成就了我

闾丘露薇

我还记得自己刚刚到深圳的日子。那段日子，让我真的明白了什么叫做生存。

因为母亲的关系，大学毕业之后，我到深圳去了，放弃了在外资公司的工作，在母亲的公司帮忙。所谓的公司，其实就是那种皮包公司。我和母亲，还有她的几个带着发财梦来到深圳的亲戚——也算是她公司的员工——一起在深圳的一栋民房里面，每天忙忙碌碌，和形形色色的人碰面。用母亲的话来说，生意就是这样碰出来，谈出来的。

我的母亲在我4岁的时候，就在我的生活当中消失了，然后在我18岁的时候又突然出现在我的眼前。对于少女时期的我来说，母亲在我的想象里面，是一个神秘而又亲密的人物。于是当她说，希望我大学毕业之后，能够到深圳帮忙的时候，我毫不犹豫地去了。

记得当时我的父亲什么都没有说，他总是这样，每当我要决定做什么事情的时候，他总是什么也不说，即使之后我碰得头破血流地站在他的面前，他还是什么都不说。

我还记得那个夏天，我提着一个箱子，来到母亲既是办公室也是住宅的地方。母亲的第一句话是：你怎么穿得这样不好看？那一天，我穿的是一件简单的白衬衫，一条长长的花裙子。母亲总是嫌我长得不漂亮，因为那样在她的眼中，我很难找到一个有钱的男朋友。看上去还非常年轻的母亲对我说，在外人的面前，不要说我是她的女儿，这年头，一个女人要做生意，要在这里混下去，不要让人家知道年纪，不要让人家知道婚姻状况会更加划算。

当时的我，真心诚意地想，这个从来没有生活在一起的母亲，她曾经经历过多么艰难的日子，我应该帮她。于是我答应了。

接下来的日子慢慢让我开始明白生活的艰难。在我住的房子对面，是那些来自湖南的打工妹的集体宿舍。每天到了吃饭的时间，都会看到她们端着一碗白饭，就着一瓶辣椒酱，津津有味地吃着。

而我们的生活也不富裕。我发现，我的母亲什么生意都做，只要能够赚到钱，哪怕只是一点点。虽然请别人吃饭的时候，我的母亲总是抢着买单，但是在家里面，每顿饭总是节省到只有一个素菜，一个荤菜。

不过我的母亲是那种哪怕口袋里面只有两块钱，但是也在别人面前装得像一个百万富翁那样豪爽的人。直到现在，兜兜转转，她还是在用这样的方式生活着。

我的母亲经常会突然消失一段时间，于是房东就会找我来要房租。而母亲的这些亲戚每天都要开饭。曾经有一天，我的口袋里面只剩下两块钱，看着他们，看着这个地方，我真的想哭。因为我不知道，这两块钱用完之后，明天如何生活下去。

母亲消失的时候，我必须自己赚钱支撑这个家，同时也是支撑我自己。靠着同学的关系，我接到了一单礼品生意。我还记得我和我的同班同学一起，跑到别人的厂里面和别人谈判。不过别人很快看穿了我的底价到底是多少，这个合同签得有点灰溜溜。不过好歹有点钱赚，心里面已经算是很满足。

还有一次，我的母亲不知道从哪里拖来一百箱饮料，从东北运到了深圳。而她自己却不知去向。我手忙脚乱地找了一个仓库把这些饮料存放起来，但是开始为仓库费发愁。

面对这一大堆连我自己都没有听说过名字的饮料，我和我的这位同班同学一起，推着自行车，开始一家小商店一家小商店地推销。

求人真的是一件需要勇气的事情，要面对别人毫不留情的拒绝，或者是那种干脆不愿搭理的样子。现在回想起来，还好那个时候年轻，刚刚走出校门，反而能够承受这些东西。如果是现在，我真的很难想象自己，还能不能像那个时候那样，去做这样的事情。

结果，就这样，冒着炎热的天气，我还记得，有一天的下午还下着雨，我们的自行车倒在地上，一箱子的饮料从后座上面摔了下来。那个时候，一刹那有一种绝望感，觉得自己不可能做到任何的事情。我知道我的这位同学那个时候和我有着同样的感觉。不过幸运的是，我们的这种软弱只持续了很短的时间，我记得，我们扶起自行车，继续一家商店一家商店地推销着我们的饮料。

最后，我记得，终于有一个好心人被我们感动，于是我们又赚了一点钱，终于可以解决一大帮人一个月的生计问题。

这样的日子持续了几个月的时间，很快我发现，原来我和我的母亲对于生活的价值观、生存的方式实在有太大的区别。

我的母亲总是拿一些她身边的年轻女孩给我做例子。谁谁谁嫁给了一个有钱的老头，谁谁谁嫁给了一个港商，或者是谁谁谁做了二奶获得了多少多少的房产。在我母亲的眼里，钱才是最重要的，无论如何也不要和钱过不去，因为只有有足够的钱才能够生存。

但是我不这样看。我觉得，如果真的爱上一个人，那个人很有钱，倒也是不错的一件事情，但如果只是为了钱却并不值得。

我们闹翻了，从此我和她断了来往，但是对于当时的我来说，我已经没有办法再回到上海，于是我要在深圳从头开始。

为了生活，开头的几个月，我什么工作都做过。酒店服务员，仓库管理员，还有国有企业的每天闲着没有事情做的老总秘书。换工作的原因，最主要还是工资问题，因为要租房子，要应付日常的支出，因此那个时候，选择工作的首要准则是工资是不是高。直到后来，在朋友的推荐下，我进入了一家国际会计师事务所，从此我的生活重新上了轨道。

之所以这样说，是因为如果我没有选择来到深圳，没有跟着我的母亲的话，我会像我的不少同学那样，几个月下来，在外资企业已经有了不错的表现。有的时候，我会觉得，我好像浪费了半年的时间。但是现在回想起来，我真的要感谢我的母亲，感谢在深圳的这段日子。

因为在这段日子里面，我看到了那么多在生活底层挣扎的人如何生活，我也接触到了形形色色三教九流的人物，他们做着不同的事情，有的人循规蹈矩，慢慢寻找着机会，有的人用不正当的手法，希望能够在最短的时间赚到最多的钱。但是他们的最初的出发点都是一样——为了生存。在这段日子里面，我也体验到了，很多时候为了生存，必须有足够的勇气和韧劲来面对这个社会里面的人和事情。

我的那位同学，我们在深圳一起待了一个月之后，他回到了自己的老家湖南的一个偏远县城。他说过，他的理想是要进电视台工作，之后我听说，他在县城的电视台主持少儿节目。后来我们失去了联络。

8年之后，当我们在北京再见的时候，他已经是珠海电视台的一名编导，而我则成为凤凰卫视的一名记者。他告诉我他用5年的时间，从县城走进省电视台，然后又只身来到珠海，从一名编外人员成为电视台的正式员工的整个过程。他说，深圳的那段日子教会他，如何在艰难的时候，勉励自己一定要走下去。

（选自《今日文摘》2005年第17期）

遥忆深圳古籍书店

刘申宁

古籍，指的是历史书籍，包括书籍内容的古和书籍装订及流传的古。在我的认识中，古就是历史，有历史才会古。深圳是个极年轻的城市，与西安、洛阳等千年古都相比，几乎没有年龄。这是我初到深圳时，有些瞧不起它的原因。

然而不久，一个偶然的发现改变了我的认识。1993年底，我在当时深圳最繁华热闹的国贸对面，发现了一家古籍书店。当时心想："深圳哪能有什么古籍！招摇而已。"不意当我踏入书店后，大为惊愕。这是个不大的店面，四周墙边的书架上摆满了各种历史书籍，店中间还有两排书架，显得很挤，让人几乎插不进脚。仔细看看，书的内容很好，说明书店的经营者选书的品位极高，与国内各大城市的古籍书店相比毫不逊色。最令我心动的是在书店的一角，还有旧书卖，不仅有旧平装书，而且有线装书。记得当时线装书共有四架，两架是新版线装书，两架为旧线装书！特别是旧线装书，大大地吊起了我的胃口。于是，它成了初到深圳的我的最好去处。书这东西真怪，当你真正喜欢上她之后，她便慢慢地占有了你，把你变成了她的奴仆，在不知不觉之间，悄悄地占有了你的时间、精力和金钱。

进了古籍书店的门，除了看书，还要买书，我在这个书店买过许多书，今日已不可能记清所有的书名了，脑中还留下些浅浅印记的，大概有三四部线装书，因与我当时研究的晚清上流社会有关而购，多是些名人文集，如吴汝纶、盛宣怀等。旧线装书，是我最感兴趣的，每次去书店，首先吸引我的便是那两架装满古旧线装书的书架。书架上的书很多，一部部叠放在一起，为取书常常要搬来搬去，占去附近不少地方，使原本就十分狭小的书店，显得更加拥挤。我只有一遍遍地对周围的人说：对不起！谢谢！好像在练习文明用语，其实周围的人根本无暇顾及这些，侧着身子在看书，你说些什么，全没听见。在这些旧线装书中，我买到的最中意的书是《涧于日记》，这是才女张爱玲的祖父张佩纶的日记，清末石印本，共14册，是套足本。过去为了查些资料常去图书馆翻看这部书，今日拥入私怀，方觉心中无限畅快。人这东西就是私欲堆成的，当把别人的变成了自己的，就会感到舒服。

要说舒服，最使我窃喜的是买那部《清实录》。这是一部研究清史的必备资料书。为了方便研究者使用，中华书局将全部《清实录》缩小影印。说是缩小，印出来的书也可装满一个大铁柜，定价是3600元。今日看来，已是极为便宜了，但在10多年前，这个价格可以买一部明版书。每次去古籍书店，我总要在这部书前翻看许久，不忍离去。我曾托在中华书局工作的朋友设法买打折书，未能如愿。有一天，我去书店，得知前些日子大雨，深圳当时因排水不畅，许多楼房被水淹，古籍书店也未能幸免。书店被淹，最惨的就是那些珍贵古籍，许多书淹水后，胀得厚厚的，龇牙咧嘴，面目丑陋。这一部《清实录》平时因较少人看，故散在书架底部，自然罹难。看到工作人员正在清理积水，我不无痛心地说："这么好的书都淹了，怎么办？"一位女售书员说："只好打折卖了。"我一听，心中活动，马上去翻检那《清实录》，半部书全被水淹过，另一半得幸逃脱。我挑挑拣拣，将我所需的道光至宣统时期的后半部分全数找出。这半部书仅有4册书角浸水，余皆完好，搬去柜台，经请示老板同意，打了七折售给我。当我提着沉重的两大包书，走出书店的时候，听到女售书员问老板："剩下的那半部书怎么卖？"那是半部已经泡了水的书，书既不全，又泡了水，可以说是根本不可能卖了。我当时只是觉得便宜，而且是把我最有用的那部分买了来，真是难得，心中窃喜。10余年过去了，每当我站在书架前，看到这半部《清实录》时，便想起这段往事。虽说半部书就够用了，但作为藏书，收的全是断本残册，心中的遗憾便渐渐涌了上来，淹没了当初那种侥幸得来的窃喜。贪图便宜是人的本性，为了贪图便宜，舍弃了对完美的追求，留下的便只能是遗憾了。

随着深圳的飞速发展，高大的书城建起来了。古籍书店也搬进了书城。开始时，古籍书店设在一楼大堂，占据了大堂的半壁江山。让古籍占据书城最明显的大堂，委实使我对书城的管理者敬仰良久。然而不久，古籍开始升高了，搬入二楼，随后又移入了一个最不被人注意的安全角落。想找古籍，不仅要不停地打听，还要拐好多道弯。新的店堂比原先的小店自然宽阔了许多，书架低了，取书不再困难；间隔宽了，也不必担心碰到别人，但古旧书少了，甚至没有什么书值得看。过去胡乱堆放在架子上的旧线装书，现在被仔细地整理过，小心翼翼地摆放

在玻璃橱柜中，翻开书的扉页，隔着玻璃便可清楚地看明白书的行格款式。在书的下方，摆放着一张小签，详细地介绍了书的名称、著者、明版、清版及价格。价钱已不是往日。以前我买一部于式枚编的《李文忠公尺牍》，仅用2600元。而在这里，这部民国初年的石印本，已高达32000元了。我背着手，弯着腰，鼻梁顶着眼镜，吃力地看着玻璃柜中那标价以万元为基本单位的旧线装书。我忽然感到，这似乎不是书店，而是博物馆。博物馆和书店的根本区别是，后者你可以拥有它，而前者则绝无可能，非但无可能，只要你一产生这种念头，就已属非法了。

书是爱书人的命根，书店便是读书人的奶娘。深圳的古籍书店虽小，但它哺育了我们，把我们拉扯大。每当夜深人静时，抚摩着这千年古纸、一片墨香的古书时，我便常常会想起那拥挤泡水的小书店，几乎被海丰苑那高楼压得扁扁的，开不了门。每次由国贸前路过时，我时常会不由自主地扭过头去看看那张狭小低矮的门脸，虽然今日已被如涛的商潮淹没了，但是那里曾经是我在深圳的初恋，伴随我孤灯一盏，度过了一段最辛酸艰难的日子。

写于2005年9月

（选自新浪网刘申宁的博客）

生命在高处

王　石

　　2003年5月22日，我成功登顶珠穆朗玛峰。从海拔8844.43米的高度俯瞰能看到什么？其实，登顶那天云雾弥漫，能见度很低，还下着雪，什么都看不到。曾有朋友问："你到山顶的一瞬间是什么感觉？"当时几乎没有任何感觉。8000米以上属于极度缺氧环境，是生命的禁区，按照高山医学判定，人在此时的智商相当于6岁小孩。一般人都认为在这个高度人肯定有恐惧感和危险感。实际上，这两种感觉都没有。虽然在这种极度危险的情况下随时都有可能滑坠，但由于头脑迟钝，人却不感到害怕。体力消耗殆尽之时，人近乎机械。到达山顶之时只能做两件事：一是要照相，摆出站在珠峰顶上的姿势证明登顶。这在登山行话中叫"取证"。比如两个人登到山顶，可以互相以照片为证。看看位置和周边的地形，然后拍下"证明"。另一件事是展旗。登顶，国旗必须要展示出来。有些遗憾的是，我还带了一面万科的旗，但在山顶刚把万科的旗掏出来，向导就催促快下山，并不给我照相的机会。登顶的整个过程中，我都没有太激动的感觉，并没有如同人们想象的那样热泪盈眶。然而在成都召开新闻发布会之前，公司放了中央电视台拍的20分钟短片，播放到第一小组登顶展旗的镜头时，音乐一起，我的眼睛猛然湿润了。这次登珠峰的7个队员都是业余队员，其中有一位比我小10岁，身体非常好，在2001年和我一起被授予国家级登山运动健将。登山过程中他的负重比我重，平日训练时他也总能提前半小时或一小时到营地。按照状态判断，7个人中他应该是第一个登顶的，但这次他却没能成功。事后总结，原因有两条：第一，对每个人来讲，能登顶世界最高峰肯定是一件很激动的事。但他从2003年3月份起就已经进入兴奋状态。在北京怀柔登山基地训练时，一般人登山负重最多是20公斤，他却负重40公斤；我们走两趟，他走三趟。进入大本营时，他本人的状态仍很兴奋。我专门找他谈了两次，但他并不认为自己过早出现兴奋状态。待

到真正攀登需要兴奋状态时，他的兴奋期却过了，当然会力不从心。第二，突然在电视观众面前当名人，他显然不大适应。我事先要求电视台不拍我，就是怕镜头使我一直处于紧张状态，消耗增大。这位队友在中央电视台亮相后，突然有了名气，登山过程中要接受记者采访，每天要回答互联网上的帖子。中国移动为此次登珠峰做了一个网站，海拔6500米以上还可以通过海事卫星电话上网。这个队友每天要看许多帖子，回复大家对他的关心，还要跟踪拍摄登山过程并将一些图片传回家乡城市的电视台。显然这都消耗了他不少精力。到达8300米第二天准备真正登顶时，他的精力已消耗殆尽。那天晚上大家各自选择是否登顶时，他明智地决定放弃。最后，我们7个队员中有4个登顶了，全队中只有我一点伤都没有，完好无损地返回。是因为我有绝妙的登山技巧吗？显然不是，而是因为我的生活阅历。登顶全过程中，我心态坦然，并努力保持了自己的体力。举个简单例子，在海拔将近8000米营地宿营时，夕阳血红，非常漂亮。同伴们都出去看，说："风景这么好，王总快出来。"

我没吭气。过了20分钟，他们又说："你再不出来会后悔的，这是我们登了这么多山所看到的最美的风景。"

我说："老王说不出来就不出来！"为什么呢？我是在保持体力。我知道我的目标只是登顶珠峰，任何与登顶无关的消耗体力的事都一概不做。整个登顶过程中，我一直保持这个态度。

（选自《道路与梦想——我与万科20年》，王石、缪川著，中信出版社，2006年）

"你永远不可能和这座城市分离……"

王京生

尊敬的丛飞同志亲属，各位领导、各位来宾、同志们、朋友们：

今天深圳各界和来自我们祖国四面八方的人士在这里，共同向一个英年殂逝的朋友告别，向一个高尚而完美的灵魂表达悼念和敬意，我们这座城市和今天所有的人都因为失去他而长久地沉痛，并且希望通过与他的亲人分担悲伤而在矢志向他学习的同时，追溯和强化深圳的精神动力。

几天来，关于丛飞同志病逝的消息产生了震撼性的影响。无数人表达对他的挚爱、悼念和敬佩，不仅在于丛飞同志十几年来自甘清贫，而捐款捐物累计金额超过300万元，资助生活困难的失学儿童和残疾人；不仅因为他致力于公益事业，进行公益演出超过300多场，义工服务时间达3600多个小时；不仅因为他是2005年感动中国的十大人物、中国百名优秀青年志愿者、深圳市五星级义工、爱心市民和文明市民等等，而在于他用无私大爱所铸造的崇高精神境界和给社会传送的无限关爱和温暖，在于他正确认识世界，正确认识社会，正确认识人生的丰富精神内涵，反映了社会主义社会主流的世界观、人生观和价值观。正如中共中央政治局委员、省委书记张德江同志所说："丛飞事迹感动广东，丛飞精神是时代的强音，丛飞是中华民族传统美德和社会主义文明的实践者、传播者，他用火红的青春和诚挚的爱心，谱写了一曲扶困助弱、无私奉献的动人乐章，折射出对人生、对理想、对事业的忘我追求。丛飞就是践行社会主义荣辱观的杰出典范。"鸿忠同志说："丛飞的爱心，丛飞所表现出来的精神境界，正是我们建设文明城市、和谐社会的目标和追求。我们这个城市需要更多的丛飞涌现出来。"我们会珍惜和记住丛飞所留给我们的每一个故事，这是诉说爱和坚忍的故事，是真正的深圳人、深圳英雄的故事。

在丛飞同志身患绝症的这段时间里，他与病魔顽强搏斗，用坚强的意志和

乐观主义的精神以及对生活对亲人对受助者的眷恋创造了生命的奇迹。同时，他的病情也牵动着中央、省和市委市政府各级领导、各个部门的心，各级领导和无数的市民到医院看望丛飞，帮助他解决困难、捐款捐物、嘘寒问暖，正如丛飞将全部的爱奉献给社会那样，他也得到了爱的回馈和爱的拥抱；正像他关心许多的人那样，许许多多的人也关心着他。一个高贵灵魂的升华、飞翔，得到了丛林般的响应。

一位网友在网上留言说："我们怎么也接受不了那个表情生动、永远散发着灿烂微笑的人就这样离我们而去，他是我们城市中的一员，就像我们最爱的亲人那样。"他的女儿不停地问，爸爸到哪里去了？我为什么见不到他？是的，对于丛飞的父母、妻子和女儿而言，他们失去的是一个从小懂事而孝顺的儿子，一个相濡以沫的丈夫，一个慈爱的父亲。而对于我们的义工、我们的市民和一切敬仰他的人而言，我们则失去的是一个天使般的朋友和兄弟！对于祖国和深圳而言，则失去的是一个好儿子、好市民。丛飞曾经深情地说过："从1994年来深圳的第一天起，我就热爱这座城市，我就把自己当成了一个深圳人。这里是我灵魂的家园，我离不开这座城市。"就在弥留之际，他仍然告诉妻子邢丹：假如有来生，我仍要做一个深圳人。感谢你丛飞，感谢你对我们共同生活的这座城市和人民的深深挚爱，你永远不可能和这座城市分离，你的精神就是这座城市的精神象征，并将永久地守护她前进和成长。

告别了，丛飞，我们永远不会忘记你，对于那些了解并热爱你的人来说，其悲痛将是深深的和持久的。我们宁愿相信，你作为一个歌手，乘着歌声的翅膀，在爱的星空里建造了自己的归宿。那些受到你惠爱的孩子和困难的人们将依然受到关怀并坚强地生活。我们这座城市是那样的年轻但却深厚，在她短短25年的城市历程中，涌现出了贺方军、柳献共、郭春园等一大批志士仁人、英雄模范。今天，在这片热土上又产生了可爱的丛飞，我们还有大批这样的人物，我们还有成百上千万人参加的关爱行动，这就是这座城市的风格和正在形成的传统。

大爱无疆！

丛飞同志永垂不朽！

（本文为作者2006年4月25日在丛飞追悼会上的讲话，标题为编者所拟）

走过深圳的岁月

品位大男人

深圳早期的劳务工

20世纪80年代初，到深圳的第一批"淘金者"，可以说过着后人所无法想象的生活，堪称为深圳的拓荒牛。当年参加国贸大厦建设的拓荒牛，在工地搬运水泥沙石，每天工资2元5角钱，工人的伙食一般是两碗米饭加两片白肉、5根青菜和4块红烧豆腐。当时笋岗北站活跃着一支由澄海人组成的搬运队，有人戏谑为"北站游击队"。这支搬运队肩负着北站的装卸和搬运任务，他们从大米、钢筋到水泥等等，无所不搬。

当时从柳州至深圳的火车皮上将重约1吨，精工细琢、上满油漆、真材实料、世界闻名的柳州棺木搬上香港大货车，每副棺木的搬运费是9角2分钱，除搬运公司扣除管理费用，每个搬运工人可得到大约9分钱。当时深圳主要的货运工具是手扶拖拉机，搬运工人往手扶拖拉机上装1吨水泥，也是9角2分钱，搬运工人每月工资约百来元钱。1981年深圳水库引水到香港工程，是这些搬运工人最好赚的时候，当时平均下来每月工资约170元钱。

当年和平路最热闹的侨社，有一家天天爆满的餐厅叫"友谊快餐厅"，快餐厅的厨房师傅头3个月工资90元钱，做满3个月后工资铁定120元钱，服务员工资110元钱。那时红宝路环宇酒店后面的蔡屋围村只有一些矮小的农民房，成片成片的农田分为红一生产队、红二生产队和红三生产队。那时当地的农民已经开始办理《过境耕作证》，每天往香港耕作，晚上从香港偷带些洗头水、香皂或芒果干、维他奶等东西过这边赚些差价，而成片的农田即租给潮安的东凤人种菜。东凤人是最早到深圳种菜的菜农，从蔡屋围到现在的西湖宾馆及布心一带，遍布他们的脚印。菜农每天风吹日晒，辛辛苦苦下来，每月可获得100来块收入，碰上台

风暴雨天气，收入大减。

那时的青菜很便宜，青葱在菜地里的批发价每斤才几分钱，没人要时菜农干脆将它拔起来扔到田埂上。一些刚从家乡过来，找不到活干的年轻人每天专到菜地上捡菜农扔掉的青葱，整担挑到菜市场门口摆卖。那时深圳还没"城管"，市场管理也比较松，住通心岭附近一带年纪大一点的市民应当还记得，当年作为农批市场的通心岭市场门口，每天都有一个卖青葱的潮安小伙子，他的青葱每斤只卖7分钱。后来为免麻烦，干脆将青葱扎成1斤多一扎，每扎卖1角钱。

当时深圳人口稀少，菜市场也比较少，那时较为热闹的菜市场还有蔡屋围菜市场，位于解放北路公安局斜对面的广场旁，也就是现在地王大厦附楼大约"星期五酒吧"的位置，当年的广场竖着一座不是很高的"人民英雄纪念碑"，菜市场和纪念碑被拆除的时间应该是20世纪90年代初，建地王大厦的时候。现在地王大厦对面的万象城——当年的湖北和河南猪仓里，每逢周六周日，都会屠杀一些不合格的"问题猪"。附近的人都懂得在这时候到猪仓里买便宜猪肉，我记得很清楚，当时的猪脚每只1角5分，猪头每个2角钱；春风路马路边大排档花10多元钱就可吃上一餐美味的海鲜火锅了，想起这些，真仿如昨天……

摇晃电视天线的岁月

刚到深圳时，为了三餐，每日都不停拼搏着，晚上回到出租屋里，有时累得还没冲凉就睡着了。那时为了能在深圳站稳脚跟，根本就无暇去享受其他方面的生活。一年后，慢慢稳定下来，才觉得生活有点单调。每到晚上听着邻居家里传来电视机的声音时，总会幻想着如果家里有部电视机该多好啊！当时香港电视翡翠台总会播放一些港台歌星的流行歌曲MTV，像潘越云的《野百合也有春天》、张学友的《偷心者》、梅艳芳的《将冰山劈开》，以及达明一派的《石头记》等，有时候被这些旋律打动着，会厚着脸皮在邻居家门口窥视几眼。每次从邻居家门口走开之后，我就会暗暗跟自己说，赚钱、赚钱——一定要赚钱买部电视机。

那时最烦对面服装店那两个在深圳土生土长的姐妹，整天过来问我，昨晚的"劲歌金曲颁奖典礼"有没看啊，谁谁谁又获奖了，或者昨晚的电视剧大结局看了没，什么什么主角最后死了，太可惜了等等，说得我心里怪难受的。那时的人生活比较单调，晚上除了看电视，没别的好去处，所以电视机真成了生活中很重要的一部分。记得当年香港无线电视当红小生蔡枫华，主持劲歌金典颁奖礼时讽刺张国荣"刹那的光辉并不代表永恒"的第二天早上，那两姐妹又叽叽喳喳地过来问我，昨晚看电视没。当知道我没看头晚的颁奖礼电视直播时，两姐妹不停地替我感到可惜，说当晚蔡枫华的话才是刹那间的光辉。

第二年，通过别人介绍，我在罗湖村五坊一个专做二手进口电视机的人家里，花1200块买了一台21英寸日本乐声旧彩电，记得将电视机抱回家时，天已黑了，来不及安装电视天线，只好随便将天线伸出窗外，对着哗哩哗啦的图像，不停地摇晃着电视天线，当电视机里的图像稍稳定下来之后，我才觉得自己累坏了。第二天一早，那些跟我一样没电视机的邻居，从我窗外的电视天线上，知道我买了电视机，都跑过来跟我道贺。他们十分热情地帮我将电视天线安装到隔壁四楼天台上最高的地方，说那样接收效果才会好点。回到家里，我问对面店那两姐妹，昨晚下半夜关德兴演的粤语长片看了没。她们嘲笑我说，切，那些老掉牙的粤语长片，只有她们的婆婆才会看——老土！

电视天线装好之后，我家门口每天晚上都会围满前来看电视的邻居。他们吃过晚饭，看到我回家之后，就会从家里搬来小凳子，过来占个好位子。有时我迟一会儿开电视，他们就会问，老细（老板），今晚怎么还不开机呢？深圳的屋村都是典型的握手楼，门口的过道都十分的窄，很多过路的人看到我门口坐着那么多看电视的人，都要绕道从别的地方经过。记得有一次我中暑了，高烧39℃，回家后我还得坚持着先打开电视，然后再躺到床上。那晚迷迷糊糊的我听到门口随着剧情的高涨，传来一阵阵的呼叫声，电视什么时候结束我不知道，反正醒来后发现门口扔下一片烟头，仍留着很重的烟味。

三年后，那台电视机坏了。一个在人民南路罗湖村四坊卖电器的韦姓普宁老板，介绍我买他店里的一台美国产"丹尼福根"电视机，邻居们都说这台电视机的色彩和声音都比以前那台好得多，我觉得他们的鉴赏能力还真不错，因为这台电视的价格是原来那台的5倍多。在罗湖村租住的那段日子，每次风雨过后，都要从别人屋顶爬上去调校自己的电视天线。每次调校电视天线时，都要找邻居好几个人来帮忙，他们有的扶住梯子，有的在下面对着电视机边看边喊：往左调一点，往右调一点……那种不停摇晃电视天线的生活，虽然俭朴，但却过得十分踏实，现在想起来还觉得回味无穷。

写于2006年10月

阅读红树林

秦锦屏

　　到过红树林的人不一定"认识"红树林。

　　我很早就"阅读"了红树林，从而知道：在美丽的深圳福田，在深圳河流入大海的地方，有一片根茎交错、茂密葱茏的生物族群，那里就是深圳著名的自然风景保护区——红树林。红树是木本木质，但具有钢铁般的坚强素质。它与西域的胡杨一南一北形异而神似。一个在北国莽原扎根，死而不朽；一个在南海之滨繁衍，生生不息。胡杨生生死死经千年轮回，铁骨铮铮具英雄树的风范；红树激浊扬清，生机勃勃，经历了一次又一次、一场又一场的狂飙巨涛依然扎根泥土，岿然不动……

　　去年暑假的一天，以前的同事，内地学校的一位老师带着她的几个学生来深圳参加夏令营活动，其间有半天的自由活动时间，便邀我做导游。我兴奋地给他们介绍了深圳的各大景点，当然也介绍了红树林。当我讲到红树是世界上唯一的胎生植物，种子先长在母树上，由母树"怀胎"一段时间，待到具备独立生长能力时，才脱离母树，一个个往下跳，稳稳地插进淤泥。几小时之后就能发芽、长根，茁壮成长。如果下落时没有着地，种子能随波漂流数月不死，一旦遇到海泥，三四个小时就能扎根生长，20年后便是一片天然的防浪林……我的客人——老师和孩子都惊讶极了，尤其是孩子们，吵闹着立刻要去看红树林。

　　说走就走，我们租了车，迎着天上的毛毛细雨，往红树林赶去。快到红树林时，天色突然暗了下来，不一会儿还刮起了大风，突然间车窗玻璃"乒乓"作响，我们尚未回过神来，窗外已是大雨如注，电闪雷鸣。我看着车里目瞪口呆的小客人们说，这就是南方的雨，来得急、来得猛，但常常也去得快。我安慰他们说，在深圳，这种堵车现象也是常有的。突然，一个小朋友指着车窗外问我："那些人在干什么呢？"

　　我顺着他的手指看过去：大雨中，十字街头，三五个戴小红帽、穿着红色马甲的人正在帮助交警疏导交通。他们没有带任何雨具，任凭大雨倾泻到他们的头上、脸上、身上，似乎毫无知觉，他们依然在挥舞着手臂，人流和车流在他们的指挥下缓慢而有序地前进……一时间，我被这个场景感动了，顾不得回答，只是呆呆地看着，直到那个小朋友再次追问，我才醒悟过来，"是交警在指挥交通……"

　　"我是问，那些戴红帽子、穿红衣服的人，他们是干什么的？"孩子迫切地问。

　　"是……义工，他们都是深圳的义工。"我自豪地回答。

　　"义工是干什么的？"孩子并不满足。

　　"就是……不要报酬地、无私地为这座城市乃至更多的人奉献的人。"

　　"什么是奉献？……"孩子又问。显然，他对我的回答不满意。

　　我不知道哪里来的灵感，准确地说是联想，我说，他们就是扎根深圳的"红树"，有很多，聚集在一起就是"红树林"。

　　"呀，这就是红树林！"孩子大叫，一下子，面包车里十来个小脑袋全部贴到车窗上，他们瞪大眼睛朝车窗外看着……

　　我滔滔不绝地给孩子们讲起了深圳的义工事迹、义工精神，讲起了红树林的精神……讲着讲着，我分不清自己是在讲义工还是在讲红树林了……

　　由于暴雨不歇，我们只能取消去看红树林的计划。我很抱歉地对孩子们说："对不起，今天没让你们看到红树林……"孩子们反驳我说："我们看到了……"

　　此后，在我心灵深处，永远飘动着一团火一样的红马甲，他们像那些海边的红树一样，甘愿默默地为自己的信念而努力奋斗一生。在东西文化交汇的前沿，在多民族多文化聚集地的深圳，他们众志成城，手挽手，肩并肩，大步朝前走着，走着……

2007年5月写于深圳

鹏城赋

黄扬略

　　鹏徙南溟，击水三千，乃有鹏城①。处江海交汇，踞中外要津。经几度沧海桑田，雄风蕴乎草泽；证几多民族荣辱，云翼伏于荒丘。侧耳伶仃洋，文天祥哀山河破碎，留取丹心，《正气歌》回肠荡气；引首虎门隘，林则徐怒强虏谩侮，挺身攘臂，民族节烁古励今。送香江汩汩南流，眺彼歌舞繁华地，辄抚膺而太息；临城门深深闭锁，怀我强国富民梦，长北望而延伫。

　　伟哉邓公！顺天时，秉民意，鼓东风于帷幄，圈特区于边隅。当是时也，四海英才争荟萃，八方豪客竞风流。披肝沥胆，誓创不世之业；围城奔突，甘为问路之石。灯旗岭②，风正霾清，北斗星垂，露润南疆千年翠；大鹏湾，百川水暖，月明沙细，珠映齐州九点烟。廿七春秋，捻指而过，几许青丝暮成雪；华夏之窗，倏挥而就，世人惊呼"一夜城"。

　　君不见，昔时黄芦苦竹行吟处，千幢高楼平地起。舸舰迷津，五洲货如潮至；摩肩接踵，三江贾似云来。聚寰宇科技之英，花开千树；纳天下才隽之士，孔雀南飞。农家子，揾慈母泪，步履匆匆，足踏异土犹吾土；东邻女，相逢一笑，河梁携手，身处他乡即故乡。至若六龙入海，银花耀空，香车如过江之鲫，仕女若七彩之霓。深南道旁不夜店，珠光宝气，辉映繁星；罗湖桥头金光道，曼舞轻歌，恍如仙境。当今繁华都会，鲜出其右焉。

　　君不见，昔时罾罟蚝桩渔人村，书香扑面惹人醉。钢琴之城、图书馆城、设计之都，定文化绿洲之位；文博之城、关爱之城、创新之都，掘人文教化之泉。君不见，弄潮儿向潮头立，手把红旗旗不湿。径抛柽栝倡新声，赤县儿郎皆瞩目。近者悦兮远者来，东风尽绿神州树。

　　掌声如潮逐影来，台榭笙歌，堪堪熏人醉。中军帐内人不寐，拍岸涛声，阵阵催酒醒；前贤匹马著先鞭，如今万马竞驰骋。肩负千钧，岂甘一城谋富足？宜将

剩勇，为构和谐闯新路！鹏城将士好儿女，闻罢豪情方丈起：破彼硬约束，壮我软实力③；更铸创新魂，再迈拓荒步！气干牛斗，风云为之壮色；势吞江汉，南海顿作滔滔。鹏喜而起，振翼欲飞，将负青天而扶摇九万。乃作歌曰：逢盛世兮挹流芳，展宏图兮辉且煌。民为本兮福祉，文载道兮雄起。功德无量兮大和谐，来吾导夫先路！

（此文于2007年6月25日在《光明日报》和《深圳商报》同时刊发）

---

①鹏城：深圳别称。

②灯旗岭：深圳莲花山。

③破彼硬约束，壮我软实力：2005年5月中共深圳市委第四次代表大会指出，深圳面临土地、资源、人口、环境"四个难以为继"的约束。市委要求提高城市软实力来破解四个"硬约束"。

2004，务虚者的水贝

塞 壬

车一过笋岗桥，我的喉管开始发硬，一股潮热的东西涌向眼眶。是的，马上到达的是田贝四路，水贝国际珠宝交易中心，万山珠宝工业园；紧接着就是十字路口，打横的是翠竹大道，抬眼见到的是爱迪尔珠宝大幅海报；往左，是水贝工业区；尽头，是太白路口；朝前走，是太宁路。

网一样的线路图通电般地清晰起来。两年了，当我再一次踏进水贝，它们就从记忆里一一复活。可怕的是，我竟还能准确地说出：哪家珠宝企业在什么路，哪栋大厦，几楼，老板姓甚名谁；沿途的各类建筑、银行、超市、报亭、饭馆、公交车站，行人和车……它们被擦亮，开始在我面前晃荡，那些气味、光、声音、颜色开始在空间里晃荡。我还看见了我自己，一个瘦小的身体，锥子一样，在晃荡的影像中慢慢锐利起来——它让我的眼睛发痛了。我相信，当我以我的肉身再次去触摸这条线路，一寸一寸地，这条曾被我踩过无数次的线路一定会发出痉挛般的战栗。是的，它们一定会感受到我，并迅速认出我，这样的打量，这样的注视是我难以面对的。啊，我还没有完全学会在瞬间调整好自己的脆弱。水贝，这个全国珠宝加工总量占70%的名词，这个曾让我梦想折翅的名词，它带给我的悲伤从来都不会缘于失败。我是说，一个悲伤者是不能以失败来命名的。这不是辩解。

一个制造行业如果集中在某一区域，且已有相当的规模和知名度，那么，它就会催生出一种DM直邮媒体，它属于分众营销的范畴。我现在就来讲讲这个DM直邮媒体是如何产生的。制造业，我们俗称加工业，这种企业的销售目标对象是经销商或者是卖场。很好理解，普通消费者不会从工厂里购买产品，而卖场不会生产产品。我们看电视、报纸上的广告是商家打给老百姓看的，它们属于大众传媒，显然这对某个行业内的厂家和商家是无效的。那么联系厂家和商家的这种媒体就会应运而生，它只对行业内的厂家和商家发行，不需要刊号，免费派送。厂家要做广告宣传自己的产品，最准确、最有效的是选择这种DM直邮媒体，因为，它准确对应着他们的目标受众。每一个行业都有自己的DM直邮媒体，家电、化妆品、服装、化工、建材等等，做这种媒体无需刊号，发行量是个秘密。门槛很低，赚钱周期短，一时间，各行各业的DM媒体像野花一样开得漫山遍野，其中著名的品牌有慧聪、龙媒、生活元素等。

2004年初，我受聘于一家珠宝杂志任市场总监，带领一个团队。我们住在翠北小学后面的翠珠小区里，六个人，老板租下了两套房子。我的工作是负责这本杂志的广告业务，诚然，这本杂志的命脉就在我手里，编辑部的意图得服从于广告市场，包括新闻策划。那个时候，我踌躇满志，浑身凝聚着力量，充满着激情。应该说，赚钱固然重要，但更重要的是，我想成功地运作好一个媒体，运作成同行业中最棒的媒体。我了解媒体运作的每一个环节，也了解我自己，喜欢在商业操作中赋予感性和美的因素，并自信通过这种个人性格魅力，会有许多让自己惊讶不已的体验。我相信深圳这个地方，她能够迅速捕捉到我传达出的，具有个人特质的商业操作气味，并能迅速作出反应。我已经感受到她与广州的不同，在深圳很多的报刊亭里，我可以买到《读书》《诗刊》《人民文学》《收获》以及各类视觉、影像艺术类的杂志。我惊异于深圳居然有阅读这类杂志的一个大群体。当然，那时珠宝业的广告词已经是相当张扬了，不再是软绵绵的风花雪月和平稳的实用主义，而是具有极度的挑逗意味，珠宝产品的命名及内涵阐释出现了诸如：惹火、七宗罪、原罪、嫉妒等关键词。我相信深圳对于人性本源深处探寻的那类创意的准确判断，我相信这个城市在尊重商业规则的同时，更对发现个性有着太强烈的倾向和热情，那种靠走美女路线、走关系路线的低劣手法早就成为深圳广告界的笑柄。深圳的客户理性同时感性，对广告的要求除了要达到专业水准外，还要求得有一种能抓住人心的东西，哪怕讲出的是人的弱点和阴暗面。我实在不太喜欢什么"打文化牌"的说法，这一过时且代表一种集体话语的说法，让我感受到虚无和空泛。它被太多一知半解的人挂在嘴里当成附丽，当成招牌，仅以示自己不再是一个珠宝文化盲。但是我，始终倾向于表达出个人对珠宝的理解，因为我相信每一件珠宝都是一个生灵，她们每一个都应该有自己的名字。在深圳珠宝圈，当你跟总监一级的人物交流时而没有独特的主张，那将是非常被动的。

翠珠小区实在是一个非常好的地方。从后门出去就是田贝四路，迎面是水贝国际珠宝交易中心及万山工业园；往里，就是贝丽北路，水贝工业区；珠宝企业都汇集在这一块。从前门一出来就看见翠田工业区，往太宁路走就是特力工业区；往翠竹大道走就可以走到翠竹大厦和逸翠大厦，珠宝加工厂、珠宝公司都在这里。去拜访客户、采访几乎不用坐公交车。如果坐公交车的话，要去的也只有八卦路、沙头角、布心、车公庙这几个有珠宝企业的地方。啊，我只要一闭上眼睛就清楚地看见它们，就看见了自己。我当然记得对面的翠竹公园里有很凉的石凳，一丛丛修挺的竹子绿荫婆娑，那儿的空气像是被纯净水洗过一样。我还会记得田贝三路的砂锅粥，翠竹大道的味千拉面及"111"野山菌，这些地方曾频繁地出现过我的身影。两年了，它们的生意依然很好，人进进出出的。此时的阳光，门楣，吹过门口的风还跟过去一模一样。

我花了相当长的一段时间研究了我的四个竞争对手，即四家珠宝媒体，并很快跟它们的负责人熟识起来。我分明感受到，他们没把我这新媒体放在眼里。坦白说，我目前还没法跟他们竞争。在他们面前保持低姿态，安全度过市场培育期是至关重要的。显然，他们根本无视于我采取什么态度。我骨子里的自信让我有着很高的眼界，我不跟谁比，更不会去逞嘴皮子的强。团队五个人，是我亲自招的。我要的不是那种纯粹的拉广告的人，我招的是有采访经验的记者，他们出去是带着我的新闻策划专题及媒体策略方案去做采访的。广告，在我这里是一种采访之中的伴随行为，它不被暴露为目的，我认为在深圳做DM媒体的从业者必须要具备这样的素质。但实际上，由于某种偏见，有着非凡创意的人是不愿意去拉广告的。大多从事DM媒体的人是那种头脑灵活、能言善辩、察言观色、见风使舵的人。他们的骨子里的共性是城府深，皆有着不为人知的狡黠的一面。虽然他们并不像保险业务员那么让人讨厌，老是缠着人家，让客户有一种甩不掉的牛皮癣的感觉，但还是因为新闻水平不高的缘故，他们的广告目的暴露得相当明显，在跟客户的对话中，处于唯唯诺诺的境况。行业内屡屡听说业务员携广告款潜逃、业务员之间抢单、不正当竞争、个人私自炒单的劣行。这一类人遍布在我的四大竞争对手中。应该说这个行业是相当混乱的，它需要规范。也许有人会感觉到我的性格里有某种知识分子的理想主义，和可笑的浪漫主义温情，以及某种程度的自恋导致的自负。当我2004年底选择离开水贝的那一刻，我仍然不认为这些是致命的。相反，这是我至死都不愿意改掉的性格特质，到现在依然是。这不是出于狭隘的固执，而是出于对某种良好品格的认定。我至今还认为，这个行业的规范，最终要走的还是专业路线，要建立起一个可操作的体系，并在这个前提下，表现出鲜明的个人媒体操作风格。

做得最好的珠宝媒体的那位负责人姓宋，她是一个中年妇女，在珠宝圈内有着不小的声望（真不知凭什么？）。我至今记得她向我扔过来一张拧歪的脸，左脸颊眼睑下方的位置突然横出一块肉来，由于生气在那儿颤跳个不停。我和她同时去拜访一个大客户，宋女士从进门起基本不让我说话。她满脸堆笑，奉承话说个不停，显然她想在我面前表现出他们之间是如何热乎的。我暗暗纳闷儿，你的媒体做得那么好，怎么你的手法还这么恶俗和老套，看不到一个大报所应表现出的骄矜和风范，我隐隐地觉着失望！我沉默着，一下子感受到了我和她的距离。啊，我跟太多东西何尝没有这种距离感呢？客户在翻看我的杂志，他问道，"《三月的态度》这个卷首语是你写的吗？"我说是的。他把眼光专注地看着我，说，"我很喜欢你的文字，上次你们杂志登的那个关于翡翠的文章也是你写的，我是一字不漏地看完了。"他瞟了一眼宋女士，又说，"我接受过几家媒体的个人专访，那些记者写我的文字，没有一篇我满意的，太实、太板，要不就一眼能看出来矫情。你能给我写一篇吗？"他的态度是居高临下的，把话轻飘飘地扔过来，厚重的鼻音，漫不经心但又让人无从抗拒。

话一说出，宋女士的脸都白了。客户是上帝，这是她惯有的思维模式。他说起来话毫不客气，竟当着另一家媒体的面损她，并让我直接感受到他们之间并不热乎。他看着我，跟我说，"你说翡翠的毛料在缅甸历经赭石这一环节，这是它妖媚气质的缘起，啊，妖媚，你用来说翡翠的气质，非常好。下个星期你能交出这篇专访吗？"

我们同时离开了那个客户。在电梯口，宋女士就向我展示了我先前讲过的那个表情，把一张歪脸扔给了我。我明白，时间成就了她，但无法让她成为经典。我想起客户的话，他说，"你一定会做出最好的媒体"。是的，从那一刻起，我暗暗地下定决心，我要做最好的珠宝媒体，用我的经验我的准则来作为这个行业媒体的标准，尤其是规范媒体市场方面，我要做出好的范本。时间，我现在需要时间，它成为这个梦想的必要条件。最终我拿出了他满意的专访，同时，签下了半年的广告合约，总价是15万元。

几个月时间，这本新杂志慢慢让人瞩目。我想，它一定向其他四家媒体露出

了它锋利的爪子，我已经隐约感受到了。某些人跟我说话，态度、措辞方面已有所不同。我感觉到两胁要生出双翼来，想要飞的样子。啊，这样的时刻是适合抒情的，因为美好。我的骨子里有着多么令人心醉的浪漫情怀，它多么不适合这残酷的商业操作。

但是我的老板还是在埋怨我，说是钱赚得不够快，运作成本偏高。运作成本确实比很多的同行媒体要高。我聘的是记者，底薪都不低。此外，我配备的设计师及编辑部主任都是专业人才。最重要的，我要求老板每个月印刷杂志不得低于3000本。理由是：因为良心的底线。这个理由也许有点可笑，但我一定要这样坚持。这一点，我和老板都知道，许多同行业的媒体每期印量不超过1000本。尽管对外，我们全部宣称发行50000份。

老板突然跟我说，有三个人想来深圳做杂志的广告业务，他们不要底薪，只拿提成，让我管理一下。从老板的角度上看，这三个人不要底薪，他们能不能做好，对他而言没有任何损失。我虽然觉得老板用人的心态有问题，但不好说什么。三个都是男的，在深圳做了多年的纸媒广告业务。为首的那个，年龄可能比我稍大，姓郑。第一次见面，他表现出事先准备好的那种热情，口口声声请我多关照，说自己没读什么书，不会写文章等等。同时他却又滔滔不绝地讲自己这几年在深圳做纸媒如何风光，如何如鱼得水，赚了多少钱，见识过多少身家过亿的老板。我隐隐听出，这个人的话音里有着灼人的挑衅成分。

按照规则，我们六个人正在跟的客户他们三个是不许碰的，大的客户都在我们几个手上。一个星期之后，我下面的一个记者告诉我，郑先生已经抢签了他手中的单，一年，总额是25万。这是恶意抢单，是绝对不允许的。当着姓郑的面，我要求他把单归于那个记者名下，否则按违规处置。那姓郑的轻蔑地哼了一声，当我的面给老板打了电话，电话那端传来老板懒洋洋的声音："小黄，管它是谁签的呢，能签下来不就行了，再说了，人家小郑有本事签下来，你要鼓励人家才对啊！"挂断电话，犹如一瓢冷水从头泼到脚，我的心刹那间就凉透了，在利益面前，我的老板已经不辨是非了。

我还是不太明白，这姓郑的是如何签下这个单的，他果真神通广大？我苦苦冥思着。一样的价格，为什么我的记者没能签下？我叫来记者仔细问他跟这个单的所有细节，原来记者许诺对方15个点的回扣，对方迟迟未签。我和我的记者只有20个点的提成，许诺对方15个点，他本人也只能拿到5个点，这已经无法再让步，客户的那位市场总监胃口太大了，显然他不满足于15个点的回扣，姓郑的签下了这个单，他一定是给了对方高于15个点的回扣。这三个人是不要底薪的，他们的提成是30个点。

这件事情已经变得可怕了，我开始慌了。这样下去，我没法跟这个姓郑的斗，并非他们神通广大，有三头六臂，而是因为他们手中的筹码比我要高。他只要许诺给客户20个点的回扣，他和他的团队将会抢走我们手上所有的客户。这个低劣的游戏我如何能陪他继续玩下去？老板已经不再讲道理了，他关注的是结果，谁会给他带来财富。

我如何能扭转这一切？如何能拯救我苦苦经营的这一切？我深深地知道，这个姓郑的目的是赤裸裸的，他对做什么最棒的媒体之类完全没有兴趣，不，他没有这个能耐！他们三个人就是典型的短、平、快圈钱高手，他才不担心杂志的命运呢！手机响了，是宋女士打来了，电话那边，她气急败坏地告诉我，说我杂志的记者竟然打破价格底线，以9万元的价格签下半年的广告，这引起了同行媒体的集体声讨。又是姓郑的他们干的，这是个极危险的信号：它将会把我的杂志推向死亡的边缘。

紧接着，那三个人中的一个居然签下了一家服装品牌的广告，一本珠宝媒体去刊登服装广告那将是天大的笑话，它会把我苦心经营的专业媒体的美誉毁于一旦。我当然清楚，这种单之所以能签下来，一方面是客户那边在洗钱，另一方面，我们这边给予了可观的回扣。我一定得制止这种广告的刊登，丢我的脸是小事，杂志的专业性、美誉度是一定会遭到质疑的。

我觉得我应该跟我的老板好好谈谈。我想告诉他，郑先生的操作方式完全像是一头野兽。我还想告诉他，这本杂志将会毁在这头野兽手上。老板高兴地接见了我，不到一个月，他已进账不少，这种赚钱的速度让他兴奋不已。这个长着肥胖脑袋的男人，过于兴奋让他显得更蠢了。我知道，我说的任何话将不会起作用，他也已经变成了一头野兽了。事情从来都不会有意外，从来不会，我的老板需要的正是这样的野兽。我在瞬间决定了辞职。他没有挽留。

我走出办公室，那时正是盛夏，大院里停着一排小车，安静得很，几个老人在芒果树下打牌，高大的细叶榕静静地立在那里，舒展它细密的枝叶，一动不动。阳光打在我脸上，一股强烈的酸楚涌向胸口，我还没来得及学会坚强就首先学会了放弃，我觉得我的激情我的想飞的感觉还没有完全退去，它们就被悬置

了，被冰封了。所有的这一切我都来不及衔接，太突然了，突然到我对自己所做的决定都感到惊讶。长长的空白之后，我才开始真正地伤心起来，越来越伤心，越来越，我蜷缩成一团，这伤心的氛围一下子将我围拢，很快将我淹没。

啊，我如何能跟老板说，我也放弃底薪，拿30个点的提成，然后以相同的筹码去跟那个姓郑的斗下去？重新拿回我所有的客户，然后把他赶出我的杂志社？我做不到，实在做不到，把自己也变成一头野兽，去赶走另一头野兽，最后再去回归成一个人？还可能回归成人吗？我不想说，我是一个多么清高的人，不屑参与这种低劣的竞争。事实的根源在于，在这种低劣的竞争中，我得首先要变成一个违规者，去变成一只比他更疯狂的野兽，这是我做不到的。在这场商业竞技中，一个务虚者，因骨子里的所谓"古典知识分子的理想主义、浪漫主义以及可笑的自恋情结"而彻底以失败告终。这个总结陈词是我离开水贝一年以后，我当时的一位记者同事跟我开玩笑说的，当然他还补充说，我那是"君子不跟小人斗"。那时已是2005年秋天，我的那本杂志彻底死掉了。当时，听他说完，我觉得心里有一种很细很细的东西一下子折断了，非常的干净利落。

（选自《下落不明的生活》，花城出版社，2008年）

深圳：一条大路上的海阔天空

欧阳杏蓬

0

深圳本来跟我没有关系。我一直畏惧深圳，最大的原因就是：我不是孔雀。孔雀才往深圳飞。我没有翅膀，或者我是一只单翅的麻雀。这些都是想象，南方的经济南方的改革开放南方的解放思想等等，都是南方的事。我在南方，我在他们看得见的地方谋生，他们关注黑压压的人海，不会关注我，发现我，还只会送走我。

那些日子我没有暂住证。

我清晰地记得在深圳某个镇某个出租屋，门都快被踢烂的时候，我们三个大男人都不敢吱声，而且尽量想像老鼠一样躲起来。

门被踢出了一个窟窿。

我们没反应，他们相信了，那屋子没住人，或今夜没住人。

他们走了，我们的心才放下来。

黑暗里，我相信我们三个的手心里，都是汗。

我们没有犯罪，我们干干净净，却没有人理会这些，他们只要暂住证，或者办暂住证的钱。

我那时候的钱很少，不够买一双鞋。

可是，深圳的路很长。

1

7月。

我流落街头的时候仿佛总是与7月有关。

很多年前的7月，我一个人去了潮阳。而这一年的7月，我到了深圳特区的门外：布吉。具体地址是南门墩揽排工业区。

南门墩，揽排。多有诗意的名字啊！很多人说深圳是文化沙漠，你看看这名字，没文化能在沙漠里摆弄出这么富有诗意的字吗？诗意的是字，不是生活。南门墩是一幢一幢的楼，像一个一个竖起的麻将，几乎看不到人间烟火。

妹夫在一个外资电子厂做门卫，一做就是五年多。

一个年轻人，五年多时间都坐在一个铁门前，如果是狗，早就疯了。可他们是人，疯不了。

妹夫把我带进了他们的宿舍，一个单间，三张铁床，上下铺，六个人。

睡在铁床上，人翻身铁床就响。

他们都曾是军人，受过训练，我是农民，躺下去喜欢动，工作没着落前途没着落，我翻来覆去地动，铁床就翻来覆去地响。

他们忍着。

我痛苦着。

妹夫站岗回来，带我去布吉镇上转转，寻寻招工启事。

出了南门墩的巷子，就是广深路，大车小车呼呼地流。

我不敢说：深圳，我来了。

妹夫也不敢去穿越马路，他带我去钻地道，穿越一截铁路，进布吉。

2

7月的天是蓝蓝的。

对有工作的人来说，生活是惬意的。

事实是，大部分人是高兴不起来的，因为离乡背井，心里有一份牵挂，一边是深圳，一边是四川，或者湖南，或者河南，不论哪儿，都挺沉重。

路上人多车多房子多。

布吉像所有的商业小镇一样，一边做生意，一边在建设。比起老家来，楼高了，人多了，能听到"人话"（普通话）了。所有的商店都开着门，可是与我们无关。

我们是来人行道数地砖的。

城市可以用地砖把所有的路面都覆盖起来，然后呼唤自然。

抬头，眼睛就疼，本来想看看海样的深圳，其实只能看到对面的一面墙。

墙上有招工广告，却都有性别歧视，只要女的，不要男的。

转了几条街，都没有找到我合适干的工作。

我们决定去职业介绍所。

职业介绍所的电子屏幕上显示着许多我可以干的工作，但我却没机会去干。

我没有文凭。

这个时候恨谁也没有用了，我没有文凭，我还有力气。有力气没地方使，照样得饿肚子。这就是深圳。

其实路边很多工厂。

我只有眼巴巴地看着。

回到南门墩，一个保安告诉妹夫，说后面的印刷厂招工，月薪800元。

我们的屁股还没挨到那会响的铁床，又去某某青年印刷厂。

路确实不远，隔了两栋房子。

可是去了才知道，在工厂门口排队领表的人龙，长度远远超过二十栋房子。我跟妹夫傻了，轮到我们领到招工表，人家得重新建一个厂子了。

路灯亮了，工人下班了，店铺热闹了，我们寂寞了。

3

妹夫上班，我开始走路。

从他们的电子厂走，过地道，然后去布吉，沿了马路，不停地走。

白天的工业区很安静。

很多打工的兄弟姐妹把工厂生活比作魔鬼，我没有进去。魔鬼是睡着的，我却盼望魔鬼醒来，把我抓进去，罚我一生都加通宵班。我看了很多伟岸、挺拔、阔气、堂皇的大门，可是没有一个人问：你是找工的吗？

走过了东门市场，下起了雨。

其实当时的心情完全可以不避雨，淋个痛快。可身边的陌生人都往公交车站商场菜市场跑。我没有雨中独立的精神，也随人流进了菜市场。

雨打着塑料雨棚叭叭叭响。

天黑暗得吓人，闪电过后，轰隆的雷声就掉到了脚边。

棚里的人都在沉默。或者都在想着一个共同的词：深圳。

我默站在那里，低着头，大气也不敢出。

我看到他们的脚上，都有袜子和皮鞋。我的脚踢着塑料凉鞋，脚指甲里黑色的灰尘清晰可见。而且他们不知道，我左脚鞋底的后半部，已经开始和整个鞋底闹分离。

我担心一抬脚，左脚后半部分的鞋底就被这湿地粘了去。

雨小了，还在下，但雨棚下听不见声音了。

人们纷纷走。

我也走出来，继续往前走。

走到林子里，路上车辆明显少了很多，路边有牌子写着"军事禁区"。

我继续走，走到一个几乎空置的厂房，见到了一个小村，也见到了几个踩着三轮车收垃圾的人。我决定往回走。

他们告诉我，再走下去就到坂田。

我不知道坂田，但我知道，天黑了，我就有可能迷路，走不回去了。

深圳的天黑得很快，但亮得更快，还没见着黄昏的那一抹阴暗，四处的灯光都亮了起来。照见自己的繁华，也给路人壮胆。但方块形的建筑很容易模糊人的记忆。我几乎闭了眼，凭了记忆，在这错综复杂的城市里，寻找那个可以抵达铁床的回路。

在灯光里，有人笙歌燕舞，有人跪在路边乞讨，这就是生活。

作为深圳，她有足够大的胸怀去容纳所有新鲜的存在。

4

第二天，我改变路线，往东莞方向走。

离开布吉，过一个桥洞，就到沙湾。

这里有工业区，也有荒地。

在这里，可以感受到，繁华和苍凉就在一起，7月的草青着，青得有些凄惨，看不到任何生物，鸟都没有一只。

路上只有车和我一个人。

走到沙子岭，悬在道路上的指示牌告诉我，一边是东莞，一边是深圳。我仍是没有见到一个拾荒者。我踢着那双就要分家的塑料鞋，一个人，往平湖方向走。

平湖方向的路是平整的水泥路，东莞凤岗方向的是灰尘弥漫的沙石路。

十字路口有个小山丘，往左走过去，有小杂货店，买个面包和一瓶豆奶，在店门前的长凳上享受过食物之后，继续向前进。

刚入平湖，是一片还没有开发的土地，青山绿树田园和村庄，都还像原来的样子，可以看到深圳特有的红瓦片和灰白的粉墙。路边偶尔有几栋洋房，但不刺眼，仿佛是这村子恰到好处的补充。没有这些洋房，这乡村就成异类了。因为新的洋房，才显出古老乡村的活力。

我一直走在马路上，走到平湖的高架桥上，看到脚下车辆疾驶的路和街市厂房，却下不来了，只有继续往前走下去。在路边看到一湖南饭店，内心还激动不已，以为遇到老乡了。

过了平湖镇，继续往西，很快就到龙华。

在鲁迅的《为了忘却的纪念》里，我读到过龙华的字眼。可是这里，没有桃花，只有榕树。上海的龙华和深圳的龙华，是两回事。

白天，龙华一样很安静。

路边的树很密。

风、阳光、建筑都很协调。

龙华有个眼镜厂。我在老家的时候，做过眼镜厂镜片的车工，我是熟手，我可以前去试试运气。经无数口音的指点，我到了龙华眼镜厂，厂门前很安静，有一两个跟我一样的外地人，站得离厂门远远的，等下班时找人。

保安见我向大门走近，他也向我走近。

还离三米远，我想笑一笑，保安大声说："走开，不招工。"

他怎么知道我是找工的？当时我脸上还没有表现出笑来啊，退到门对面的臭水沟边上，蹲下，看臭水沟里的水流。

被人使用过的水，都是黑黑的。

我的胃却有点疼。旁边有一个饭店，进去坐了。服务员以为我是等人的，也不来驱逐我。坐到工厂下班，我随了那人流走了。走到龙华的大路，看那些高高大大的建筑和那些生机勃勃的榕树，很美好啊，天高地阔的。可是，我觉得我的喉有点不舒服，有点哽，于是决定，不再走路，坐车回布吉。

从那以后，就再也没去过龙华，很怀念，却去不了，因为欠一个去的理由。

5

妹夫见我奔波来去快半个月了，还没有搞定工作，就对我说："做保安吧。"

我说："我又没有退伍证，人家敢要？"

妹夫把他的退伍证给我，说：去职业介绍所交点介绍费，就有人帮你搞定。

我拿了钱，去职业介绍所，果然，有个高高个子的四川男青年收了我的钱，给我开了介绍信，要我明天到石岩矿泉工业城的一个塑胶厂去上班，工种：保安。

石岩离布吉不近。

我跟妹夫起了个大早，坐了车，去石岩，彼此都陌生的一个地方。

我没有行李。

我们坐在车上，开始说笑，在这里有工作，即使是去做一只老鼠，也是可以开心的，不是人人可以做老鼠的。我不想再给妹夫增添压力，他那只老鼠不好当。

南方的景色，是北方不可以比的。8月了，路边的竹和原野，都青翠得像漆，光亮得照眼。如果在北方，红叶早在飘落了。

在石岩找到了矿泉工业城，在对面的杂货店里买了一些日用品，我拿了介绍信进去了，妹夫进不去。我又折出来，跟妹夫道别。矿泉工业城门前有一片树林，我们坐在那里，聊了一会儿。

他解脱了，我也解脱了，我们对明天都充满希望。

深圳，我终于可以干活了，可以在保安岗位上一展身手了。

公司规定：上班守大门的保安，活动范围前后左右十米。

我当初笑妹夫是老鼠人，只能看十米远，现在我也成了老鼠人，看眼皮底下的十米。

8月秋风一吹，人就特犯困。

但只要见到罗娜，我就不困。

罗娜是公司文员，四川的，嗓音好，一说话，树上的鸟都要飞下来，而且漂亮，比那些车间女工都要懂风情，那刺鼻的香味，可以让老鼠人为之一振。

我还没见过那么美的女人。

不过，我却在人家的计划之中。

人家收了我150元介绍费，我做到半个月的时候，被行政主管叫上三楼，说我被辞退了，并且要我第二天结清工资走人。

罗娜都还没有发现我对她的好感，我就先被既得利益者驱逐出去了。队长告诉我，这里的人都有关系，罗娜跟老板有关系，行政主管跟职业介绍所的有关系，他自己是因为厂里河南老乡多。

走人就走人呗，还要这么多关系？我心里想，脸上赔着笑，去结了200元的工资，走出工业城大门，在树林子里，走不动了，两腿软了。才半个月，我又回去找妹夫？阳光遍地，感觉却那么阴冷。

我快速地翻动记忆，看在这块楼房的海洋里，还有谁可以为我提供一个落脚的地方。

梁金恒，我想到了她。我们通过信，她在福永。

我空了手，什么也没带，走路到汽车站，去福永。

福永在哪儿？在深圳。在深圳哪儿？我不知道。

6

在福永工业区，在某某机械厂门前，我一个人靠了墙立在那里。

阳光很好。

但我心里忐忑，我不知道梁金恒离了厂没有。

保安让我自己在门前等。

等人的滋味，就像被烧烤的滋味。

我木头一样的戳在那儿，忘了世界。

我突然听到了面前说"平话"（宁远土话）的声音，我张开了眼睛，我看到了表弟和另外两个青年。我的神经像被针刺了一下，跳起来，在表弟肩上一巴掌拍了下去。

这样的奇迹，我长这么大只遇到过一次，就是这一次。

我跟表弟交流，然后找一个草坪坐下来，继续交流。

表弟是四姑唯一的儿子，在家里宝贝着，却出来闯荡。人瘦得像根钢钉似的，我这样说表弟。表弟说我更像一根铁筷子。笑笑，太阳就要落山了。我们复去某某工厂门前，等梁金恒。

天一黑，大家表情就严肃了。不仅表弟没有工作，他的那个团队都没有工作。

梁金恒出来了，见了我们，很热心。身上没带钱，又返回去拿钱，请我们吃饭。

我跟表弟说，我们走吧，一个女孩子，晚上怎么安排我们？

表弟说：没事，先玩，完了我带你去住宾馆。

在工厂大门外的小饭店里坐下来，梁金恒忙着点菜啊跟她们厂里的人打招呼啊，我倒把我要来找她的事闭在嘴里，说不出来了。我怎么去求一个女孩子帮忙找工作呢？男人应该照顾女人才是。表弟可以请我去住宾馆，或者有事做。吃了饭，道了别，表弟几个带我就在路上漫游。直到工厂的灯熄灭了，表弟说：我们去宾馆。

福永的某宾馆正在装修，门窗还没安装好。

表弟几个猫一样地从窗里溜了进去。

表弟说请我住宾馆，就是这样的宾馆？我哭笑不得，也只好从窗里翻进去，踩得地上的玻璃嘎嘎响。但人多势众，也不怕了，找到楼梯，就往上爬，爬到天台，几个人检查了一下，然后靠着水塔坐下来，看深圳的灯火。

深圳光影朦胧，像画。

表弟说在宝安四十一区有屋，只是治安队天天查暂住证，住在屋里，还不如睡在这天台上安全。这宾馆多好，还没开业，我们就住了。一个人在一边调侃。我看看天空，很高远的天空，而远处的灯影里的深圳，很博大深邃。这么一个地方，就容不下我们？

表弟年小，明天我送他到妹夫厂里"劳动改造"，我去哪？

表弟得知表姐夫在深圳的另一头时，也很开心。有亲人，就有办法，至少不会挨饿。

我沉默，内心像一尾跳到沙滩上的鱼。

7

我们都有飞翔的梦想，可是，我们注定在路上行走。

飞翔的那天，也许就是死亡的那一天。

死亡还很远。

我年轻，我像阳光一样，即使不灿烂，但我期待走下去，能找到灿烂的开始。

何况，经历就是人生。

职业的所得，是工资；流浪的所得，是感受。

人生需要工资，也需要人在路上奔走的感受。

我既然来了，青春在手，就把它当成天堂。这么好的建筑，这么多人这么多工厂这么多车流这么宽广的还在不断生长的城市群，难道我就找不到可以吃饭的地方？我不相信，其他人也会不相信。

我继续流浪，在深圳，在那大路上，一个人海阔天空。

我做不了孔雀，就做一只夜莺，为梦想歌唱。

（2008年4月发表于《读者》杂志网之《读者论坛》）

夜空不寂寞

胡晓梅

　　《夜空不寂寞》是一个声音的世界，它是8年以来我甘愿被围困的理由，也是至今仍围困着我的全部。

　　声音是另一个现实世界，一个半明半暗的存在，像一座雾里的桥梁，一边是实在得有些严酷的生活，另一边隐没在看不见的对岸，仿佛延伸到一个无边无际的奇幻的宇宙深处。

　　我相信真正听过我节目的人会真正明白我到底在说什么。我的节目是深圳这座城市里许许多多受伤心灵偶然漫步经过的地方，他们站在桥的这一边，想起了自己以及自己有过的梦想，但这些东西几乎像对岸一样遥远，似乎只有通过长时间凝视水面上泛起的星星点点才能看到它们。他们讲述一个个故事，他们曾切身经历的真实感受，心酸、苦痛和挫败；这些感受如同脚下的石子一般实在，但最后却无法用手，而只能被飘忽的声音捡了起来；并且这些声音的符号又是那么的虚无，甚至连在第二秒停留都不可能，瞬间就消失了。

　　这是多么令人惊奇的事情，最真实的东西需要用最无法触摸的东西来令我们认识。这就是我为什么对自己身处的这个可能对许多人觉得没有意义的声音世界充满感激的原因，它让我觉得自己在干夜空里星星在干的事情。谁都知道我们看见的星星并不是真正的星球的实体，它们只是在夜幕漂浮在宇宙间的那些表面坑坑洼洼的石头块的投影，但谁会怀疑如果不是这些发光的影子，我们又怎能开始认识到那些真真正正的星星。

　　我经常是用这个念头鼓励自己的，当我遇见了挫折和痛苦，不管怎样，这个声音的世界都是值得我停留下去的。就像一本书，值得继续翻阅；一条街道，值得漫步下去；一个早晨，值得永远赞美阳光——即使是这座浮躁的城市，对物质的焦虑在无限期地蔓延，我仍然这么相信：声音世界里有一种真实，在夜色将人变得脆弱的时候。

我愿意身处在人内心真实的世界，尽管那只是人们在夜幕的掩护下，在隐匿了真实身份和姓名的情况下才展露的瞬间，但那是生存的本质。我找不到任何一种其他的方式可以如此迅捷地去到人心深处。这个世界里我找到了欢乐、满足以及值得我探究的奥秘，虽然它们以过于沉重的方式出现。这个世界并不是由我创造的，我只是激发了每个人倾诉的欲望，它来自那些携带了自己故事的平凡的人们；我们在这个空间感到安全，因为我们在彼此坦白的诉说中驱散了孤独。

事实上这是最符合我本性的工作——我可以和孤独的人对话，但我投入不了欢乐的人群。欢乐似乎只是表面的泡沫，我总是奋力潜身下去，想要看见水底。但这并不代表我不相信欢乐，我只是没法忘记隐身在欢乐后面的属于人与生俱来刻骨铭心的孤独。

我总觉得是命运引领我走上这条路：一个带着450元寻找命途的江西穷人家孩子，没有受过太多的教育（我所受的大学教育对这份工作远不足够），只有一个单纯的生存念头，在误打误撞之下，居然在深圳这个城市找到了自己的梦想。

我不知道，如果没有命运的眷顾，我今天将身在何处？我对生活，也对深圳和电台充满感激。我的幼稚无知，我的年少轻狂，还有对生活无根无据的愿望，统统都被宽容了，我的努力源自一份自己也说不清楚的热爱，这个世界没有舍弃我，我真觉得高兴。

当然，这有点宿命论的味道。但有可能回忆就是这样的：当你已经走在这条路上，所走过的似乎都成了一根链条上的其中一环，既必需又必然。既然我都已经这么认命，那就不如把这条环环相扣的道路再拉长一点吧。

在以声音为职业的8年中，我曾赋予了它两个阶段的意义，这是由自身成长过程中不断转变的观念和心态决定的。

最初，它被20岁出头的我抹上了一层浪漫感伤的色彩，它用来自慰。每个走进来的人和我一样，试图表达出比自身更完善、比现实生活里更令人满意的自己，我们堆积着真诚和泪水，在语言中感觉到升华。事实上，真正的真诚者是羞于标榜自己的真诚的，他们时刻意识到自己身上无可回避的人性另一面，警惕着不加节制的过度抒情和自我美化。年轻的我完全不具备对人性真正有深度的洞察力，只管在言辞幻化出来的美好世界里欢呼，眼光掠过了不愿看见的东西，其实那时也没有能力看清和探究我们自己制造的烟雾后面复杂奇诡的人性，因此

只能在节目中避重就轻，在一个更易讨好的层面上投机取巧。但那样的节目毋庸置疑是受欢迎的，在过于沉重的生活中的人们需要欺骗和安慰自己。

回听最初和最近的录音带，可以明显感觉到差异。过去的交谈是在感觉上缠绵，根本察觉不到某些语句后面的心态和危险，问题深入不进去，盲目地鼓励着滥情。这是那个时候的我们，我们需要自己制造的幻象来推动生活。主持人难辞其咎，是她在引导和煽动着整个空间的情绪。

怀疑是逐步建立的，当声音的世界和自己的生活里不断出现裂痕。

我记得一件事情：有一个过去的同学，曾向我说起，他在某一个落雨夜晚的窗前，看见一个乞讨的老人，颤抖艰难地前行，手里的瓦罐盛满了雨水，他说自己禁不住流下了泪水。我毫不怀疑他在那一刻的真诚，但他在为陌生人流泪的同时，我知道他在生活里是一个担负不了责任的人。他不断责怪自己的不求上进和对父母的辜负，却又沉迷留恋于酒吧，每个月的薪水都耗在风月场所；他有妻子，还有情人，并沾沾自喜情人的知情识趣：这个女人不要求名分，也不贪钱，纯粹因为爱情和他在一起。这是一个冷酷的人，他自私地只想到自己，他不会为他人做些什么的，只会在某一些事不关己的时刻投下一丝悲悯，从中感觉到自己身上还存留着善良的品质。

人性是可疑的，我们在不同的角度不同的时刻看见不一样的同一个人；人性也是不断在被考验和改变着的，我们只要回溯自己在人生路上是否动摇过就可以得知。

我拒绝再提供空间给人自我描绘和自我满足，这样只能在温情脉脉的脸孔下助长我们的虚伪、妥协和麻木不仁。我们身上有那么多问题需要面对而不去面对，实在太姑息和宽待自己了。我开始设想把自己的节目变成一个匿名者的聚会，人人可以泄露自己不为人知的另一面而无须现身，我鼓动人们尽可能坦诚一点，因为每个聚会的真正目的都不是相互攀比服饰的华丽光鲜，而是分享生命中最隐秘的感受，从彼此的交流中得到启发和教益。

我意识到了声音的另一层意义：它像一双翻检着记忆杂货间的手，企图找出人性深处隐藏的证据。

从这个角度进行的谈话像是一种心理冒险。在人性的森林里，迷雾重重，容易使人误入歧途。相当一段时间，我感觉到自己力不能及，去不到想要去的地方——我手中没有刀斧，劈不开话语的荆棘。

大杨——我早期在深圳的男友——曾经这样告诉我：

"一直想'平等'地给你写封信。所谓'平等'意思是说不想让你品评什么，仅仅是一个男人在夜晚对一个女人的道白，请不要用'潜意识'之类的话来评论。你知道，作者和评论家之间的对话不是充满谀美便是刀光剑影，极不平等。"

"可能是你职业造成的缘故，许多陌生人不断在电话中向你倾吐，几分钟之内你要不断适应各种不同性格，没有时间也不可能深入探究他们的心底，又要让他们觉得知心，便有了偷巧：如同星座预测之类，用一个严密而美丽的绳圈做勋章，套在千变万化的活生生的性格上，总能契合某一点，让人觉得有道理。"

"你似乎挺喜欢总结别人的心灵律动，并温柔地告诉他是感冒还是癌症，殊不知他仅是运动过后的疲累造成的脉搏不稳。"

"请别过早地武断地把某一个人归纳到某一类，并从那一类的档案袋里抽出早已准备好的答案，那会让人哭笑不得。如果那人笨，会觉得你无所不知；如果那人聪明，会觉得你幼稚；如果那人已经爱上你，会不知所措。"

我知道我有过许多的错误，在声音的世界里逗留得越久，越察觉到那个世界的深不可测和人自身的局限。吸引我走下去的，是真相。

我能安慰自己的是，我毕竟在向应该走的方向走，尽管遇到了相当大的压力。我的转变是令人难以接受的，喜爱我以前那种风格的听众写信来说："我们就是因为知道生活的残酷，才需要你清纯的声音像甘甜的泉水流过干裂的心田，夜晚是应该享受宁静的，你的声音要用来轻抚每一颗受伤的心。"

我曾经这样想过也这样做过，但我今天做不到了，我的心态已不允许，就像一个被车轮碾过的人，不可能再与道路和平共处。或许，我所关注的始终并没有改变，只是我换了一种方式，一种过于直愣愣但也是更少自欺欺人的方式。

事实上，这样转变也并没有给节目带来任何损害，相反收听调查报告得出的结果一再证明我求变的想法是对的。8年来，《夜空不寂寞》的收听率虽然在深圳一直位居榜首，但早期我的受众群远不如今天的这么广泛。以1999年为例，我四个季度的收听率呈递增趋势，个人绝对支持率和节目常听人数是排名第二位节目的两倍多，知名度、喜爱程度、相对支持率等指标均排名第一，节目的听众特征也呈多元化，被收听调查报告归纳为"男女老少，听众与总体特征很接近"。调查范围涵盖了所有在深圳能收听到的电台，包括香港和广东省其他电台。

这些调查情况说明，今天的听众需求并不仅止于渴求抚慰，人们更需要了

解真相，自己的和别人的。这对于我是极大的鼓励，让我确信某些老路已行不通了，我庆幸自己走快了一步，没有在这个浪头下被淹没，同时我知道下一个浪也势必要来了，停滞就意味着淘汰，我在一个没有最后胜利可言的行业，就像任何一项竞技比赛，记录总会被人刷新。这是所有从事公众行业的人必须做好的心理准备，每个人都有无法逾越的极限，我们只有尽可能地接近它；而其中的愉悦，就来自这种挑战和自我挑战。

这些调查还说明，在深圳媒体面对香港媒体强烈冲击的时候，广播保持了它的优势，主要的原因是它的地域性。以晚间倾谈节目为例，在某个地方生活的人向同一环境中的人求取共鸣，才可能获得感同身受的理解。这也是广播之所以在包括互联网在内各大新兴强势媒体的夹击下，依然不会被取代的原因。相对于其他媒体，广播用个体直接对话的方式更容易制造出一种类似私人间的亲密感和朋友式的信任。

我不能滥用这种信任，我得做一个清醒的人，不参与、加入任何骗局，不做被骗者，也不做设局者。

这是对听者真正的尊重。

（选自《影响中国的深圳人——纪念改革开放30周年》，海天出版社，2008年）

我要去海边，我要闯深圳

蓝　艺

一

　　我是东北人，在我很小很小的时候，就听大人说起过，在遥远的地方，有大海，海边的生活没有冬天。这让我无限向往，尤其在那些漫漫无期的零下二三十摄氏度的日子里，黑洞洞的夜还没谢幕，我们就已经踩着积雪"咯吱咯吱"上学了。风是那么的凛冽，嗷嗷叫着，拿刀刮我们的脸，拿针刺我们的骨。赶上风雪大的时候，简直就是走一步退半步。每当这个时候，我就一遍遍发誓：我一定要离开这个地方，到海边去。我不要我的世界有冬天！

　　1991年6月，拿到结婚证的第3天，老公就怀揣着800元钱上路了；7天后，我也启程了。我们擅自决定放弃内地的工作，去闯深圳。我走的那天，妈妈哭了又哭，送了又送，直到我坐上汽车，她还在车下哭。最后竟至不能控制，挤上汽车，跟我到火车站。一路上她不停地哭啊哭，反反复复问我一句话："放弃国家干部不当，非要去南方当盲流，你为什么呀？我们在这里活了一辈子，挺好的，怎么你就活不下去？我辛辛苦苦供你上大学，难道是为了你今天去当盲流的吗？"

　　启程在我是寻梦，在她则是梦碎。

　　她无法理解我对海边生活的向往，她更无法理解大学给了我梦想，却又让它幻灭，在我而言，意味着什么。我对前途丧失信心，对国营体制缺乏信赖，对按部就班的教师生涯更毫无热情，我不想活在生命的冬天里，也不想活在一眼就望见终点的"知道"里。深圳，既有大海，又有自由，还有两个我所不知道的名词："招聘"与"竞争"，我模糊地觉得那可能会是未来中国的方向。我想，既然我们注定是蝇营狗苟的一代，那就想怎么活就怎么活吧。我要去寻找大海，寻找没有冬天的人生，寻找"不知道"的未来。

二

1997年的一个早晨，我打开电视，看见香港电视台的记者在深圳街头采访，拦住一个骑单车的人，问："你知道邓小平去世了吗？你怎么看？"那个男人说："我不知道，我不信，我要看我们内地自己媒体的报道。"我赶紧穿上衣服，去上班，到了杂志社，消息确实：老人家果然逝世了。我一时间热泪盈眶，久久不能平静。

我为老人家没有看到九七回归而遗憾。

我跟很多深圳人一样，深深地感激着、热爱着这个老人。

1991年的深圳还没有人才市场，找工作都是看报纸，或拿着简历挨家公司去敲门。经常，他们把我的毕业证看一眼就破纸一样地扔回来，然后用白话问我："你仲会做乜哋（你会做什么）？"我就默默地看一眼我的大学毕业证，看一眼中文专业，然后转身离去。我一次次知道，我是一无所有的人，不仅没有钱，没有地方住，挨饿，买不起水喝，我还没有本事，没有尊严。

我把自己输得干干净净。

在我一天只能靠两包方便面一包榨菜果腹的那段日子里，我经常问自己的一个问题是：我是怎么走着走着，就把天下的路给走绝了的呢？

深圳满街都是年轻人，让人不由自主有种"加入"的冲动。红荔路旁，开满了一簇一簇的扶桑，红红的花，绿绿的叶，在雨中微微摇曳。格兰云天傲然一隅，英姿飒爽。无论什么时候，也无论我从哪里来，只要一看见天虹商场和格兰云天那一排排的楼房，我都会不由自主地涌上一种感情：深圳，我多么爱你，这才是我要生活的地方！

因此，我一次次告诉自己：这里就是我的家，我的归宿，我一定要在这里生存下去。

很多很多个夜晚，我和老公倚在西乡的一个小桥旁，望着农民那一排排小楼，一边奢望着50岁的时候，是不是也可以有一套这样的房子；一边盘算着，照我们每月500元收入的条件，省吃俭用约10年，才可以买得起一台电视，房子肯定是无望的了——那个时候，我们最大的梦想就是留下来，活下来，不被淘汰。我们根本不敢奢望太高太远的富庶未来。

1992年的一天早晨，我出门准备去找工作，却看见各个银行的门口，都三三两两地排起了队，人和砖头混站在一起。我想，这可能就是老公兴奋了很多天的新股抽签吧？于是赶紧找来几个砖头，也在我的前后摆上，然后就坐在那里，整整一天，烈日当头却不敢须臾离开。那年那月，不要说手机，连什么叫BB机都不知道。到了晚上，老公下班后找不见我，就一家一家银行门前去搜，看到我果然在占位，他欢呼雀跃，赶紧雇了十几个民工，把我换下来，然后，就四处打电话，找同学帮借身份证。那队好像排了两三天，始终人山人海，近乎肉搏，我觉得我都快崩溃了，可是老公却一定要我挺住，他说："中了，我们就发了！发了啊！！！"

发了，在那个时候，就意味着可以拿着塑料袋，装几捆人民币和港币，当街行走，如入无人之境。

发了，就意味着，周末我也可以去国贸免税店逛逛，用港币购物，去中英街吃芒果，成打儿买尼龙袜子。

发了，我就不用在找工作的时候，舍不得花车费而一走五六里……

发了……是那个时候每个闯深圳的人的梦想。

可是，我们"中"了，却还是离"发"很远。

我们需要的钱似乎更多了，经常为不知道上哪里去筹那原始股的钱而辗转反侧。

三

在内地时我就一直想进媒体工作，可是，没有后门就没有机会。来深圳以后，我也依然想进媒体工作。1992年夏的一天，我买了一本杂志，看了里面的文章后，我跟老公说，我可以写得比这里的很多人好。他说那你何不试试？于是，我投了两次稿，两次都发了。当我投第三次稿的时候，编辑部主任给我电话："我们缺一个人，有很多熟人推荐，可是，我们想从作者中选一个，你愿意来吗？"

同年底，老公想应聘一家高科技企业的部门经理，经过考试，也被录用了。

这就是深圳魅力：它的门是开着的，梦想就摆在台阶上，每个人都可以进来拿。

没有经历过那个时代的人，永远不可能了解深圳这种不拘一格选人才的方式，是怎样的动人心魄。

四

1993年春节一过，我们就搬进了关内，租住在科技园后面。薪水有了很大改观。可是，每天，我依然还要用煤油炉点火做饭。每个月，都至少发生一起盗窃事件。好在我们家跟当时的国情很吻合，一穷二白，因此也就无所谓丢失。我们家那时最值钱的、第一个资产是一个熨衣架，我主张购买的理由是既可以当桌子，又可以熨衣服，还契合30平方米的面积。

有一天，老公加班回来，兴奋地告诉我，我们终于够钱买一台电视了。我赶紧跟他兴冲冲跑到天虹商场，选了唯一可以购买的21英寸华强三洋。记得抬电视回家的时候，太阳已经落山了，而我们却丝毫没感觉到黑暗，那种平生从未有过的快乐，正如一轮红日，在我们的头上冉冉升起，照亮了脚下每一寸土地。

1995年的一天，老公神秘地跟我说，我们家可以买房子了。我觉得简直像天方夜谭，股票起起落落，拿什么买呢？他告诉我一个词：按揭。他说银行会替我们先付钱给开发商，然后我们分期，每月还银行一部分钱。然后，他骑单车，一路坑坑洼洼的，把我载到很远很远一片荔枝园的后面，指着一个大坑，告诉我，房子就在这里，这一片叫西丽，现在买就叫"楼花"。我不相信世界上还有这种事情，银行会替我付钱买一套世上根本就不存在的楼房，于是就跟杂志社同事打听，他们也都摇头，表示这种事听说只有香港有，深圳还闻所未闻，估计是某种欺骗行为，切勿上当。可是，我老公不是个省油的灯，他说主意已定，只需我跟着他去办手续就行了。于是，糊里糊涂的，我就跟着签了一堆合同，从此成为中国差不多最早的房奴。

从那以后，我们家的周日就只有一个去处，就是骑单车去工地。我们守在那里，看着桩子一根一根被打到地里，又看着一栋栋楼，青笋般从地里长出来，心里充满了喜悦。我觉得我的生命好像也跟着被种了下去，被深深地钉了下去，也脱胎换骨地长了出来。那种有盼望的喜悦，是能让人战栗的。

五

1996年春节一过，我就搬进了新居。

接着，户口也应声而落。

1997年1月，我们在工作之余，还拆借了一点钱，雇了一个人，在华强北一家电器城里，开起了商铺，经营影碟机和光碟。

似乎一切都在向着欣欣向荣的方向发展。

深圳6年，我们一直蝼蚁一样的，忙碌着我们的人生，向着我们最原始的目标——闯下去、留下来——而努力。我们从来没有时间回想过去，关注中国，总结哪个人的一生。深圳人的哲学，就是务实地管好自己的人生，向前看，不要向左向右看。

邓小平的离去，让我们终于有机会回味了一次来时路。我深深地感激他给了我们选择的自由，给了我们通过竞争创造人生的机会。

那天傍晚，成千上万的深圳人，开始陆陆续续地、自发地前往大剧院那边的小平画像前，鞠躬和献花。满地的鲜花一卡车一卡车被拉走，又被后面来祭奠的人一束一束地堆满。而我，则坐在华强北我们家的店铺里，一边跟老公招呼客人，一边在间歇的缝隙，遥祭邓公。我没有去鞠躬，因为怀有身孕，怕人多拥挤发生意外。

1997年的秋天，儿子出生了。从此，我们和深圳彻底血脉相连，我永远成为了这座海滨城市里的一员。我所有的梦想几乎都是在这里得以实现，因此，我爱深圳，永远。

（原载于2008年12月9日《南方周末》）

在深圳听南腔北调

谢有顺

　　走的地方多了，南腔北调听起来并不陌生，反倒习惯在谈话前，问问别人的籍贯，一年能回老家几次，家里还有什么亲人，等等，盘问得紧了，那人就会警惕起来，以为你有什么用心。用心是没有的，我无非是想了解，面前这个人，是从哪一个地方长出来的。一个人，总是要吸一个地方的地气的，而这种地气，往往又会影响这个人的口音、性格、爱好、习惯——这些，你想藏都藏不住。有一些人，到了新的城市，就想完全融入，彻底忘记自己曾经的口音：很多人到了上海，就生怕人家看出他不是本地人；有些人去了北京，说普通话时，舌头也卷得厉害了。可见，北京、上海这样的地方，是有一种精神强势的，外地人到了那里，多少总归有一些压力。

　　深圳就不同了，它本来就是一个移民城市，无论你来自哪里，都无须在深圳隐藏什么，天南地北，五湖四海，一群人聚在一起，说起家乡来，往往分布在大半个中国的版图上。多数的时候，十个人聚会，口音就遍及十个省，连老乡这样的概念，在深圳都丧失了意义。深圳，成了一个浓缩的中国。就像深圳那个著名的"锦绣中华"缩微景区，把全国一百多个著名景点都按比例复制了过来，而在"世界之窗"，六道城门就分别象征了印度、中国、两河流域、巴比伦、埃及和美洲这六个人类文明的发祥地，真是气吞山河，一日千里啊。

　　你很难想象，这样一个高度发达的现代都市，1979年的时候，她还只是一个经济落后，人口不到四万的边陲小镇——宝安县。三十年时间建造出了一个发达城市，这就是深圳速度。我每次走在宽阔的深南大道上，看高楼林立，百花盛开，心里都会有一种梦幻感。很多人来深圳，是为了实现心中的梦想，而那些络绎不绝的游客，也是为了到深圳来看一个真实、具体、触手可及的神话。

　　除了"神话"二字，再没有更好的词可以用来形容深圳了。稍微离开市区，你

当然也可以看到大鹏古城，看到带着旧城门的古城墙，还有明清时代的赤湾炮台、客家村，更不用说海景迷人的大梅沙、小梅沙了——这些是深圳的历史；但深圳真正的魅力，还是像变魔术一样出现在市区的都市景观。 水之隔的香港，曾经是中国人向往的地方，几十年前，很多人不惜性命要游到对岸去，希望做一回他们的难民。三十年河东，三十年河西，现在，轮到香港人羡慕深圳人了，可以住那么大的房子，吃那么好的菜，还有闲钱游历世界、救济孤儿。

深圳地处珠江口东岸，与香港、东莞、惠州接壤，呈狭长形，一个弹丸之地，居然蕴含着如此巨大的能量，这恐怕是每一个中国人都料想不到的。我每次去深圳，都在旁观这个城市，她何以有如此大的容纳力，又何以能让这么多人对她不离不弃？后来发现，杂收各种智慧，并使各色人等都对深圳有强烈的认同感，这恰恰是深圳奇迹得以发生的关键。

南腔北调成了深圳精神的正统，这何尝不是一种文化的活力之所在？有很长一段时间，我觉得深圳像北方城市，大概初来此地创业的人，很多都来自北方，影响了这个城市的整体性格，至少，南方城市的柔软，在深圳并不突出。可这有什么关系呢？北方的，南方的，得以汇聚一炉，这正是深圳的襟怀。早上见面互道"早晨"，上酒楼吃精致的点心，这个时候，所有深圳人都是南方的；而回到家里，忙着下面条补肚子，或者吃实心馒头，这时的他又成了北方人——离乡多年，他终究改不了爱吃面食的习惯。

深圳无须你改变自己来适应她。正如你走在深圳大街上，全国各地的饭店，你都能找到，想吃什么就吃什么。湖南人进了山西饭馆，也吃起醋来，目的是为了下次你请山西人进湖南菜馆时，他也愿意和你一起吃土匪鸭；广东人吃东北的酱骨架，弄得满手肉汁，他不会抱怨，正如东北人在喝广东的老火靓汤时，他不会觉得肚子被灌饱了，菜还没上来。在别的地方，饮食上有时众口难调，一个饭局下来，有些人可能只吃了点青菜——别的菜，都辣得他无法下筷子，但在深圳，这样的事情不会发生，因为大家都懂得有别人的存在。

我喜欢深圳的南腔北调。那么多人杂着乡音，有一句没一句地说着话，临走时，还约着下一次在哪喝茶，多好！他们是陕西的，甘肃的，新疆的，广西的，贵州的，四川的，山东的，河北的，黑龙江的……这一刻，他们都是深圳的。

（选自《读者》（乡土人文版）2008年第12期）

深圳的雨

都 映

　　一开始来深圳的时候，很不适应深圳炎热而又潮热的环境，总觉得像是一直在黏糊糊的空气里游泳。这样说似乎很矛盾。

　　这里的空气含水量很大，或许每一粒漂浮在空气中的小小的水分子里都有足够的氧分子，所以能自由呼吸。然而潮湿而炎热却又能制造出人体咸咸黏黏的物质——汗。一个自由呼吸却又疯狂出产汗的地方，真是让我哭笑不得。然而我懂得享受生活。每一处不一样的风景，都让我的心雀跃。比如说，深圳的雨。

　　深圳的雨是一种绝佳的风景。

　　我的床面对着落地窗，落地窗前面是一些绿色的树，每天清晨我都能被大片的阳光包围，透亮的，新鲜的，质地很好的阳光；都有大把的鸟雀的歌声聆听，清脆又喜悦，叮叮咚咚的；也有大面积的清香空气扑面而来，柔和又温暖，是有生气的和充满力量的！我喜欢这样的清晨，可我更欣赏今天的清晨。

　　是雨声把我叫醒的，是雨打在马路上的声音，是雨跟树叶打招呼的声音，是雨俏皮地跑到我的窗玻璃上的笑声，是雨异口同声的歌声。还有风，雨是风送来的，风来的时候，还很有礼貌地掀开我的窗帘，我的窗帘是嫩绿色的，窗外的树是深绿色的，风让窗内窗外的绿色相应而和，亦歌亦舞。窗帘在飞，树叶也在飞。这飞翔的、自由的一切！

　　等我彻底地醒过来之后，就看见那条雨帘，雨织成的帘子，细细的，密密的，像是在天上和人间画了很多的等号，你等于我，云朵等于水塘，天空等于海洋，飞鸟是舞动的叶子。真是很有趣。有起得很早的姑娘已经撑着碎花的伞赶去上班，风和雨把伞拉得东歪西歪，姑娘的裙子也飘来飘去像是盛开的花。真是碎了一路的花！

　　深圳的雨很短。

等我出门的时候，天空已经撑起伞，只给我们伞下幽幽的不太明亮的视野。

然而，等我中午要去吃饭的时候，已然又是一片天地！

大雨！大雨！大雨落下来了！

迫不及待的，这雨，像是从天上下来了很多活蹦乱跳的鱼，很多晶莹透亮的虾！撞到地上，激起很大的水花，前面水花还未落下去，后面水花又赶上来，我拿着我的伞，沿着一路的水花踩过去。

很安静，是的，人很少，好像只有我一个人，我卷起裤腿，站在雨里面，天地之间就剩下倾盆的水，水在开花！

我想这是云的语言，雨在思念大地，雨是云开始说话，而水回到这里，成了一朵朵美丽的花，转瞬即逝却如此热烈的微笑。开花的雨是微笑的水滴。这银色的织线，不知费了仙女的几朵云锦？绵延不绝，长长地织到人间。

我不知道我想说什么了，或许我想说这就像爱情，长长的思念，缠绵的雨线，脆弱的水花，美丽的转瞬即逝，或者仅仅是天地间的感叹！感叹号，不是吗？一千朵水花，就有一千遍的感叹！

或许是乡情，是远方的云朵飘来这里，唤起游子的思念，延绵不绝的应该是隔了千山万水也能听见的故乡的喊！一千朵水花，分明是一千遍母亲的思念！

我不知道了，我真的不知道了，我只想很安静很安静地在繁华的城市里活一个自己，是很纯粹的自己。

你听，雨还在下。

写于2009年5月

南方，我的深圳

文 匠

以为深圳的冬天很漫长，谁知几场不冻不冷的阴风吹过后，花事并未凋零。转眼间，季节已向夏天的腹地延伸。仲夏的气息，零落在栀子花的花蕊里。

深圳的路上，我安静地行走着。

这是一座移民的城市，是个妩媚妖艳的地方。山，四季苍绿青翠；水，常年清新透彻。伟人的大笔挥毫，近代史上一个曾留有海腥味的渔村一夜之间变身为现代喧闹的城市。

当一首《春天的故事》唱红大江南北的时候，我从烟雨蒙蒙的江南来到了这座神奇的滨海城市。日日夜夜，一直是记忆里眷念的时光。在晚霞的余晖中，马路上涌流的下班人群，连串餐厅锅勺碗筷的撞击与朗朗笑语融合，组成了千篇一律的交响乐曲，林荫小道窃窃私语的帅男靓女，一直都是我怀念的印象。

端午节之后，下了几场厚雨，南方的鹏城多日是烟雨连绵，只有风吹云过，取而代之的就是夏日的明丽。6月的天空，多是云厚灰蒙，偶尔多少黄昏，风雨洗尘之后，天际露出剔透清晰的云霞，片片飘游的云彩夹着霞光辉染着我的双眸。

花圃里，各种花开得娇艳，清风暗送郁香，翠叶互衬着花的妩媚，招惹着路人。清晨，踏着一路清风路过花圃的时候，忍不住要摇摇几片花瓣，用心地闻闻花的清香。在我的心底好想采撷几朵花瓣夹在我的书页中，清闲之时，偶尔打开书本，让那香味在我心旌飘荡。文字构思的灵感，就在这一时刻纷舞飞扬。原来，花的味道依旧如此蚀骨铭心，年年岁岁，如花岁月的痕迹经过春风秋雨的漂洗后，一如既往地让人沉溺。

依旧喜欢南方的深圳。喜欢这个花香沁溢、鸟唱蝶舞的时节。

深圳，这个字眼，几年来一直是锁着我灵魂深处的东西。当她在南海的渔村崛起的时候，朴素、浑厚、华丽喧闹的城市，也许是前生结的缘，今世她就是

我的。

　　走过幽静的林荫小道，在这片深沉的土地留下了我所走过的痕迹，是山，是水。于我而言，深圳，深深地喜欢，寂寞地喜欢，绵绵眷念地喜欢。酸、甜、苦、辣，都是南方深圳的味道，那些脱墨的光阴，曾经历了一些事，记载着深圳近十年的苍绿。

　　深圳的夏天，空气是湿的，迎面拂过来的风是柔和的。人的心情也是水泠泠的。众多的花园，许多花一如旧时缤纷热闹。心的缄默，只是感叹花开花落的惆怅。黄昏，推开那一扇窗，室外青山绿叶翠滴，夏的颜色原来如此。

　　夜色里，出来消夏的人多了。一天劳作的疲惫，大家三五一群走出了各自的斗室，梧桐林荫路边，露湿花草的公园，熙攘人挤的广场，一簇一簇的人，身披了水色的月辉，徜徉着夏的凉爽。

　　晚风轻吟，路边摊贩随意的歌唱，引来漫步小道众多看客的停留。霓光灯下，牵着女儿的手，挽上爱人的胳膊，自信的脚步起落在前面影影绰绰的斑马线，一种知足常乐的微笑和着凝重的夜色沉淀。在这年华里，只有宁静才会感到深刻。走到南方，多少人会贪念这种小资的情调。深圳的夏夜，因此明眸荡漾。灯红酒绿，琴音旋绕，吸引多少人的眸光。

　　拔地而起的高楼，偶尔斑驳的老街，巷子的深处旧坊子里泛着岁月淡淡的黄和苍绿。深圳，就这么烙印在我青色的心中。

（选自2009年6月12日搜狐社区帖子）

深圳读本

诗歌卷

这一次我能游过去

徐敬亚

再见了
抚摸过我的岸
让我再一次
在风中洗浴流动的美，使我热泪盈盈

一个人
独自穿过一条河
每天一次每年一次一生一次
我将淹没在每个窗口
眼睛的力量
排山倒海！
前进、退却、往返如之
我曲折无垠

流走的朋友和敌人
摇晃的魔鬼与上帝
水草攀援
我孤单如同那真理
我的船
这一次，你告诉我
我的伤口将在哪里
我遭遇到的欺骗

将发生在什么时刻
以手为桨
这世界需要我！
母亲啊
在痛苦面前
没人能把我替换

再见了
磨擦过我的手和子弹
时光流泪
大风跌倒
焦灼燃烧我
失败助我远行
让我再一次渡过所有的眼睛
我是不同寻常的肉体

在坚忍中飘浮
手脚随风
走也没有终点
不走也没有终点
爬过我的缝隙，爬过那缝隙
渐近消融

这一次
对岸，就是我茫茫自己

序曲如何开始

陈　寅

听聂鲁达歌颂大海
回头注视搁浅的船
把指甲掐进糜烂的梨
晌午过后
一只大鸟踏响屋顶

我走近窗台
它驯服的羽毛让我沉吟
它徐徐升起
我探身于屋外，屋外是风云际会的天空

雨水敲打沉闷的瓦片
它惊叫，它红色的声音可以点火
暮色中我发现我已苍老
我还须等待什么
或者什么也不必等待

限选必修

客　人

你说，尘世的风
只会躲在夹屋做梦
拉长阳光的影子
感受春潮的
骚动
（很不幸）
标本一样失去真性

再有，交盏碰杯的
一天，我默默看你
（不说一句话）
就是那方方的月亮
皎洁，永恒

我也不再迷醉，被
赤裸裸地展示
如小时候的奖状
渐渐发黄

我，会在远方
静筑言语的堤坝
（给你写信）

夹一张请帖，约你
从人群中藏匿
会见我们自己

面面相觑

夜已深了，那就等待
空空的明天
你我静坐，世界
在此刻没有声响

本世纪不治之症

胡　冈

呼吸着
在阳光虚伪的光线下
每天生活，我们
矫揉造作
一本正经呼吸着

黄昏是说故事人的尾音
太阳掠过头顶时
我们假装呼吸

算是活过一生
油泵一样
简单明了

很多张脸凑在一起
研讨呼吸的
必要性

无法摆脱
每扇窗户的窒息
当时间的黑墙
漫上喉咙
我们呼吸着
无动于衷

新 居

文 雪

空洞的房间

被家具塞满

人的声音　便涨起来

一股零星的意识

在起伏的胸前

交叉不定

黄昏　太阳来自西方

有人不习惯

暗自　挂上深色的窗帘

一张忠厚的脸

被罩上

不必要的斑点

黑夜逼近

一丝感慨　掉在地上

被纷乱的脚步

分裂

命名为新居

北京鸭

公　刘

界河中线的那一半
游着一大群鸭子
地道的北京鸭呢
金嘴金蹼
玉身玉翅
我笑了
想起了一句诗
春江水暖鸭先知

雨想说的

洛　夫

在顶好市场购得一把雨伞

其实当时并没下雨

胸中只有灯火，了无湿意

其实买它只是为了丢掉

其实我想说的

正是雨想说的

流过你窗前淡淡的水迹想说的

我在城里耕作

郭洪义

父亲　我要离开你的瞳孔
离开你放牧的一群庄稼
在城市信息的指引下
到很远的地方
开创前程

人们告诉我
建筑就是攀登
选择了建筑
就是选择了奋发向上

父亲　你也许奇怪
在这个新兴城市
为何种瘦了庄稼
却种肥了高楼里的计算机数据
所以
当我的第一次水泥浆灌进拔节的
大楼
当我的第一幢楼房像庄稼般茁壮
成长

我发现了　父亲

我们的劳作是一致的
农村需要耕作
城里也需要耕作
农村适宜生长粮食
城里适宜生长高楼
它们的产区
一样是我们膜拜的土地

它们的根系
深扎于我们的相承的血液

无望的故事

关 飞

黄了的绿叶恋在枝上不肯离去
淡忘了的记忆重新点明
一个热量太多的夏天
那些短暂的缘分

只因夜晚已占据了一个月亮
我不敢向多情的星靠近
谁知投影的是虚假的幻象
燃着了的心在血里呻吟

两年前的地址引我前行
远方的希望如夜街的灯
门开了，陌生的妇女回答说
搬走了，连同她的爱人

夜　泊

—— 题一幅照片

赖房千

睡吧
藏好漂泊过的朝夕
把黄昏搂紧

网撒下
捞今宵宁静

枕一江春水入梦
明天
管它是雨是晴……

带走一把红土

黄　海

尽管我把青春的最灿烂最壮丽
极其廉价地出售给你

尽管这座从红土上长起来的城市
有我青春的追求青春的气息

尽管我对你的感情日深难舍难离
但我明白分手只是时间问题

带走一把红土毅然别离吧
不要伤心不要埋怨不要惋惜

回乡告诉那些好奇的父老兄弟
这红土不长庄稼却长工业城市

家乡也有大片大片的红土啊
为什么就不能长出一座座奇迹

铁皮屋顶

罗 巴

比铁皮更加坚韧的人
才会选择铁皮屋顶
从五金铺运来铁皮
到烈日下测量　计算　敲打

比铁皮更加单薄的人
才会想到铁皮屋顶
在暴雨后焊接　拼出图案
举起铁皮　沿着墙头
把柔软得几乎打皱的铁皮
拖上去

铁皮般咣当作响
广阔　尖锐　脸孔布满风浪
运用铁皮的汉子
铁皮一样富有磁性

铺排　用铆钉固定
最后在铁皮上行走
仔细践踏　自己的作品

那正向五金铺走来的汉子
比铁皮还要耀眼

台湾海峡
——遥致余光中

李 晃

你再也不用和洛夫一道
站在深圳福田对岸的落马洲
靠一架望远镜进行边界望乡了
只需从春天的高雄出发, 若一尾红鲤鱼
过了潮湖, 便可纵身一跃
跃入我今日十点钟的上午
和身后的台湾海峡之碧波
泅渡, 泅渡, 泅回祖国大陆
——你我最最母亲的国度

浪子回头金不换哪, 你无需
东张西望, 谁都是你最最牵挂的亲人
也无需担心, 会在大陆上迷路
只需凭一张地图, 我乐意
义务为你做一次山水与灵魂的伴游
穿越八闽, 赤足荷叶田田的江南
再沿船歌的扬子江西去, 月光下
上溯至汩罗江——那条蓝墨水的上游
在屈子祠, 听听那窗外的热雨
还有你那一节节疯长的青青乡愁

一百年的十字路口

海　上

绿灯让我最后一个走完斑马线
别人头顶上的阳光
也抚摸着我。我发怔
谁部署了这些互不相识的人
像候鸟般地栖落在日光下
走到这里我不再打听
关于城市里存在村庄的事
事物在巨幅像前都会凸现
它浮雕般的细节

这块土地上的建筑物个性自由
站在这个角度迎来黎明或者迎来雨季
你可以发现世界运转的奥义
一颗太阳事实上是巨石上有烧不尽
的易燃元素　一个民族也有这种
精神物质在发挥能量
我只有一个天问：
上苍，谁把那堆元素点燃
照亮地球成为生命家园

现在，我走进那座青铜色的雕塑
它告诉我：门被推开　力量来自

大众的意念　无须打听
这位冒险家的姓氏　只要有人
点燃我们的血　我们任何人都会
去伸臂　豁上性命推开国门
我们世世代代活着创造着
文明　积累着文化
而世界却被自己的门隔着

很难猜想一百年以后　后代们
会怎样传说这位画面上的老人
如同我们在读远古的周文王
或财神爷？是否后人会认为
他是养猫的人？现在这张被视线
照得通红的脸　一天被拍摄无数次
人们把这种约会都收藏起来
保存在具体的每一个人的纪念中

你看那些匆匆走过斑马线的男女
都有进补后的神态　昂着头
一跐一跐地走得那般齐刷
交警的指挥动作可以让人校对
城市生活的节奏。这种节奏
一百年不动摇　一百年！
只有阳光才敢这样承诺
江山和万物是承诺的见证

深圳大剧院是寓言
进入深南大道和红岭路的交会点
你已经是本色演员
打工族、漂泊族、旅游者

你必须在有限的时间段内
匆匆走过十字路口
你没有资格破坏这种节奏
你的人生也会点燃
烧不尽的能量

等巴士的人们

王小妮

早晨的太阳
照到了巴士站
有的人被涂上光彩

他们突然和颜悦色
那是多么好的一群人啊

光
降临在
等巴士的人群中
毫不留情地
把他们一分为二
我猜想
在好人背后
默然失色的就是坏人

巴士很久很久不来
灿烂的太阳不能久等
好人和坏人
正一寸一寸地转换
光芒临身的人正在糜烂变质
刚刚猥琐无光的地方

明媚起来了

神
你的光这样游移不定
你这可怜的
站在中天的盲人
你看见的善也是恶
恶也是善

莲花二村从不下雪

丁　当

莲花二村从不下雪
他们的童年，只能在子宫里发芽
即使漂浮在书本的封面上
即使从硬币的一面向另一面狂奔

早上起来，用咖啡浇一遍
傍晚用诡计按住淋湿的稻草人
莲花二村从不下雪
石凳上的老人，被白色遗忘了一生

诗人的深圳生活

潘漠子

写出深圳这个地址

很艰难　说出来　更不容易

在外面的时候　我把她

读作深川　有时　说成深渊

四年之后的　夕阳里　我听见

我没有误读　反过来　看见深圳

是一个错别字　像我的养母

支配着　我的家庭

但是我　并不欣慰

也不想辩解　诗人这个谬称

也许诗人　在某种地方

是某种人　荒诞的　雏妓

也许　在某种陈词中

是一滴卑贱的　泪水

也许是一分硬币　没有人

捡起　看一眼　荒谬地笑了

在深圳　我在荒诞的笑声里

叮当地响着　荒诞地找着

等着　第二枚硬币

四年之后的清晨　我在露水里

找到荒凉的谢湘南　找到荒废的

安石榴　和荒芜的黑光同学

透过孤儿院　卑微的窗口

我们搅动在　黑夜里　搅动在

深渊里　当我们转身

就掉在天上　像几颗小星星

亮着　哭着　旁观着

身体下的万家灯火

像我们复燃的诗稿

怀念着　添加着

像我们明亮的倒影　交叉着

重叠着　同眠

荒谬地记住　我们在天上的地址

很艰难　荒谬地写下

深圳这个地址　更不容易

因为要正确地　听到一些诗人的

回声　确切地　饮用她们的奶水

准确地　收到一些荒凉的

稿费　精确地

把它从外面领进来

然后正确地　上班

我不止一次　看见时间

就是金币　从我的诗页上　跨过

骄傲而荒谬得　就像我的主人

跨过仆从　在深圳

我厌倦了　这样的聘用

厌倦了　跳槽

马槽　永远像马槽

不可能　像饭碗

马　永远像马

不可能　像马夫

深圳　永远像深圳

诗歌　永远像诗歌

谢湘南永远叫　谢湘南

不可能　叫谢深圳

安石榴　永远叫安石榴

已经结过果子了

不可能　再叫安桃花

水　永远冻在水里

血　永远暖在血中

我永远留在外面　让诗歌

站在外面　不是我不想

把种子栽进来　因为种子

坚持着　拒绝

深川这么深　这么长

这么难以驻扎　汗流得这么多

这么长　这么难以遏制

只能在纸上　学会收容

画出　渲染出

乐意成长的一切　在纸上

敲开　自家的门　牵住

家人的手　喝上　家里的水

讲讲在外面　可能崩溃的一切

包括已经崩溃的　童年　往事

已经飘雪的　故乡

已经动身的　故乡人

讲着这些　我忍不住　湿了

诗人们　都湿了

在虚构的　深圳　我们每天

虚构着诗歌　每天　把笔擦一次

把自己　擦一次　把心擦干净

捂在外套里　使它独自温暖

使它　不至于受惊吓

偶尔　它也会掉下来　像一分硬币

有人　看了一眼　荒谬地

笑了　并且荒谬地　踩住了

我却感觉不到　疼痛

更多的日子　我总是盲目着

摸着　找着　等着

某一个人弯下去　伸出爱

捡起爱　擦亮爱

送到我的胸前　默默地

听见女诗人陈末　在地窖里演唱

听见　我的同学黑光　默默地

敲打着锣鼓　驱赶着春天

我会荒谬地　去接洽　去接收

去接纳　这首卑微的诗歌

扬起一些卑微的　有关青春岁月的尘埃

它像硬币上的图案　不可能

轻易地　从灵魂里　擦去

我不可能　干净地　纯净地　澄清地

擦过深圳　也不可能

总是安静地　沉静地　恬静地　寂静地

擦洗生活　不可能总有干净的

纯净的　澄清的诗意　等着流露

每天　我必须流淌　握手和感触

每天　有意或无意

把别人弄脏　或者　有心或无心

让别人　弄脏我

每天　我把别人擦一次

洗漱一次　我从里面和外面

获得水　面包和评叙

获得我赖以变绿的一切

包括苍蝇　在纸上　我写出伎俩

愧疚　在纸上

画出火焰　画出纸矛纸盾

画出住在诗歌之外的　素描

建筑师范成东　会计师曾昭颖

银行职员李文玉

曾经的主人　佛教徒陆玲

……他们是我曾经觅食过的主人

像我的教室　我依靠

这些平凡的砖瓦　躲在深圳

躲在深圳的纸上　躲在纸上的

深渊中　并且被一些慧眼认出

捞出　洗干净　晾干

放在安静的摇篮中　握住

大人的手　哭泣　欢笑

沉睡和安于摆布

我并不拒绝　这样温柔的捆扎

并不拒绝　将诗人和深圳安置在一起

我乐意　愿意　执意地

去参加诗人安排在

深圳的葬礼　在买来的鲜花中

在租来的　殡仪小姐中

接受报名　和点名

我可以安详地　接纳这个席位

虽然我只是一个　生病的租客

并且仍然是　一个病了的过客

依然把自己　称为殡仪馆的

贵客　虽然

我把深圳读作深川

依然把深圳叫做深渊

仍然把它与故乡　分割开来

我学会尊重　自身的秋风

把外面的叶子

扫起来（多么像婴儿）

扬起的时候　叫诗笺

落下的东西　只能是硬币

我可以辨认自己的蒿草

可以辨认　硬币上　荒谬的图案

我不可能　误认

就像谢湘南　不可能

是陈末　安石榴

不可能　是黑光

这些固定的　圈定的　内定的

铁定的　坚定的　图案

这个点　这根线　这个面

这个堆满图案的　深川

这间堆满遗产的房子　荒诞地

发着光　像死亡一样

垂涎在四周　泛着诗歌的泡沫

从内心深处　涌起

寻求着　哀求着

可以栖息的地方

委身他人或者独享孤独

蜻蜓飞过城市上空（外一首）

安石榴

向左　　向右
一只空白的蜻蜓
时间与我相遇

向左　　向右
天空中隐含的曲线
让我暗暗染上一种忧郁

可能这些场景一闪之后就将错开
可能它们就是城市上空
鸣响的碎玻璃

向左　　向右
我在地面上
与一只空白的蜻蜓
时时相遇

空　旷

雾气就这样理直气壮地
将我截住。在深夜的巷道
四顾无物。我像一辆熄火的汽车

陷入空旷涌动的沼泽

雾气是大地一个受侵犯的梦境

地面睡得如此深沉

溃烂的天空，像败絮一般压下来

不慎成为一个失语者的夜游园

南方，北方

田 地

到南方的风中流浪
是我的向往
养育我的北方
便成了思恋的地方

我以南方的荔枝
思恋北方的高粱
我以南方的热烈
思恋北方的苍凉

学会了南方人说话
像鸟一样地歌唱
便想听听父老乡亲
马鞭甩出的粗犷

在没有季节
没有寒冷的城市奔走
更想在下雪的时候
回一趟故乡

阅过莺飞草长的江南
再读北国的风光

缺少色彩的故乡啊
让我喜悦也让我忧伤

尽管北方有我童年的土炕
南方却是我一生奋斗的疆场
我的青春
已化作南方的山水
我的爱
已在南方生长

我的家在南方
北方却住着我的爹娘
也曾千里万里地回到北方
可再也回不到出发的那个晚上

我像一只候鸟
既栖息南方也栖息北方
心如风筝般地系着思念
也系着梦想

也许我的后人
会像我来南方一样回北方闯荡
我的灵魂
却只能在南北之间来来往往

我熟悉而陌生的南方
我亲切而遥远的北方

我熟悉而陌生的南方啊
我亲切而遥远的北方

早　晨

刘　虹

又一个晦重得

需要当机立断的时刻

坚持在草尖的露珠

就要下岗

就要濡湿日历上

旧爱支撑的夜

和在我的睫毛间

喘息的月亮

那就从此两清吧

不在复数里孤独

就在单数里故作坚强

可窗帘心虚

怕乍泄真相

那就像世道继续闭嘴

如果失眠也继续

那就继续保持

醒着的荒凉

总有一些被晦重

推迟的早晨

生命渴望起跳

却找不着

那双自己的脚

让打扮了一整夜的词语们

急得披头散发

找不着进驻的诗行……

在很远的地方想念深圳

谷雪儿

只要我能直立，只要我有一双健全的双腿，我就会扎根在这个世界。我的生命终极归属于大地，我愿把心永远置放在路上。

——一个行者的微言

我是因为恐惧寒冷，所以选择了深圳
这个四季如春的城市
一个盛产激情与自由，和遭遇爱情的城市
到处是鲜花，到处是爱情
她首先是人性的，适合人类居住的。其次
才让我联想起海德歌尔的《人，诗意地栖居》

我的爱情也是在这里滋生与轮回
除此之外，她还给了我两次重生的机会

这种最初带着躲避嫌疑的懦弱，竟让我理性地热爱了十二年
十二年，一次生肖的轮回
我曾由一个以卖花为生的少女，变成了从此爱花的女人
我再也没有理由去计较，它究竟给我今天的生活带来了什么样的恩惠
那一贯有着固执的人，潜伏了千年的行走梦，打着厚待生命的旗帜
在瞬间就恢复了我的秉性
关于行走的秉性
仅此凭借两次重生，而我却把自己变成了永远游历生命古道的行者

当我一次次浮现在欧洲沉重的历史面前

那一情一景也未能使我委婉地快乐
原以为，爱上一座城市是因为有爱情
才不会拒绝这个城市存在的各种生活气质
也会尝试去效仿先人典范的高度和深邃的理想

而我无数次地离开，又无数次地回来
我也和那些曾经怀疑我的人一样怀疑过自己的反复行为：
离开的时候我有无数个理由，每个理由都比天大
回来，却不能为自己找到任何借口

生活本来就是在创造中实现平坦，或许我更需要的是颠覆生活，颠覆平坦
因为我是诗歌的后裔，就注定扎根在母体的大地
我对世界的万物没有陌生感
母亲的文化使我落地就生根

如果用生命和信念做一笔交易
我赢了生命，也赢了信念

我是带着洁癖在行走
视线。思想。语言。
我是带着思念在行走
回到深圳也就回到了家
家，对于一个四处行走的人来说要比守家的人更有意义

对于经过的土地，我欣慰地说
我没有错过一个风暴，因为我的生活中没有抱怨，有的只是赞美
活着已然是种奢侈，就算对仅有的一点记忆
我也会抱着信仰的态度心存感激
我素装去面对世界
我的内心没有荒原
只有生生不息的信念一直孤愤在路上

当我一次次回头
每一步都是春天

零点的搬运工（外一首）

谢湘南

有人睡眠
有人拿着灵魂生命的钟
有人游走
有人遥望月球而哭泣

时间滑过塔吊飞作重击地心的桩声
一切都是新的连同波黑的静默
不需要叉车歌声高过高楼
搬运工寻找动词，鲜活的
鲤鱼，钢筋水泥铸造的灯笼
照亮孤独和自己，工卡上的
黑色，搬运工擦亮的一块玻璃迎接
黎明和太阳

椅子的故事

让我讲述椅子的故事
在深圳的屋檐下
站立的椅子
这时候被阳光坐着的椅子
被月光也坐过

让我给你讲述一次等待
那空着的椅子
我怀念的一次离去
让我的图画里有着你坐过的
那把椅子
哪怕它空着
也让它留在图画里

让我给你讲述
让我说说深圳
我们自己
这变化的椅子
二十个恋人的轮回
让我说出流逝
说出时间中不变的椅子
薄薄的希冀在上面安坐……

深圳，深圳

——为改革开放三十年而作

郑小琼

1

热浪不断推动南中国的辽阔啊，被推动的股市，房地产，金融
深圳速度，市场经济，三来一补，或者打工……它们夹杂在一起
混合成飓风，吹着中国内陆，我，或者我们，从远方来
在其中丧失或者在得到中成为自己，或者它的一部分
飓风吹动，置身者被迫沉入海水或者盐的黑暗里
在呛水中学会忍受生活的疼痛与黑暗，一个飓风样的城市
在风暴与汗水中站立的城市，它站着，在南方

2

"如果你有眼泪，你必须忍住，深圳不相信眼泪"——在这里
泪水已化成大海的一部分，旁人无法看见，它曾在躯体里涌动
又吞下心底，剩下礁石一样的坚强迎着风暴
"我已用泪水在躯体里筑成了国贸大楼与地王大厦"
她说着，仿佛一个特区一个新城市在她的体内筑成
飓风不断吹拂着她微笑，我看到一座国贸大楼在她身体里竖起
它的名字叫做坚强，我触摸到一座地王大厦在她的头颅里屹立
它的名字唤做勇气，我看到另一座深圳在每一个人的躯体
站立，我是一座深圳！我听到内心的召唤

像一个自信者站在布吉海关或者万科地产的门口叫着
我自己就是一座深圳!

3

这些光,这些楼群,在前后左右,不断地闪烁,矗立
这些人,这些机器,不舍昼夜,运转,思考,时间在这里被拆散
切割成天,分,秒,或者更小的数字,它们被剪,熔,裁,铸,切,粘,镶……
加工组装成布料,塑料产品,鞋子,电子元件,机械产品,手机,汽车……
核算成利润,股份,分红,收益,GDP,效率
它们以飞翔的姿势推开海水,推开风,推开大海与天空
露出一个深圳。我早已熟悉这一切——它们涌动,在血液间
在海水间,我只是离地王大厦三百米外的一只海鸟
衔枝含泥,用低低的声音喊着:我的深圳
时间宛如高弦不停地鸣奏着:速度,速度,速度
在海水与飓风之间,在模糊下去的青春之间
我一无所获,但我,仍将在纸下写着深圳,或者我的地王大厦
我的国贸中心,我的一颗像深圳一样涌动的心

4

就是现在,我,一个来自四川的女孩,一座即将建筑的深圳
这个城市,一千多万座深圳中的一座。它是我内心的理念
也是布吉海关内外平凡的事物,在纸上,或者五金厂的机台上
建设着一座属于自己的深圳,在时间的光线中,放下一个个字,词,句……
它们构成我纸上深圳的高速公路,超市,楼盘
工业区,公司,工厂,酒店……它们是无边的
深圳,辽阔的
深圳,它们抓住我体内不断涌动的深圳和那模糊的

青春。我机台上不断放下一颗螺丝,一枚铁钉
它们是一座座高大的深圳。啊,深圳,在我纸上一个个的句子间
显露出它的繁华,丰盈,饱满

5

"深圳"——作为一个名词,三十年里,它在南中国海边矗立
作为一个动词,在车站,码头,港口,车轮,合同,订单,票据间
股市指数间……行走。一条通向段,篇,章的路上,簇拥着的我
他,你或者我们,他们,你们,在深圳这篇文章中是句子或者修辞
是一个逗号或者句号,看不见的语气,或者思想,之后的大意
主题,结构。此刻,我在纸上写着深圳,或者是
深圳在写着我
在八开纸上。用黑色的碳素墨水……拔起的深圳用它的颜色增加文采
不断变化的深圳让所有修辞都失措,它停在纸上,像不断尖叫的却
无法听见的光,你只能感受,却不能说,此刻
只有静下来
让它在我的纸上不断地耽搁,而内心,却不停地汹涌

6

这些句子像叫哑嗓子的商贩,捏紧了销量与利润
呈现出一种窒息的运动,经过多少分钟,它们终于与我的内心
相逢,构成我纸上的深圳,我看到宝安,福田,南山或者一个叫龙华的镇
这些年,我在工业区的机台上消逝的青春
啊,它们远了
隐藏在深圳的楼群与繁华间。它们,像一个脱帽致礼的魔术师
变成了绿化树,水泥道,马赛克玻璃,医院,图书馆或者大小梅沙的沙粒!
这首诗像深圳这台巨大搅拌器,将我的爱与恨,泪与笑,青春与美梦
搅拌着,轰隆隆间,变成一个零件,铆在深圳这台巨大的机器上

在这些词或者句中，我是一只海鸟，在涌动的海水与飓风中
缓缓开始进入深圳的内部，进入深思

7

纸上的深圳，身体里的深圳，它们成群结队朝着地理的深圳
涌动，它们来自四川，湖南，湖北或者台湾，香港
我在深圳这个词或者城市活着，进入它的内部
命运似鸟或者鱼，它飞翔时，深圳是天空
它游动时，深圳是水，敏捷的翅与鳍，它们迅速进入飓风或者海洋
它湿漉漉的面孔结晶着大海的盐，骨头里的盐，在体内的深圳流动
诗歌远去，留下潮水与天空
青春远去，留下激情与回忆

小狗的痛流进高速公路

王顺健

我宁愿相信，这只小狗
在梅关高速公路上睡着了
他抱着脑袋，温驯地睡了
谁也不知道是真正的痛
让他睡去的

他在梦中仍然相信妈妈
会将他流在路上的肠子
肺和心脏拾起来还给他
妈妈还会将痛一点点舔尽
那痛啊，他从未有过
那么陌生
起先那痛让他还来不及舔一下伤口
就一下子呆住了
无法动弹
只让他眼看着
痛流了出来，一块一块
痛染红了一地
而痛依然没完没了
只看得他双目闭上
他感到靠自己已无法超越
就屈从于痛带来的安详

将头深深地抱进怀里

事实上，我驱车快速经过时
看到的是一条几乎干净的小狗
和一堆已被碾过的小小的脏器
在路上，既像睡着了，又像等待中
姿势朝着南下的方向
毛发在陌生的风中微微扬起
又轻轻落下

白菜顶着雪

大 草

我给北京房山的朋友
去了电话
问他冬天的情况
他说屋里生了火
很暖和
我就想起新年要到了
这个年末
我应该做点什么
我想带上她
去房山住几天
她会问
去做什么
我说牵着你的手
在雪地里走
然后拍拍你身上的雪
指着地里的白菜
说多好啊
暖暖的冬阳下
白菜顶着雪

CBD豪宅社区遭遇蛙声一阵

太 阿

从哪里来　　从哪里来
一洼水不是长波汤汤的河
一畦绿地不是暮色无边的稻田
巴掌大的社区
在高楼如昼灯影下
蛙声　最初一个　　接着一片
从大地的空洞的胸腔里冒出

一个人没有时间去聆听一切
没有足够的季节想念蛙的家乡
一个人没有时间去打捞失去的蛙声

"当他找到时他忘却
当他忘却时他爱　当他爱时
他开始忘却"
默诵耶胡达·阿米亥的诗篇
于是仰望头顶的星空
灿烂如同三十年前
俯视两岁半的女儿　已不是我

这是凌晨五点整的深圳

李明亮

星星还躺在露珠的怀里
五点整，起床的铃声钻墙而过
将凉席上蜷缩的睡意
拦腰切断

赶货! 为订单而战!
老板的指令
我们每天在五点二十分
被赶下车间
和机器
开始十五个小时的较量

我慢慢地穿着工衣
还没刷牙洗脸
不过没关系
我已憋掉了早起拉屎的习惯
从进厂到现在
我也习惯了不吃早餐
看看表
离五点二十还有九百秒呢
还可以抽一支呛人的香烟

哈欠

把通往厂区的小路铺满

雪亮的路灯将我的双眼刺痛

一滴热泪低声对我说

这里是刚过五点整的深圳

这里离皖南的那个小山村很远

出　租

程　鹏

我的身体是这不到七平方米的房
除了床。一切显得拥塞和破烂
除了梦。除了排列整齐的书
它们多么像我洁白的牙齿
除了早餐。还要咀嚼飘零
我的打工生活打翻我的五脏六腑
七经八脉。我还要放置一台电脑
除了青春。我的四肢百骸还要承受
几强分贝的疼痛摇滚。除了水电费
我要找一个合租者适合我的身体
除了爱情。如果我有调色板的话
画上眼睛，嘴唇，鼻子。除了文身
如果一定要剩下什么。除了出租
一只逆向的手提袋，一则出租广告
450元/月，除了港币，除了美元

地　铁

李智强

都凌晨两点了
拖斗车还是轰隆隆跑过来
呼啦啦奔过去
附近的地铁就快建成了
我却不知道那时候可以通向何方
或许只是更多的人在那里集散
而所有的人陌不相识

十年不止

王宏国

蛇口是一盘下不完的棋
你正襟危坐
轻轻触开深圳湾上空的花花朵朵

是的，我把自己比做半岛
收留十年的一粒旧种
我还愿意把晶亮的海盐
比做失控的泪

我是黑白分明的一粒棋子
一直恪守方圆
我会从你的指尖悄然离去
怀抱一两滴花朵的体温

感　恩

从　容

在这样的季节
温暖的簕杜鹃
繁星一样张开翅膀的季节
我们应该感恩

我们感恩一位老人
这是一个生者对死者的感恩
也是一个民族对一位伟人的感恩

我们感恩
我们的没有
我们没有了昨天的泪水
没有了那一场连接一场的噩梦
没有了生病买不起一片药的艰难日子
我们没有了布票粮票油票
更没有了人与人隔离的墙

我们更要感恩
我们的拥有
我们有了舒心的笑脸
我们有了鸟语花香的生活
我们有了宽敞明亮的书房

我们有了人的尊严
和实现梦想的力量

过多的拥有
可能会让我们忘记过去的不该拥有
可是我们不会忘记
我们的子孙更不会忘记对一位老人的感恩

在这样的季节
温暖的簕杜鹃
繁星一样张开翅膀的季节
千万人的肩头长出一对翅膀
心中生出一朵莲花
我们感恩

寻　找

孙　夜

街口　你卸下装备
这是不是你要抵达的城
月光下你改变习惯
把三下改成两下
月光下拘谨地敲门

你还得继续行走
大街小巷
你要把脚步放轻
背倚路灯你能望多远
一伸手　就是风

在故乡　热都不是热
冷不是冷
你可以没有钥匙
可总有一个名称
在贴身处
揣着自己想要的人生

是不是谁误传了信息
满城的叶子你怎么辨认
你又是一缕多大的风

谁都知道你是个外乡人
谁都没有告诉你
你要寻找的那个人

青铜器

张 尔

我确曾来过这样的海滩，落日宁静

几只贝类的壳，风化在从遥远的星球滚落的陨石之上

干枯的海藻舞蹈一般抖落掉水滴，而蟹类

悠闲在沙滩上直立行走

每一种海的样子，都能令我陷入沉思

而秘密，总是在身体松懈时，感到羞于言说

有时我赞美古刹神钟，有时

与人交谈睡眠、性爱和蝙蝠的表情

我是一个敏感到耳根能骤然被撕裂的人

总是沉浸在信仰中畏怯自省

我说吧，那是我的

被异性冷落的肢体

被唾弃的浅陋的嗅觉

被无端剥蚀的残衣

被瓦解的手杖

直到你们，所有的人，直到全世界，都能听见

我的呐喊声，正被一只瘦小的蚂蚁

狠狠地踩在脚底

我说——蚂蚁啊，我敬奉你，不是因为

你手中握着一件上古的青铜器

上弦月

旧海棠

冬天的冰河涨到了我的窗台

冻伤了野菊花，冻伤了深夜里一匹熟睡的野马

月光穿不透冰面，我只好和它们的灵魂

往大地之上追寻……

如此冷，星星屈指可数

不远的南山顶上更寥寥无几

何况它们还要值守更夜，如何有闲

顾及我需要抒情

我只有向远方的你默念祝福

希望上弦月正温情地照着你

温情地照在盘膝围坐的茶几上

杯盏上，及你的祖国大地

你是哪里人

一　回

明天，我要到广州去

广州人问我

你是哪里人

我说我是深圳人

回到深圳

深圳人问我

你是哪里人

我说我是湖北人

在湖北，湖北人问我

你是哪里人

我说我是赤壁人

以前叫蒲圻

赤壁人又问我

你是哪里人

我说我是中伙铺人

中伙铺人问我

你是哪里人

我说我是红山岩人

红山岩人问我

你是哪里人

我说我是六组人

出门多年

甚至六组也有人不认识我
我就说我是
丁母山与老107国道交会处的那个刘家的
陕西搬来的

在别人眼里
我仿佛是一个永远无家可归的人
只有回到家里
家里人不再问我
你是哪里人

过年（外一首）

何　鸣

雪堆里拔出的芹菜
坐上火车　来到南方
来到我家的阳台上

它们静静地躺在
盘子里　用保鲜膜盖上
枝叶干枯　清香仍在

这是过年的一道菜
它经历了
我们不知道的
一切

八月，在海边

八月，捡回一次童年
捡回浓密的贝类的光芒
那是曾经停留的地方
在海边

现实中大海的气象
和心想纠缠在一起

在八月，在海边
背景中的大山
只是一瞬间

等待被捡回的一个
指尖上蓝色的柔软
疲惫于那个瞬间
那个藏身细沙里的核
浪花上小小的魂魄
纯棉的颜色抵达天边

转移这些视线的
是找寻中的视线
也是被安排好的视线
犹如八月的大海
只能在八月

深圳，从沙埔头到梅林一村

范红梅

沙埔头

应该还在

南园路与爱华路的交叉处

喧闹　暧昧　杂乱

发廊闪着相似的霓虹

口味倒是有从韩国料理到麻辣烫

最丰富的选项

都市中的农民房

只为记述

更好或更坏的离开

也许是太多握手楼的缘故

说起深圳

我总是从这里

掰开

万科东海岸

许多次

我将靠山临海的万科东海岸

转场

《深圳周刊》封三或内页

辞藻华丽　版式唯美

会有人过上描绘中的日子
面朝大海　春暖花开
更多的人
将这一页翻过　脱稿生活

深南大道6008号

我继续　拣一个词　给自己命题
搭上些装腔作势的句子　并把光线调暗
找几处　埋下伏笔　转身离开

写叶落　或者花开　练习转换
有些话在题内　亦在题外
植几株藤蔓　纠缠　贯穿　预设覆盖
空格　抓住深色纽扣　不再敞开
落笔　总是太轻或者太重　描述
完成涂改　已是彼岸

离开　回来　呼应　需要几年或
更久的时间　掸去浮土
读此刻　小心遮掩的心情
不会太轻　也不会太重

梅林一村9区63栋

女儿在隔壁房间
轻声朗诵
先生应该在回家的

车流中

夜色有灯光支撑

不会再黑

我在窗前静静冥想

一定要幸福

比较通俗

女儿早就能读懂

"王子与公主从此幸福地生活"

她已背得烂熟

而幸福的规律

我相信遗传

一定要幸福

不让那些忧伤旋律

和上脉搏里的低沉节拍

一定要幸福

别让那些长短句式

解读心里的暗

一定要幸福

煎一条鱼

炒几样小菜

烤一炉面包

把时间涨满

十七楼

刘永新

十七楼是一处北向的市井

是伸进主干道与十字路口的耳朵

滚滚车轮与汽笛轰鸣

昼夜塞滞着，施施辗过我

时日无多的青春

有时候阴霾天气过去

从窗户可望到斜对面的小土山

被铲平了的山顶上

立有伟人塑像

仙人掌化脓而死后

我只专心养绿萝

其实这屋里连绿萝也长势不好

就像我有一年躺在床上

上网　中度抑郁　下岗　或被称作被除名

想起所有在这座城市的暂住

被中伤的身体和出卖的名誉

我看见绕行的光线

深埋于疼痛的北向的十七楼

潮湿和阴冷将我眼里的雨水

一滴滴刺破

那十七楼的内墙，细小的虫子

那么多年生的霉腐

它们啃噬我新鲜的肺

争相拍打我高温40℃的脸

那一年我被三个过路人搭救

他们都不是深圳人

他们轮流照顾我，陪我住了十五天北大深圳医院

外省书

阿　翔

夜晚醒来时的景象，马在地铁口，它不肯逝去

尾翼任风吹拂

和你盛开的衣衫没什么不同

在我左边轻轻碰触。在外省，沿路的一切东西都被收拾好了

那没有窗子的车身快速经过我，我还没有来得及准备

暴躁地把房顶掀开

像是马裂开的声音

在耳鼓上爆裂

那些残疾的虫子纷纷掉落。

地铁无比巨大

消耗了我们的力气，只为了日复一日的行程

你小声地说："永逝！这就是一闪而逝的过去。"

你看那裸身的婴儿

是篝火里最轻的，摇晃着站立，放倒了树林，堤岸和庄稼

他非常孤独，像我们那样

陷入了隧道的黑暗

马带着忧郁的颜色，入水无声

千万条枝蔓生花

使你眩晕。远处散落的村庄的轮廓依稀仍在

清凉的白银

仿佛照看着马在上空奔驰而去

述 怀

余文浩

如果要我说
石头离开山坡
黄金走在半空
也许新的一天
正走向一部电话
那声音、面庞、毛发、肌肤
渴望着生
使我平静下来的正是这
两年中任何一天　仿佛今天
庇护之所隐匿于乌有之乡
苦痛源自选择

那个打满补丁的人

桥

那个打满补丁的人，张望着海

他躺在昏暗的旅馆里

解剖自己

海风吹着他的一亩土地和作物

那即将消失的玉米地

他甚至，抱过我的赤道

在月亮下，他取出一根陈年的骨头

告诉我："故事浸在酒里。"

后来他昏睡

而我出海

那个打满补丁的人，在梦里张望着海

他回到被丢弃的初中

挑水站在校园

静止的诗歌，第一行和最后一行和我有关

中间的那些充满了

省略的乐器

黑漆漆的作物

有毒的腰姿

一堆茫然的苹果从他的酒里打捞出来

那个打满补丁的人，一个月用完一生的爱情

眼睛里长出五分钟的我

在赤道,更接近零的地方
那个全身打满补丁的人,他的钱浸在海水里
他张望着我
从未醒来

夏天就快过去了，我心怀歉疚

莱　耳

今年的夏天很奇怪，我是说天气
但是我喜欢这些怪天气
凉爽的怪天气
天色一点点，由浅蓝到深蓝，到黑
看上去像假的
也像真的
可是，现在
夏天就快过去了，我心怀歉疚
生命在流逝
万物消融
从我的窗口朝东南望过去
一公里，那些不可能的雪
落在海面

房　子

李晓水

从浙江回深圳的路上

我看见许许多多的房子

它们分布在公路的两侧

有的高大，像一艘艘巨轮

有的矮小，像一条条小船

它们分别属于某座城市或某个村庄

我知道

每栋房子里都住着一群人

他们每个人都不同

那么多连绵不绝的房子

就是一大群一大群的人

此刻，他们正在生活、娱乐或睡觉

夜晚多么像一座浮华的海洋

汽车走过的地方

到处闪闪烁烁

每栋房子的窗户都亮着灯光

父与子

深圳红孩

铁皮屋顶上
背靠背坐着两个人
看上去很安静
云游的老和尚说
他闻到了两只鸟
蹲出来的气味

是雨过天晴
彩虹挂在西边
我看着海的方向
一群白色的鸟
倾斜着飞过
你那年从海上回来
就再也没有出去过

爱你，跟爱情无关

——写给深圳

航　月

砍断甘蔗
剩下憔悴的渣
爱你，因为不停歇地咀嚼

你的骨头
被你的城市雕刻成丰碑
你的精神
镶嵌在年轻的眼睛里
成为灵魂
爱你，让自己的血液膨胀

谁都可以叫故乡的城市
来了，就成了
你的骨头　精神　灵魂
我带着一片雪花的伤疤
在你绿色的心脏舞蹈
爱你，用你奔跑的速度追赶

消　失

吾同树

一只鸟，在层云上飞
那疲倦的身躯、迷茫的眼神
只能被云朵的灰色遮蔽
或许云有多么脆弱，然而
他无法穿透，他的力气已将用完
内心的虚弱，更能感觉天空的缥缈

努力地扇动翅膀，依旧没能绕过
雷电潜伏在云的周围
他爱的人都在下边
大地上熙熙攘攘地过往
他们无法飞起，沉溺其中——
幸福和苦痛，在尘嚣中难分彼此

雨下了，寒凉的雨丝
没有零落的羽毛
再无孤独的影子
之后，天空像新鲜的蓝床单
而大地，继续像垃圾场
物质坚持物质的腐烂
梦在无形地蒸发，一切在缓慢地
消失，于相近或遥远的未来

在深秋，共南山

李尚朝

在深秋，共南山
南山不回，我也不回
一想千年，千年之后
我不是我，南山还是南山
不如现在
在深秋，共南山

泥头车呼啸而过的早晨

张青松

这里是最早醒来的深圳
有阳光洒在美丽的清晨
还有些什么
是的，要冲破一夜的平静

这些东西将有两种可能
不是为人们所唾弃
就是为人们所肯定

如同在这个注定是不平凡的深圳
在这样清新的早晨
我一个人驾车在大街上踟蹰而行
忽然身边有高大的泥头车队呼啸而过
让我顿感惊心
我想到我们居住生活的环境
这些年持续的地震在打破一片安宁
我想到一个超载的人
结果在他身上必然会事故频频

泥头车呼啸而过的早晨
总会在这个城市里划下一些伤痕
是什么让我开始思索

也让我的心开始变得不安分

泥头车呼啸而过的早晨
前面的高速公路正在建成
我却停了下来
忽然害怕灾祸会在某个路段上发生

泥头车呼啸而过的早晨
我终于明白，每当夜晚
电视机前为什么总会聚集那么多人
在关注这个城市第一现场的新闻

深圳，一只奔跑的羊

湘南无雪

深圳，我空手而来
我只能从山区带来的一把野草
还有一些草籽以及母亲临行前的叮咛
是我唯一的行李

在乡下农村
如果加上雨水、阳光
这些疯长的草，足够我喂养一头羊

在阳光的奔流里，在汗水的泥刀下
深圳这块咸碱不一的土壤，与一位农民工的脾胃
渐渐，水土相服

我带来的一把草籽
还有我身上的野草，在脚手架的高温烘烤下
失去自由的野性，被日夜翻腾的汗水捂暖
提前发芽，开成一束束钢铁之花
喂养着，一幢幢高楼大厦
喂养深圳——
一匹在时光隧道里奔跑的羊

南漂的兄弟

吕宗林

干完这一杯，火车就要开了
他乡近了，故乡就远了
出门在外，揣着娘的话
台风起时，记得加衣

干完这一杯，兄弟们就散了
一个人走路，一个人打拼
病了不要顶着
打落了牙齿，不能往肚里吞

干完这一杯，心里面透亮
黄龙玉液湖之酒
青杉翠竹俏江南
想哭的时候，就喝他个酩酊大醉

干完这一杯，就算爷们了
挺直腰杆，千万别趴下
不管富或穷
家的大门都敞开着

深圳的语法

王　垄

富贵与我的落差
不会高过国贸大厦
心驰神往所得的补偿
怎能让深圳股指下滑

鼠标下的高速公路
是远方情人
QQ无法叙述的神话
中国内陆方言
经过粤语奇音的搅拌器
花不是家
家胜似花

南中国的魔术师
总喜欢借着港澳的帽子
把一个个枯燥的数字
变成发财的"发"
从渔村里移民而来的品质
用边防的精神看守着繁华

灵感被梦想搞得方寸已乱
我从网上淘来一袋特区的词汇
老婆说
煮不熟的是你的深圳语法

深圳读本

歌词卷

春天的故事

蒋开儒

一九七九年那是一个春天

有一位老人在中国的南海边画了一个圈

神话般地崛起座座城

奇迹般聚起座座金山

春雷啊唤醒了长天内外

春晖啊暖透了大江两岸

啊，中国，中国

你迈开了气壮山河的新步伐

你迈开了气壮山河的新步伐

走进万象更新的春天

一九九二年又是一个春天

有一位老人在中国的南海边写下诗篇

天地间荡起滚滚春潮

征途上扬起浩浩风帆

春风啊吹绿了东方神州

春雨啊滋润了华夏故园

啊，中国，中国

你展开了一幅百年的新画卷

你展开了一幅百年的新画卷

捧出万紫千红的春天

走进新时代

蒋开儒

总想对你表白我的心情是多么豪迈
总想对你倾诉我对生活是多么热爱
勤劳勇敢的中国人意气风发走进新时代
啊！我们意气风发走进新时代
我们唱着东方红当家做主站起来
我们讲着春天的故事改革开放富起来
继往开来的领路人带领我们走进新时代
高举旗帜开创未来

让我告诉世界中国命运自己主宰
让我告诉未来中国进行着接力赛
承前启后的领路人带领我们走进新时代
啊！带领我们走进新时代
我们唱着东方红当家做主站起来
我们讲着春天的故事改革开放富起来
继往开来的领路人带领我们走进新时代
高举旗帜开创未来

我们唱着东方红当家做主站起来
我们讲着春天的故事改革开放富起来
继往开来的领路人带领我们走进新时代
高举旗帜开创未来

永远的小平

唐跃生

汽笛声声牵动我们无边的思念

涛声阵阵日夜激荡，我们呼唤你

啊! 永远的小平，人民的儿子!

人民的儿子! 永远的小平!

人民永远的小平! 永远的小平! 永远的小平!

海水知道你的胸怀，海鸥记得你的名字

风起云涌，你力挽狂澜

潮起潮落，你昂首挺立

情系神州，你开辟新天

魂系中华，你续写史诗

浪花朵朵，编织我们灿烂的明天

涛声阵阵回荡五岳，我们呼唤你

浪花朵朵，编织我们灿烂的明天

涛声阵阵回荡五岳，我们呼唤你

啊! 永远的小平，人民的儿子!

人民的儿子! 永远的小平!

人民永远的小平! 永远的小平!

夜空不寂寞

何沐阳

点燃黑夜的灯火

这夜空不寂寞

偶然的云会掠过

你是否记得我

能和你轻言细说

这城市夜空不寂寞

有多少深藏的往事

像珍珠般洒落

匆匆岁月流过

茫茫人海相逢

那辗转的心啊停止漂泊

你爱过

又痛过

那都是因为不愿再错过

把你的心交给我

这夜空不寂寞

让真爱不再闪躲

开在灿烂的角落

记忆的风吹过

除非你忘了我

那只是一场传说

城市客栈

何沐阳

钟　摆到夜深
异乡空气中　寂寞如针
回首前尘　几许风雨入梦
梦里不知是客身

你　住哪座城
远远地盛开　那里晨昏
岁月太深　隐藏变迁伤痕
和我读不懂的眼神
走多少路看多少云遇见多少人
才能完成一段幸福的旅程
剪多少愁忘多少忧留多少真
放下了多少　才睡得安稳
爱一个人恋一座城怎能不离分
人生本是一场聚散的缘分
开一扇门热一杯茶留一盏灯
这些许温暖　却让我倾城
让漂泊的灵魂　透见归程

等　用心去等
等青春流逝叶落归根
繁华如梦　难得短暂相拥
你让平凡旅程飘过歌声

我不想说

李海鹰

我不想说我很亲切

我不想说我很纯洁

可是我不能拒绝心中的感觉

看看可爱的天摸摸真实的脸

你的心情我能理解

许多的爱我能拒绝

许多的梦可以省略

可是我不能忘记你的笑脸

想想长长的路擦擦脚下的鞋

不管明天什么季节

一样的天一样的脸

一样的我就在你的面前

一样的路一样的鞋

我不能没有你的世界

我不想说我很亲切

我不想说我很纯洁

可是我不能拒绝心中的感觉

看看可爱的天摸摸真实的脸

你的心情我能理解

一样的天一样的脸

一样的我就在你的面前

一样的路一样的鞋

我不能没有你的世界

　样的天　样的脸

一样的我就在你的面前

一样的路一样的鞋

我不能没有你的世界

丁香花

唐 磊

你说你最爱丁香花
因为你的名字就是她
多么忧郁的花
多愁善感的人啊
当花儿枯萎的时候
当画面定格的时候
多么娇嫩的花
却躲不过风吹雨打
飘啊摇啊的一生
多少美丽编织的梦啊
就这样匆匆你走了
留给我一生牵挂
那坟前　开满鲜花
是你多么渴望的美啊
你看啊　漫山遍野
你还觉得孤单吗
你听啊　有人在唱
那首你最爱的歌谣啊
尘世间　多少烦恼
从此不必再牵挂

院子里栽满丁香花
开满紫色美丽的鲜花
我在这里陪着她
一生一世保护她

有没有人告诉你

陈楚生

当火车开入这座陌生的城市
那是从来就没有见过的霓虹
我打开离别时你送我的信件
忽然感到无比的思念

看不见雪的冬天不夜的城市
我听见有人欢呼有人在哭泣
早习惯穿梭充满诱惑的黑夜
但却无法忘记你的脸

有没有人曾告诉你我很爱你
有没有人曾在你日记里哭泣
有没有人曾告诉你我很在意
在意这座城市的距离

深圳情

王晓岭

深圳春也深

深圳秋也深

世上多少美的花

在这里扎下根

深圳城也深

深圳巷也深

楼里歌声楼外琴

不改的是乡音

无论你是新来的客

无论你是久住的人

深圳深圳深圳

深深印在我们的心

印在我们的心

深圳情也深

深圳爱也深

一寸光阴一寸金

更贵的是人心

无论你是新来的客

无论你是久住的人

深圳深圳深圳

深深印在我们的心

印在我们的心

爱在远山

田　地

也曾听见那些亲切的呼唤

也曾注视那些渴望的双眼

也想和你一起远走他乡

把共同的誓言写在崇山峻岭之间

不知是这座城市太险太遥远

你上路的时候我不是同伴

你攀登的时候我只是遥遥地惊叹

所以我要歌唱你啊

你和我一样平凡却比我勇敢

你和我一样生存却比我灿烂

歌唱你把生命无私地奉献

歌唱你把爱播种在远山

啊……爱在远山

啊……爱在远山

我生在一九七八

陈亚凯

生我的时候社会开始有了变化
妈妈说从那时起就越来越繁华
今天一条马路,明天一栋大厦
连人们的笑容每一天都在增加

我生在一九七八
我在春天的故事里长大
亲吻我的都是阳光和雨露
还有疼我的妈妈

上学的时候生活已经成了图画
老师说我国的经济越来越发达
天上一艘飞船
地上一座大坝
连观光的老外每一年都在惊讶

我生在一九七八
我在和谐的家庭里长大
陪伴我的都是幸福和快乐
还有祖国的步伐

云在青天书在手

邓康延

甲骨文字开天地

竹简百家写春秋

太阳不老书不老

万卷长流水长流

长空雁过天有字

是谁伫立读出秋

风声雨声读书声

家事国事在心头

书是一辈子的朋友

读书人相互是朋友

书里藏着忘年交

隔着年代握着手

太阳不老书不老

万卷长流水长流

人生风景何处寻

云在青天书在手

走向复兴

李维福

我们迎着黎明的朝阳
走在崭新的道路上
我们是优秀的中华儿女
谱写时代的新篇章
我们迎着风雨走向前方
万众一心挽起臂膀
我们要把亲爱的祖国
变得更加美丽富强

前进，前进，向前进
挺起胸膛，何惧风浪
前进，前进，向前进
肩负起民族希望

我们迎着灿烂的阳光
飞向太空驰骋海洋
我们是英雄的中华儿女
古老文明焕发新光芒
我们迎着胜利向前方
振兴中华是我们理想
我们迈着坚定的步伐
中国屹立世界的东方

前进，前进，向前进
排山倒海不可阻挡
前进，前进，向前进
走向复兴创造辉煌

深圳读本

深圳读本

小说·报告文学卷

你不可改变我

刘西鸿

朋友向我介绍令凯时说:"她是个古怪的女孩。"

还说:"是她主动要认识你的。每见到你时,她就指着你的背脊说:我要认识她,你要向她介绍我。"

我笑。朋友是个木讷的人,遇到不正常的情况就表现出无奈的样子。我说:"为什么?为什么偏要认识我?"人之患在好为人师。我不敢。我自问也不是欢欢姐姐、知心友、开心果剧场之类。我没本事教育未成年少女。

不过我又说:"可以聊聊天。约个时间吧。"

令凯比约定的时间早到一个小时,非常离谱。

我从床上翻起,卷着毯子去开门。

门口立着一位十六岁的少女。

是张典型的广东人的脸。鼻子、唇的线条分明,颧骨、额的轮廓清晰。嘴生得特别雅致,鼓励别人对她动情。

我让了她进屋。她挑了我最好的一张椅子跷腿坐下。我看着她。她不属于鹤立鸡群、万绿丛中一点红那种。但非常受看。她的皮肤令人想起雷诺阿画中的妇女儿童。只是头发剃得这么短,几乎见青。我皱皱眉。

"食咗早餐未啊(吃过早餐没啊)?"我用广东话问她。

"饮咗杯奶(喝了杯奶)。"

"饮多杯啦(多喝一杯吧)。"

"唔嘞(不用了)。"

我把她留在屋里翻翻画报,就到厨房张罗自己那份早餐。

出来时,叫我颇感意外。她把我的剪报拆得乱七八糟,拉出我的抽屉,拨开我六色唇膏的盖,咋呼道:"哦,你也是喜欢本色的啊。"

　　我苦笑，坐下。

　　她举起一盒烟："你抽烟？"

　　我摇摇头："朋友留下的。"

　　"男朋友？"

　　"男朋友。"

　　"哦哦。"令凯若有所思。又问："他叫什么？"

　　"亦东。你认识？"

　　她摇头。又问："他姓什么？"

　　我没好气："你是不是查户口？"

　　她执拗地问："他姓什么？"

　　"他姓刘，刘亦东。老天。"

　　"哟，"令凯一脸怪相，"你们是同姓！你知不知道近亲不能结婚？"

　　我啼笑皆非："怎么见得我们是近亲？"

　　"怎么见得你们不是近亲？"

　　"我的社会关系不复杂。所有亲戚我都叫得出名来。"

　　"怎么见得你们不是失散的兄妹？"

　　"小妹妹，我五三年出生。那时新生活刚开始，人人欢天喜地，家家和睦温馨，大众相亲相爱，政府还鼓励多生，女人争做英雄母亲，绝对没有溺婴弃婴事件发生。"

　　我伸手拍拍她脸蛋："再说，我们只是朋友，怎么见得我一定会跟他结婚？好了吧？"

　　她不做声。良久。抖出盒中的一支烟，"啪"地点着火，熟稔地吐出一口白烟。

　　非常快的速度。我惊骇："你抽烟？你怎么能抽烟？"

　　"你信有爱情这样东西吗？"她问，很老到的样子。

　　"令凯，"我端正脸色，"我非常欢迎你来找我，非常喜欢你的自来熟，可是你至少应问问我这屋子允不允许抽烟。"

　　她马上就摁灭了烟头："你有男朋友，你真相信有爱情这样东西？"

　　我一点不迟疑，答："我相信有。"

　　"好奇怪。上了年纪的人都不信。我妈就不信。"

　　她把我和妈妈辈相提并论，我气结。"你妈？你妈七老八十还信什么爱情？"我说，"爱情是年轻人的事。像你这么年轻，爱起来就特别香浓。"我笑。

"可是我不信有。"

我说："爱情像肥皂泡，吹出来时五光十色满天飞。真实地存在着，满天飞。泡灭时才什么都没有了。你就不信。你妈之流傻就傻在不信曾经有现在无的东西。她们明白肥皂泡的道理就好了。"

我说："我在吹肥皂泡，吹很久了。所以我信有。"

"满天飞？"

"满天飞。"我笑笑，"以后泡灭时，我不会怪任何人，只怪自己不会吹了。你为什么问这个？不好。"

她饶有兴致地看着我，很仔细地，似乎在想什么。

"我像你这么大时，是很本分地念书，晚上去同学家也要向父母请假，说九点钟回家绝不敢拖到九点一刻。"我说，"不像你这一辈。上学骑单车，戴手表，还涂口红烫头发。"

"这有什么，我又不干坏事，"令凯说，"你不要太拘谨于形式嘛。"

岂有此理。"拘谨形式？你知道什么叫形式？同姓不能结婚？"

我们大笑。

"你气质很特别。我喜欢你。"笑完，令凯说。

我闭着嘴笑。真是岂有此理，我让十六岁的孩子装模作样来评价。

"你连笑不露齿也做得到。真好。"她说。

我笑出声，全露了齿。

"我是不是什么都问，很讨厌？"她笑着说，样子纯情。

"不讨厌。我知道你读《十万个为什么》长大。我不讨厌你。令凯，少而好学，如日出之阳。"

送她出门口，我立住脚。她说："送我到楼下吧。"

我说："我从来送客不送到楼下。你常来。"

她有点失望："你太拘谨于形式了。"

"不是拘谨形式。你看我穿的衣服，我不能穿着睡衣到处乱跑。我是个文明人。"

她别转脸甩了甩脑袋，觉得我无可救药的样子："哎，你还不明白，你这就是拘泥于形式了嘛！"

我捏着她的手，干爽又温暖的小手，感到非常舒服："我也喜欢你。常来。"

她答应："唔。"又说，"你对我有什么要求，你应该明确向我提。"

我想想，说："你要做好功课。你如果是个聪明人就要好好读书。还有，把头发留长。不要不男不女。我个人比较喜欢梳长直发的少女。"

她瞪着眼睛点头。

"还有不要抽烟。"我忽然觉得有理由向她提许多要求，我实在喜欢上她了，甚至希望成为她法律上的监护人、代理人之类，"我不准你抽烟……"

她轻声打断我："我不上瘾。偶尔抽支。烟能稳定情绪。"

"我不管，总之我不准。"我坚决地，"你抽烟的模样是副很坏的派头。况且，全世界的电台都说这一句：吸烟危害健康！"

星期六下午临下班前，令凯的电话打到我医院。

我刚配好一副成分很复杂的中药，电话就叫我了。我不理，重新对照了一遍药方，然后包好，过去接电话。

"你是不是很忙？"令凯略显不满，"我们星期天上午去饮早茶好吗？"我想想，说："明天不行，我有事。下次吧，下次我请你。"

"不用你请。我们去旋转餐厅，AA制。"

"各付各？不行。你是学生，你哪有钱？我请你得了。只是明天不行。"

"我有钱！为什么明天不行，为什么？"

"你听我说，令凯，有什么话你到我屋里谈。你是学生，穷讲究什么旋转餐厅。有时间你多看遍功课，有钱你多买本自学杂志……"

"你说你明天去不去吧。"

"不去。我都说了明天有事。"

"刘亦东来？"

"不是。"

"肯定是！你不去就算了。这么死板。"

"闭上你尊嘴。令凯你没大没小。我下月要考试，我有一大堆书要看，我不能到五十岁退休时还是个三流药剂师。"

那边许久没声音。

"喂，"我说，"你在哪里打电话？你放学了？不要在学校打电话啊，老师对电话频繁的学生很反感，我知道，无心向学之表现……"

那边"嗒"一声放下了话筒。

我无奈。

星期天令凯没有来，我等了她整天。星期一没有来。

一直没有来。

我考完试了，令凯还是没有来找我。

我开始急躁，整天想着她。我没有她家的地址，也不想去学校找她。她干什么了？这小妮子。闲时，我在纸上横七竖八写着的就是这两个汉字组合：令凯、令凯、令凯。

我要去进修半年。下午亦东来帮我打点行李。

亦东蹲在地下锁好我的衣箱，说："没有事你就不要给我写信，我忙得不行，我的功课排到年底还排不完……"

亦东的话刚说完，令凯就闯了进来。

"令凯！"我意外地高兴。

她头发长了许多，蓬蓬的一圈耷拉着护着脸蛋，松毛小狗一样。

我伸手圈起她脖子把她揽过来，"为什么失踪了？搞什么鬼？你再不来，我马上要走了。"

她眼望着亦东，答我："忙。"

忙，忙，忙。谁都说自己忙，忙得不可开交，唯独我闲，唯独我是无聊。

亦东直起腰，拍拍手上的灰："她是孔令凯。"

孔令凯，你大名鼎鼎，这么多人知道你。

亦东对我说："你不知道？你的朋友是青年宫三画室的常用模特儿……"

我十分意外。模特儿？

"我也知道你！你是广告公司的，在青年宫六楼。自己担梯托广告牌上屋顶，打杂工一样。没想到刘亦东是你。"令凯瞟我一眼，意思含着：原来这么差，原来亦东是干这个的，这么差。

"好厉害，"亦东笑笑，"你的雇主到处诉苦，怪不得，你和他们成日闹意见？"

我没兴趣和他们笑。令凯在画室当模特儿？

"你还抽不抽烟？我这里有。"亦东说。

我怒："令凯！你没听我的，还抽烟？"

令凯眼不看我，爱理不理地："坐半天不能动，起来时血都凝成一块了。不抽烟我简直没法子走路回家。——每次我都到洗手间去抽嘛。"

我气结："你到底打不打算听我话？谁叫你去当模特儿？你打不打算读好书，打不打算做个高尚的人？"

"刘姐姐，我门门功课拿优，6月物理大赛我进入了第三轮决赛。我还有多余时间，为什么不准我干模特儿？我什么都不妨碍……"

"你有大把时间，还有大把当模特儿赚来的钱上旋转餐厅，是吗？你知不知道我不喜欢你做模特儿这一行？你为什么不去拉大板车？为什么不去街边卖酸杨桃？！"

我火爆爆，一点不想客气。

亦东手指敲敲桌面："停停。喂，我先走了。"他把我的行李带去托运。

我和令凯在阳台上看亦东捆行李。

亦东抬头，对我说："办好后单子我找人送来，我实在没时间再来了。"

我说："随便你。"

令凯在我背后双手叉腰立着，眼皮垂下来，大牌歌星一样俯瞰芸芸众生。

"亦东我早见过的。我一直以为这个人起码超过四十岁。"她和我回到屋里。

"你别刻薄，他只比我大一点点。"

"可是你看上去要年轻得多。"令凯仔细看我的脸。

我黯然，"因为我贪吃贪睡。"

"我常见他做苦力。有一次在大钟楼，他安雅柏表的装饰灯，人像风筝一样贴在八层楼顶，要多危险有多危险……"

我非常感动。麻烦的、累人的、要多危险有多危险的活儿，亦东总是亲力亲为。他品格中闪光的东西很令我感动。

我说："令凯，谈你自己吧。你近来怎么样？"

她不答我的话，却说："知道我为什么喜欢你？你没把我当小孩看，是把我当你的朋友，当你的同龄人。你懂得尊重人。"

她是在捧我，灌我迷魂汤。我涩涩地说："我当然懂得友情要建立在相互尊重的基础上。我可以尊重所有人，我做得到。"

我们走到街上。

满天淡淡的星星，还有一爿淡淡的月亮。

小时候看的月亮，总是亮澄澄的一块。长长的小巷，从巷口走到巷尾，月亮都跟着我。后来我果真读过一首"月亮跟我走"的诗，那首诗招来很多骂。

我于搭在令凯的肩上。她穿着粉色的圆领恤衫，平底凉鞋。她身上的一切提醒我，我有我的过去。不知谁能夺得过去？

我说："《路迦福音》讲耶稣替人治病。人潮蜂拥地挤逼耶稣，有个妇人患血漏病十二年，她耗尽积蓄遍访名医也没治好病。这次她挤到耶稣背后，摸了他的衣带一下，血漏立刻止住。耶稣问：谁摸我？没有人承认。彼得说：唉，围着你的人这么多……但耶稣说：不，有人特意摸我。因为我感到有医治能力从我身上出去。妇人见无法遮瞒，就走出来，跪在耶稣面前讲了前因后果。耶稣对她说：女儿，你的信心医好了你。安心回去……"

"信心是很重要的，"令凯说，"女儿，你的信心医好了你。"然后挽起我的胳膊。

"正是。"

我们立在小铺门口，脸对着脸啜酸牛奶。

我指给令凯看对面马路的旺记烧鹅档。档主一家围坐门口吃晚饭，借用马路边的灯。档主老太太举起碗挡着脸在喝汤，一个婴儿横搁在她大腿上；档主太太边吃边唠叨些什么；档主是个后生，吃完了，在剔牙。烧鹅柜里的灯泡瓦数很大，照得倒挂着的烧鹅肥油流淌。

"我天天散步看到那家人吃晚饭，他们每一顿菜不少于二十块钱。"我对令凯说。

令凯眼望着柜里的烧鹅，很馋的样子："卖烧鹅就是好。可以餐餐吃烧鹅。"

"你傻。"我说，"你看他们吃什么？他们最常吃一种叫老鼠斑的鱼。相当不便宜的价钱。"

想起我和亦东，有段时间天天很寒酸地帮衬两碗牛腩粉，一盆散发着腥味的鱼头汤。

很没劲儿。

"没意思，走吧。"我和令凯返转头。

一路上她心不在焉。我立住脚："令凯，你肯定有什么话要跟我说。"她的眼神游移不定："不是的。没有。"

"肯定有。"

"我把你当同龄人。说啊。"我催她。

"我会尊重你。真的。"我笑着。

"信心是很重要的。女儿……"我还没讲完,令凯开声了:"我要去当模特儿。"

"这个——你不是在当了吗？"

"我打算不念书了,我到惟美公司的表演队去。"

我拉她站定:"我不知道你是怎样想的,做模特?三十岁以后你干啥?你知道不知道模特儿的脑袋个个都是一盆糨糊?你物理好,你要考复旦天文,天文!你要有一份高贵的事业……"

令凯眼望着我,很不耐烦地:"我已经决定了,你不能再改变我。告诉你是尊重你。你不能改变我的。"

她倚着栏杆,身不停地晃,有点激动。

"令凯,我答应你,如果你不胡思乱想,专心考大学,我每月送你一条万宝路……"我毫无原则地,几乎是求她。

"早不抽了。靠烟稳定情绪,老土。"她双手一撑电线杆,起步朝前走,脚尖边玩着一只雪糕盒,一路踢过去。我跟在她身后:"那很好。不要做不良少年。你这么年轻,万般皆下品……"

她站定,脸对着我,目空一切:"我妈同意了。我妈也同意了的事,我看别人无须多操心……"

美院招十名人体模特儿,报名的有上千,有母亲送女儿报考的,有丈夫送妻子报考的。今时确非同往日,令凯已经很不在乎我了。我怒。

"你样样都这么老派。真没意思。"她牵牵嘴角,掉转头。

我怒不可遏:"你滚。没脑袋的家伙,你回去吧!"

我自己先掉头走开。

在马路边转了个弯,我就迅速懊悔起来。讲到底我是大人,令凯是孩子。我还答应过我会尊重她。我为什么要这么无理?简直穷凶极恶。

我站住,扭转头,那根电线杆旁早没了人。

可她真不该去当时装模特儿,她不合适。她目光不够专注,眼睛像喝醉酒一样净是笑;那张脸内容太多,是本耐读的书。总之她这个人表情太丰富,模特儿根本不需要这么多。她为什么要表演时装? 我宁愿她去演戏当个大明星。

那一晚我谁也不找,关起门早早熄灯睡觉。

令凯是我托在掌心的串珠,我小心爱护着的,现在她要散开来,我沮丧。

读一个学期的书,我闷得不开心。闲下的时间我就想孔令凯。

亦东果然没给我一封信,一点消息。他是个有着特殊个性的家伙,对我不吃软也不吃硬。不过他再不理我我也不会和他拆伙。我们知根知底。该送生日礼的时候他一定依时来敲我的门。

可是令凯。

令凯对我也很重要。

进修班结束时,西瓜、荔枝已经上市。每天是十二个小时的日光照,空气在下午三点钟就变成金黄色。我托着大书箱下了火车,不随人流拥出去,独自靠着站台的行李车歇着。亦东不会来接的,他不知道。可是他是我的固定男朋友,接我车是他的义务。我扇着手帕望着又大又沉的箱子冒着干火,差点没跑到前面一对健硕的中年夫妇面前说: 夫人,是不是可以借你的先生用一下?

回到家,屋里乱七八糟一片,是我走时的模样。我是给了亦东钥匙的,他居然没有来收拾一次。他居然。

椅子铺满灰,根本不能坐下。

我举起胳膊,把亦东送的十几只泥公仔统统从桌上一扫而下。小鬼们死皮赖脸地乱蹦乱跳然后躺下,竟一只不烂。我颓靡而坐地,举起腿搁床沿上,让血液倒流。

然后揭开冻啤酒,仰颈倒下大口,从喉咙冻至心肺,舒服异常。

令凯出现在门口。

她怎么知道我已回来? 简直是我的灵魂。

我身上又热又冷,人有点迷糊,神情恍惚。令凯穿的是大红布拉吉,裙子下摆是三层的褶。她脸色酡红,长发飘飘。

我招招手让她过来,打醉拳一样。

我们相拥一团,好亲热好亲热。

"我路过,看到你的门大开,就跑上来了。" 她笑得嘴和眼全咧开来,贝齿闪闪。

我抹着她的丝丝缕缕直发,只是笑。

她满屋子乱找，要给我烧开水，插电扇插头。我一跃起身，我自己来。

房间一下子就干净明亮，我倒出一碟瓜子来嗑。

"刘亦东不知道你回来？"

"他连信都懒得给我写。"

"看看你们很可怜，没有家，没有共同拥有的房子。刘亦东是不是每天要吃即食面？你们什么都没有。"

一下子我没听明白，听明白时我失笑："我们有信任。"

"你的话全部是空中楼阁。其实对我你不必找遁词。"

这小妮子。你真的不能小看她。

亦东或许不认为我们是拥有信任。他自己就不太信任我。他有时把我当做商场女装部挤破头买削价套裙的俗女人看。他还是一个以自我为轴心往左跳、往右跳的活靶子，意志上简直不受任何方面支配。我根本不可能改变他。单为他这一点，我还爱他至深。我是个明码实价的傻瓜。

令凯技术高明，嘴巴是台剥瓜子的机器，眨眨眼她面前堆起一大堆瓜子壳。

我五指收拢罩住碟面："留些给我，不多了。我已经不多了，多乎哉？不多也。"

我眼望天花板。令凯的话很对，但这句话不该让她来说。年龄上我几乎可以做她妈。我心有不甘，对亦东，对令凯。

"是不是？"令凯嬉笑。

"是不是什么？不是！"我吐瓜子壳。

我死要面子，我真是孔乙己。

"男人样样都不好，只有一样好，"令凯诡笑，"你是样样好，只有一样不好。"

"我什么不好？"

"你精神很好，永远容光焕发。是不是你睡觉从不做噩梦？"她说话常恣意转题。

"恰相反。我时时做梦。夜晚做白天也做。我精神好是我勒令自己要自得其乐。"

"你也做噩梦？什么噩梦？"

"当然不是你以为的那种。"被老虎追、给大象踩的那种梦，我十五年前就不怕了。我在梦中可以喝令：让开！我马上就起飞。一点不怕。

最恶是那一个：亦东半夜从外面进来，撩开我的蚊帐，对我说：你不可以改变我。阿媛，你能力有限，你不可以改变我。然后温和地笑笑，一眨眼便不见了踪影。

我呆住。阿媛不是我的名字！他叫着别的女人的名字对着我说我不可改变他！

我蓦然惊醒，阳台卫生间找遍也没有亦东。

我打亮所有大灯。

我泪流满脸。

以后见到亦东，我不敢提关于那梦的一个字。他会深一层看不起我。

对令凯也不能提的。

我晃着腿，一脸无精打采："我的不好就是你以为我要改变你。是不是？"

令凯是聪明人，我不必把她当小孩看。我说："是朋友，总不能像两匹不羁的马。如果有一种迁就是你欢我悦的，我看可以迁就；如果有一种影响是不可避免的，我看就不要怕承认。其实相互的影响是内在的、必然的。为什么不承认？如果我个人真能给别人快乐，使别人常惦念我，对我来说真是一种幸福，一种不是期待着的幸福。"

我抚着令凯的手背："你要不要一种不是期待着的快乐幸福？就像有人常常冷不防送你一盒礼物，喜不喜欢？朱古力？"

她咕咕咕地欢笑，连连点头，小鸡啄米一样："喜欢喜欢。不过我不喜欢酒心巧克力，吃药一样，好似止咳枇杷露。"

我下楼买了番茄、胡萝卜、西芹、冬菇、海蜇皮和马蹄，明火炒了一大盘鲜素杂锦菜招待令凯。蔷薇色的葡萄酒摆上了桌，赤橙黄绿青蓝紫，煞是美丽。

令凯卷袖上桌，边嚼边说："亦东会生气了，吃那么好不找他。"

"他？"我说，"不会。他不会随便生气。"

我想念亦东。

亦东有一大堆缺点，可是现在我最喜欢他。他是怎样看我的，我不大明白，但我不会问。我们不愉快时，一般我就先走开，到公园瞎逛，找个青山绿水的地方躺一天，回来屋子就虐待他送的礼物。我从来、绝不当他面来摔东西。但他精明得很，好像早就知道，只送给我铁臂阿童木之类摔不烂的玩意。有时我想，

倘若有一天他提出要离开我，我保证微笑着放手。我明白一个道理，心是拴不住的。他的长相优点颇多，如果他不会死于非命，那他至少会比我多活二十年。我要他六十岁开始天天蜷缩在戏院的角落里头想念我，想念他后生时代的那个女朋友，那个独立、温柔、宽容和谦逊的女朋友，我要他从骨子里承认我是他众多男朋友和女朋友当中，给予了他最多的理解和信任的一个。我要他穿着寒碜的衣服凄凉地想我，想得好苦、好苦。

我把这个给亦东说了，他狂笑不已："你真是个可怕的家伙！"走过来手指点着我脑门，"你不要自视过高嘛。"

他不在乎。至少是目前他不在乎。

搞得我讪讪的。

对着令凯我是另一番心境，我是对着清清的小河、汩汩的流水。小河流水，流向大海。

不知谁能，谁能躲得了过去。不知谁能，谁能躲得了将来。

"令凯，你说我像不像卡通片里那个货郎？那个'糖儿甜、糖儿香'的教唆犯？"

我们又是笑，胃口大开。

令凯请我去捧她场，"'87丝绸流行色"在华丽宫搞一台表演。我把盘碟收拾进厨房，出来伸伸懒腰，说不去。

她意外，不满地瞪我。

"我很少出席晚宴、迪斯科之类，因为我没有派对衣服。"

"你随便点好不好。况且我还见过你冬天有一件三百元的皮衣。"

"那算什么，那是陈列品，妈送我的生日礼，我就是没穿过一次。我以为有汽车才配穿皮衣。等我有幸拥有一台奔驰时，我自然会披着貂皮大衣驾车接送你往返。"我说。

"你一辈子都不会拥有一台奔驰。"她刻薄。

我想想，或许对。亦东是副打工相，即使啤酒牛奶当白开水喝，肚子一点点也长不起来，我对他是否能发达毫无信心。况且我早打算一生一世靠自己，靠自己这双手。我是个有为的药剂师，现在我热衷于药架，我这辈子可以在药书里奋发图强。如果突然拿掉我这份工作，换给一台奔驰甚至劳斯莱斯，我只会慢慢地干掉，然后死去。这一点毫无疑问。

　　但是此刻我立起一只手掌："你怎么知道？有时把人生竖起来看，会觉得它很长。未知生，焉知死。一切一切，说不定我都能拥有。"

　　她终于说服了我，我决定去华丽宫捧场。

　　亦东坐在我身边。他是这场表演的舞台设计。临近八点钟时他上去嘱咐了头顶的灯光几句话，又回到我身边。

　　我简直不相信台上那个人就是令凯，她排第五个还是第六个，旋风一样从右边门杀出。背景音乐是一曲恰恰舞曲，她像一只美丽的乌鸦。

　　惟美服装公司是亦东的老客户。惟美的人对亦东诉苦说，令凯又要跳槽，她要到模特儿中心，做摄影模特儿。

　　"她已经很红了，是不是？"我问亦东。

　　"很红。是大牌级了，"亦东说，"演出队里她最具潜质。没有办法，惟美不能满足她的某些条件，只有放她另谋高就。"

　　"某些条件？她了不起啦？"令凯没跟我提过这些，我不知道。但她不能做任意妄为之人。

　　"不是。惟美有局限。而孔令凯完全可以高飞。她不过分。"

　　换了一支曲，令凯又出来，这次是一套大幅前襟的袍子。她的头发笔直卷上，耳背垂下丝丝缕缕。我定睛看着她。我醉眼曚眬，恍如隔世。

　　这么美，这么健康，这么青春。

　　我是在暗乱昏花的台下，仰颈望去，台上是天上人间，金碧辉煌，美轮美奂。

　　我说过孔令凯那张脸内容太丰富，叫你读不尽，傻瓜才只会被她身上的衣服吸引。她气压群芳，确有倾国倾城之势。

　　我的左右有人乱了起来，纷纷起立靠前，镁光灯闪闪。

　　我趁乱，举起两只胳膊，向令凯作了"V"状。

　　令凯看见了我，一顾盼一回鬟，巧笑，旋身，定格。再旋身，一扭二扭朝我扭两步，比指作了"OK"状。

　　亦东侧头对我："乱了套了。你不要搞小动作。"

　　令凯是那么出色，我再搞小动作也无妨。

　　"你得意了，是不是也很骄傲？孔令凯不读书也能合你意？"亦东说。

　　"不要挖苦我。我不是乡下佬。十年二十年之后，这个世界上博士硕士俯首可拾，而大牌模特儿是天生的，不是人人可以。"我说，"最好也能给模特儿评职

称，让她们无后顾之忧。"亦东笑。

歇场时令凯冲下来找我。我指着椅子让她坐，她不肯，说身上是手绘丝绸，主办人会骂。她说："看不看得出我的假睫毛？"我说看不出，没有人只注意你的假睫毛。"感觉怎么样？"令凯问，"展出六十套了，你感觉怎么样？"

她现在穿的是一袭晚装，领子挖得很低，背心式的，没有袖。

我的手顺着她光洁的颈、肩、胳膊滑下。她的妆上得很浓。这种天气，无论谁脸上化妆只会焗得一塌糊涂，可是令凯肌肤光爽，冰清玉洁。

我真服了她。

我说："我感觉好凉快好凉快。"

她凑到我脸前，弯着腰笑了，目明齿皓，非常灿烂。

她如果继续读书，不要说拿什么学位，连考得上考不上大学还是个问题，因为她没心思。可她现在有她的职业、甚至是事业，干得有声有色。

人应该及时展示并且发挥自己的长处。美是令凯的长处。

再见到令凯时，是在模特儿中心。我和亦东在阳伞下吃冰。邻座那把伞下乱哄哄来了一群人。亦东走过去和他们打招呼。我见到令凯在里面。

令凯刚转到模特儿中心，正和负责人洽谈业务上的事。

一下子她跑到我的伞下，跟我说："现在我比较有主见了，不用什么都来烦你。你不会怪我没良心吧？"

"怪你什么。又有什么新主见了？"我问。

"他们要艺名。我起了一个：咪咪。"令凯摇头晃脑。

"咪咪！"我尖叫起来，"你为什么不叫大野猫！好个孔令凯，你敢斗胆乱起不三不四的丑名字！"我简直感到恐怖。

"他们要艺名挂牌。你说我起个什么名？10月份我们队可能会到日本去。"令凯委屈地说。

"狗屁。"我啐背后那帮人，"他们骨头就这么轻。你告诉他们你就叫孔令凯。"

我懒不做声。令凯走回去，好一会再过来，还是说："真的要艺名。"她看着我："他们都有英文名。你可以给我起个日本名，你学过日文。"

学日文？发大水那年的事啰。我看看亦东，他不动声色地切橙子吃。

我很是没有风度，责备她："令凯，你真是不长脑。"

我看亦东吃橙子，满手滴着汁，就说："他有个东洋名，叫食野（吃东西）太狼。"我指指我自己，"我叫中意银纸（喜欢钱），或者叫中意金戒指。"

令凯撅起嘴，不满意我。

亦东撕开纸巾抹手，然后点香烟，手护着一边脸来抽，不看我。他看不起我时就是这副表情，他这副表情时就是把我当市场上的俗女人看。

我忍气，收口，不说话。

很扫兴。很扫兴的是现在令凯极少来找我了。我想见她面只有在电视上，再不就跑到外景地看她拍广告。

最近一次在海滨，正午。潮来，潮往。令凯他们一队人马霸了大段地方。亦东一看是熟人，拉起我就跑过去，说是今天上午才送去的大样，他要看效果。令凯见到我只歪歪脑袋马虎打个招呼，就忙起自己的。

是拍阳光牌牛奶的广告。三四个少男少女拥着令凯跃上汽车，令凯长发一撒，耀武扬威地乱晃手中的牛奶盒，敞篷吉普车即刻疯了一样在沙滩上打横飞奔起来，非常风光。我旁边有个广告公司的男士在用广东话吆喝广告词："阳光下嘅人靓 D，阳光下嘅歌甜 D，阳光下嘅牛奶系好饮 D……"

每个人的耳朵都没听他唠叨，每个人的眼睛都追逐那辆与海岸线平行的吉普，还有吉普车上的超群绝伦的后生男女。

我拉扯亦东："亦东，是不是后生仔嘅天高 D，后生仔块地阔 D，风也劲 D，后生仔嘅日子系快活 D？"

后来我和令凯他们一起喝柠檬茶。令凯过来倚着我坐，她说："刘姐姐，你不同我们。我们只有青春，什么都没有。"她讲话还是像过去一样，没头没尾，但她不担心我不懂。

"胡说，有青春，就什么都有了。"话说完，我却觉得很无奈，悻悻的。

我立起，招呼亦东我们先走。

有个人叫："亦东，你还没看大样效果呢！"

我见到令凯撅起嘴对着那人的耳朵说："让刘亦东先走吧，他的朋友是个老派人物。"

我过去拧她耳朵："三毛子一张八卦嘴。"

我和亦东弃车而行，一路走回去，一直走一直走。

亦东知道我。亦东知道我是个老派人物，知道我不喜欢穿沙滩装不喜欢穿

露背装，还知道我属小家子气，知道知道知道……

我们走到天黑。我问："亦东，是不是有了青春，就什么都有；没有青春，就什么都没有？"

他答："当然是。"

他没看我一眼。

我苍白地再问："是真的？"

我们在路灯下立住脚。我看到他的目光温柔如水："啊，怎么会是？！"

他说："要有智慧。有智慧才什么都有。神期待人在智慧中获得童年。泰戈尔说的。"他把诗句飞快地重复五遍然后拍拍我的背，"你患得患失。我吃不消你。"

他说我患得患失，他在说风凉话。兄弟，如果我现在什么都有了，如果我是阿里巴巴的山洞，再得，再失，我也可以不在乎。

但是我现在两手空空。

倘若此时有人问我，你到底要什么呢？我将无言以对。亦东是个天才，亦东善解我意，亦东绝不会问我这个。

他请我吃夜宵。我摇摇头。我要回去看药书。我的手现在就要抓住些什么实际东西。要不，别人到五六十岁时，会抱孙子养画眉，我顶没用，只会躺在床上读张爱玲的小说。

我说我要先回去了。

亦东说："好吧，回去睡个不做梦的好觉。"他好脾气地安慰我，"不要胡思乱想。明天醒来，阳光依然照亮你。"

我点点头，对他笑笑，然后转身独个儿走了。

1986年5月于深圳

（原载于《人民文学》1986年第9期）

老　街

廖虹雷

一、高佬盛的饭碗

有一点点"含背"（微驼）的高佬盛，老在古旧细长的尚达街游来荡去。

这条街，他高佬盛眨下眼就住了五六十年，也就是行行走走了两万多天。

他天天走路脸都朝下，眼望地上。好像地上掉了根头发，他也要捡将起来似的。绝少见到他头昂趾扬。有人指着他的背脊梁打趣说，若果哪位缺德的人，从街边楼棚窗口砸下个什么硬物，或者雄猫嬉春，在屋顶作滚，抓下块断檐碎瓦，他断然不晓得躲避。

这也难怪，他十三四岁就被阿爹捆着双手，迫着去跟人学剃头，从此每天站十个八个钟头，四十多年来都对不同的脑袋刮呀，剪呀的。结果，不光脊梁有点驼，也养成了看什么都很细致，做什么都轻手轻脚，说句话也讲究阴声细气慈祥和蔼的习惯。

他看人，最爱看人家的头，正如街边的擦鞋妹，专注行人的双脚一样。他品出，大凡脸白色嫩、皮肤嫩滑的人头发柔软如丝；脸色黑黄、肌肤粗糙的人头发也粗硬，容易分叉断脆；心宽富足的人，脑门饱满，后脑勺偏平；艰辛操劳的人，鬓额稍短窄，脑后瓜圆突……说来笑话，他这个大男人，从前不太敢看女人，当然，这只是一阵子。新社会，他也给女人剪发，修脸。

他喜欢穿浅灰色的丝质唐衫。合身，得体，一副善者仁人仪态，加上那与众不同的红红的酒糟鼻，不少人讪笑他"鸿运当头"，必有后福。他往往不置可否。碰上心境好时，笑眯眯地点头回敬："望是这样望。"

这天，高佬盛打早去新安酒家饮完茶，两笼凤爪、烧卖落肚，一根葵骨牙签剔了牙缝，招手买单交款，顺手多买了两个莲蓉包，带回给那个不争气的闲散在

家里的儿子吃。这儿子，三十而未立，都因颈骨软不溜秋，脑袋架不稳，老爱往两边耷拉，到现在还未成家立业。他顺着街，拐了几弯，踏上尚达街街口，不知哪家人播放着香港流行曲《绝对空虚》，狂乱的节奏，干涩的嘶喊，撩得他心烦意乱。被雨水冲得发亮的青石板上，反射的阳光使他眯缝起眼睛。

本来不很畅快的心情，被衬得郁郁不欢。

高佬盛最得意的漂亮女儿哑女，偷渡去香港一晃就七八年了。如今她捎口信回来，想在尚达街开间店铺，一来可以发展一下她在香港获得的高级美容手艺，二来可以回到父亲的身边，赚点钱补贴一下家里。高佬盛心想，开个美容院，行业新、有搞头，好是好，但是，你不知道特区的变化，闹市中心都迁走了。做生意是很讲究铺位、顺脚的。香港油麻地、旺角尖沙咀、铜锣湾等地的铺位昂贵为世人尽知了。就是在乡下地方，同样开间杂货店，顺脚与不顺脚，也是皇帝打架——争（差）天。尚达街往日繁华景象，已一落千丈，萧条冷落，不顺脚了。要是这美容院开办起来，维持不了地皮费，"拍苍蝇"，弄得个血本无归……

他似乎拈了个脏腥的绿头苍蝇，下意识拂拂丝质唐衫前襟，险些把手里拎着的两个装在塑料食品袋里的莲蓉包拍落。

他几乎撞在站在家门口的五婶手里操着的晾衣竹竿上。

"哎哟，他看下不看上的高盛叔，差点捅着你了。真对不住……对了，听说你要开间美容院？你敢开，我儿子说也开间时装店。"

面对着神秘而小声的五婶言语，高佬盛笑而不答，礼貌地走开。他极力地鼓着酒糟鼻，吸了口气，喃喃道："哑女，回来看一看吧，你准会吃惊不小。此地虽然比不上香港，但也是摩登大楼幢搭幢，五花八门的商场、酒店、宾馆叫人眼花缭乱。我们街道周围都变了，连当年串乡理发带你去过的上围村都成了市区，就唯独老城区的尚达街，没变。"

本来，香港有个"老细"（老板），准备把以尚达街为中心的旧城街全部拆掉，重新盖一个江南园林式的园中院，取名叫花城。说拆那阵子，规划局、城建局、绘测队、建筑公司、区、街、居委会干部一批批地来人，把这街丈量来丈量去。街坊们的会开来开去，上年纪的妇女舍不得祖宗屋，不肯离开好风水的胞衣迹地，哭过来哭过去。结果全白费，说拆、拆、拆，一拖几年。

讲惯时髦时效和新观念的人在骂骂咧咧。

有钱人气恼，想自个儿拆了自己的老屋，在原址上建它个三五层，自己住不完，出租，一大笔港币或人民币，月月入息。但是不够胆量，不敢拆，不敢建，怕建了也是白垫钱。

没钱的人，巴望它早点拆，好让政府给安排个舒适的 厅几房，配有阳台、厨房、厕所什么的，早点脱离"七十二家房客"的住宿环境。但是，颈望长，眼望穿，都是"无渣粥"。更有人想在这条街上租一间，花点钱，全装修，领个执照，经营一下，也不敢轻举妄动。

就这样，白白浪费了几年黄金时间。

所以，特区五六年大规模基础建设过去了，这条街，像被康复的病人丢弃的一条陈旧的拐杖一样，静静地横躺在市区一个热闹的角落里。

尚达街，尽管被人们逐渐淡忘，但它还未消失曾经是商业中心的痕迹。

这小街，颇具南方城镇市集街道的风味。

泥砖墙，青红瓦，一间接一间，一座连一座，没有间隙，没有巷罅。有的两间铺，中间一条墙，省去了一边墙的人工和钱财。这街上的房子，一般比较高，多数有二层或一个阁楼，好用作住家或仓库。

店铺门面，一到五米不等。开铺时，把一块块高两米、宽一米的木门板卸下来，拢叠靠墙一角，用麻绳子圈一圈。门板用了几十年，油漆早就老化斑驳，上门槽的顶端和下脚门橼都霉烂，剩下犬牙似的少许木棍棍顶着。记不得哪间店铺，有块门板突然往街上倒去，险些压着行人了。

小街，是东西走向，处镇中心。这是老镇最长最大的一条街道。说大，其实最宽处七八米，最窄的不足四米，刚刚够旧时衙门县官的轿子通过。

街两边的屋，瓦檐对瓦檐，门窗对门窗，比肩而立。从底下往天上望，抵得上"小街一线天"的雅号。屋对屋的檐近了，野猫常常在屋顶跳来跳去。好端端的瓦筒，被蹭得东歪西扭。瓦顶被滚得嗦嗦作响，接着撒下泡尿，顺着瓦槽往下流，不注意的人还以为是下雨呢。到了夜里，雌猫发情，发出骚味，嗷嗷寻偶，酷似婴孩夜哭。雄猫叫，闻骚味，相聚，腾跳，滚动，两边瓦背顶被搅动得如雷贯耳，令人难以寝睡，只好个个从小窗户里探出个头，厉声喝道：

"死猫，快走！"

眼下，街两旁房屋的阁楼，大多数住人了。下了几天雨，一出太阳，家家户户翻出潮湿的被单、床褥、蚊帐、棉被及不常穿的厚风衣、毛线衫，加上有孩子人家的裤衩、尿布和姑娘们的艳丽连衣裙、蝙蝠衫、超短裙、裤袜、绣花透明的内

裤、考究的肉色尼龙乳罩，晾在横竹竿上，你伸过来，我搭过去，一行行，一排排，密密麻麻，随风飘扬，几乎把那从"一线天"檐缝透进来的阳光遮住了。有几次，好些外国游客，钻进这街里专门猎拍这充满生活情趣的市井风情，吓得那些探出头晒衣服的妇女，赶紧把头缩回去。有哪个女人，气力不足，衣服拧得不干，水老往下一滴一滴地滴答，人们从这水滴中穿过，也不怎么介意。

高佬盛习惯低着头走路，夏天滴水滴到脖颈上，凉丝丝；冬天滴水滴到颈脖里，透心寒。他顶多抬起脸，往上瞭一眼，又低头数他脚下的石板块。

整条街道稍好的铺子，算是一头一尾的那三几间楼房了。20世纪三四十年代，本街一个有点名气的牙医和一个开当铺的老板斗气，在街西头，面对面地各造一座颇有派头的小楼房。一街分两面，坐在街道南面的牙医，自认有点洋学问、洋技术、洋见识，就用洋水泥造座两层半高的小洋楼，设置骑楼。遇上翻风落雨，街上行人都趋避骑楼。加上骑楼上大幅墙壁用水泥塑了"牙医专科"斗大几字，无形中起到了广告和口碑作用。牙科洋楼的楼上楼下，用洋水泥拌有闪闪发光的碎玻璃打磨，整个地板平滑溜溜，光洁照人。

广东人有句话："败家出于激颈（斗气）。"

牙科洋楼正对面有个自认地头蛇的当铺老板，兼开几个吸引香港赌客的赌场，发了点财，财大气粗。他觉得这臭洋楼挡住了他的南风，夺了他一向旺气的铺面，老吞不下这口气。漏夜回乡下卖了几亩田，筹足资金，搬来一班泥水匠吩咐人落足灰、沙、红泥、猪血、纸浆，更是叫几十人日夜开工"椿墙"，垒起一座三层高固若金汤的当铺楼。楼顶临街那面墙，用油灰、纸巾、烟灰塑上龙腾虎跃的泥雕和一个米筛般大的"当"字，有威有势，镇北食南，欲克牙医，自觉寓意无穷。

整条街两边铺面，不多不少正好58间。以前不外乎是米铺、布匹店、火水（煤油）店、杂货店、咸鱼店、洋货店、药材店、车衣店、王老吉凉茶店……自从工商业改造和大割私有制尾巴以来，再没有私人做生意。许多店铺合并的合并，改营的改营。就是一间店内，也搞"大统一""清一色"。卖石龙火柴的，长条玻璃柜里一长串陈列着石龙火柴或一排百雀牌香烟、一排珠江牌香烟、一排丰收牌香烟，以及一些异常粗糙、低档的商品。这些商品虽然单调，但是畅销。说它畅销，是因为仅此无它，人们没法选择；说它单调，因为它十几年一贯制，售货员从姑娘招工进店卖这几样商品，到结婚，生了孩子，孩子读书毕业了来买东西时，还是这几种。

这些一夜之间全变为公营的商店,往往因资金不足年久失修,许多房子灰沙剥落,露出土黄色的泥砖肉,墙根不是长满绿茸茸的苔藓,就是粘满斑斑痰迹。过去那当铺、牙科的店号、店徽,被无数次莫名其妙的运动,铲去字样,漆上红油漆,扫上白灰,反复不停,日子一久,残缺的新旧字样一齐显现出来,耐人寻味。

高佬盛看到这条街毫无生气,暗暗相信街坊上"多事""八卦"的人说的话:"尚达街铺头五十八,注意它唔发。"指尚达街怎么也旺不起来,发不了财。"文革"中,街东头扩充一条直街,有家国营店在街口转角空地上占个位,搭了个"掩舍",做成了有20多平方米的小仓库。此事街坊有议论,碍于是"国营"的,便没有人敢直言。这时恰好赶上城镇门牌整顿,重新编号,这个仓库也算一间屋,名正言顺地钉上了一个蓝底白字铁门牌,排行第59号。

这个号码,广东人有点忌讳,"五十九,唔(不)会久。"尚达街经历了几番风雨,几度枯荣。现在又传闻要清拆改建,无意中应验了那些人士的口舌。

不过,高佬盛不全信这些。他知道,不去做,肚子不会自然填饱。十四五岁阿爹带他下乡理发,去少一天都会饿肚子。阿爷告诉阿爹,阿爹告诉他,尚达街,原来叫上帝街。传说,宋朝末代皇帝宋帝昺,被元兵穷追不舍,仓皇南下,落荒汕头甲子镇。原来打算陆路经横岗、深圳,逃往香港新界,再渡船过珠江口,取道新会县奔去西南。后因陆路元兵后追前截,埋伏甚多,不能贸然行动,只好在甲子镇找了船只,冒着风浪,星夜渡海,驶登香港。香港九龙至今还保留宋帝昺躺过的那块石,称之为宋王台。

边城上帝街的市民,原先准备好皇上光临本街,备好各种食用,一直等呀等的,不见皇帝踪影,后来才听说抄水路抵达香港,街坊们不禁大叹可惜。

宋帝昺虽未到达,这段历史却成为上帝街市井庶民的美谈和荣耀。街上那位代写书信的文墨老先生,两杯烧酒落肚挥毫疾书,取上帝街的广东话谐音,写成"尚达街",意指皇帝尚未到达。老先生把墨迹未干的"尚达街"三字命孩童往东西街口一贴,盖住了"上帝街"。市民一见,此街名顺口,易记,其意又甚明了。哪怕元兵来到,也不知所以然,并没有引起什么麻烦。

高佬盛趿着宽大的塑料拖鞋,手里晃着两个由热变凉的莲蓉包,边走边想起尚达街的兴衰史,联想到自己已过的几十年光阴,感慨岁月流逝,两鬓飘霜。

他前些年退休,每月只拿到退休金50多元,既没有边境补助、特价补助,更

没有奖金，还要供养残疾的儿子，无论怎样把钱数过来数过去，一到月底是无法宽松的。那次饮早茶，一时疏忽身上有多少钱，吃完一盅两件，临到买单，不多不少，刚巧少了5毛钱。多亏柜面小姐面熟这位茶客，又多亏站在柜面交款的老茶客中有一位慷慨解囊相救。

"五毫纸，湿湿碎啦（小意思）。"

高佬盛解了窘，谢过茶友，不禁在心里自怨自艾："自恨枝无叶，莫怨太阳偏，万般都是命，半点不由人。"自己几十年，有本事，无机遇，终像春蚕自缚，老死茧中。看看街内原先的老街坊，人事沉浮，万物沧桑。当年的洋牙医和当铺老板，嗅到北方吹来的弹药味，未等到大军南下，星夜携带家眷去香港，移居国外。街东口那位好好人小学教员佘先生，被错划成右派，远死他方。最爱吵架的七姑，领到个体证，迁到菜市场开"士多店"。没本事的五婶见人发财，心里痒痒，现在又打算开间时装店。懂修车的坤叔，早年被迫插队落户，现在在市郊村办汽车修理厂当师傅，成为赫赫有名的万元户。而自己还守着阿爹留下的21桁瓦房，饮餐茶都手头不宽裕……唉，地灵人杰，地晦人散。

一阵惆怅袭上心头。

想到哑女要是从香港回来，在尚达街开起高级发型美容院，把老子放下的饭碗再端起来，给高家带来生气，带来光彩，带来称羡的目光，他那翳闷阴郁的心底，又透了一丝亮光。

然而，他又担心……担心很多想到和没有想到的问题。

只有59间屋的小街，平常走完不消一支烟的工夫，这次他却走了足足半个多时辰。

二、哑女的腒根

高佬盛踏进自己摆着组合柜、彩电、落地风扇、热带金鱼缸、塑胶皮面沙发，空气中充满潮湿阴冷的厅堂，心情并没有开朗多少。

"阿软，老豆（父亲）买了莲蓉包，你还未起来呀？日头都晒屁股了。"

"早起来啰，我在煮开水呢。"

阿软已不是一位毛茸茸的少男，而是胡子硬邦邦的青年了，他重心在前，摇晃着无法控制的脑袋，咚咚地踏响着地板，从厨房趔趄出来，走到正在播放卡通片的电视机前面，把音量扭小。

"爸爸，刚才香港电视新闻播了好几个国家准备把一些公共汽车、出租小车改装车门，方便伤残人士的轮椅卜下……"

"你又不是腿不好，是脖子歪。脖子歪要坐轮椅吗？"

阿软接过莲蓉包子，用手掰成一块块往嘴里送。他是没颈骨的。脑袋瓜在双肩上竖不稳，老爱往左右两边和胸前耷拉。不知是饿坏，还是闻着包子香心急，手里的包子竟塞不进嘴里。他大大咧着嘴巴，随着脑袋一会儿旋向左边，一会儿歪向右边，费了很大的劲，颤着的手像逮蜻蜓一样，好不容易把包子咬上一口。

高佬盛习惯了，不去帮他。他能活到这二十几三十，已有他的生存能力和本事了。

"阿软，你妹妹哑女要回来投资搞美容院。"

"是吗……"他惊异得几乎暴出了眼珠。

"是"字音是舌前音。很容易送气，发音。但是，恰好这两个字气流的送出和马上吸入空气似乎受到什么阻碍，硬塞在阿软的喉咙里，好比小鸭子吞了条长长的蚯蚓，吐又吐不出，吞又吞不下。他的脖子又伸不直强咽，憋得颈筋血管粗如豆角，脸如猪血。

高佬盛急了，连忙送上一杯白开水，左手挽着他的胳膊，右手在他的颈胛又揉又抻。开水冲下哽着的面粉团，他才没有翻白眼，断了气。

阿软近年曾在街道引进的来料加工电子厂当包装工，也曾到街道居委办的塑料花厂串花、餐巾纸厂里折小方纸巾，到个体户小吃店洗碗打杂，但都因为脑袋软不拉耷，加上不像家里人办的企业那么照顾、凑合和方便，所以件件都做不长久。这次胞妹要回来开美容院，重端父亲熟悉的饭碗，心中自然欢喜万分。这时，他不知怎么的没头没尾地冒出一句话：

"妹妹回来，碰上了傻懵这小子怎么办？"

阿软不紧不慢、不重不轻、不清不楚、不高不低的话一出口，却震动了刚刚平下心的高佬盛。他怔了一下，险些没把手里拎着的暖水瓶掉在地下。

高佬盛这一生，最威的算是有一门娴熟、上乘的理发手艺。

想当初，西街口牙科洋医生和镇上地头蛇当铺老板，都沏好茶，备好烟，客气地请高佬盛，到他们各自阔绰的厅堂里专门为他们理发。牙医要理洋头，发际很清，光修毛脚；地头蛇要剃个精光，不得留青，不得落剪。他按各人所好，体贴

周全，博得好评，打赏。特别是他们间争生意，比场面，斗排场，操办红白喜事，都吩咐下人："叫高佬盛过来，为我们独家理发。独家的，知道吗？"其实，高佬盛经常一去就去两家。错开去。很少说独家的。因为要斗，就不止一方了。他们这样子干法，无形中给高佬盛带旺了客源，开掘了财源。

刚解放那阵子，镇中大街上溜达着不少大兵。有一个说北方话，满脸胡子的大官，在两个警卫员前后随拥之下，踏入这间小小"盛记理发店"。

"掌柜的，来个陆军装。"

当地人说刮光是和尚头，避开光光、完蛋、不剩之类的说法，很少听见这么新鲜文绉绉的叫法。好在高佬盛与东街口的小学教员佘先生下棋闲聊时，偶尔提到过刮光有个"陆军装"的别称。

高佬盛心中有数了。

只见他剪子先在空中沙沙沙地响几下，才落下剪发；拿刮刀，先在空中划一个小弧，才贴在毛发根上刮。他帮大官剪鼻毛，掏耳窿毛，长官一阵酥痒，顿觉身心松弛了。接着，他拿了把常年使用已磨损了一半的剃刀，把长官的眼皮翻起来，用光滑的刀背，异常敏捷地在眼皮与眼睫毛之间一拖，修了多余的睫毛。然后边洗头，边按摩太阳穴。洗完头，又双掌合十，给捶松颈骨背肌，随着一阵阵指间碰撞的啪啪声，长官闭目怡神。高佬盛为他扫净最后几根沾在衣领的头发，他双手摩挲溜光的脑袋瓜时，伸出如小芋头似的拇指，操着高佬盛听不懂的北方话，连连称赞：

"不是呀呀乌，而是顶呱呱。"

这特别顾客一走，尚达街传遍了高佬盛为大官理发的趣闻逸事。有的说，高佬盛跟大胡子理发时，开始手颤颤，后来才淡定，再后来就舞起了剪、刀的各种花样。高佬盛理发，有个高明处，明明他刀要往脸上落下时，他却要在空中虚晃几下，才轻轻地落到你的脸上，顺势一刮，从鬓角直到下巴尖，这个动作，十足像蜻蜓在点水前的一刹那，用很快的、几乎看不见的动作，在水面抖几抖，再俯冲下去点水，灵敏、爽快，点到即止，动作很美。

还有人说，高佬盛替大官理发，比给常人理足足多花了一倍时间，憋得尿急也不敢去射。更惊险的传说，高佬盛给半躺在剪发椅上的大官刮胡子时，守候在一旁的两个警卫员，一个紧紧握住腰间套在盒子里的手枪，猎鹰似的盯着高佬盛，生怕他会用锋利的剃刀顺势往下巴的颈脉一割，或失手划瞎了眼睛……当时在一旁等候理发的街坊，看着都为高佬盛暗暗捏把汗。

自此，高佬盛名气大振。

高佬盛手艺精湛，名声在外，然而家中偏偏人丁不旺。

街上嚼舌头的人，怨三怨四。

有怨他那双眉毛，短，倔，不开扬。有怨他手掌相子嗣线不顺畅，天天在剪、削、刮、断，不吉利。更有人煞有介事地在他理发店铺前，从天空望到屋檐，从屋檐看到铺面，从铺面考究到墙脚，似乎这屋子藏有恶兆煞星，藏有凶灵。

其实，高佬盛的屋，是他阿爹早先从一个杂货店主人手里买来的。

这21桁瓦屋，坐北向南，与当铺为邻居，贴着地头蛇当铺老板桩墙高楼的左翼。正面对着牙科洋房，极像在母鸡羽翼下蹲着个孱弱的小鸡。可惜，当铺楼是吃人的楼，不是慈善的母鸡，是好斗的发红眼公鸡。因此，当年那位经营杂货店的生意做不下去，只好"执笠"（关门），平平典卖给高佬盛父亲。

高佬盛苦苦跟着阿爹上围村，满徒出师，独当一面了，刚好买到这间便宜屋，就挑起"盛记理发店"的牌号来了。

高佬盛的名字简单极了，只两个字，高盛。他人长得高，颇有男人味，街坊就沿用广东人的习惯叫法，硬把"佬"字塞进人家高盛的念法，总比高盛两个字上口。高佬盛自己，无所谓，大家爱怎么叫就怎么叫。

高佬盛一年到头在店里理发时间居多，但一旬坺也会抽天把时间，关上铺，到附近农村走一走。尤其是在农忙季节，农民忙着割禾、晒谷、入仓，接着又忙着把田犁过来、耙匀、插秧。这季节时间长，天气酷热，毛发像苗圃里的树种一样越密越快长，越快长越密。大暑天，留着长发难受，气味酸臭。农民抽不出闲身来镇上尚达街找他理发。高佬盛识相，心地善，提着个油腻腻的藤箧，撑把黑洋伞，趿对懒佬布鞋，串街走巷找营生去了。

村头巷尾，只要听到"嗦嗦嗦"的剪刀声，不用问，就知道是高佬盛来了。

农村大忙季节，农民都在田里。高佬盛就理发到田头。中午时分，农民习惯避开火辣辣的太阳，躲在大树底下吃"宴（午）饭"。他趁这个空隙，在树荫下摆开档口，白洋布一围，专做村民的生意。理完了，再翻过一座小山，在另外一丛树荫底下，为一身汗渍、颈领毛发湿漉的农民剪发，酒糟鼻被晒得更红了。

"高佬盛，你人好，心好，手艺好呀。"

"哎哎……不敢，不敢。"

"高佬盛，我们身上没现钱，理个发，给你升把两升谷，行吗？"

"行，行。"

"我们也没钱，给你一篮番薯（红薯），怎样？"

"随便，随便。"

"给你三五个碗仔糕饭。"

"可以，可以。碗仔糕饭我挺爱吃的。"

所谓"碗仔糕饭"，就是当地人用米粉、红糖搅成粉浆，盛在陶制的小碗钵里蒸熟，很像年糕，多数当做午餐点心吃。

凭着自己这行手艺，他还清了阿爹买屋时欠下的债务，熬到了29岁，才凑够老婆本，成家立室。

有了家室的第二年，他女人给生下了软骨仔，养到七八岁，会走路了，但脖子竖不起来，脑袋尽往肩上耷拉。直到10岁了，颈椎骨发育还是不正常。

老婆生仔时难产，小孩硬被产箝夹出来，扭伤了颈椎骨、拉长了脸。当时紧张等候和奔波着的高佬盛，一看骨肉一边脸被拉成这样，疲倦加刺激，当即昏倒在卫生院产房门口，慌得医生护士把他推进产房打针急救。后来，妇女们笑话高佬盛，不像大男人，怕血进产房。

高佬盛从不去理会，不惹是生非。

高佬盛最痛心的是儿子的脑袋搭不住，走路歪歪扭扭，磕磕绊绊，说句话也含糊不清。幸亏上厕所不用人伺候，他自己能扶着街上墙壁，一步两扭地到街外几十米远的茅草公厕去。谁知道，几位顽童在茅厕里，用长长的竹枝搔他的屁股，用小石片扔他，秽语撩他："阿软的屌卵，细如螺蛳。"阿软气得结结巴巴，还未提上裤头，便掉进旱厕粪坑里了。其中一个顽孩吓得脸青口唇白，跑回来报告：

"盛伯，阿软骨掉进粪坑里了。"

他连忙丢下了理了半边头发的客人，慌慌张张地跑去厕所，把这个不争气的儿子抱了回来。惹得一身腥臭。香皂洗了半块，还有余味。多亏那位客人不嫌弃，等着把另一边的头发理完。

高佬盛嫌自己的女人头炮放得不坚，在怀第二胎时要她注意起居饮食。不要劈柴，不要担尿桶，不能扎扫把，不得钉铁钉，诸多禁忌。瓜熟蒂落，生下了个千金小姐，乐得他老摸酒糟鼻，整天笑嘻嘻。他理发时，手中的刀、剪舞得更欢，在空中画的弧度明显大了，蜻蜓点水式的刮面更轻快了。岂料，这位逗人喜爱的

千金小姐，长到两岁还说话说得含糊糊，像嘴里永远含个橄榄，咿咿呜呜。

高佬盛非常懊恼地叹道："唉，养了个哑女……"

人，最怕对生活期望过高过美过好，一旦幻灭，精神上的创伤是何等的沉重和痛苦。

高佬盛只好又把心境上的痛楚，分散在剃刀、磨剪上。

来盛记理发店，不管是理发的男人们，还是修面的女人们，都比在尚达街任何一间门店逗留时间长。适逢圩日，四面八方的乡民来赶圩，到尚达街买咸买淡，买日用百货，都喜欢拐进盛记铺面坐一坐。全条街的铺店就他摆有好几张长长的、被坐得滑溜溜的荔木长条板凳，也只有他的店里才吊着个大号的"土风扇"，供人歇息纳凉。

盛记理发店的"土风扇"不用电，不用油。天花板上，吊着个用竹竿穿着的竹布帘，长四五尺的竹布帘中间绑着一根绳，绳子穿过两只小滑轮，高佬盛的软骨儿子坐在屋角的小板凳上，用手不停地扯动着绳子。绳索通过滑轮，带动竹帘布，竹帘布向两边有规律地摆动，整个理发室就凉快了。

乡民们辛苦了几天，趁旬圩出来逛逛，拐入盛记理发店里随便歇歇，闲聊，探听龙岗、淡水、南头、石岩、天堂围和香港上水、沙田、元朗各处的米价、油价、菜价、猪价与水果价。交谈着谁家娶媳妇，议论着谁家女人偷汉子……

有些好心人，看到阿软蜷缩在屋角里，坐在小板凳上，歪着脑袋，机械、自卑地扯动绳子，给屋里的人送来徐徐清风的时候，心里都产生一种难以言状的怜悯。个别眼窝浅的女人，讪讪说道："这孩子，挺聪明的，可惜……"有人马上介绍说东莞、惠阳、番禺、珠海某地某人是奇难杂症名医，可以把软骨仔和哑女治好。

有个老头，不顾高佬盛正给人家刮着脸，俯耳劝高佬盛搬铺子："怪不得你这么多事，是你的铺以前对着牙医铺，人家天天在拼命地拔牙，涌出来的牙血天天冲着你，弄得你也'大出血'，大亏本，没子嗣……"

弄得高佬盛将信将疑，差一点没把顾客划一刀。"搬？搬个屁。说得那么容易。没子嗣就没子嗣了。"高佬盛只得在心里骂道。

软骨仔和哑女，是高佬盛无法摆脱却又常隐隐作痛的心病。

跟盛记理发店方向相反的尚达街东头，有位住着低矮潮湿铁皮屋的小学教员佘先生。佘先生早先和洋牙医一样，在香港念过书，到过外埠，是这条街上见

多识广的先生之一。他为人爽直热情，讲义气，一贯热心为街坊邻里抄写家信、店铺告示、讼诉状子。高佬盛的理发店招牌字，也是佘先生的手迹。有个有心人拿这个招牌字，与不知何时由香墨老先生写的街头尚达街牌子的字比较，评判了老半天，认为佘先生的字稍稍逊色，但气势比香墨老先生豪放，开朗。

高佬盛很高兴。

高佬盛没叫人家白做。他免费为佘先生理了一个时兴的分叉西装头，作为书写酬劳。其后，高佬盛执著地还要为他免费理一次，佘先生却严于律己，掏出款票压在放满理发工具的台板上："你要揾食（养家）的嘛，我怎能老理霸王头？"说罢，笑着出门。

高佬盛接着为第二个人理发，也就没有追上去计较。当他收第二个人的钱时，才发现佘先生压的钱，连上一次理的西装分头的钱都交了。

佘先生越是这样，越得到高佬盛的佩服和敬重。他俩过往从密，相交日深。常常在黄昏夕阳挥洒小街之时，他们两人搬张矮脚小方桌，坐张小板凳，就在理发店门口，冲壶浓茶，摊开棋局，对弈厮杀。

高佬盛女儿哑女和佘先生儿子佘蒙都刚刚两岁，也常常盘膝，看棋移子，操手乱动。

佘先生在棋局对垒上，很少惨败。然而在政治生活上，他"失车丢马"，连遭"将军"，落入1957年那场反右派斗争的"锅"中。隔离审查批斗了一段时间，他别妻离子，发配到粤北劳改。佘先生老婆佘太太，原来在小学校当伙房工友，负责烧开水，打扫卫生，因为右派丈夫的株连，被迫辞了职。

佘太太没了工作，只好撕下脸皮，在夜阑人静时，噙着泪水，偷偷到街上垃圾桶里拣些废纸、旧瓶、塑胶、破布等废品，集中起来，拎到废品收购站卖它几毛几分。白天，到居委会领一些旧报纸，剐开，用薯粉糨糊粘成纸袋卖。一只纸角0.3厘钱，10只3厘钱，100只3分钱，1000只才3角钱。1000只纸袋，从地下往上叠，足足垒成一个人高。折得腰酸臂麻，一个月下来挣得十块八块，合上拾垃圾的收入，有20来块钱过日子，也算走运了。

那天，佘太太哭丧着脸，抱着独苗佘蒙，来理发店找高佬盛理发。

高佬盛对着等候的两三个客人，点头表示歉意，优先照顾小孩。几位顾客同意后，他拿条木板，架在理发椅扶手上，抱过哭闹着的佘蒙，哄他坐。然后熟练地把白围布一扬，往小佘蒙脖子上一围，系一个小活结紧住围布，转身拿来骨梳、磨剪，正要落剪，忽地惊叫一声：

"天哪，这可怎么推剪子呀! 佘太太，你的儿子得了一头出脓出血的痫痢疮哩!"

佘太太哭着脸：

"我都叫他不要跟我去捡垃圾，可他偏去。现在好了，有报应了。他还不知死，边拣垃圾，边抓脸搔头，这不长成这个样子。死仔、衰仔，大声骂你不听，小声哄你不睬。现在头烂了，才知苦、才知痛……呜，呜，呜……"

佘太太一口气地骂个不停，死死按住佘蒙，打他，又心软地哄他。一会儿呜呜咽咽抽泣几句，一会儿控制声量地数落几句。她又怕骂得太大声了，过路行人望进来，丢了脸，惹麻烦。

面对这个痫痢头，手艺高强的高佬盛也一时束手无策。他不能用力，不能吓唬，更不能不理拒之门外。佘太太悲惨的遭遇，她眼泪鼻涕成坨的哭声和佘蒙阵阵的挣扎哭闹声，像只螃蟹钻进他的五脏六腑里，乱爬乱抓挠得他心里难受。

正在无从下手时，聪明伶俐的哑妹，从厨房里拿出刚煮熟的番薯，蹬蹬蹬地跑出来，走到理发椅旁边，踮起小脚，笑眯眯地把番薯递给哭着的佘蒙。

小佘蒙一见到番薯，破涕为喜，马上从白围布里伸出沾有鼻涕泪水的脏手来接。

高佬盛束手无策的窘境，竟想不到被小女儿哑妹解了围。他如梦初醒，借机哄他："阿蒙乖乖，小妹妹给你番薯吃，你不要嫌弃呀。"

佘太太接话说："有钱人的小孩理个发，吃一个鸡蛋。鬼叫你命贱。家里穷，番薯当人参了……你还不快多谢小妹妹？"

被白围巾衬得脸色煞白的佘蒙，没有开口，没有点头。木讷、呆板，久久地从理发椅上往下注视着哑妹。好大一会儿，才把熟番薯连皮狼吞虎咽掉。

也许有好吃的东西塞住了嘴，佘蒙不哭不闹，俯首服帖。高佬盛酒糟鼻子酸溜溜的，不忍心动这被脓血浆黏结住了的头发。他端出盆温水，放上几粒高锰酸钾，搅匀，用手巾蘸着紫红色的水，慢慢地，细心地，轻轻地，一遍又一遍帮他湿润头发，洗涤烂疮：

"佘蒙，你看看这盆红紫色的温水，多好看，多好玩。你乖乖，你听话，疮疖很快会好的了。"

一直站在理发椅不远的哑女，看着看着，有时龇起牙，有时撅起嘴，嗤嗤有

声。她见爸爸淌着汗，小佘蒙淌着汗，佘姨姨淌着汗，好像想到了什么似的，忽然走到困倦睡着了的兄长身边，从阿软手里接过"土风扇"绳索，觉得有点好玩地拉动绳子。磨得毛丛丛的绳子，在滑轮中来回滑行，牵动着天花板上布帘摆动，扇起了一阵阵微弱的，然而颇有凉意的风。

倏然，抑制不住感情的佘太太，走到墙根哑女跟前猛地蹲下，死死地搂住还坐在小板凳上轻轻拉着绳子的哑女，热泪纵横，咿呜呀哇地哭起来。她哭，大白天的哭，不能放声，不能尽情奔泻。她只好把脸贴在哑女小小的胸口上，大口大口地吞下泪涕和从心底泉涌出来的苦水。

哑女霎时间不知发生什么事，瞪大眼睛，咧开嘴巴呀呀呀地直叫。

佘太太像疯了一样两个手掌插在哑女腋下，趁势站立把她抱起来，举在半空，对着她咿呀张开的小嘴，左看看，右看看。哑女涨红着脸，嘴张开，舌头翘不起，话憋得说不出来。佘太太一个顿悟，惊呼喊叫：

"高佬盛，鬼打你这个傻父亲，哑女不是哑的呀。是舌头底的舌根连得太紧，舌头抬不起来，才说不出话来。这俗称叫'黐脷根'。我那衰鬼先生曾说过。他见过这样的病例，只要到医院剪断舌根，就能说话！"

佘太太这一发现，使高佬盛欢喜若狂。他声音颤抖着：

"这能行？这管用？剪了它会说话？剪舌根手术大不大？"

"能行。管用。手术很小！"

佘太太一个劲地点头，像个医生那样肯定。转而，她又不知怎的低声叹道：

"没有女人，不像家哟。一个男人哪能那么细心呢……高佬盛，都怨你命苦，老婆水肿病死得早。不然，怎么会把女儿拖累成……"

她看着微微抖动着身子的高佬盛，刚说出一半儿的话，咽了回去。

高佬盛迫不及待地把佘蒙脸颊、脖子上的毛发扫净，用肥皂洗干净自己的手，托付旁边店铺的伙计照看铺头，又对轮到而还没有理上发的客人再次道歉，便抱着哑女飞也似的走出街西口，拐上大马路，朝医院奔去。

佘太太也急急背着佘蒙去医院。一来看看哑女的手术，男人家哄孩子不到家；二来也该让长痢痢头的儿子给医生看看，敷点药。

三、阿软的"硬颈"

晨曦，对尚达街来说好像来得特别晚。

几乎日上中天了，才从窄窄的屋檐缝里射进一线阳光，不像农村里，早早就鸡鸣狗咬，鸭子嗒嗒下水，屋顶炊烟袅袅，金霞满地。

不过，耀眼的阳光投射到街里来，照在光滑洁净的青石板上，给百年老街又带来了另一种景致和情趣。

高佬盛儿子阿软，一大早就摇摇晃晃地提着个铁皮裹实的蜂窝煤炉，在理发店门口，靠着街边墙脚根放下，然后把事先准备好的一小撮干草、一小堆被砍碎的柴、几根干爽爽的木炭，一层一层地叠在蜂窝煤炉膛内，从漏灰的炉底往上点火，引着柴，引着炭，再引着煤。煤是不能一下子引着的，阿软起煤炉起惯起熟了，他操着把烂葵扇，对着炉底门拼命地扇着。每扇一下，炉膛里就蹿出一团团浓浓的白烟。白烟随着东街口或西街口吹来的风，往邻里房屋里吹，一直漫过上十家八家才慢慢散去。为此，隔没几家远的最爱吵架的七姑常常在自家门口泼骂，或走上理发店门前来指桑骂槐。若果高佬盛出门去了，她会气势汹汹来扭阿软的耳朵。无奈尚达街家家户户都这样拿出街来起煤炉，她七姑也吩咐过她的儿子在街上起煤炉，她对阿软过分的责难，自然遭到街坊的非议和阿软摇头晃脑的白瞪眼。

阿软是看着妹妹出去，爸爸高佬盛出去街市场买菜了，自己才起着煤炉，等爸爸回来开铺，好有热水给客人洗头刮脸。

那年头，要买点猪肉、鲜鱼的，要凭证供应。每人每月1元2角肉票。农民还没有供应，只配给城镇居民。拿了肉票，也不随到随买，而是半夜三更去排队，否则只能买到无肉的光猪骨或无法煮吃的下杂烂油。高佬盛一家3口人，每月才3元6角猪肉票，一个月30天，一天只能买1角钱肉。为了炒菜能脱锅，就要油。花生油要证，配给的多数为糠油，苦涩。粮食也是凭人口定量供应，多为木薯、番薯等杂粮。有好长的一段时间，镇上居民的家属都被编进附近农村的营连排公共食堂搭食。阿软尾随妹妹哑女，手里拿了个脱了搪瓷的茶杯，颠颠磕磕地走上1里路，来到村食堂，踮上脚，递上破茶杯。有时一餐分得两块番薯，有时就给大半杯煮熟的木薯片，有时只得一捧熟花生。除去花生壳和烂的、臭的花生米，实际

上吞进肚里的还不够填肠胃皱隙沟。

阿软很疼妹妹，往往稠的粥给妹妹吃，大一点的番薯让给妹妹挑。妹妹吃不下没盐没味的木薯片，带回家给爸爸换粥吃。阿软绝对不敢回去换，宁可自己硬着头皮吞木薯片。

大凡小孩都嘴馋。阿软饿了，更嘴馋，常常把食指放进嘴里吮，仿佛食指里有一根或甜的、或咸的、或香的味腺，越吮越有味道，有时又困又饿时吮着吮着睡觉了。时间久了，左手食指陡然比其他指吮小了许多。

由于这个边镇与香港挨得近，相当部分人家有香港亲戚。街内的七姑就有不少，几乎每个月都有亲戚回来，一回来就挑着大包小包的。有好香的饼干、糖果，有五花八门的肉食罐头，还有用大布袋装着煮熟然后再晒干的饭干。

也许是香港的亲人钻有关规定的空子，既然不准带大米回内地，把就米稍煮熟，晒干，回来可以马上吃，也可以煮了再吃。

阿软家没有香港关系，光看人家吃。见到人家香港客回来，打从门口过，就想象有喷香的米饭、饼干、罐头、肉食，就垂涎欲滴。

那次阿软在家门口起煤炉，白烟呛得七姑一家不好受。恰在这时，她家又来了一伙香港亲戚，被烟熏得受不了。七姑就跑来打了阿软一掌，阿软痛得直掉眼泪。跑回家里去的七姑，吃得油光粉面，忽然觉得对阿软有点过分。高佬盛又是个好好人，从未得罪过自己。现在在气头上戳了人家的孩子，让他知道岂不是连他也说我"霸巷鸡"？

她拿了块猪油糕。猪油糕香喷喷，舍不得。拿了块面包皮，太大块，自己能吃一顿哩，放了回去。拿颗糖，只一颗糖太小了。她在众亲戚眼光下拿这拿那，显得小气，就随便抓了块结在一起的锅巴饭焦。颤着大奶子，咚咚地出去。

老远她就对着满手满脸黑灰的阿软说：

"阿软仔，七姑家里来了客人，没好吃的。这块饭焦你拿去吃吧……快点接住，别忘了拿块给哑妹。"

巴掌大小的饭焦还要掰分。阿软还在气上，垂着脑袋，不侧目，不抬头，死命地故意扇炉子。口里咽了下唾沫，咬着唇说：

"我才不要！"

"嗨，不要？真的不要？饱啦？"七姑伸递出来的手，老半天了，阿软都不来接，终于不耐烦地说，"我说多一句，你到底要不要，不要就算，别怪我七姑没人情。"随即把成块的饭焦放进自己嘴巴，大口一咬，嚼得咯咯嘣嘣脆响，扭着肥大的屁股，踢踢踏踏地转身回家。

阿软对着大屁股背影，啐了口唾沫，扳扪软柔柔的头，扶着墙壁，要起身提着烧着了的煤炉回去。忽然，他发现七姑站过的地方，掉下了几块指甲般大小的饭焦。饭焦在阳光下显出一粒粒壮实的饭粒，黄澄澄，闪闪亮，香酥酥，似乎在眨着诱人的诡谲的眼睛。

阿软的口腔本能地分泌了大把大把的口水，停顿了许久的肠子开始蠕动，自觉胃袋口张得开开。他马上歪过去，几乎扑倒地捡起这几粒米饭，然后送进嘴里，先含着。注意地旋转脑袋，看看左右两侧没人看见笑话自己了，才提起炉子，扶着墙壁，边细细嚼着香脆脆的饭焦，品味着，摇晃着进屋。

每逢想起这好几年前的事，阿软心里都直发傻笑。

今天早上起煤炉用的是湿草，不好引火净冒浓烟。人们上学的上学了，出门的出门了，行人渐渐稀少，父亲却还没有回来。他无奈，还是低头扇炉子。

忽然，瓦檐缝中卷下一阵风，炉膛顶上的白烟，蹿过炉中三块蜂窝煤，倒从炉底漏灰处蹿出，随着风势，还蹿出热辣辣的火苗。阿软还没弄清怎么回事，晾在街檐下的各色各样的衣服被吹得噼里啪啦响，接着他觉得眼前一黑，像被什么套住似的，什么也看不见。他以为眉毛烧没了，眼睛烧瞎了。他心慌意乱，手乱抓，头猛摆。啐的一下，他把套在头上的东西扒下，放在眼前一看，嗨！原来是一条女人的内裤！

平生以来，他没有接触过这类女人专用品。前几回他洗澡换下的脏衣服，在澡间忘了拿出来，被妹妹收起跟她的衣服一起泡在桶里洗，洗完来不及晾被同学叫了出去。阿软是自己洗自己的衣服的。这次居然被妹妹拿去洗，现在她不在，理所当然地由他拿出去晾。

阿软拿起一坨被扭得皱皱巴巴的湿衣服，用力一扬，散开，是自己的外衣，洗得干干净净。他把它穿在竹竿上。俯身从桶里又拿一件软质的，散开，是妹妹的内裤，一种奇异的、好奇的、心慌慌的心情，使他老穿不进竹竿里。他把竹竿提高一点，耷下的脑袋几乎碰到这条内裤。啊，皂香味浓浓，似乎除了皂香味还有一种什么味。

内裤晾进竹竿里了。但是，是兄妹俩的内裤搭在一起，忽然一种不舒服的感觉，袭上他的心头。他慌忙取下妹妹的内裤，换上父亲的衣服和自己内裤搭着来

晒，把取下来的妹妹的内衣内裤晾在另一根竹竿上。

现在抓在手里的一条不知谁家女人的内裤，让他心跳，脸红，害臊，愣怔了好大一会儿。

"阿软，是不是捡到宝？"

七姑的儿子阿狗阴阳怪气地走来，远远就吼起来了。阿狗后面摇摇摆摆地走着佘老太太的儿子佘蒙。

阿软软歪着脑袋，手里拿着裤子，忙嚷道：

"没有呀，没有呀。"

"没有？这是什么？"阿狗咬着牙根，拿过女人的内裤，嗅了一下，"哎呀，好香啰，阿软你好咸湿（色情）哟。"

"不是，不是，我不是……"阿软结结巴巴分辩。

佘蒙一把夺过内裤，两手插进裤头，分两边撑开，细看，嗅闻，"是很香。难怪阿软也要偷了！"

"偷？"阿软脚一软，扑通跌地强辩道："我没有偷，我没有偷！"

"你没有偷，为什么会在你的手上？"

"……"

"偷了就认吧。"佘蒙把撑开着裤头的内裤，冷不防套在阿软的头上，"还你，拿回去，晚上好好穿一穿，体味体味。"说罢，扯了一把阿狗摇着步走开。

阿狗回过头来，像疯狗一样狂笑狂吠：

"哎哟，被女人骚味摩挲过的头，不长发噫。……被女人底裤套过的头，光溜溜哟。"

阿软受到了奚落，受到了污辱，受到了刺激，脑袋哄哄，血管爆炸。他把头上的内裤吧嗒一扯，扔在墙脚，提了煤炉子就跌跌撞撞进屋，哭了起来。

高佬盛滋滋油油掂着一扎带泥巴菜头的菜心，咸草绳吊着块半瘦的脶尾肉，一手拿着三棵惠州梅菜和用纸袋包着的乌橄角酱，走到理发店门口，像发现了什么。

"阿软，你今天怎么啦，起个煤炉弄得下这么多草碎碳屑煤灰。"

高佬盛随手把菜放好，拿个扫把扫一扫地上垃圾，捡起不远的墙脚处那条内裤，挂隔壁人家墙外的铁钉上。

阿软一直躲在厨房，擦干眼泪，装着烧水，不敢出来。

高佬盛看着两个孩子都拉扯大了，尽管阿软不成器，挂在胸臆间的心病，有一半，至少有一半以上放下了。

他卸下了门板，拢向墙根一角，用根绳子一绑，屋里豁然亮堂。他拾掇理发家伙，准备开铺理发。

还没有客人来光顾。高佬盛点燃支烟，深深地吸了一口，看见女儿苗条的身影进出堂屋，一股得意、甜蜜的情感油然而生。

哑女17岁那年高中毕业。她不但不哑，反而有一副嘹亮甜润的好嗓子。她身体有点像父亲，高挑，丰满。脸型像给父亲修过一样，匀称，端庄，丽质天生。她那秀气的双眉，分明的鼻梁，玲珑的小嘴，加上像她父亲的那双白皙的细长的手指，小巧灵活，使人一眼望去，讨人喜欢。

她参加学校文艺队演出，化妆的天才，很快就显现带有父亲的遗传基因。好几次晚会将要开始，别人还在磨磨蹭蹭，她却化得又快又好，姑娘们都急得直跺脚："高雅，快给我修一修妆。"那个说："雅女，快点，替我画条眉，我画得丑死了。"她高雅的名字起得好，有点偶然。是她入学第一天，报名的老师听错了"哑"以为"雅"，一定至今。

高佬盛对女儿如掌上明珠，舍不得骂，舍不得叫她做粗活。对阿软，是有点偏心，粗活，阿软能干的都抢着来干。有一次劈柴，阿软耷着不稳的脑瓜，老半天才劈了一小半堆，被父亲责备了几句，心里委屈，刀一歪，劈向自己的左腿肚，钩破一道皮。高佬盛见了，也不怎么紧张和心痛，只抓了一把烟丝捂住，止了血。阿软心里嘀咕："要是妹妹，早就拿红药水、止血粉，早就上医院了。"

高佬盛不知是否老婆死得早的缘故，特别喜欢看着女儿，有时看得不眨眼，弄得她怪不好意思的。他觉得她穿的衣服哪怕是清一色时兴绿军装，也好看。她唱歌的动作表情好看。她走路的姿势好看。她吃饭时嘴嚼得好看。她笑的脸蛋好看。她撒娇，更好看。

尚达街的街坊们常常悄悄议论：

"高雅是尚达街美人，街花。"

高佬盛听到这些，心里乐滋滋的。

高佬盛常常无事发愣、幻想。他的女儿应该是演员，专职唱歌跳舞。一想不对，演员到处走，不放心。当教师好，站在讲台亭亭玉立，有知识，有风度。转而一想，教师劳气，书不好教。佘先生就说错几句话，当了右派，连家属佘太太、儿

子佘蒙也连累成了黑五类，危险。当邮局电话总机接线员，纤巧玉手，利落接驳线路。电话来了，对着话筒甜甜地问："你要哪里？""啊？"一想，接线员不好，老躲在机房里，不见天日，不见人面，找不到朋友，嫁不出去。当工人，粗重工夫，她受不了。当售货员，一天到晚站着，太累。他不知怎么想起下乡理发时，看见路上跑着个女司机，开着车，多威风。心里不禁怦然一跳："对，叫她学驾驶汽车，当个女司机。这是时下正热门的职业呢。人常说，东北有三宝，人参、貂皮、乌拉草。医生、司机、猪肉佬，是广东三件宝哇，司机排号第二哩，咳！"

好梦醒来，冷静一想，广东那三件走红宝贝职业，凭着一个剃头佬的女儿是无法踏入半步的。想着想着，冷了半截，感到自己投错行，影响了后代。

高佬盛为了毕业的女儿找工作，操心劳神，有时发愣，有时失眠，有时闷声叹气，有时茶饭难咽。有时听错客人的话，人家小孩要剃平头装，他却一剪就把人家头发推光，弄得那小孩又哭又嚷，摸着光溜溜的脑袋直叫："快把我的头发驳回……呜呜呜……"

为了女儿的工作，高佬盛原来放下的心病，近日又提了上来。尚达街的商店雇不雇人，单眼仔看老婆，一眼望尽。"朝上无人莫做官，厨里无人莫乱钻"，这是上了书的。

"没有人缘，哪个单位也别想进。"多嘴多舌的七姑对高佬盛不知说了多少次。高佬盛一看周围也是这样，佘太太因为右派丈夫，儿子在学校戴上了黑五类牌，念完了初中，升不了高中，十五六岁人要赶下乡当知青。好在病得要死的佘老太太跑着求情，哭得死去活来，才暂不用插队落户，留在镇里当临时搬运工。

佘蒙十五六岁人，营养差，身子弱，骨头嫩，怎能搬起百几十斤货物？佘婆命苦哟，佘婆儿子受累哟。

日有所思，夜有所梦。

他梦见女儿也被安排去当苦力。一个稀奇古怪、青面獠牙的阴影说："你高佬盛，以前与右派、反革命双料分子佘某人有联系，最近，不但没有划清界限，反而与双料家属有来往。所以，你的女儿不能当工人，玷污工人阶级的名誉；不能当售货员，掌握物资大权；不能当教师，腐蚀下一代；不能当电话接线工，泄露国家机密……"他如五雷轰顶，如刺指痛心。看着女儿硬着头皮当苦力，头上披着个厚厚的谷包袋，和一班老弱病残的搬运工人，跟着瘦骨嶙峋的佘蒙在一起，背着一包包从汽车上卸下来的沉重山货，一步一颤地来到尚达街，经过理发店门口，

背去国营商店。每背一回，得一支竹签，记一分。高雅豆大的汗珠湿透鬓发，湿透绿军衣，还拿不到三支签，倒在自己父亲的脚下，断了气……

女儿一死，高佬盛惊醒跳了起来，气喘吁吁，冷汗淋漓。

"唉，为人父亲真艰难哪。"

夜长梦多。他几次想把女儿叫来，开诚布公地谈明白。可是，她一天到晚，都躲在阁楼看书。

"雅女，下楼吃饭了。"

"我不饿，你们先吃。"

要知孩子心，莫过父母亲。他知道，她从小爱面子，自尊心强。上小学那阵子，就不喜欢人家叫她哑女。有次她的小名被人知道，有位同学说笑中无意叫了她一声哑女，她伤心地哭了半天，闹着不上学。现在高中毕业了，她在同学面前从不提父亲是干什么的。怕别人笑她"剃头妹"。

饭前教子，枕上教妻。

高佬盛痛苦地跟她解释：

"父亲早就参加了工商联营的合作社了。你没见到盛记理发店招牌，早就换成尚达理发店了吗？这尚达理发店，不是私营，不是资本主义。而是上有单位，有人领导的……"

这话仍然开不了她的心窍。她从不带一个同学来家里玩，似乎觉得合作组比不上国营商店光彩。父亲的职业，令她矮了半截。尤其是她怕人家知道家里有一个软骨残疾的兄长，怕……还怕些什么呢？

"唉，这孩子！"两股白烟，随着一声叹气，从鼻子和喉咙里蹿出，高佬盛心里又隐隐作痛。

站了一天，高佬盛的腿酸麻酸麻。他知道，这阵子远远不如后生那阵子。收工了，他收拾着店内的各种工具，洗涤干净围布、手巾和肥皂擦扫，把地上的头发扫成一堆，用纸箱装着，集中起来卖给收购站。这卖得的钱，还比佘太太拣垃圾卖的钱多。

这间所谓合作理发店，是个分店，实际上还是以高佬盛为主，配多一位老弱病残齐全的师傅，他常常三天打鱼，两天晒网。上一天班，去三天医院。高佬盛一上班，用着一张理发椅，另一张椅就常常空着。椅子空着的时候，流动在各村理发的一位农村师傅，就来店里帮忙，结数时，给店里上交点水电费和管理

费。这办法双方都得到好处。农村师傅来店帮忙，有固定的椅子位置，客源稳定，免除流动，收入可观。高佬盛呢，一个人对着那么多顾客，忙不过来，农村师傅帮了大忙。

这个分店缺人手，但上头不派人来，也好像没有派人来的意思。高佬盛理了一个发，收了多少钱，从来都是自觉登记。每天把收到的钱如数上交总店，然后由总店根据你上交的钱，扣去税金，除去上缴部分，扣去工具折扣和各项成本，再跟各个分店稍稍平衡，评定等级列入工资表发放工资。

这个手续是繁琐了一点，但高佬盛认为值得。因为这样就区别了以前自己的个体店。像人们常常企求有组织管，有人领导了，而不是像资本主义社会的散兵游勇。所以，女儿高雅把父亲的职业看低，把她自己看低，他感到委屈感到难过。

掌灯时分，尚达街颇为热闹，也香味四溢。街道窄，家家户户在厨房里炒菜声叮当作响；尽管饭菜不丰盛，但炒油菜的锅气，煎鲜鱼的香味，焖狗肉的香法，有人形容道："狗肉焖一焖，神仙企（站）不稳。"各家炒菜的香气从厨房漫向小街，未免引人馋涎欲滴。

高佬盛没什么心思，胡乱炒了一碟肥肉片菜心，一碟梅菜剁猪肉，蒸了巴掌大的一碟乌榄角酱，和阿软、雅女围在桌子边吃饭。他原先准备好一些话，一见女儿闷声不响地埋头扒饭，话到嘴边，又连同那口饭咽回肚里去了。

屈指一算，阿软也有19岁了。他一贯无求无欲，无忧无虑，吃得，睡得，就是颈骨硬不得，路走得跌跌撞撞。人就是奇怪，越粗食，越长得壮。他除了这一缺陷，身体是过得去的，智力发育也健全。

街里有人暗地里叫他阿软饭，形容他像当地人用糯米、红糖蒸的糕饭那样，软绵绵拿不住。这个绰号，不会不贴切，也无恶意，高佬盛接受了。软骨仔听了也不气恼，随后，他默认了。

这阵子，阿软知道雅妹毕业找不到事做，深感同情。又深深了解到父亲为他阿软操尽心。阿软读了两年书，无奈学业不长进，在班里老给同学撩，自己不好受，又影响其他同学读书，就退学回家了。现在又轮到为妹妹左右顾虑，感到一阵不安。他想，全家吃饭，只靠父亲那五十几元工资；而自己整天闲坐在家，百无聊赖，心情陡然沉重。尽管肚饿，但吃饭不是大大口扒，而是用筷子几粒饭几粒饭地撩着吃。

以前小时候，他坐在店里，还有那布帘风扇的绳索拉一拉，看一看每个人来理发的神态，看一看他们的脑袋是长？是圆？是扁？眼眉粗？眼眉长？胡子多？胡子少？嘴唇厚？嘴唇薄？来个比较，挺好玩的。有些东西，也挺臊人的。七姑有次无端端学人家来修面，洗头。那张椅子几乎装不下她的大屁股。圆桶般粗的屁股往会旋转的理发椅一坐，椅子摇晃着自旋了半圈。最难入目的是她离开椅子，在墙角边的板凳上坐着，俯下头用水冲洗。就是在她俯首弯腰洗头时，她那件港式大花衫，受弯腰的影响尽往上缩，露出裤带子，露出大红花的内裤头，露出了一截肥肥白白的腰肉。他不敢看。后来一想，又不是我偷看，在店里理发的男人都时不时看一眼。他就壮着胆子，故意拉拉风帘扇，故意用手抹脸，透过有意疏开的指缝，瞅一眼。他蜷坐着一角，和一只驯养的大黑猫一起，听听人们议论的各种行情，谈论的一些街头巷尾的新闻，感到颇有趣味，日子也挺容易过。

现在，手扯的布帘风扇拆了，换上了电动吊扇，再也没有绳索拉了。来理发的人，个个嘴上像上锁一样，什么也不讲，什么也不笑。特别是几年前，佘太太被戴高帽游尚达街以来，害怕得大家像被蛇咬了一口，十年怕井绳，连最无聊的咸湿笑话，人们也不敢说了。

阿软手头没绳扯，闲得慌；耳中没有趣闻听，心里闷得慌。那天，他拿张小板凳，坐在尚达理发店门口，晒太阳，剔指甲。指甲沟垢剔完，没得剔，就拗手指，手指关节被拗得啪啪作响，引来了行人称赞。

手指拗得多会痛。他看街上行人，慢慢地他对来往行人看出了味道，看出板眼来。

他开始爱比较女人买东西的姿势神态，也注意看妇女们的前胸。往往她们微微弯腰在货栏上挑挑拣拣的时候，那薄薄的白的确良衬衣里，抖动着两个令人心跳的奶子。那些少女们扎着两条毛刷般的小辫子，低头买东西时，常常把脑后的辫发像拨浪鼓那样往后甩，稍用点力甩，脸上泛出的红晕最好看。他透过她们那蝉翼般的T恤衫，看到那清晰的乳罩痕印。瞬间，他莫名其妙地寸心狂跳，引起他的冲动和无限的痴想。最使他梦寐难眠的是那勾魂似的一幕：在一个似蒸笼般闷热的早上，他起床，穿衣。忽然，他透过挂着窗帘的窗格边，瞥见街对面阁楼窗户里的一个女人，由于街窄，晾衣竹竿都伸搭得过去，所以看得很清晰。借着鱼肚白的光线，那女人轻轻下床，掀开蚊帐门帘，往两边用木夹子夹好，然后展开被褥，折叠被盖。随着她那一扬，一张，一俯，一仰，苗条的身形，身上穿

着的薄薄的线纱棉背心和棉纱三角内裤，玲珑突透，楚楚动人，给人一种人体美的享受。

阿软惊呆了。幸亏他自己被老远的窗帘布遮住；也庆幸女人动作麻利，此景一闪而过，没被惊动。不像上次，因为那条女人的内裤，处境尴尬，受辱。他觉得自己窝囊，为什么当时不跟他妈的佘蒙和阿狗斗一斗？真是急人没有急计，还是窝囊，窝囊。

阿软内心开始复杂了，他觉得他是人，虽然有生理缺陷。他最体恤父亲辛劳，也谅解雅妹心情。这时，他见父亲咽了最后一口饭，斟了碗浓茶，剔着牙。雅妹吃完饭即将起身收拾碗筷，他瞅准这个时机，涨红着脸有点结结巴巴地说：

"爸爸，我要做工……我会做工，挣钱……娶老婆……"

"娶老婆"三个字，说得他好羞哟。这么大的儿子，从来没有在父亲、妹妹面前说过一个女人的字眼，更从未提及"老婆"的想法和言语。他一说出口，感到臊死了，感到后悔。都不知道有没有女人肯嫁给你，说出来不是等于白说？不说还不知道你心里有没有想过这些东西，话一说出，你心里的邪念不就暴露无遗？好在跟前坐的不是别人，是自己的亲人。他稍稍自我安慰一下。但是，仍然脸红了一阵又一阵，脑袋瓜死命往腋窝里埋，好像等候着父亲揶揄批评几句。高佬盛听到阿软第一次披露心迹的话，没有愕然，没有诧异，也没有去伤害他的心。他忍着转悠在眼眶里的泪水，咬着抽搐着的嘴唇，佯装笑容地说："你们兄妹俩，都长大成人了。爸爸很高兴。高兴得有时半夜会笑出声来。我们家最困难的日子熬过去了。只要你们兄妹俩有工做，生活会好起来的。"他说得很动情。儿女俩静静地听他讲："爸爸这一生，很讲究实际。其实这实际是被环境逼迫出来的。每个人从生到死，都有一个不断适应环境、改变环境的过程。我年轻的时候，想头也很大，想在香港发财，想到外国当船员水手环游世界。后来……说起来有点丢人。"

兄妹俩已听过父亲唠叨过去的经历。以前，往往是在孩子不听话，气恼了，挥着鸡毛掸子："老豆那么辛苦养活你们，这么不听话，养条狗也比你们懂人性。"而这次不同，不再把他俩当小孩。

"当时，我们镇上的人去香港很随便，没栅没栏，没铁丝网，更没有哨兵守着，出入自由。在理发店生意淡时，我常常靠脚力，挑些木炭、松柴、沙梨、柿子、橘子山货替老板送给香港货主，然后又带些胶绳、塑胶发夹、凡士林发蜡、抹脸粉、棉纱线、白洋布和火水洋货，交给街上洋货店卖。我刚出师没多久，年轻力壮，多跑几回，赚了几个洋钱，学人去赌马，买六合彩，结果输得精光，被阿爷剋一顿。遭了一回挫折，不甘心，又将卖水货得来的钱，找外轮想上去打工，出国赚钱。可不懂鬼佬话，洋工没打成，身上仅有的几个钱被几个喝醉酒的鬼佬搜走，回来给阿爷饿了一天，以后老实了。你爷爷说过，人最主要要有门特长，走到哪里都饿不坏。比方说理发，不论朝代怎样更换，也需要理发这个行业。所以我几十年再也没转行过。"

阿软听着这话，觉得有点不着边际，不解渴，失去支撑力的脑袋，像晒久的白菜叶往下垂耷。

心气高的高雅，自知父亲话有所指。自从毕业后，农村的同学已扶犁耕种。镇里的同学，有背景的工作已有着落。没有门路的也有声气，找到了临工。唯有自己和几个情况差不多的同学，像吊在半空，上不到天，下不着地，情绪烦躁，空虚、惶惑、痛苦。父亲这番话，她已领悟意思，但仍然缄默埋头把掉在桌缝里的饭粒、菜渣、鱼骨，悠悠然地一点一点剔出来。

"阿软想做事挣钱，好呀，开始知道为这个家操心了。等你挣了钱，你一定能娶上老婆。"

高佬盛赞赏地说罢，瞟了他一眼："明天我找居委会问问，看有没有适合你做的工。你喜欢去跟佘太太折纸袋？跟豆腐组的烧柴火煮豆浆？还是到凉果场挑拣晒得半干湿的水果？你先说个意见，我好跟人家说。"

阿软听到了实质性的话，知道凉果场那里姑娘比较多，他满心欢喜地摇着脑袋："凉果场，我去凉果场。"

高雅被兄长的欢欣感染了。她微微抬头，会意地望着第一次这么高兴纯真的兄长。

高佬盛观察雅女情绪没有什么异样，便进一步说道：

"雅女，爸爸想跟你说句话，不知你中不中意听。我想你学理发。"

这句关系到高雅前途、去向的话，本应说得很有分量才是。但是，他说得很平和，很随便，一点儿也不粗声，不动气，同时，他迅速扫了一眼阿雅的表情。她没有冲动，没有叹气，没有赞成，也没有反对。和长子阿软的表现恰好形成对比。高佬盛心里一喜，这鬼妹仔可能想得很多，有思想。他故意把脸一沉，语言凝重地说：

"雅女,我们家一无人事,二无靠山。上一会还落得与'双料'反属有牵连,险些被清洗出边防地区。你想到国营企业,当国家职工,想法是好的,但不那么简单,父亲想送你去读大学,但又没得报考,人家也不会推荐你。没有推荐,考上录取不了,倒惹伤心。雅女,这几天我老想来想去,你现在学理发,以后学电发。这里跟香港近,很多香港人来来往往,他们要洗头,要电发,说不定有前途。手艺学会了,是自己的,总有一天会派上用场。不过,肯不肯学,我不强求你。自己的事,自己抓主意。"

高雅听着听着,证实了自己无法改变自己的命运。也翕动着充满着清涕的鼻翼,猛然一个深呼吸,一头秀发往后一甩,收起碗筷盘碟,一阵风似的奔入厨房。

吓得阿软柔旋着脑袋,像画成一个大问号,充满着同情、伤感和疑虑。

四、佘蒙的"沙煲"

"女人理发,真够情调。"

"靓女刮脸,特别舒服。"

"走,让高雅洗个头去。"

"你不是刚刚洗了不久吗?"

"嘘……让她摸一摸也是件美事。"

"你真该死……"

尚达街踢踢踏踏荡来了一群野小子。

阿狗尽管被他母亲喂了不少洋饼、洋糖、洋面、洋参,但长得还是狗脸猴腮,歪歪细细的。成个十六七岁小子,仅够七姑三分之一的体积。他在几位"沙煲兄弟"的簇拥下,有点得意。

"狗哥,等会是什么节目?"小兄弟问。

"不是让高雅那个吗?你这个卵脑袋。"

"有什么新招式?"

"是呀,出什么新招……"他转过脸看着佘蒙。

佘蒙比阿狗高出半个头,阴沉狡黠地:"装图钉!"

"喔,确实新招。蒙哥伟大!"小兄弟边走边手舞足蹈,鼓掌欢呼。

高雅拿起发剪,使尚达理发店骤然生意兴隆。每到她上班,店里灰蒙蒙的

玻璃擦得光彩照人，油腻腻的围布毛巾洗得雪白，散发出阵阵的皂香。那用了多年的几乎秃头的刮胡子毛扫，换成崭新的；还新砌一个白瓷盆，她身穿一套白色的确良罩衣，隐隐约约显出里面紫色花衬衫。戴着白色松紧帽，帽檐外露出一绺刘海，平添几分风韵和秀气。穿着白色凉鞋，给人轻盈、洒脱的感觉。往往她在理发椅旁一站，还未推动磨剪剪发，不少人就给迷住了，对着玻璃镜里的她目不转睛。

高雅替男人理发，每天对着几十个男人的头，摸摸捏捏……在尚达街引起了许多流言飞语。

高雅开始受不了，慢慢地听惯了，也脸不红，心不跳了。

"靓女，帮哥仔洗个头。"佘蒙领着帮野小子，软着脚进门说。

"请排队轮候。要饮茶，自己斟。"高雅给五婶洗头，眼皮抬也不抬地说。

"阿叔没时间轮候呀。"阿狗歪着脑袋说完，众小兄弟附和："是呀，阿叔没时间了。"

"没空，请明天再来。"高雅双手捧着一大坨肥皂泡沫，用手肘捅了捅五婶，示意她离开椅子，去墙角边的瓷盆热水龙头下冲洗。

五婶屁股一挪开，阿狗像猴子那么快捷地蹿上座位坐着。

高雅洗着头，侧过脸来，心平气和地："阿狗，你怎么啦？"

"没什么。"阿狗擦火柴，叼口卷烟，"我想你同时洗两个头。"

五婶她披着围布，散着水淋淋的头发，站起身，离开热水瓷盆，脸对着坐椅上的阿狗，厉声道："死开，死仔！"

阿狗只好懒洋洋地下地，猛然回身用力"嘣"的一声脚踏理发椅的铁铸踏脚。

五婶正想火暴，高雅按了按她，她一抬屁股往理发椅子上坐，突然"啊"的一声惨叫。五婶随之侧向左边，抬起右边屁股，用手战战栗栗地拔出两枚图钉。

阿狗像跳蚤似的溜走了，身后随着几位小兄弟。

板凳条旁边站着像根桩似的佘蒙。

高雅把火都泼到他身上："佘蒙，是不是你干的好事！"

五婶捏着两颗图钉，吼了起来："八成是阿狗。丧尽天良啊……"

佘蒙没有否定，也没有肯定。不解释，不反驳，无声地走出去。

佘蒙在搬运公司逐渐适应了粗重活，也锻炼出点肌肉，有点力气。因为右派父亲的几次牵连受害，把他的心态推向了冷漠、孤傲、放荡的一面。他对世间许

多事情都用颠倒的眼光来看。他有时反应敏感，有时处事凶狠。他身边时常聚集着好几个讲义气的"沙煲兄弟"。他跟着那班人偷人家鸡，捉人家猫，半夜煲来消夜。在那禁情禁欲、生活异常单调的日子里，他发现偷情的人特别多，早早关灯熄火。在这点上不能吃亏，他就与"沙煲兄弟"到园林树下池边偷听人家情侣说话，用绳索套上下班夜归的女人的单车，到女厕所、女冲凉房偷窥女人的秘密。

然而，佘蒙不会忘记头上的痢痂被高佬盛弄好，更不会忘记自家落难，讨人嫌时，偏偏得到高家的同情，得到高雅那一条充饥的熟番薯。高雅递番薯的那一刹那，高雅拉动布帘扇风送凉的情景，时常叩动着他那冷漠的心扉。

他记不清从什么时候起，把高雅看成不得别人侵犯的圣女，含苞待放的鲜花。他每天都要借故逛一圈理发店，寻头借尾闲扯搭讪几句话就走。有时匆匆打门口经过，也要往里看几眼，只要看到高雅的侧影背影，就仿佛心满意足。

他多次严肃暗示"沙煲兄弟"，不得动她一根毫毛。阿狗和小兄弟自然不知其中缘故，也不好向大哥抠底细问。

月底高佬盛离开理发店交数。高佬盛前脚走，游荡无事的阿狗后脚踏进理发店。

"雅女，"阿狗撮着嘴小声说道，"你知道那天图钉是谁放的？"

"你别抵赖了。八成是你。"高雅剪着发，余怒未消。

"嘿嘿。我没有蒙大哥那么高明的点子……闹着玩的，别介意。"

"下回我不客气了。"

"还有下回？下回又出新招了。"阿狗凑上前，呵出呛人的烟屎口味，低声淫气道，"你会不会游泳？我买了两张票，请你帮哥仔洗个头。"

"请闪开点，别妨碍我理发。"高雅声音不大，不凶，但不容侵犯。

许久，轮到阿狗理发。他乖乖地坐在椅子上，随着磨剪哒哒地响着，油腻腻的脏发纷纷落下。阿狗对着镜子里容貌动人的她，伴着剪子嗦嗦声，想入非非。他两手在白围布的遮掩下，有意把衫袖捋上来，弯出手弯肘，搭在理发椅扶手外，刚好触摸到紧靠椅子站立着剪发的高雅的小腹。

高雅穿着条的确良裙，外套白色工作服大衣。阿狗像触电似的感到有质感。他很鬼，轻轻地把肘子伸出摩擦一下，就故意轻轻咳嗽一声，装着搔痒，摩擦几下把手缩回来。高雅被这小流氓的举动，气得几乎掉下剪子。她待他重复第二次侵犯性动作时，以不容易被人发现的快速度，用剪子朝他的手肘狠狠一敲，马上若无其事地继续理发。

阿狗被击中手肘神经，顿时麻麻的，不好说话，不敢龇牙咧嘴。傍晚，他和小兄弟吃着偷摘来的荔枝时，隐隐酸痛，才敢嘘嘘唤痛。

"他妈的，狗哥没份偷，却有份吃。吃自己吃出冷汗，吃人家吃到牙痛。"小兄弟嘲笑着。

"我呸！阿叔哪里是牙痛，是回味着今日一桩风流韵事。"阿狗吹嘘着。

"哈哈哈，凭狗哥那个屌样，会有靓女撩你？如果会的话，这荔枝变龙眼了。"

"这就狗眼看人低了。"阿狗在一片奚落、激将吵闹声中，故弄玄虚地反驳，"我弄的不是一般丑八怪女人，而是——"

哥们都把剥开荔枝壳的荔枝停在唇边，任水灵灵的荔枝往下淌汁，注视着阿狗。

"尚达街街花，高雅。"阿狗炫耀地大声说道，不过他没有注意到刚刚进来的佘蒙。

"噫——"小兄弟起哄了，意在掏出阿狗的细节。阿狗得意忘形，即绘声绘色而又神秘地叙说，他如何去理发店，如何取得街花的好感，如何的逗话，如何感情交流，如何替他理发，又如何特殊感受，然后在此顺畅的基础上，又如何用手肘弯出椅扶手……当然，他隐去了被高雅那狠狠一敲的细节，压根儿不敢说。

"呸！就那么点到即止的小玩意，吹成什么一桩玄乎风流的事。"围拢着的小兄弟，嬉笑着散开抢荔枝。冷不防身后的佘蒙吼出一句：

"阿狗，你到底瞒着我干了一件好事。"

阿狗吃了一惊，众兄弟一怔。

佘蒙从口袋里摸出些什么东西，往大家围站着而空出来的一条麻石板凳上一放，一松手：

"哗，两枚图钉。"众兄弟惊异。

"阿狗，你该罚！"佘蒙威严地吼着。

阿狗弄糊涂了，看看这图钉，仿佛要接受严刑似的，但未弄清楚怎么回事，嬉皮笑脸地：

"蒙哥，这为什么？"

"不为什么！"佘蒙斩钉截铁。随后命令：

"来人，执刑！"

"蒙哥……""沙煲兄弟"们犹豫。

"可不可以不坐图钉，罚他吃荔枝核？荔枝核又苦又涩。"有人想替阿狗求情。

"不行就不行！"佘蒙还是头也不回。

阿狗无奈，被两小兄弟按着，两腿腿肚靠着石板凳，只听佘蒙凶狠地蹦出一句"按！"，阿狗一屁股跌在石板凳子上，两枚图钉轻而易举地穿过他的港式花格喇叭裤，穿过薄薄的内裤，钉进脂肪聚集的屁股里去。"啊！"的一声，阿狗差点没把吃进的荔枝肉痛得全倒出来。

一连好几天，阿狗和"沙煲兄弟"怎么也体味不出佘蒙为什么要下这么重的手体罚，只好自认倒霉。

佘蒙不知为什么，高雅越平淡对他，越爱理不理地对他，他越暗中恋着她，痴痴地爱着她。他知道自己配不上她，有点癞蛤蟆想吃天鹅肉的意味。他觉得，如果高雅嫁给他，他会很好地劳动，或很好地学成一门手艺，好好地赚钱，让高雅做她高兴做的事，穿她爱穿的衣服，吃她爱吃的东西。他会处处关心她，保护她，顺从她，体贴她，甚至可以听她指挥，由她当家，被她骂，被她拧，被她打，都可以。

但是，他处处碰到一种偏见，一种世俗眼光，一种不公平的标准，一种腐朽的门当户对的思想，一种忽视他人正当追求的压抑。

佘蒙的奢想、痴情，时不时地流露出来，被传为笑柄。他们搬运公司一位伙计，操着北方人半咸不淡的广东话叫他，把佘蒙的名字念成"傻懵"。佘蒙那"傻瓜兼懵懵"的花名，就被人家叫开了。

佘蒙曾经心想，管你们怎么叫，只要高雅她不这么认为就行了。

高雅对佘蒙的境遇是同情的。她觉得他讲义气，坦诚，豪爽，继承了他父亲的性格，特别是那次明明是阿狗放图钉却装好人，她赖错了他，他都很坦荡，不推诿。她认为他混在那"沙煲兄弟"中间做坏事，是环境造成的。

春秋更易，时世交替。

高雅站在椅旁理发，也有三四年了。几年来，她接触过不少男人和女人的头发，有时觉得这个工作有点乐趣。一个蓬头乱发的人进来，通过一轮修修剪剪，出门时清爽光鲜；姑娘们进来洗个头，吹个风，整头披发松软飘香，拂撒开来，颇像一个在幽会中慢跑的电影明星，或广告中的模特儿。有时她为出嫁的新娘梳洗打扮，把心思和手艺全都投了进去，博得新娘的满意、称赞和姑娘们的尊敬，心里感到一阵舒泰。

当然，碰上一些无赖，像阿狗那样撩是生非的，心里头就像吞了根头发丝，喉头痒痒，肚里闷闷，尽想作呕。总之，小小的理发店，面迎四方客，那滋味，有时好比走进杂货商店里，可闻到咸、甜、苦、酸、辣、麻各种滋味。

高佬盛见女儿手艺功夫到家，对人随和，对己洁身自爱，也就放心了。他父女两人一个店，常常有个照应，倒有些东西方便，也有些东西不方便。高佬盛一大早上班时，理发总店的领导找到他，像模像样问寒问暖以后说："你们父女俩在尚达店干了好几年了，群众反映不错，但也出了图钉陷害顾客和其他事故。为了在经济上和工作上对你俩负责，也为了避免人家说尚达店是父女店，现在从其他分店调两位师傅过来，调你到另外一个分店负责。这是一般正常的调动，千万不要有其他什么误解。等一会儿，我介绍那两位师傅给你们认识认识。"

高佬盛明白调他到那个偏僻分店去的意图，也明白其他分店客人没尚达街多，那两位师傅赚不到什么钱，而且与总店的会计有点什么亲戚关系，一经活动，便改换来尚达店试试。高佬盛凡事息事宁人，他默不作声，轻轻地收拾了工具，跟着官气十足的那位领导走马赴任了。

新来的一个是浑身都是肉的肥婆师傅，一个是又矮又瘦的男师傅。这一肥一瘦，恰好衬托出高雅姑娘的迷人身段和容貌。

店里原来一直是两张椅子，现在新添了一张，一字儿排开。肥婆师傅抢占了靠街大门口的第一张，矮仔师傅居中间，高雅被挤到靠里头那张椅。站在里头，天然光线自然比外头的暗淡。但是，这样的"底色"，使高雅那合体的白衣、白帽、白凉鞋更为显眼和突出，男士们都抢着挂她的小铁皮牌子，找她理发。

因为按件计酬，高雅理发多，收入就多。肥婆师傅想出个主意，不能让顾客没有秩序地一来就找高雅理发，改为在一块小方黑板上，画有三竖格，三个格分别写上三位师傅的姓，你要找谁理发，就从小盒子里拿一块铁皮做成的小牌子，挂在那位师傅的方格内。谁知这方法一实施，铁牌子都挤向高雅那一方格。肥婆和矮仔师傅这两格，冷冷落落没几个铁牌。

过了几天，肥婆、矮仔师傅不服气，又提议不分你我他，牌子统一挂、统一摘取、统一唱号，顾客不得任意挑选师傅。三位师傅，任何一位剪完一个顾客，就去摘一个牌子，叫一个号码，轮流等候的客人，就要起身应到，跟着师傅上理

发椅剪发。初开始两天，这办法管用。两天过后，肥婆和矮师傅叫号码，常常没人站起来认。高雅上前去摘取牌子叫号时，几个青年同时起身应到，争着坐到椅子上去，弄得秩序大乱，险些吵架，甚至大打出手。

肥婆、矮仔师傅见没有人找他俩理发，就气恼地坐在自己的椅子上，跷起二郎腿。女的自管自修指甲，男的反反复复修胡子。胡子刮了又刮，只剩下一抹铁青色，他无聊地还是在刮，刮破了，渗出鲜红的血丝才罢手。佘蒙挖苦他："矮仔师傅，你再刮下去，下巴会没了。"引起"沙煲兄弟"和众人一阵讪笑，气得矮仔师傅两天不来上班。

肥婆、矮仔师傅椅位靠门窗，往往闲着无事的镜头，全被行人猎取。一句两句过去了，都是这个样子，街坊邻里不免议论开了。议论传到他俩耳朵，大伤自尊心。他俩一气之下，把高雅调到大门口的第一张椅子上去。肥皂、爽身粉之类的东西，又被克扣。他俩还恶人先告状地汇报给总店领导，生安白造地说她与阿狗、傻憬之流沆瀣一气，败坏店里名声。

高雅原先就极不想干理发这一行，迫于当时毫无个人意愿，毫无选择职业的机会和可能，为了一家人的吃饭，为了不伤害父亲的心，也就违心顺从学师。老话常说，男人最怕入错行，女人最怕嫁错郎。幸亏还未嫁人。如果嫁错郎，岂不入错行又嫁错郎，下半辈子怎么活？如今店里那两位师傅如此不通情理，咄咄逼人，实在令她难以忍受。出于女子薄纱般的面子，出于对肥婆和矮仔师傅人格上的尊重，她只好把一些烧到喉头的火气，压了下去。

早晨，高雅还是那么早清扫门庭，卸门开铺，佘蒙第一个踏入理发店：

"阿雅，听说肥婆和矮仔师傅得寸进尺地欺侮你？别怕，我已让人教训他俩了。"

"佘蒙，你别那么多是非了。你还嫌我烦得不够？"高雅非但没感激，反而扭转身子继续抹她的椅桌台凳。

"嘻嘻，这教训不关你的事。有什么后果包在我身上……等会儿就有好戏看。"他话一落地，不敢多留，就转身出门。

佘蒙前脚走，肥婆和矮仔师傅后脚到。肥婆刚一进门就气得脸青口唇紫，嗓门粗大，口沫纷飞："这世道，好人遭罪了。不知哪几个杂种货，在我俩衣衫背后粘了这么点东西。你看，你看！"

肥婆师傅一点不觉得自己无能而被人侮辱是耻辱，相反生怕张扬不出去。她把用八开纸剪成的画有蟾蜍、配有"别毒心害人"字样，和画有乌龟、配有"哈巴狗"字样的两张超级剪纸，张扬给高雅看，然后扔在收款桌子上。忽然她又觉得不妥，把这两张剪纸赶紧收回来，攥在手心，阴阳怪气地撇着嘴道："哦，我明白了，想不到人心隔肚皮，外表斯文，内藏祸水。指使那些杂种货干出伤天害理的事。今天我老娘不告到总店，弄个水落石出，就不知我厉害！"

肥婆师傅风风火火，收紧浑身多余的肥肉，转身抬腿欲出大门，见六神无主、愣在那里的矮仔师傅，又勃然怒道："你大男子汉被阉了？没屌用！走啦！"扯着矮仔师傅蹿出门外，像老鹰叼小鸡那个样子。

这一闹，肥婆和矮仔师傅真的一天没来上班。高雅也不知道是否真的去总店告状，因为他俩不来干活是常事，而且往往寻找各种无聊的借口告状。好像是干活的人错了，他们不干活的人是对的，甚至有时挑明了，暗喻高雅在整他们什么的。高雅自思没做亏心事，半夜敲门心不惊。

不过，她今天干活，总是感到惶然。不知是需要一种谅解，还是需要一种抚慰。她说不清。又好像这样的平衡一下感情的事，父亲高佬盛已无法担任了。

她再次陷入惶然。

临近下班时分，佘蒙的"沙煲兄弟"带来他写的字条："我妈有病在床，请你帮她剪剪头发，以免天热难受。"

高雅不知从什么时候起，对"傻懵"有一种奇怪的心理。她不赞成他放形浪荡，又不讨厌他那江湖义气；她不怎么喜欢他，心里有时又想他出现；她从不主动找他，但当他来找她的时候，她又从不拒绝。

佘蒙的字，写得歪歪扭扭，错别字就有三个。这不能怪他，因为他只读到初中，高中没资格读，过早出来当苦力了。她想起佘太太几经批斗波折，身子已残垮下去。但她见到儿子辛辛苦苦卖大力干一个月，才挣得32元，还不够他酗酒抽烟。佘太太又只好拖着虚弱的身子，和阿软去凉果场挑拣凉果。现在去看看佘太太是应该的，帮她剪剪发也是应该的。说不定碰上佘蒙，跟他说说他贴人家纸龟纸蟾蜍闯下的祸，问问他人家真的告到总店怎么办？此时，她需要他一些力量。

她一看时间不早，急急忙忙做完手上的活，对面店也关了门，便放胆收拾几件工具，到隔壁副食品店买五角钱杏脯肉，五角钱山楂饼和一瓶两块来钱的祛风湿虎骨木瓜酒。也没扣紧白凉鞋，踢踢踏踏地从自己住的街西口，往街东口佘蒙家走去。

佘蒙家阴暗低矮的房子本来是用碎砖块和黄泥巴垒起的,瓦背顶是用烂铁皮、油毡纸盖的。年长月久,为怕风吹雨打,屋顶几个角还压着几块砖块。屋门是用包装箱木板自己横竖乱钉的,仅一个人高,若两个稍胖的人进出,非碰上木门致使屋墙抖动不可。一进门,左边是个洗澡房,一个曾经装过红糖的水缸,右边是个黑咕隆咚的砖砌炉灶;再进去是一个仅摆着一张吃饭桌和一张单人床的厅;厅堂往后,是个像鸽笼似的油纸皮做的小房间。显然,佘蒙睡厅堂,佘太睡里间。

高雅俯着头跨进佘蒙家里时,只有一盏五瓦的灯泡散发出微弱的灯光。刚刚从亮处走到暗处,她的眼睛很不适应。好在她从前来玩过,才不至于被乱七八糟的家杂绊倒。她一眼望去,厅里简陋床铺没人,估计佘太太躺在房间里,便掀开碎布缝成的花布门帘,轻声唤着"佘太,佘太",一脚踏进房门槛。

这时,"吱呀"一声,烂木门掩动,原来是佘蒙尾随进来了,反手关门。高雅猛回头,双眉一挑,脚往回抽:

"佘太呢?"

"跟你兄长在凉果场上班未回。"

"你不是说她病了吗?"

"写纸条的时候是病了,现在好了。"

"那你叫我来干什么?"

"我……"佘蒙支支吾吾,急中生智冒出,"我教训了那令人讨厌的两位师傅,不知能不能替你解恨?"

"解了又怎么样,不解又怎么样?"高雅也不明白自己会说出口是心非的话来。

"解了我就高兴,不解嘛……我又去……"

"哎哎,你千万别再去闯祸了。现在人家已经上告总店了……你这样为我,不值得。"

"值得,值得……"佘蒙忽然高兴地叫高雅坐,忙着要倒水。

"为什么?"高雅不理会他招呼,盯问,脸上刷的一片绯红。

"因为我……爱你。"佘蒙在"沙煲兄弟"前的雄威,一下子不知退到哪里去了,声音既小,又结巴。

高雅恢复了平静。她把买来的东西,往油腻腻的饭桌上一放,没好气地说:

"你要正正经经地做事、做人，正正经经地求爱……"高雅不知哪里来的机灵，哪里来的口才，说完，不动怒，不蔑视，单手开门，离开佘家。

五、阿软的追求

凉果场，坐落在尚达街街西口出去不远的一条小河边。

河边一块荒地上，搭着几间专门腌制梅子、杨桃、杨梅、桃子、山楂、油甘子、陈皮、柚皮水果的工房。工房里分别砌着一口口大腌池，水泥池里长年累月腌着果子，池边和地上到处撒满白花花的盐花，时不时飘出一阵阵酸溜溜、引人口水的气味，和旁边紧挨着的糖果饼干厂散发出来的香甜成为一种鲜明的对比。尽管那时糖果饼干厂用的原料多是粗糙不堪的代用品，令人"惨不忍吃"，但人们心目中它总比分家出去的凉果场强。

凉果场和饼干厂之间有一大块空地，铺着一块块咸草席，没草席的地方荡抹着水泥，成为一个大晒场。晒场里和晒场边，撒满着穿红着绿的妇人少女们。她们在铺晒，或像烙饼一样，常常翻动果脯干，让太阳晒透。

阿软在凉果场做得很开心。

阿软是坐在腌房旁边的一个大分拣棚里，一边分拣凉果，一边可说说笑笑，同时也可以看看晒场上各式姿态的女人们。凉果场除了少数的师傅，几乎全是女人，挑拣凉果的只有阿软和几个老头。

挑拣凉果，是一件非常简单的劳动。只要不是色盲，不是白痴，稍有点分辨能力就行了。大中小分几级，好中次分几档。熟练了还眼往别处望，耳往四处听，而手却在机械地挑挑拣拣。

无巧不成书。那次被阿软从窗格上看见的女子，恰恰是凉果场晒场班班长，大家唤她阿菊。阿菊为人热情，工作认真、负责。她见到阿软晃悠着脑袋拣凉果，原来担心他拣不好，后来看见他很认真细心地拣，背后偷偷抽查质量，全部合格，因此改变了自己的偏见，还当面称赞过阿软几句。

阿软第一次受到班长表扬，很是高兴，也就常常夸阿菊是怎样怎样一个好人，好班长。阿菊见他就住在自己屋的对面，而且他上下班两边晃荡着没颈骨的脑袋，跌跌撞撞扶着墙壁走，当横过马路时，相当危险。有一次，阿菊看着一辆单车就要撞到他时，急忙上前搀扶他过马路。以后阿菊有意识跟随他上下班，暗

中关照他。再后来，她索性不这样费时误事，骑上自行车，后面搭载着阿软。街内不能骑车，她就下车推行。

阿软感激不尽，常常想把自己爱吃的给她吃，也曾想买两张电影票给她一张，一起看戏，但都没有胆量，不敢开口。有时更深夜静睡不着，想着想着，倒觉得那天早晨看了穿着内衣裤的她，是种耻辱和犯罪……

阿软在一字排开的分拣棚里，对着簸箕里的杨桃干认真挑和认真拣，他旁边一位大耳朵老头幽默地说完一个咸湿笑话，惹起大家哄然大笑。

"榄树打花花榄花，哥在榄上妹榄下，伸开衫尾等哥榄，等哥一榄就回家。"

大耳朵老头刚唱完一首暗含深意的客家情歌，姑娘们在边拣边猜的时候，阿狗带着几位"沙煲兄弟"来了。

"阿软好风流啊。"阿狗站在阿软的面前，敞开格子衫，流里流气的，"上班有女人陪，下班有女人送。"

几个小兄弟伸手往阿软的簸箕里，抓起几块半干湿的杨桃干往嘴里送，嚼了不到几口"呸！"吐回簸箕里，口沫星溅到阿软脸上。

阿软火了，边抹脸上唾沫，边骂："阿狗，我哪里得罪你了，你为什么处处欺侮人。"

"欺侮你又怎么样？"阿狗用手拨弄一下阿软的头，"你知不知道，阿叔的美人，你都敢想？"

阿菊闻声赶来，厉声道："阿狗你干什么？"

"没什么，我教训一个人。"

"你捣乱请出去，这里是工场。"

"嘿嘿。古人说英雄救美人，现在美人救歪头仔……骚货！阿叔看上你，请你看戏不来，请你上馆子不去，请你去旅店……你不识抬举，是不是要阿叔出一招——英雄抢美人？"

"阿狗，你别侮辱人了。"阿软暴眼道。

"他妈的，我哪点不比你强？"阿狗逼上前。

"阿狗爷，你那么强那么壮，何不去屙街边那条老狗！"大耳朵老头愤愤说。

"阿狗你太过分了。"众拣果女人纷纷说。

"一点儿也不过分。"阿狗一偏头，几个"沙煲兄弟"忽的蹿上一步，把阿软、大耳朵老头和几位女人簸箕里的凉果掀翻。果干落地，一个簸箕还扣在阿软的歪脑袋上。阿菊上前帮忙拿开，身子稍稍往前倾，阿狗趁混乱场面，猛然从后面抱住阿菊，伸出猴腮狗脸，意欲狂吻她。忽然，"啪！啪！"两声，阿狗蒙头转向，搞不清楚哪里飞来两铁巴掌。他眼冒金星，好不容易在滑溜溜的果干上站稳，定睛一看，原来是佘蒙在后头。

离开镇子往东走六七里路，一座碧水泱泱的大水库。穿过水库巍峨的长长大坝，就是一片长着墨绿松林的山。

高雅和佘蒙骑着单车驰过大坝，车子在山脚底下再不能骑了，便跳下车来，把各人绑在车尾架和座包前车前梁上的一把松毛耙解下来，拿出几个麻包、麻绳和军用水壶装上的野菊花水、干粮，把单车放进山坡凹处树丛中。

镇上人家燃料以柴、草、煤看家。不少人家的门前、屋角、灶底、厨房小阁甚至房窄人家的床底都齐齐整整地堆放着干柴、山草或蜂窝煤，以备雨天和台风季节用。

高雅家里要烧柴火，理发店也要烧柴火。高佬盛开了个头，理发店的柴火都由高家来包，也不多付柴草费；没柴草烧了，肥婆和矮仔师傅也从不过问的。在街上买柴，凭证供应，每人每月10斤干柴，是不够烧的。到自由市场上买，也不便宜，弄不好一担柴要花去你几日赚的工钱。所以不少人包括职工和干部，在礼拜天或假日，举家出动或相邀邻居上山砍柴、耙松毛。

高雅家高佬盛上年岁，不能去；阿软兄长去不了。剩下高雅她一人进深山里，是有点吓人。跟随邻居大嫂一起去，去过几次，人家有丈夫或子女在中途照应。高雅没有，往往砍一次柴，耙一次松毛，累得半死，酸软好几天。

佘蒙明了高雅的处境和心思，亦想瞅个机会说清楚上回在家里出的洋相。他听阿软说阿雅要去耙松毛，立即邀她去。一改他原来一贯不做家务、不砍柴草的花花太岁作风。

松山里，松涛呼啸。

尽管松树树顶上针叶青绿，但也常常随风飘下针针落叶。落叶飘下得多，密密麻麻的松树下就铺满了密匝匝的一层枯松针，当地人称为松毛。松毛带有松香油，干脆，旺火，少烟，很讨家庭主妇喜欢。

佘蒙第一次进山耙松毛。高雅稍作示范。只见她操着一把用粗铁丝弯成一排的曲耙，在松树底下把松毛耙刮，不一会儿把刮耙成一小堆的松毛集中一起，

装进麻包袋里。这几棵树底下刮耙完，就挨着耙刮旁的几棵，这一爿耙刮完，紧接着耙刮别一爿。各人耙各人，不一会就会被树林子挡住，要靠喊声才能联络，互相知道对方在哪里。

长年在室内理发的高雅，一走进大自然的怀抱，感受特别强烈。树，有松、杉、木麻黄、大叶桉、柠檬桉；花，有山稔花、酸果花、杜鹃花；草，有各种各样姿态的小草。山坡上有沟壑，沟壑下有清泉叮咚。这里没有人为的争斗，没有残酷的倾轧……

高雅弯腰耙刮得很兴奋，太阳把她晒得大汗淋漓。"佘蒙，我们休息一会儿，喝点野菊花水。"佘蒙提着松毛耙手里抓着几只金边甲虫来了。"这学名叫土鳖的昆虫，别看它跟蟑螂一个样，是药材店收购的一种药，能卖钱。"

高雅浅浅一笑，没说什么。她递过军用水壶："喝点野菊花水，能解暑热。"

佘蒙咕噜咕噜喝了几大口，惊诧地说："甜的？"高雅又递过一条毛巾给他，答道："是甜的。"

"你有没有听过这样一个故事？"佘蒙坐在松毛堆上，没有擦去沾在胡子、下巴上的水珠，"从前有两个男子同时爱上一位姑娘，有一天这两个人都让这位女子表态到底爱谁。女子心想，如果明说了，这两人必定有一个被打伤。为了平和地解决这件事，她便说，我等一会端两碗水出来，谁喝上甜的那碗水，就是我喜欢的……"

高雅马上打断他的话，带撒娇味儿："我不听，我不听。"拿起耙子奔跑起来，一会就消失在林间。

佘蒙也自感说漏了嘴，也不便去追。一会儿他也拿起耙，捡起那几个土鳖虫，往松林深处走去。

树林越密，松树越长得直。佘蒙刮着松毛的时候，发现一行松散耸起来的新土。他蹲下细看，是一行山蚂蚁爬行过的路线。循着这条路线，猫着腰往前走，不到十几步远有一棵上百年老松树。老松树皮鱼鳞似的，树干上一个一个挂着砧板大小的疙瘩，是枝干被吹断自动结的痂，显示它经历过不少风雨。树冠庇荫足有一亩地宽，可惜它枯了半边，合抱似的树干被虫蚁蛀空了一半，另一半边，绿松叶生命旺盛，顽强不屈。

捕捉虫蛇老手的佘蒙，绕着老松树看了一圈以后，有所发现。他迅速脱下汗背心，把一头用草藤绑住，另一头像网口张开，然后折下一枝小松枝，去掉蔓叶，往一个枯空的树洞里轻轻撩去。原来里面聚居着一大窝土鳖虫!

洞口里的土鳖虫受到树枝轻轻的撩拨,一个一个慢慢地往洞外爬。爬出一个,佘蒙捉一个,爬出两个捉两个……老半天,一窝土鳖给他全逮住,手里的线背心几乎装了一半,掂一掂也有好几斤。

捉完土鳖虫,才记起耙松毛。一看,刚才自己刮成一小堆一小堆的松毛不知哪里去了,环视一周,原来自己为捉土鳖而走远了,便辨认来的路一脚深一脚浅地走着。

猝然,在十来步远的背阳小灌木丛中,正在小解的高雅赶紧揪起裤头站起!

佘蒙和高雅几乎是同时刷的红了脸,把脸扭向一边。高雅气急败坏地说:"佘蒙,你哪是来刮松毛?分明是……"话没说完,拔腿就往原路的松林中奔去。

"高雅,你听我解释……"

佘蒙的呼喊被呼呼的涛声盖住。他往前追了几步,不见高雅的踪影,非常懊恨地举起鼓鼓囊囊一包土鳖虫,往地上一甩:"我他妈的傻懵,好事都给砸了。"

阿软对阿菊的感激,阿菊对阿软的无意关怀,自从被阿狗大闹一场以后,似乎他们俩有种什么关系被挑明了。凉果场的人一见到他们都鸦雀无声。往日的笑话,笑声,讲笑的人都没有了。

阿菊和阿软各人耿耿于怀,谨小慎微。

阿软再也没有坐人家的单车,晃悠着他原来晃悠的路。

阿软失去了对生活的热望。

六、傻懵的"黐线"

佘蒙蒙在叠满补丁的被单里,不出门。

一会儿,他觉得阿软头上蒙着条女人内裤和他佘蒙拼。一会儿,五婶撅着屁股拿着两枚带血的图钉,迫着他佘蒙吞下去。一会儿,肥婆矮仔师傅拿着两块纸剪墨涂的蟾蜍、乌龟,像幡一样,向他父亲的死魂投诉。一会儿,阿狗屁股上的两枚图钉被嵌入肌肉,混进血液里四周流通,摁在心瓣里疼痛难忍,终于和"沙煲兄弟"造反,持刀向他扑来。一会儿,晒凉果场上的千百簸箕凉果向他倒来,他被埋在咸咸的腌池里。一会儿,他窥觑女人撒尿,无数的土鳖虫钻进他裤筒衣

袖衫领和鼻道气孔里，使他窒息……

他惊悸，直冒虚汗。

他以为高雅会借这件事，在街坊里悄悄暴露他一切不轨行径；或者到搬运公司找头头们添枝加叶地告状。一提起告状，他脚就软，因为黑状，母亲受连累游街；因为状子，"沙煲兄弟"中有人强奸妇女，又转嫁给他，被传进派出所问话。

他想，再没脸进理发店，没脸见高雅了。

如果为了一丁点事情，叽叽喳喳，伤害别人，就会有点那个了。高雅是这样想的。她对佘蒙无意的举动给予宽容，没有四处去张扬，没有逢人去加油添醋"唱衰"自己。你说人家怎么怎么的不好，听的人也反过来理解你的话，说你怎么的不好。至少，从你这背后乱说中，觉得你多嘴多舌，惹是生非，从而断定你的人格。何况女子人家怎好开口，说一个男人怎样怎样。此事丑死人，此事说不得。

果然，一大段日子里尚达街平平静静，人来人往。以往曾因一点蝇头小利，也会引起争吵，有一点桃色新闻就会街知巷闻，三三两两，指手画脚，窃窃议论。现在，街上任何脸孔，任何嘴巴，任何商店，任何人，都跟平时一个样，该怎么说的还是怎么说，该怎么笑的还是怎么笑。尚达理发店里，高雅照样在第一张椅，肥婆和矮仔师傅依次，都有零星客人，都有工作做。

佘蒙从街东口到街西口，像梳头发一样，细细过了一遍，得出了这么个结论。一股自嘲思绪油然而生："真是以小人之心度君子之腹。"他站在牙医洋楼（现在改为西药店），像一潭湖水，平静如镜。该放心了，便斜穿踏进尚达店。

理发店里陈设没变。三个师傅站着干活没变。顾客凭挂小铁牌排队理发的程序没变。可是店里见他进来，或者在他进来之前，就没有说话声，没有嬉笑声。整个店里非常安静，静得只听见磨剪声和剪刀声，静得空荡荡的。

他进来的时候，高雅跟往常一样，点点头，努努嘴："请排队。"这话跟谁都是这样说，跟谁都一样的表情。佘蒙坐在硬硬的长条木凳上，恍如坐上难受的冷板凳。

佘蒙纳闷，她对他有时冷有时热，有时好像有心，有时好像无意。好几次都是这样。有一次佘蒙找到她："公司叫我跟车押货到广州，你需要办什么事吗？"

她笑吟吟地："有。帮买把名牌剪子，买两罐最香的爽身粉。"他满口答应，第二天就买了回来。瞧准肥婆、矮仔师傅不在店里，上门亲手交给她。他幻想交剪子的情景会很美妙的，她一定会问，你路上累不累？广州大不大？好不好玩？

南方大厦东西多不多？然后斟杯热乎乎的香茶，双手端来，羞赧而甜蜜地说谢谢你，请饮茶。

谁知，事实使他很失望。那天他从广州回来，赶到理发店，那两位师傅已提前下班走了。只剩下高雅低头在瓷盆里洗涤脏围布毛巾。他兴冲冲地说："阿雅，你要买的东西，拿来了。"

高雅却头也不抬，边洗东西，边平平淡淡地掷过几句话："你把东西放在剪台上。多少钱？加上前次帮我家买的300斤蜂窝煤钱，一起算进去给你。"

她表情为什么这么冷，态度为什么这么平，后来才知道兄长阿软在凉果场受欺侮。阿软受欺侮，我佘蒙堂堂男子汉已保护了他，教训了阿狗一番。这应该有句好话吧，但是她没有。好话没有，买回东西不多谢一句，买的东西还跟他算得那么清。他有点受不了，坐不是，站不是，只好扭转身子，假装很忙的样子，对还在埋头洗东西的高雅，也平平淡淡地扔过几句话："钱银这东西不要紧。我现在没空计算，以后再说吧。"

这回遇了"冷遇"，没多久却遇上了"热遇"。

那是一个吓人的台风季节。

人们毫无思想准备，还上街溜达买东西的一个上午，突然乌天黑地，天旋地转，屋檐下的衣物竹竿纷纷往下掉，地上的纸片、枯叶、尘埃往上卷。这是台风到来的前奏。人们赶紧躲避，或匆匆赶回家关门闭户。十级以上的强台风袭来了，打得街上的窗门噼里啪啦，吹得许多店门招牌掉下地，有的被粗粗的铁线吊在半空。镇外受风的风口，百年老榕树被吹倒，枝脆的木麻黄树、桉叶树碗口粗都被吹断倒地。一些残墙旧屋被吹倒塌。尚达街幸好一间屋子连着一间屋子，不是很高却像落了榫的积木一样，不那么容易打散。特别是街口两头，有几间像牙医洋楼、椿墙当铺那样坚固的屋镇住，都经受了几次考验。

台风过后，各户各店除了维修被损坏了的招牌、门窗、玻璃、台、椅、凳外，最要紧的是把屋上的瓦背检修好。该补瓦的补瓦，该修檐的修檐。这要上屋顶检修，得找人干。高佬盛年纪大，背有点驼。阿软跌跌撞撞，没指望。肥婆和矮仔师傅是软脚蟹，不敢上屋顶，即使上了顶，也干不了事。唯一能干的就是高雅。小镇上找泥匠师傅不好找，看来，这场台风掀开瓦顶漏水的，肯定不止几家，说不定泥匠师傅和理发总店头头这时正在忙着修理自家屋哩。

佘蒙的屋低矮，却意外地平安无事。房屋上一两块油毡纸被吹掉，屋顶上被

铁线四角固死，仅掉下当檐的几块砖块，这好办。佘蒙不消半个时辰就搞得妥妥当当。他收拾好家里，听说高雅家被掀去了半爿瓦，就慌忙赶去帮手。他想起阿狗，想叫阿狗带着几位"沙煲兄弟"来帮忙，可是，阿狗领着他们去街口外的小河边，想打捞些什么浮游财物。

佘蒙赶到高家时，到处都是碎瓦砾、烂泥浆。高佬盛和矮仔师傅已和好泥浆，高佬盛将买来的瓦传给站在梯上的矮仔师傅，矮仔师傅传给梯顶上的高雅，高雅再传给屋顶上的佘蒙。后来，索性就剩高雅和佘蒙在屋顶，其他人在下面。泥浆斗由绳子往上吊。

"傻懵，看着，泥浆来了。"

在屋顶上的佘蒙，非常高兴这样的安排，喜欢这样的流水作业。他伸手接过高雅递来的泥浆、瓦筒、大瓦，趁势碰一碰她的手，她并不反感，也不介意。虽然她的手被泥浆沾着，那微微的温暖却不会因此而被隔开。他越干越欢，不时偷看她那红润娇嫩的脸庞，有时看得高雅不好意思。鬼心眼的佘蒙，得寸进尺，他偶然通过高雅弯腰的动作，从宽敞的衬衣领口，窥视到她那圆润饱满乳罩里的秘密。

蹲在瓦顶上操着泥刀的佘蒙，心里一阵阵酥痒，一股侥幸感、满足感、幸福感夹杂着某种冲动，险些把手中的泥刀掉下来。

佘蒙现在坐在冷冷的冷板凳上。思绪里滚热的回忆和现实中冰冷的处境，刚好碰撞在一起，令他拳头般小的心房，无法接受这种撞击。

他好像预兆了些什么，但又摸不准什么，像那场台风那样，来突然，去匆匆。

排在他号码后面、坐在他身边的凉果场大耳朵老头，刚进门来却不跟他佘蒙打招呼，也不敢正视他的眼睛。打从佘蒙教训阿狗，保护阿软、阿菊以后，大耳朵老头背地里称赞这后生够义气，以后见面不问个好，也点个头，哪有现在这样子似没话说，又似有话说的。

他开始不怎么乐观和不安起来。

他屁股挪开长条板凳，站立起来。

佘蒙一站立起来，大耳朵老头也站立起来，装着到店外面擦鼻涕的样子，用手指往佘蒙腰肋捅一捅，示意他跟着出来。有话说。

佘蒙诧异。也咳嗽一声，装着到门口痰盂吐痰样子，和大耳朵擦肩而出。

门外头，街上行人稀少。大耳朵老头贴着佘蒙耳朵小声说了："街东口往外

拐弯的派出所门口,围着一堆人在大吵大闹,说你强奸人家。"

"强奸?"佘蒙脑袋嗡的一声,全充血,全翻腾,全糊了。他强忍着即将爆发的感情,用手拍拍老头肩膀,以示会意和感激,然后慢慢离开店门口,过了两间店铺,估摸理发店人不会猜测什么,拔腿就往街东口外跑去。

小小的派出所门口,挤着吵吵嚷嚷的几十人。忽然人群中有人喊了一声:

"傻懵大步走来了。"

口角净是唾沫的七姑,随着闪开的一条路而显突出来,她的猴腮狗脸孩子阿狗却往后躲。

"傻懵你这人面兽心的人渣。"挺会骂人的七姑,很有抢占上风的本领,没等傻懵来到跟前,没等他的气喘匀,绷着脸骂街,"用不着埋名隐姓了。就是他打散我宝贝心肝阿狗的恋爱还不够,又强奸我阿狗的意中人!"

"谁?"佘蒙摸不着头脑。

"谁?挺会装蒜的。……是雅女!"

众人有一点点小骚动。

"我怎么强奸?"

"怎么强奸,还要说出来吗?你不害羞,我老娘也羞死了。"

"谁作证?"

"我阿狗。别以为没人知道,人家一直跟着你……"七姑以为得胜了,十分得意。阿狗却在一旁急得直跺脚。

"别说,别说了,影响不好。"派出所里这时才走出一个人来,"七姑、佘蒙有话进来说,立案。"

"造谣,污蔑!"佘蒙站着,几乎吼了出来。

"我叫你进去,你还在这里咋咋呼呼。"

"我没有干过,有什么好说的。"

"叫你进去就进去。进去!"公安员气盛了。

"我不进。我冤枉!"佘蒙不服,"你们也要讲道理嘛。"

"叫你进去,你都不去,你还讲什么道理。"公安员发火了,使劲推他。

"你们叫我进去,不就扣押人了?"佘蒙死死抠住派出所门口的门框,蹲马步,不进去。

"我们早就想拘留你了。"公安员火中漏了嘴,"偷鸡摸狗的是你,侮辱理

发店两个师傅的是你，在凉果场打群架的也是你……快点进去！"公安员一个狠劲，扳着他胳膊，硬推。他反身，一股蛮劲地往外蹿，公安员屈着手肘往下一压，佘蒙一闪，头部却重重地撞在派出所招牌的上角，顿时鲜血直流……围观群众哗然。

突然，人群中走来气喘吁吁的高雅，她白色的帽，白色的工作服，白色的凉鞋还沾着发。

她拨开众人向前，向前，不顾一切，高声喊道："谁说佘蒙强奸的，站出来！……有没有强奸，医院一检查不就……"

骚动的人群中，没有人斗胆站出来。

在威严的派出所牌子底下，佘蒙还淌血不止。围观的人不敢插手，那位年轻气盛的公安员也手忙脚乱。

南方仲夏的夜晚。

云噙皎月，朦朦胧胧，影影绰绰，如玉，如水。

佘蒙心情极度悲愤地来回踯躅在小河边。河对岸糖果饼干厂飘来阵阵芳香味，未能使他感到生活有什么香甜之处。饼干厂旁边的凉果场不断排出咸咸涩涩、酸酸溜溜的腌果水，使小河的水质变得污浊，发出酸溜溜的味道。他心里也翻涌着一股绞心的酸楚。

他沐浴着泻下的月光，望着款款而逝的流水，浮现出童年时和小阿软、阿狗以及好几个顽童在这河里光着屁股嬉水、抓蝌蚪、捕小鱼的情景。高雅和他们几个在这河边采花、摘果、捉蜻蜓。纯洁的生活如银色的月晕，似清澈的溪水。

打从那人为的荒蛮时代，像丧失人智的疯子撞到这个小镇子以后，犹似小河边搭了个凉果场后酸苦的污水渗泄到纯洁的河水中一样，镇上人们的生存环境一下子被搅乱了，人们心头每时每日淌着难以忍受的苦酸水。他记得高雅"正正经经地做事、做人，正正经经地求爱"这句颇有分量的话，想正正经经地做人，但环境不允许，世俗偏见像一根看不见的魔棍，在驱赶着他往岔路走。

那天在派出所门口，幸亏高雅赶来作证和辩解，才使那公安员草草"立案"，草草结案，佘蒙免于拘留审查。

虽然派出所免于拘留审查，佘蒙却觉得好像有更可怕的厄运在等着他。他从搬运公司那个北方调来、把他的名字叫成像懵的小伙子口中隐约得知，佘蒙和他的母亲佘太，将会由搬运公司、居委会和派出所联合通知，请他母子俩迁出

这边境地区，返回原籍"三线"居住……

他不敢把这坏消息告诉病中的母亲。告不告诉高雅？他在这弯弯曲曲的小河边徜徉，反复思索着。

他终于决定告诉她。他回家，拿着她托自己上广州买来的电发剪、电风筒和鸡仔饼、盲公饼，踌躇着上高家。

高家门虚掩着。

佘蒙在门外轻轻叫了两声，高雅闻讯，噔噔下楼开门。

门缝一开，露出了穿着一身薄薄的米花睡衣衫裤，明艳动人的高雅。佘蒙被让进屋里，漫不经心地问：

"高盛伯和阿软呢？"

"半个月前，我爸爸就带他去广州治病了，听说要动手术……"

"哦……"佘蒙明白那天派出所门口的事，好在高佬盛不在，不然会气坏了，"我糊涂了。去广州也忘了探探他们。"

"不用了，过几天我有休息假期，也去广州。来，到楼上我房间坐一坐。我正在裁剪两件衣服，赶着给我哥哥送去。"

佘蒙内心矛盾了。他似乎觉得不应把自己可能离开这镇子的消息告诉她，一是因为这只是可能，还没得到最后证实，希望这件事是掺有水分的误传，不会变成现实。二是已伤害了她的心，现在告诉她，无疑是在新创的伤口上撒把盐。

他想起了那次占卜，也好在没把真相全告诉她，她才没受到大的刺激。那次占卜，是极其隐秘进行的，让人发现了，又会得上莫须有的罪名。他和她，在一个月色全没的夜晚，也是在这个闺房里，高雅用米筛大的竹箕盖，铺着一层两指厚的白糯米粉，然后两人分别用一对食指尖，面对面地托起两条小棍子，两条毛掸子般大小的棍子中间又连绑着一根筷子。当两人心里意念着什么，那双食指顺其自然地推动着小棍，小棍一摆动，带动竖着的那根筷子，那么筷子就在白糯米粉上滑行，犁出一个象形字，从象形字中辨认、释义。这种占卜方式，不知怎么一下子在小镇百姓中极其秘密地风行着。有人占卜前程，有人占卜运气，有人占卜婚姻，有人占卜偷渡去香港会不会成功。

他和她嘴没说出来，靠各人意念，白糯米粉上依稀显出一个缘字。佘蒙解释说，他们两人有缘在一起；但缘字又在中间间隔很远，缘字最后的一拉，弯弯曲曲。

他俩再占卜前程，都显示出艰难万分，和有一方远走高飞的象形字样。关于这一点和有些不好说的话，佘蒙没有解释翻译，糊里糊涂地敷衍高雅的问话。

现在高雅坐在床沿，埋头剪衣料，一直没有开口。佘蒙闷得慌，想随便找些轻松的话题，掩饰内心的痛苦。

"阿雅，你剪的衣服真好看。"

"还未做好，你怎么知道好看？"

"你人好看，做的东西哪有不好看之理？"

"口花花，还未改。当心嚼舌头。"

"不! 阿雅，你真美，你真好，我……"

"你怎么了……"高雅抬起头，手不离剪刀，笑着指住他。

高雅楚楚动人的笑脸，使他原来在河边徜徉中的痛苦和阴郁心情开始消散。他曾经几次后悔自己对高雅的胆子不够大，没有用甜美的语言和可信的理由向她表述心迹，表达朝思暮想的爱慕。越是闪闪缩缩，越被人家看成不够光明正大，就造谣、妒忌、污蔑。现在镇子上街知巷闻，说他佘蒙对不住高雅，糟蹋了人家。既然心中的秘密被挑了出来，何不明白再表白一次？于是结结巴巴："我，很喜欢你。真的，我不能离开你……"

"哦……"高雅的脸刷的全红了。她慢慢地放下手，低下头，在布料上"嗦——嗦——嗦"地剪着。许久，许久才轻声说出："让我考虑一下。"

"是不是配不上你？"

"不。"

"既然不是，那就不用那么考虑了。"佘蒙高兴地猛然从桌旁的凳子上站起，靠在床沿，突然用双手搂住高雅的双膀。

"请你冷静点。"高雅用手拨一拨他的手。但是，他太激动，太大力了，像钳子似的钳住了她的肩膀。她稍微用点力，身子失去了平衡，有点往后倾斜。鬼使神差，佘蒙不知哪来的力气，无意中顺势地把她压倒在床上。他贴着她胸口上白皙嫩滑的肌肤，顿时血涌全身，两眼喷火。那个疯狂的念头，骤然间占领他的脑顶，他颤抖着手，失去理智地扒开她的睡衣。

突然，佘蒙"呀"的惨叫一声，自己手掌往身上一摸沾了血。原来他的下体被她没有放下的锋利剪刀乱抓乱划时刺伤。

两人几乎被吓昏过去。

佘蒙那一声尖叫，划破小街的夜空。

这宗"刀剪事件"，把尚达街闹得难以平静。以传播他人隐私为乐趣的街坊，在津津乐道地添油加醋着。以喜欢别人倒霉，比自己更快地走向死亡的人，在冷笑和庆幸着。不出所料，佘蒙和抱病的佘太太，被限7天离开这个边境小镇，迁往陌生、穷困的原籍生活。

高雅迫于众人如箭的眼光、如刀的恶言，未等父亲兄长回来，在第三天风雨交加的晚上，极其危险地泅过边境河，爬过对方设置的两人高的铁丝网，往夜雨蒙蒙的香港逃去。高佬盛从广州回来，儿子的病没治好，心头肉似的雅女却偷渡去香港，生死未明。这轮番的打击，使他还未流出一滴老泪，便倒在他曾经站过几十年的理发椅旁。本身几乎需要人搀扶的阿软，跌跌撞撞上前，惊慌而痛苦地把老父的身子摇晃。无力的脑袋歪在一边，极其伤心和愤懑地嚷道：

"为什么我们……老行衰运……"

七、高家的转运

有几百年历史的尚达街街西口，一间经过华丽装修的瓦房，响起了十万响的鞭炮声。这十万头炮仗，是这条街有史以来，燃放时间最长、最响、最有派头、最引人注目的一串鞭炮。

鞭炮响过，红纸屑遍地。

街西口那间瓦房，花了本钱，进行豪华装饰，确是今时不同往日。原先挂过的"盛记理发店"招牌，后来换成"尚达理发店"的地方，如今变成荧光红进口胶片衬底，拧着金属铸成的古铜色的"高雅美容院"几个闪亮大字。

客人在等候理发、电发、洗头、吹风、整容、健身、减肥、隆乳期间，可以观看由高雅操作的各种发型和整容过程的电视录像，翻阅各种印刷精美，刊登现代发型、美容内容的画报和书刊，提供世界最新流行发型的各种信息，也免费供应一杯冷冻饮料或热茶，使客人逐渐消除各种烦躁或无聊的心情。

店门口两侧，摆放着两行由香港和当地同业及其他公司送来的用鲜花插成的花篮。门口簇拥着熙熙攘攘围观的人群，把仅三五米宽的小街，堵得水泄不通。美容院里，理发的理发，洗头的洗头，吹风的吹风，电发的电发；大厅当中，靠后的一角地方，间出一个园林式的雅致美容小厅，权作美容手术室。在里头整

容的整容，隆乳的隆乳。五六个发型设计小姐和美容师，各司其职，应付自如。

美容院的香港老板高雅小姐，今天特富丰采。一抹淡妆，衬着非常好看的发型，坠着双金光闪闪的钻石耳环，戴着一圈琥珀项链，穿着一套米色绣着珠花的高贵连衣裙，穿梭在人群之中，应酬嘉宾，指点经营，有条不紊，风度翩翩。

高佬盛穿着一身咖啡色的西装，容光焕发，迎送宾客。他万万想不到这辈子还有这么热闹、这么光彩的一天，也没想到七八年前叫雅女学手艺，今下真的派上用场。他自我赞赏有眼光。他看着前面残旧斑驳的牙医洋楼、桩墙当铺，心想，你当年落成开业也比不上我今天体面、阔气和时下人常说的什么现代气息。

他看着女儿高雅的风韵，自认从阿爹到他自己的几十年间，都没有雅女那么有能耐，有见识，有魄力。当初，他听到雅女要回来开美容院，担心申请不到执照，担心个体户政策不长久，担心投资难回收，担心市商业中心已移到国贸中心大厦那里去了，这奄奄一息的尚达街不就生意平淡难做了吗？还是雅女有眼光，她说不怕生意平，只怕没技术、服务差，好花无处不芬芳，好酒不怕巷子深。即使商业中心已外移，这里还聚居着众多的居民。凡是有人，客源就不会缺。至于政策会不会变，这不用担心，广州已有几十万个体户，全国有几百万个体户。这座边城有不少香港、外国人投资的，钱多的比我多，钱少的比我少，要死也不止我一家美容院。要是外国商人投资企业全部死火清盘，中国经济特区也会命不长。

高佬盛觉得女儿分析得头头是道，就开始紧张地筹备。想不到特区的速度真快，从申领执照，到装修开业，前后花的时间才两三个月。

高佬盛忙了一天，接待了街坊五婶、阿菊、大耳朵老头、肥婆和矮仔师傅，先头不好意思来的七姑和阿狗，最后也来了。其他事情，他忙不到边上。雅女做的事都不用他操心，不用他插手。他只好坐在接待客人休息的沙发上，晃脚吸烟。

高雅的兄长阿软更闲得慌。既没有盛记时代手扯绳索扇布帘风，也没有尚达理发店时代，起煤炉，躲在厨房烧热水，供客人洗头。现在店里把电风扇也拆去不用，装上空调机呼呼直喷冷风，使人清爽阴凉。原来的蜂窝煤炉，在装修店铺时已扔走，安装电热水器自动热水，再不愁没柴没草，操心劳碌。只要扭扭开关，热水就从花洒里哗哗地喷洒出来。原来需要他做的工，一点也没有了。他只好退回厨房，待发型美容小姐把用过的毛巾、围巾、香巾拿来，由他掌管洗衣机洗涤和操作消毒炉消毒。他的脖子经过手术，有点好转，不那么容易耷拉下来，但脑袋还是不能竖正。干这幕后工作，能辅助雅妹发展事业，自己也感到称心如

意。说不定，再过一段日子真能找上个媳妇，这可够美的了。

晚上九点半，昏黄的街灯照着沉寂的尚达街。整条街，除了高雅美容院灯火辉煌和相隔不远还亮着灯的时装店、咖啡廊、水果店、小食店、大排档外，其余的都打烊了。

尚达街像奔扑了一天的人，该躺下歇息一样，安详、平静。

高雅美容院里的发型美容师们，送走了最后几位客人，忙着做内部的清理工作。突然，茶玻璃的大门被推开，进来一个穿着T恤潇洒自如的男人。

柜面的小姐微笑点头，轻声问道：

"先生，这么晚了，请问有什么事？"

"整容，修暗疮。"

"整容时间较长，你能否明天……"

"我想，你们是不会随便推走任何一个客人的。"

"可是，现在已经夜了。"

"再夜，没整容我也不走了。"

"你……"柜面小姐有点不耐烦，准备在收银机结账，声音已失去柔和和甜美，"你能否讲点道理？"

"要讲道理，请你们老板出来。"他也提高点音调。

不同平常的争吵声音，在非常安静的美容院引起了一点点骚动，惊动了在美容手术室里间的高雅小姐。

高雅小姐闪身从美容手术室里出来，定睛一看："他，是他！八年未见一面的佘蒙！"

因为他，她被人非语、冷眼、中伤、背黑锅；因为他，她曾经轻狂寻短见；因为他，她才偷渡去香港，险些被雷电击死，被边境河淹溺，被边境哨兵军犬追咬跌得遍体鳞伤……过去的东西，有时真不容易忘记。

"这么晚了，他来干什么？"已经成熟练达的高雅，由于摸不到对方的来意，足足愕然了几十秒钟。

一直站着的佘蒙，忽见茶色玻璃门里闪出个风韵洒脱的女人，竟然是自己日夜想念的高雅，一种惊喜、忏悔的复杂心情袭上心头。刚才进门时的那种傲慢、无理的神态，顿时一扫而光。他在几位美容师傅面前，装着不认识高雅的样子，有礼貌地说道："你就是老板啦。"

"……"

"我要脱青春痘，美容一下。"

"高小姐，很晚了。这个人……"柜面小姐想说下去，被高雅轻轻扬起的手制止了。

"这位先生看得起我们，这么晚了，还专门赶来捧场，没有理由拒绝，你们几位小姐师傅先下班休息。这位客人的整容手术，由我来做。"

高雅说话的声音虽然很低，但吐出来的字，个个清晰有力。小姐们各自收拾东西，说声"拜拜"，雀跃般地消失在昏黄的街灯下。店楼上也静悄悄的，也许劳累了几天的高佬盛和阿软也开始进入了梦乡。

一阵难堪的沉默。

洒脱飘逸的高雅，大方地请佘蒙进美容手术间里，示意他躺在整容躺椅上。

佘蒙抑制住起伏汹涌的情绪，躺在不锈钢躺椅上，舒了长长的一口气："五年前，我已经又回这个边城了。很抱歉，几天前我开着的士送几位香港客人上福建，今天回来，才听见鞭炮声，才知道你开的店新开张。先说句客套恭维话，祝生意兴隆。"

"谢谢。"

高雅也礼貌性地点点头，扭身到玻璃架上，挑选他适宜的具有杀菌、漂白、去污作用的绿藻深层洗脸素。她有意识地磨磨蹭蹭。

佘蒙表面冷静地观察高雅，乍一看，好像很平静，没什么。但是从她拿药颤抖着的手来看，感到她内心是极不平静的。他觉得需向她解释，需要向她表白，现在是最好的时候了："自从你告诫我'要正正经经做事、做人，正正经经求爱'以后，我时时想着你的话，我不信我不能好好做一个人。"

他说着说着，坐起了身，声音也提高和颤抖起来："这些年来，我苦闷，我苦痛。你去香港以后，我一回到镇上，就想步你的后尘，三次偷越这边境线。第一次被边防哨兵抓到。第二次被对方的英国兵抓住。第三次上了对岸，被港英当局押回来送进收容站受教育一番。我想找你忏悔，找你赎罪。但是逃不过去，注定没有这个解释的机缘。高雅！我是爱你的。这几年，我一直在等。我没有再找其他女人。我懂得要发奋，要拼搏。全是你的功劳。"

高雅用药水给他洗涤脸垢，用热毛巾把化脓的脸敷热，轻轻地挤去青春痘中的化脓物，然后擦上面疮液，面疮膏粉。霎时，佘蒙像舞台上戴了脸谱的角色，

只见嘴、鼻、眼。高雅吓唬说："十分钟以后,我再跟你做技术性处理。请你合作,不要说话。否则……"

说罢,她径自走出美容手术室,轻步穿过大厅,来到大门外的尚达街口,沐浴着夜风,任由习习凉风吹散头发,抚拂面颊。几经变迁的尚达街,短暂的20多年生活悲欢,使她思绪万千,从心底轻轻地呼出一句:"人需要被人爱,也应该去爱一个人啊。"

有人说过,当你觉得自己所爱的人无可挑剔的时候,也是爱情最可怕、最危险的时候。既然不可能爱上一个完美无瑕的人,为什么还要固执地去追寻呢?

佘蒙,是什么东西把你和我老纠葛在一起,没完没了?原来,我想到了香港以后,一断了之,为什么几年之后,又碰在一起?是世界太小,还是应验了用白糯米粉占卜出"缘"字的缘分?

不知为什么,她动情地滚出了一颗晶莹透亮的眼泪。

这泪是甜?是酸?是苦?是辣?她说不出来。也无须去品它。反正,它已经轻轻地滴在曾经给过她灵与肉,现在又传闻要拆去的那条小街……

（原载于《特区文学》1987第2期）

出租车司机

薛忆沩

出租车司机将车开进公司的停车场。他发现他的车位已经被人占了。他没有去留心那辆车的车牌。他看到北面那一排有一个空位。他将车开过去，停好。出租车司机从车里钻出来，他环顾了一下四周。然后，他把车的后盖打开，把那只装有一些零散东西的背包拿出来。然后，他把车的后盖轻轻盖上。他在后盖上轻轻拍了两下。有一滴雨滴落到他的脸上。

出租车司机平时遇到有人占了他的车位，一定会清楚地记下那辆车的车牌。他会在下一次出车的时候，呼叫开那辆车的同事，"你他妈怎么回事？！"他会恶狠狠地说。但出租车司机刚才没有去留心那辆车的车牌。他走进值班室，将钥匙交给正在值班的那个老头。老头胆怯地看了出租车司机一眼。出租车司机冲着老头笑了一下。老头突然用很激动的声音说："她们真可怜啊。"

出租车司机好像没有听到老头的话。他很平静地转身走了出去。忽然，老头叫了他一下。这一次他听到了。他停下来。他回过头去。

老头从值班室的窗口探出头来，说："经理让你星期四来办手续。"

"知道了。"出租车司机说，"谢谢。"

雨没有能够落下来。空气显得十分沉闷。出租车司机沿着贯穿整个城市的那条马路朝他住处的方向走。现在高峰期还没有过去，马路上的车还很多。不少的车打开了远光灯，非常刺眼。

出租车司机横过两条马路，走进了全市最大的那家意大利薄饼店。刚才就是在这家薄饼店的门口，那个女人坐进了他的车。这时候，整个店里只有两个顾客。在这座城市，意大利薄饼店总是冷冷清清的。这正是出租车司机此刻想要的环境。此刻他想要宁静。

出租车司机要了一个大号的可乐和一个他女儿最爱吃的那种海鲜味的薄

饼。在点要这种薄饼的时候，出租车司机的眼眶突然湿了。服务员请了三次，他才意识到要付钱。他把钱递过去，说："对不起。"

出租车司机在靠窗边的一张桌子旁坐下。他的女儿有时候就坐在他的对面。她总是在薄饼刚送上来时，急急忙忙去咬一口，烫得自己倒抽一口冷气。然后，她会翻动一下自己小小的眼睛，不好意思地笑一笑。从这个位置，出租车司机可以看到繁忙的街景，看到马路上川流不息的车队。这是十五年来，他生活于其中的环境。他曾经非常熟悉这样的环境。每天他都开着车在这街景中穿梭。他习惯了这样的环境。可是现在他对这环境感到隔膜了。他不习惯了。刚才他没有去留意占了他的车位的那辆车的车牌。他对停车场的环境也感到很隔膜。出租车司机已经不需要去留心并且记下那辆车的车牌了，因为他不会再有下一次出车的时候。在他将车开进停车场之前，他已经送走了他出租车司机生涯的最后一批客人。整个黄昏，出租车司机一直都担心会下雨。车的雨刮器坏了，如果遇上大雨，他就不得不提早结束这最后一天的工作。出租车司机不想提早结束这最后一天的工作。他也许还有点留恋他的职业，或者也许还有点留恋他的车。出租车司机非常满足，他担心的雨并没有落下来。只是在停车场里，他向他的车告别的时候，有一滴雨滴落到了他的脸上。

出租车司机擦去眼眶中的泪水。他深深地吸了一口可乐。那个女人坐进了他的车。他问她要去哪里。她说一直往前开。他又问她到底要去哪里。那个女人还是要他一直往前开。

出租车司机从后视镜里瞥了那个女人一眼。她的衣着很庄重，她的表情很沉重。她显然正在思考着什么事情。不一会，电话响了。那个女人很从容地从提包里拿出自己的电话，她显然不很高兴电话打断了她的思考。"是的，我已经知道了。"那个女人对着电话说。出租车司机又从后视镜里瞥了她一眼。

"这有什么办法！"那个女人对着电话说。

出租车司机听得出她的伤感。

出租车司机注意到她侧过脸去望着窗外。

"我并不想这样。"那个女人对着电话说。

出租车司机想去想象一下，是一个什么样的人给她打来了这个电话。

"当然。"那个女人对着电话说。

出租车司机想象不出来。也许是一个男人，他开始这样想。也许是一个女

人，他后来又这样想。会不会是一个孩子呢？他最后这样想。想到这里，他的方向盘猛烈地晃动了一下。

"不是。"那个女人对着电话说。

出租车司机想到了他的女儿。所有的电话好像都是从另一个世界打来的。他不知道他的女儿会不会也给他打来一个电话。

"不会的。"那个女人对着电话说。

出租车司机从后视镜里看到那个女人梳理了一下头发。

"不用了。"那个女人对着电话说。

出租车司机减慢了车速，他怕那个女人因为接电话错过了她的目的地。

"真的不用了。"那个女人对着电话说。

出租车司机很想打断她一下，问她到底要去哪里。

"我会告诉你的。"那个女人对着电话说。然后，她向打电话的人告别。然后，她很从容地将电话放回到提包里。她看了一下自己的手表，又看了一下出租车上的时钟。她的表情还是那样沉重。"过了前面的路口，找个地方停下来。"她说。出租车司机如释重负，他点了点头。他加大油门，愤怒地超过了一直拦在前面的那辆货柜车。

那个女人没等找钱就下车走了。出租车司机喊了她一下，可她没有理睬他。

出租车司机本来把那个女人当成他的最后一批客人。当她在讲电话的时候，他几次从后视镜里打量她，他就是这样想的，他想她是他的最后一批客人。可是，在他停车的地方，正好有一对男女等在路边。出租车司机还来不及拒绝，他们就上了车。他们要去的地方正好离公司的停车场不远。

出租车司机注意到那一对男女很注意他们彼此之间的距离。刚坐上车时，那个男人几次想讲话，几次又被女人冷漠的表情阻止了。高峰期的交通非常混乱，有几个路口都发生了交通事故。最严重的一起发生在市中心广场的西北角。出租车在那里堵了很久。当车好不容易绕过事故现场之后，那个男人终于开口说话了。"有时候，我会很留恋……"他含含糊糊地说。

"有时候？"女人冷漠地说，"有什么好留恋的！"

"真的。"男人说，"一切都好像是假的。"

"真的怎么又会是假的！"女人冷漠地说。

车的行进仍然非常艰难。出租车司机有了更多的悠闲，但他提醒自己不要总

是去打量后视镜。他故意强迫自己去想想刚才坐车的那个女人。他想那个打电话给她的人一定不是一个孩子，因为她的表情始终都那样沉重。后排的男人和女人仍然在艰难地进行着对话。男人的声音很纤细，女人的声音很生硬。

"我真的不懂为什么……"

"你从来都没有懂过。"

"其实……"

"其实就是这样，你永远也不会懂的。"

"难道就不能够再想想别的办法了吗？"

"难道还能够再想想别的办法吗？"

因为男人的声音很纤细，这场对话始终没有转变成争吵。这场对话也始终没有任何进展，它总是被女人生硬的应答截断了。

"你不要以为……"男人最后说。

"我没有以为。"女人生硬地说。

出租车司机将挡位退到空挡上，脚轻轻踩下了刹车。后排那一对男女要到的地方到了。出租车司机回头找零钱的时候，发现那个女人的脸上布满了泪水。

出租车司机将一张纸巾递给他的女儿。"擦擦你的脸吧。"他不大耐烦地说。有时候，她就坐在他的对面。她的脸上沾满了意大利薄饼的配料。出租车司机一直是一个很粗心的人。他从来不怎么在意女儿的表情，也不怎么在意女儿的存在。他也从来不怎么在意妻子的表情以及妻子的存在。因为她们的表情总是在他的生活中。因为她们存在。可是现在，出租车司机意识到了女儿和妻子的表情，意识到了女儿和妻子的存在。因为她们刹那间就已经不存在了。一个星期以来，出租车司机沉浸在悲痛和回忆之中。他的世界突然安静下来了，他却无法让自己安静。他不敢回到自己的住处去，他会意识到再也没有人会回来了，他会充满了恐惧。他独自待在房间里的时候完全感觉不到自己。出租车司机一个星期以来突然变成了一个很细心的人。往昔在他的心中以无微不至的方式重演。

出租车司机知道自己的这种状态非常危险。他向公司递交了辞职报告。一个星期以来，他总是看到他的女儿和妻子。她们邀请他回到过去。从前那些沉闷的生活一下子变得有声有色。他开始在意她们的表情和存在。他不放过生活中的任何一个细节。当然，她们还会突然出现在他的出租车的前面。她们惊恐万状的

神情令出租车司机自责。直到又有货柜车出现在他的视野之中，出租车司机才会摆脱掉自责。他才会重新记忆起事情的真相。他才会愤怒。货柜车从他女儿和妻子身上碾过的时候，出租车司机正在跑长途。他的客人很慷慨，给了他一个很好的价钱。

出租车司机吃完了意大利薄饼。他觉得他吃起来的样子很像他的女儿。他的妻子会在一旁笑他们的。出租车司机吸干净最后一点可乐。他将纸杯里的冰块拿出来，在桌面上摆成一排。这是他女儿喜欢玩的游戏。他不忍心去打量那一排冰块。他看到女儿纤弱的手指在桌面上移动。出租车司机将脸侧过去。窗外的世界对他来说竟是那样的陌生了，它好像是远古。他过去十五年的生活是属于远古的。出租车司机清楚地知道继续这样生活下去，已经没有什么意义了。他决定回到家乡去，去守护着他年迈的父亲和母亲。他相信在他们的身旁能够找到他需要的宁静。他离开他们已经有十五年了。他的重现就像死而复生一样，对他的父母来说，一定是一桩奇迹。他的女儿和妻子也能够起死回生吗？出租车司机决定回到家乡去。他希望在那里找到他需要的宁静。

最后的那两批客人给了出租车司机一点点信心。他惊奇地发现自己还有能力关注人们的生活。他的听觉还没有被极度的悲伤彻底磨损。是的，他其实也听到了值班的老头很激动地说出来的话。他说："她们真可怜啊。"那是多么揪心的声音！但出租车司机假装没有听到。他害怕他自己。他已经决定要离开自己十五年来的生活了。他要拒绝同情的诱惑。星期四办完手续，他就不再是出租车司机了。他决定回到家乡去。

出租车司机将手放到桌面上，他突然发现刚才那一排冰块已经全部融化了。他动情地抚摸着融化在桌面上的冰水，突然放声大哭起来。出租车司机知道，自己永远也不会再接触到这块桌面了。他也知道自己永远也不会再接触到这座城市了。对这座他突然感到陌生的城市来说，他随着他的女儿和妻子一起离去了。这时候，出租车司机突然感到了一阵宁静。这提前出现的神圣感觉使出租车司机激动得放声大哭起来。

（原载于《人民文学》1997年10期）

出租屋里磨刀声

王十月

一

就是这里了。房东摇着一串叮当作响的钥匙,一片片艰难地拨弄了老半天,才将锁打开。推开门,"呼"的蹿出一只猫。一股潮湿的带咸腥的霉味扑鼻而来。天右把手举在半空划拉着,并没有蜘蛛网。

两个月没住人了,收拾一下就可以了。这里虽然离市区远了一点,坐车还是很方便的,出门就是518的终点站,半个小时一趟开往市内,一个月收你两百块,是很便宜的啦。房东说着,解下一片钥匙扔给天右。这里很清静,也没有治安仔来查房。你想干啥都行,房东说完冲天右暧昧地笑着。

天右并未挑剔。在深圳能租到这么便宜的房子,他还有什么可挑剔的。地方是偏僻了一点,518的终点。这是一幢二层小平房。房东多年前就在市内买了楼。二楼堆着舍不得扔的旧家具,楼下便租给打工人住。小楼后面是一片杂木林,路边长着几株枝叶肥硕的香蕉树。一条曲折的小径在杂草的掩映中蛇行。200米远处,是高速公路的出口处,再下去200米,便进入繁华的小镇了。

天右选择这样的地方租屋,主要是为了省钱。在深圳市内租相同的一间房子,月租至少八百块,天右在一家台资厂打工,每月工资才600块。厂子里是有集体宿舍的,自从和何丽拍拖后,情况就有变化了。在深圳这个地方,什么都是高速度高效率的,包括爱情。如果说这个城市还有爱情或者我们一定要把这种男女关系称之为爱情的话,拍拖一个礼拜还没搞定对方,就明显属于跟不上潮流了。天右显然是潮流的落伍者。其实打工人创造了这个城市,却从未主导过这座年轻城市,包括潮流。两人每次见面都没有一个更加深入交流的环境。时间一长,何丽就不高兴了。何丽说,天右,你再不解决租房问题,咱们除了分手,将别无选择。

天右这才真急了，天天走在大街上双眼直往墙角、电线杆上瞅，还真让他找到了这个地方。月租200元。远是远了点，想到只是周六周日才和何丽来这儿住，反倒落个清静。天右对何丽讲了，何丽的脸上就露出了掩饰不住的潮红。催着让天右早日拿到租屋的钥匙。房东说你四处先看看，觉得行了就先交三个月的房租，天右问隔壁房间有没有人租。房东过去敲门，没人应。房东说：有租出去的，也是北仔，好像是对夫妻，干吗事的不知道。我们只管收钱，其他的不过问的。天右点头表示相信。心想隔壁有人租住还好一点，不然这么偏僻的地方，住这儿幽静是幽静，还真有些让人害怕。在外打工多年，打工人总是在不停地漂泊，从异乡走向异乡，打工人没有家的感觉，也普遍地缺少安全感。无论是黑道上的烂仔，还是治安、警察，或是工厂里的老板、管理员，都可以轻易地把打工人的梦想击得粉碎。然而这么一群最卑微的打工人却默默无闻地建设着这个城市。生命的脆弱与坚韧，在这片土地上是如此的矛盾而又统一。许多外来工的爱情，其实说不上有多少爱情的成分。大家都渴望有一份安全的归宿感。听说有邻居，天右唯一的一点担忧也打消了，当下交了三个月的房租，随后便将房间收拾了一番，到镇上买了一点生活用品，一个家便算安置好了。忙完这一切，夜色就已降临。天右躺在床上，用力地运动了几下，床发出"咯吱咯吱"的叫唤，天右便兴奋了起来，一时间浮想联翩。急切地回市内接何丽来一块儿在新家里共度春宵。

天右是在出门时遇见磨刀人的。当然天右并不知道他叫什么名字。他是天右的邻居。磨刀人只是作为来讲这个故事的我对他的称呼。准确地说，天右那时对磨刀人的了解是一片空白。这一天是公元1997年3月的28日。天右怎么也不会想到，这一天的决定，将不可避免地改变他的一生。

天右友善地对磨刀人点了点头。说回来了，我是新搬来的。

磨刀人瘦削的脸上浮起一丝呆滞的笑容，也冲天右点了点头。那一刻，天右从磨刀人那幽深的望不见底的双眼里看到了一种不可名状的东西。而事实上，1997年3月28日的傍晚，天右并未刻意去观察这个未来的邻居，他现在心里想的只是快点赶去市内，然后焦急地守在何丽打工的泰丽电子厂门口，等泰丽厂下班的电铃骤然拉响，然后从潮水样涌出的穿着同样米灰色工衣的打工妹中寻到何丽，然后再坐上518路公汽，与何丽度过一个销魂的夜晚。而事实上，天右的这个夜晚正是这样度过的。何丽的兴奋是可想而知的。打工人的理想都很卑微，这样一个根本不能称之为家的窝，也能让他们得到莫大的满足。天右说，何丽，委屈你了，不能给你一个家，一个幸福的家。何丽动情地搂住天右的脖子说，天右，其实家只是一种感觉，躺在你的怀里，我感觉幸福就够了。何丽说着把头埋在天右的胸前，眼里有两颗晶亮的东西在夜空中一闪一闪。天右环住了何丽的腰，用舌头逗着何丽。何丽笑了起来，笑得床板咯吱吱响。这一夜，天右和何丽当然不会想到隔壁房里的磨刀人是何等的烦躁，也不可能听到从隔壁房间里传来的那一声声顿挫的霍霍磨刀声。他们更想不到，他们的这种幸福打破了磨刀人内心深处的平静，加深了磨刀人的痛苦与愤怒、不幸与悲哀。这就为后面的一切埋下了不幸的种子。然而天右不知道，何丽也不知道。拥有幸福的人是不会知道痛苦的滋味的。哪怕是瞬间的、卑微的幸福。

二

　　磨刀人的女人很漂亮。

　　磨刀人的女人说，我叫宏。别人都叫我阿宏的。我比你们大，你们就叫我宏姐吧！

　　天右红着脸，憨憨地笑。他觉得宏姐看他时的眼神有一种撩人的风韵让他浮想联翩。倒是何丽乖巧，甜甜地叫一声宏姐好！何丽说我们是邻居了，将来多关照，听宏姐口音好像是湖南人。宏姐说我是重庆的。两个女人见面熟，不一会儿便拉呱得如同老熟人了。天右插不上嘴，在一边听着。突然说，你老公回来了。果然，远远地就见一条瘦削的影子施施然从香蕉树下转过来，手里拎着一大串东西，像是鱼。宏姐消失了笑容，低了头匆匆地回了自己的出租屋。磨刀人便出现在了小楼前。天右说，回来了，生活不错嘛。磨刀人并没有答腔。只是拿眼幽幽地剜了天右一下，一声不响地进了屋，把门关上了。天右觉得这人无趣，也进了自己的出租屋。何丽说，你有没发现，隔壁那男人怪怪的。天右说是有点怪，他女人却生得好漂亮，为人也爽朗。何丽说怎么，看上人家了。告诉你，给我老实点，别吃着碗里想着锅里的。天右被何丽一顿抢白，弄得面红耳赤。讷讷地说，自家栏里的猪都在哼哼，哪有心思管别家的猪。何丽扑哧一声笑了。突然说，我觉得宏姐不像工厂里的打工妹。两人便不再谈论邻居的事，一起出去买菜做晚餐。买回菜，把饭忙到肚子里，已是晚上八点多钟。却见宏背了个精致的坤包出去了。她男人一言不发冷冷地陪宏走到高速公路出口的地方，送宏上了一辆摩托，才施施

然地回来。何丽正要关门睡觉，见了送宏回来的磨刀人，说一句，这么晚了，宏姐还要去上班？磨刀人的脸上闪过一丝不安。说没……没……慌慌张张低了头，不敢看何丽的眼，钻进了自己的房里，半天没有动静。

何丽疑惑地关上门。天右早已等得急不可耐，见何丽关上门，一把抱过何丽，一只手便伸进了何丽的乳罩。何丽说你这死鬼，死不要脸，不怕别人看见。天右说谁看见，何丽用嘴努努隔壁。小声说，我看宏姐八成是做……话没说完，早被天右用舌头堵住了嘴，两人便恣肆地动作起来。

女人的第六感觉天生敏锐。这一晚何丽怎么也进入不了状态，总觉得有一双阴森森的眼在注视着他们的一举一动。天右说，丽，怎么啦，有心事？何丽突然的不吭声了，眼睛瞪得老大，面色也白得吓人。天右了无兴趣，转头一看，却见窗户外面映着一个高大的黑影，想到了隔壁房里那怪怪的磨刀人，心里一阵惊悸，示意何丽别出声，轻手轻脚到了门口，屏住呼吸半晌，外面的黑影却一点动静也没有。天右长长地吁了口气，说，自己吓自己，是我白天晾的一件上衣挂在走廊里。何丽也长吁了一口气，全身瘫软了似的躺在床上。忽地听到咚的一声，什么东西从窗台上蹿了下去，吓得何丽又尖叫了起来。远远地却传来一声猫叫。原来是只野猫，天右说，过去紧紧地把何丽抱在怀里。两人一时无语。就在这时，寂静的夜空传来了"霍——霍——霍"的磨刀声。何丽先听到这声音，何丽声音打颤地抱紧天右问，什么声音？天右故作镇定，说，风吹着易拉罐吧。何丽说：外面没有风。两人都不吱声。出租屋里空气一下子凝固了起来，只听得两人粗重的呼吸和那只旧闹钟的嘀嗒声。

霍。霍。霍。霍。霍霍。

一声一声，顿挫有力。仿佛是巫师的咒语，带有一种慑人的魔力，杀机重重。在这南方小镇寂静的夜空，清晰可辨。

好像在磨什么东西。何丽说。

可能是拿了货回家赶吧。我们厂里也有喷油部的磨砂工领了货回家做的。天右紧紧搂住何丽，安慰她也安慰自己。

霍，霍霍。霍，霍霍。

磨刀声在夜空中有节奏地起伏。夹杂着金石相撞的叮当声。何丽和天右都想到是磨刀声，但两人都没有说。这一夜，两人都紧张得了无睡意。直到凌晨一点多钟，听见远远地传来了"的的多多"的脚步声，磨刀声才戛然而止。不一会

儿，便听见宏姐和他男人在说话。天右这才松了口气，又用舌尖来撩拨何丽，何丽却没有反应，不一刻，发出了均匀的呼吸声。天右苦笑一下，在何丽的乳房上摸了一阵子，迷迷糊糊睡了过去。

三

再次回到出租屋，天右和何丽已在流水线上忙碌了一周。每天晚上加班加点地赶货两人早已忘记了出租屋里的磨刀声。周五放了假，两人照常地如同出笼的小鸟，双双飞回自己的家，共度属于他们的又一个周末。回到出租屋，迫不及待地关上门，两人先大战了三百回合。

吃完晚餐，到小镇上逛了一圈。又看了一场录像。再回来时，磨刀人已回来了。宏不在家。磨刀人坐在门口的走道里低着头吃饭，并没有专心地吃，却把碗里的一条小鱼夹了逗一只猫。逗得猫围着磨刀人咪咪叫唤，跳起来扑磨刀人夹的鱼，磨刀人把筷子一抬高，猫便落了空，却不甘心就此失望地离去。磨刀人又把筷子放低，猫终于抢到了鱼，得意地喵呜着。

这是一只很瘦很瘦的大麻猫。身上的毛蓬乱地支棱着，两肋看得见一根根深陷的肋骨。何丽和天右回来时，磨刀人正乘猫不注意，蓦地伸出手抓住了猫的后颈，把猫拎在空中，猫惊恐地惨叫着，四条细瘦的腿杆在空中乱划。磨刀人见何丽和天右回来了，一松手，猫在空中打了个翻滚，轻盈地落在了地上，骂磨刀人一声，一闪便没入了墙角的草丛中。

天右和何丽也没再同磨刀人打招呼。两人相依相偎着进了房间，便又迫不及待地抱在了一起，学着刚刚看到的那三级录像片中的姿势。何丽摆动着丰满的臀部，夸张地呻吟着。两人情正浓时，忽听得外面"啪"的一响。何丽一惊，抱紧了天右，说什么声音。天右没有停止动作，说，肯定是那只野猫。春天来了，猫在发情，急着找男人呢。何丽说你怎么知道那是只母猫。天右不再答话，呼吸粗重了起来，何丽却说：听，那个神经病又在磨什么。天右一愣，果然听见一阵金石相撞的声音。接着，夜空中就传来了低沉的"霍霍霍"的磨刀声。一声，一声。仔细听时，磨刀声又停止了。两人刚开始动作几下，磨刀声又霍霍地响起，一停下来，磨刀声也停了。这样折腾了几次，天右就草草地败了下来。两人静静地屏住呼吸，却再无磨刀声。隔壁的磨刀人仿佛睡了，一点动静都没有。天右狠狠地骂了一句

神经病变态狂。心里一惊，想这人可不真是脑子有问题。想到录像片中吃人肉叉烧包的杀人狂，再联想到磨刀人的举动，越想越恐怖。一时间手脚冰凉，也不敢对何丽多说什么，只是把何丽紧紧地搂在怀里。何丽说：天右，我还要。天右便开始动作，心里却总是想着那冷冷响起的磨刀声，动作了半天身体没有一点反应。天右说丽，我今天不行了，明天再来好吗？何丽极不情愿地掐了天右几下，不再理会天右。两人都用胳膊枕住头，眼睛盯着漆黑的房顶想着心事。那只野猫却不知从哪儿蹿进了房间，蹲在窗台上，冷冷地望着这一对占据了它的家的陌生人。天右说，丽，给你说个笑话。你知道男人最喜欢女人说什么话，最怕女人说什么话？何丽还是不理睬天右。天右说男人最喜欢女人说我要，最怕女人说我还要。何丽扑哧笑了出来，说，我还要。天右笑了，说你饶了我吧。猫摇摇头，轻轻地跳下窗台，悄然无声地融入夜色之中。

第二天是周日，天右和何丽出去逛了半天街回来。时近中午，却见宏蓬松着头发，趿着拖鞋穿着睡衣去洗漱。宏睡衣上面的扣子没扣，两只雪白丰腴的奶子便露出来。弯腰漱口时，那深深的乳沟更是一览无余，让天右看直了眼。何丽与宏打过招呼，一进门便扯住天右的耳朵，说小心把你的眼珠看掉。又用手在天右的裤裆里摸了一把，说你他妈的不用时挺威风的嘛。天右嘿嘿地笑，并不辩解。两人便都有一点冲动，亲热了一番。天右正要弥补昨夜的失职，却听见"笃笃笃"的敲门声。拉开门，是宏。

宏说，没打搅你们吧！

何丽说，是宏姐，没事，进来坐。

宏就真的挤进了屋。两个女人便聊了起来。才知道宏的男人叫吴风，两口子都是四川人。吴风在一家木器厂上班。宏就在镇上龙门酒店当陪客。天右说难怪总看你晚上去上班，很迟才回来。又聊了一会儿，宏和何丽便熟络了起来。宏叹口气，说何丽你真幸福，看你老公多疼你。何丽说宏姐你也不错嘛。宏摸出一支烟，扔给天右一支，问何丽要不要，何丽说不要。宏并不吸烟，叼在嘴里愣了一会儿。又说，我男人性格很内向，不爱说话，你们别见怪。何丽说这是哪里话，同是天涯打工人，有啥见怪不见怪的。宏说，不过你们放心，我老公是个好人，老实人，宏说这话时，眼里竟是无限的柔情。两人又聊了一会儿。宏说不早了，我该去买菜做饭了。两人便散了，竟有一点依依不舍起来。

磨刀人照例天黑了才回家。而差不多同时，宏也打扮得漂漂亮亮的准备去上班了。宏一走，出租屋里仿佛又变了一个世界，空气也沉闷凝固起来。何丽对天右说，你有没有发现，宏的老公眼睛很可怕，有一股杀气。天右说你尽瞎扯啥，什么杀气不杀气的。

这一夜，也是照例的有霍霍的磨刀声响起。天右毛了胆子在磨刀人的房门外听得很真切，是真真切切的磨刀声。

这一夜，天右和何丽照例的没有做成爱。天右总是想着那霍霍的磨刀声，该死的磨刀声。天右很愧疚地对何丽说，丽，我不行了。何丽给了天右一个脊梁。天右从背后抱住何丽，何丽把他的手拿开，却嘤嘤地哭了起来。这一哭，泪水便像断了线的珠子一样往下落。急得天右手足无措。何丽哭够了，才抱住天右说，天右，咱们换个出租屋吧！天右说嗯，咱们换个出租屋。明天我就托人打听。

四

重新租屋的计划进行得并不顺利。在稍好一点的地方租一间房，月租金都不会少于500块。租屋的房东又不肯退房租，甚至连天右打他的Call机都不复。为了租这房子，购置生活用品，本来就没有存款的天右早已囊中羞涩，就算要重新租房也只能等到下个月发了工资再作打算。

这个周末，何丽不肯再来出租屋住。天右左劝右劝，并保证在晚上能很威风地雄起，保证能把何丽干得落花流水高潮迭起。何丽才动了心和他来出租屋睡觉。但那该死的磨刀声依然在天右刚刚雄起时响起。天右劝自己，他磨他的刀，也没什么动静，有啥好怕的，心里也还真的不怎么怕，司空见惯了。但天右却总是一听见磨刀声便威风不起来。何丽大为扫兴，对天右的热情顿减。以后，任天右说得如何动人心魄，也不肯回出租屋住了，并下了最后通牒，再不另租房子，就和天右拜拜。

这段时间，天右更心事重重。一方面是租房的事，但更重要的是，天右担心自己从此便雄风不再了。果真那样，对他将是一个何其残酷的打击。

天右上班时就这样胡思乱想着。冲床一下一下地压着模。好几次，天右都把自己的手指放进了冲模下，幸亏做这项工作日久，形成了一种条件反射的本能，每次都有惊无险，但也够天右出一身冷汗了。

广西仔主管冷冷地转到天右前面骂道，你看看你冲的货，这么远冲一下，浪

费的你赔呀！

天右这才发觉，本来一块料应该冲三十个产品的，现在只冲了二十来个便报废了，一时低头无语，任凭广西主管劈头盖脸地一通好骂。广西仔骂够了，掏出一张罚款单，划拉了一通，天右迷迷糊糊地在上面签字，好像是罚款一百元，管它呢！天右现在已没有心情去考虑罚款的事了。真要阳痿了，不是一百元一千元一万元，可是一辈子的大事。该死的磨刀人。天右恨恨地想。把冲床开得老快，手机械地把片材塞进冲模下。

转眼礼拜天又到了。周五晚下了班，天右犹豫再三，终于还是去了泰丽厂门口等何丽。下班铃一响，打工妹们潮水般涌了出来。天右双眼一眨不眨地盯着厂门口。半个小时过去了，出来的打工妹已是零零落落，并未见何丽。天右拉了两个打工妹问有没有见到何丽，回答说这么几千人的厂，不是同"一条拉"的怎么认识。天右又花了十块钱买了一包红塔山香烟塞给保安。保安懒懒地拿起对讲机接通了车间的保安。老半天，何丽才磨磨蹭蹭地从厂里出来，远远地见了天右，脸上挂了一层霜。

两人都不吭声，一前一后地走到厂外那条脏兮兮的河边。天右没话。何丽无聊地拾起地上的土圪垯，一下一下地扔进污水河中。说着，有啥事，没事我要上班去了。天右说，何丽……何丽的眼里盈满了泪水，咬咬嘴唇说，天右咱们散了吧，再这样下去我受不了。你说咱们天南地北的，拍拖图个啥？图个贴心，图个依靠，图个安全，图个幸福的感觉。可现在你给了我什么？跟你住在那个鬼地方，提心吊胆，一点安全感都没有。上班害怕拉长，下班害怕治安仔，晚上回家还要担惊受怕，我真的受不了。天右说，我知道你是嫌我不行了。何丽说，天右，别这样，你会行的，这只是暂时的，我不是嫌你，真的不是嫌你，我是受不了这种日子，再这样下去，我会疯的。都是我不好，我对不起你。何丽说完这些时早已是泪流满面。

天右无话可说，只觉得心灰意冷。半晌，天右说，何丽你走吧！天右说完转身就走。何丽在后面哭着叫了声天右。天右的泪水就下来了。他没有回头。

天右回到厂里，开了机床加班。把冲床的速度调到了最快。天右当时说不上是否有一种自残的快感，反正当他左手的四根手指齐齐被轧断时，他没有感觉到痛苦，反倒有一种手刃仇人般的感觉。然后天右便痛得昏死了过去。

五天后，天右出院。同时也接到被厂方开除的通令。厂家不仅没有赔偿天

右的工伤损失，还说天右违反操作规定，弄坏了一个机模。天右当月的工资被扣押，作为赔偿机模的费用。天右到厂里闹。老板说："你要告尽管去告，穷疯了想自残敲竹杠诈钱，门儿都没有。"天右一冲动也骂："老子告不了你便杀了你，反正也是贱命一条。"

五

天右是带了一把刀回到出租屋的。

一把刀，一尺来长，闪着冷冷的青光。刀是从一个西藏人的手中买来的，那人说是真正的藏刀。天右抱着这把刀，突然地觉得自己的胆气粗了起来。多日去找厂方索赔都没有人理会他。到劳动部门投诉调解，厂方不服仲裁，厂方认为天右是敲诈。因为那天天右把冲床的速度调到了最大的限度，厂方是明令禁止违规操作的。也就是说，要想讨回公道，除非上法庭。这正是老板所想。要是上法庭，没有一年半载判不下来。他老板无所谓，天右这样的打工仔就拖不起了。天右当时很无助地往回走，就见到了那个兜售刀的西藏人，天右就鬼使神差地买了一把。天右还听那西藏人说这把藏刀是有神奇的威力的。

回到出租屋。屋里多日未住人，空气中有股浓浓的霉味。天右推门进屋，忽地从床上蹿下一只猫。那猫早已把天右的床当做自己的家。天右说："猫，来，我们做个伴吧！"猫并不领天右的情，气愤地逃得远远的冲天右叫着。天右骂，不识抬举的，老子先杀了你祭刀。天右就出了门找来一块石头。抽出刀在石头上磨着。其实，天右的心中充满了绝望。

咚，咚，咚。

有人敲门。

天右收了刀，打开门。是宏。

宏说，咦，天右，这么久没回来住，我还以为你们另租了房呢。何丽呢？天右一听宏提到何丽，又激动了起来，何丽，何丽她不会来了。天右这样说时，已是咬牙切齿。你知道这是为什么吗？都是你那该死的老公。天右冷冷地盯着宏那高耸的双乳，天右突然感觉到一种久违的冲动。是一种雄性的冲动。是的，他的这种感觉很强烈。因为你，天右说因为你那该死的男人，每天晚上在房间里磨什么鬼刀，害得何丽离开了我，害得我变成了残废，害得我丢了工作。天右越说越激动，

他的心脏因激动而剧烈地跳跃着，他觉得他的血在体内火速地蹿动，他的阳具在坚挺地昂起。自从何丽走后，天右以为他的那玩意儿再也不会苏醒了。天右一步步地靠近宏。天右说，你老公犯下的错，我今天要你来补偿。

宏却笑了，宏笑得很媚。宏说，天右，我早知道你想要什么，我从你第一次见我时就看出来了。宏说来吧，你们男人都不是什么好东西。天右便抱住了宏，把宏的衣服剥得精光。天右把心中积郁多日的愤怒全发泄在宏的身上。宏在扭动。宏说狗日的天右。狗日的男人。

猫不知何时跳到窗台上，冷冷地盯着天右和宏。蓦地，猫发出一声尖利的惨叫，在空中一连翻了几个滚，落荒而逃。天右依稀看见是磨刀人对猫下的手。但天右那时已忘记了害怕。天右正在冲锋陷阵，阵地已攻破，敌人溃不成军，天右狂呼着。天右记得宏说了一句别难为我男人。那时天右就感觉到了无限空茫……天右不知是何时睡过去的。天右醒来时，已是深夜。

夜凉如水。月如钩。

天右醒来后听到第一个声音便是"霍霍"的磨刀声。宏一定又去上班了。是他男人在磨刀。天右觉得磨刀人今天磨刀的声响特别的大。带有一股浓浓的杀机。天右感觉到了这种杀机。自己的内心也有一股相同的感觉在涌动。天右猛地想到他今天把磨刀人的女人干了。天右还想到他干磨刀人的女人时那声猫的惨叫。天右开始害怕了。他把那柄藏刀抓在手中。抓住藏刀的同时天右便把什么都决定了。

隔壁的房间的磨刀声还在一声紧似一声。

霍。

霍霍。

霍霍霍霍霍霍霍。

急急缓缓的磨刀声如一条无形的绳索紧紧勒住了天右的脖子。天右张开口大口大口地喘气。攥刀的手已是湿漉漉一片。

先下手为强。天右想。

天右把藏刀抽出了鞘。天右的血又开始沸腾了。因恐惧而沸腾。那该死的猫不知何时又钻了进来，冷冷地冲着天右笑。天右忽然觉得那猫的笑如同老板的笑，带着一种冷冷的嘲讽与鄙视。天右一挥刀，猫一声惨叫，拖着一路血迹逃出了出租屋。

六

这是天右第一次进入那个在他心目中打满了问号的房间。房间里并没有什么特别之处。一张简易的小木床，床上堆得乱七八糟，墙边上摆着锅碗瓢盆煤气灶。磨刀人蹲在地上，很仔细地磨一把刀。从刀柄的形状可以看出这是一把菜刀，但刀身充其量只有一把菜刀的五分之一大小。看得出这是日积月累磨砺出来的结果。磨刀人跟前的磨刀石呈月牙儿状地弯着，两端高高翘起，形成一道优美的弧形。

对于天右的突然闯入，磨刀人并未太过惊讶。他仿佛已进入了一种状态，一种老僧入定，物我两忘的境界。他的手指修长有力，这样的手应该是用来弹钢琴的。他的眼睛呈现出一种迷幻的色彩。他那么专心致志地磨着他的菜刀。根本没有在乎杀气腾腾手握藏刀的天右。

霍，霍霍。霍，霍霍。

声音顿挫，节奏均匀，看不出一丝慌乱。磨刀人把那锋利无比雪亮的刀锋对着灯光，眯着眼睛看了一会儿，很满意地点点头。然后才缓缓地转过头来。那时才发现不速之客天右。

磨刀人平静地看了一眼天右，只一眼，天右突然觉察到了一种恐惧。感觉有一只手突然地把他的心攥紧，浑身提不起一点劲。举刀的手软软地垂了下去。天右说我来找猫。一只猫。一只麻猫。该死的猫偷吃了我的菜，还把我的床弄脏了。天右解释着，声音低得连自己都快听不见了。天右突然明白了自己只是一个善良的打工仔。心中无论充满了什么样的仇恨与愤怒，那也只是一个打工仔阿Q式的仇恨与愤怒。长年的麻木与生存的压力已磨尽了他的锐气。天右连在这屋里多待一分钟的勇气也没有，更别说用手中的刀去砍向那个让他陷入了困境的磨刀人。

天右缓缓地后退，抓刀的手湿漉漉的。天右紧张地盯着磨刀人，害怕磨刀人突然地一跃而起，刀锋一闪，砍下他那颗脆弱的头颅。天右并不想死，活着多好，自己还没活够呢。这样想时，天右的一只脚已退出了磨刀人的房门。

磨刀人突然站起来，用力挥了一下手中的菜刀。磨刀人说："你别走了。"天右还在往后退，藏刀护在胸前。"你别走了。"磨刀人又说了一句。说着就走近了天右，眼里闪着冷冷的光。恐惧再一次袭遍天右的全身，天右感觉脊背后冰凉一

片，物极必反恐惧到极点便能生出勇气，就像现在的天右。

天右感觉他有了力量，他握刀的手青筋凸起。当磨刀人再一次逼近一步时，天右一闭眼，挥出了手中的藏刀。有一股黏稠的东西溅在了天右的脸上。天右睁开眼，听见磨刀人说了一声："好。"天右又挥出了一刀，磨刀人又说一声："好。"磨刀人说："真的很好，谢谢你，天右。"

天右这时突然地清醒了过来，天右明白了自己在做什么。在他挥出两刀之前，他的大脑里是一片空白。现在，天右明白，他砍了磨刀人两刀。用他准备来砍老板的刀。一刀砍在肩上，另一刀，也砍在肩上。磨刀人的胸前已染红了一片，但磨刀人的神色很镇定，磨刀人并没有还手，甚至没有招架。他是故意让我砍他的，天右突然这样想。这样想时天右又感到了一阵无可名状的恐惧。磨刀人已是脸色苍白，缓缓地靠墙坐在地上。

天右这时的脑子如水洗一样清醒。他明白他干了什么，但他不明白他为什么要这样做。但他却不由自主地做了。天右扔掉了手中的藏刀，去扶坐在墙角的磨刀人。磨刀人突然伸出血糊糊的手，一把抓住了天右的手，说："天右，谢谢你。"天右说："我送你上医院。"天右说着要去抱磨刀人。磨刀人说："不用了，天右。我是故意让你砍我的，你让我从痛苦中解脱了出来，让我从自我封闭中走了出来，很久以来，我陷入了一个噩梦，梦中有一种无形的力量在驱使着我，冥冥之中总有一个声音在逼我去杀一个人，我也想杀那个人，但我不能杀人，我疯狂地磨刀，进入了一种走火入魔的状态，是你的这两刀让我清醒了一切，明白了一切。"磨刀人这样说时，双眼里秋水样的纯净、祥和、幽远。天右仍然一头雾水，天右说："我送你上医院，我出医药费，我不是真心想杀你的。"磨刀人说："没事的。你听我说，我要说，如果你真的想帮我，你就做一回我的听众。"天右不再固执。天右坐了下来，和磨刀人相对而坐。磨刀人说："我给你说一个故事。"

七

故事发生在西部的小山村。故事的男主人公是一个小学教师。他十七岁开始在村办小学教书，在教坛上兢兢业业整整耕耘了十一个年头。按照当地政府的规定，教龄在十年以上的民办教师是可以转成公办教师的。但他没有能转正。因为他爱上了一个不该爱的人。那个不该爱的人是村长的女儿。村长的女儿曾是他的学生。初中毕业后，村长的女儿也到小学任教。他们之间的爱情发展得行云流水，但却在关键的时候出了问题。因为村长不允许他的女儿嫁一个穷得叮当响，又比他女儿大十来岁的教书匠。后来，他就失去了教师的职业。

他决定要来南方打工。那天，天刚微微亮。教师背上简单的行囊，走到了村口。当他深情地再一次回眸生他养他的故乡时，他看见了她，村长的女儿。这是一个没有一点新意的私奔的故事。故事中的男女主人公双双来到了南方，然后他们开始了漫长的流浪生涯。东莞，佛山，深圳。他们相濡以沫，从不分离。然而，他们是普通的打工者，他在一家小工厂当员工，她则忙碌在流水线上。是爱情使他们从风风雨雨中走了过来。后来，她怀孕了。一次人流，又一次人流，他们养不起孩子。他们计划赚够了一万块然后就结婚，然而那一万块还未赚够，她却被炒了鱿鱼。后来，他们的一个老乡介绍她进了一家酒店做咨客。

他们的生活开始悄悄地发生变化。有一天，她哭着对他说，她对不起他。原来她被经理灌醉后，让别人给睡了。男人愤怒了。男人打了女人一个耳光。然后男人操起了刀，要去酒店杀掉那个害他女人的经理。女人抱住他。女人说，你要杀，就杀了我吧。女人又说，客人给了我一笔钱。女人还说，我豁出去了，做一年小姐，挣点钱，然后离开这该死的南方，离开该死的老板，去一个谁也不认识我们的地方，开始我们的新生活。看着跟自己风里来雨里去的女人，男人的心里很不是滋味。他放下手中的刀，又柔情地抚着女人说：我不该打你。女人说：别怪我，我也是生活所迫，我实在不想再这样子流浪下去，我想有个家，有个天真可爱的孩子。就这么简单平常的一个愿望，可这个愿望却那么的难以实现。女人说：老公，你不会怪我是吗？男人说，我不怪你。只是他晚上再也不和女人做爱了。

男人是个懦弱的男人，他也没有勇气真的去找那个诱惑他老婆下水的男人算账。从此以后，女人每天晚上出去做小姐，男人便在家里焦躁不安。男人快要发疯了，他一次又一次地拿起了刀，想去杀人。杀经理，杀老婆，杀那些压在他老婆身上的男人。甚至杀死自己。他把刀在磨刀石上磨得冷如秋水，但他终于没有去杀人。他是读书人，他是理智的。何况他连鸡都没杀过。他陷入了极度的痛苦中。每天晚上磨刀。渐渐地，他发觉磨刀是一种境界。每当听到那"霍霍"的磨刀声，他便会进入一种虚拟的空间。在那个空间里，他的思绪纵横驰骋。他可以砍瓜切菜般地砍掉他所恨的人的头颅，也可以佛祖般地对他所恨的人拈花一笑。再后来，他便不再有任何的思想了，他只是迷上了磨刀。没有仇恨，没有自责，不

带任何感情色彩地为磨刀而磨刀。磨刀这个单一的动作，成了他生命中不可分割的部分。不停地磨刀可以使他进入一种无物无我的状态。在磨刀的过程中，他无爱亦无恨。

他们的生活又趋于平静。后来，他们新来的邻居打破了这种状态。邻居是一对小情人，每天晚上疯狂地做爱。女人夸张的呻吟和床板的吱呀声如同扔进水中的巨石，在他宁静孤寂的心中激起了波澜。每当听到隔壁的做爱声，他便想到他的女人和别的男人在一起的情形，他的心中又升起了仇恨的火焰。他拼命地磨刀，但现在他已不能进入无物无我的境界了，他的心中充满了浮躁，充满一种血腥的狂热。他一次又一次疯狂地磨刀，他一次又一次徘徊在邻居的门外，恨不得砍死他们。但内心深处的另一个声音告诉他不能这样。他觉得他心中有两个自我，一个是佛，一个是魔。一会儿，是佛战胜了魔。一会儿，是魔战胜了佛。他明白原来每个人都是可以成为佛陀也可以成为魔鬼的，佛和魔是如此的接近啊。糟糕的是近来魔渐渐地占了上风。他知道，一旦佛彻底崩溃他会干出什么事情来。那样的事情是他心爱的女人不愿看到的。为了他的女人，男人是不会干出任何傻事来的。女人说了，今年年底就洗手不干了，夫妻双双把家还。

磨刀人的脸上泛起了一片兴奋的潮红。磨刀人说，这个故事中的教师就是我。后来，你们走了，又来了。再后来，你进来找猫。我突然想让你砍我几刀，把我砍死了，一切都解脱了。你真的砍了我。你这两刀把我砍醒了，我知道我该怎样做了。

天右，谢谢你。磨刀人说。

天右茫然地看着磨刀人。魔，佛。天右不懂。仿佛又有所悟。天右再次把目光投向磨刀人的眼，这时天右没有感觉到一丝的恐惧，有的只是一望无际的理解，他理解磨刀人的痛苦与压抑，悲愤与扭曲。因为他有着相同的痛苦与压抑，悲愤与扭曲。那一刻，他是如此的怀念故乡，怀念荆山楚水间那开满山坡的狗尾巴草，狗尾巴草在风中起伏，像长江的秋水，一波漫过一波……天右轻轻地一声叹息，拎起了他的藏刀。一转身，却看见宏满脸泪水地站在门口。天右一阵慌乱，不敢看宏的眼，逃出了出租屋，消逝在夜色中。良久，远远地传来一声狼样的号啕。

不久以后，磨刀人和宏突然地从这个南方小镇消失了。谁也不知道他们去了哪里。也许，他们去了一个没人认识他们，没人知道他们那不堪回首的过去的地

方,生儿育女,平静地过完他们的下辈子。而每当深夜,劳累了一天的人们进入梦乡的时候,那间偏僻的出租屋里依旧会传来霍霍的磨刀声。

磨刀的人是天右。

（原载于《作品》2001年第6期）

幸福咒

曾楚桥

　　说好了晚饭前就要到的，可是一干人吃过晚饭之后，和尚还是没有到。和尚没有来，临时搭建起来的灵堂就显得简单了些。没有祭台，两个后生就从厨房里搬来一张饭桌，油腻腻的饭桌一搬上来，灵台里似乎就有了些烟火气。死者放大的彩色照片被摆到桌上来，照片上死者一脸幸福的笑容。

　　有人嚷着缺了蜡烛，女人就忙着把蜡烛找来。找来蜡烛，又说要童人纸马，女人一声不响地又上街去买。有人冲着女人的背影喊了一句："嫂子，顺便买几瓶可乐回来。"女人听到了，就沙哑了声音答："好的。"女人走远了，有人就叹气说："死鬼来顺真他奶奶的没福气啊，这样一个好女人也享不住！"

　　一切都准备得差不多了，灵堂也像个灵堂了，就单等和尚到来，可是和尚连个电话也不见。女人就跟工地里的工头说，是不是给和尚打个电话？工头叫女人别急，时间还早。女人就不好再说什么。

　　死者来顺是女人的丈夫。一个多月前从脚手架上摔下来，在医院里苦苦熬了一个月才咽气。女人原本是在家里种地，工头说工地的饭堂还缺个打杂的，来顺一个电话打回家，女人简单收拾了一下，安置好三岁大的女儿就奔丈夫来了。没想到甜蜜的日子才过了一个星期，丈夫就出事了。从丈夫出事的那一天起，女人就几乎天天待在丈夫的身边，没睡过一天好觉。她不是不想睡，而是根本就无法睡，她一睡到床上泪水就止不住地流。女人流干了眼泪也换不回丈夫的生命。还好赔偿的事不用女人费太多的周折，工头都给建筑工们上了保险，保险公司赔了七万多元。而工头出于人道主义，也拿出了两万元，加起来女人就差不多领到了十万块的赔偿金。女人对此实在是没有什么好说的了。村里的石场前年炸死两个人，每人才赔了不到两万块呢。

　　原本女人是准备把丈夫的尸体运回家乡安葬，但工头说医院是不会让家属

将尸体运走的，只能在当地火化，况且很难找到运尸体的车，又说反正现在农村都要实行火葬，在城里火化之后，把骨灰拿回家再土葬也是一个样。女人就听从了工头的提议，将丈夫火化了。火化了丈夫之后，女人要按家乡的风俗在城里给丈夫做场法事。工头嫌做法事太麻烦，但女人的态度很坚决，一再声明，做法事的钱不用工头负责，全由她自己出，又一把泪一把涕地求工头给她找和尚。工头就只好四处给她联系和尚。风流底的和尚还真难找，好不容易找到一个，却左等右等不见人影。工头也等得有些不耐烦了，给和尚打个电话。电话打通了，对方的手机一首《我要幸福》已经唱了好几遍，但就是没有人接。工头的脸也有些挂不住了，骂人的话就滚滚而出："我日你个和尚屁股，该不是在家里给自己打斋吧。"女人见工头骂人了，就说："时候还早呢，我们等一会儿吧。"工头见女人这样说，气也消了一些，但口中还是骂个不停。

灵堂里的灯亮起来时，和尚给工头打了个电话，说他现在正在赶场子，可能要到九点才能到，如果等不及可以另请人。工头问了女人的意见，女人沉吟了一会儿之后说："只要能做得成法事，九点就九点吧。"

离九点钟还有两个小时，女人拿来一张草席铺在祭台旁边，女人就盘腿坐在草席上等。工头在灵堂里坐了一会，觉得有些无聊，就吆喝上几个泥水工凑成了一桌麻将。他们就在灵堂里搓起了麻将。

快到九点钟时，工头就已经输了一千多块。有个赢了钱的泥水工看了看手上的表，然后对工头说："头，快九点了，还打吗？"工头说："和尚还没来，你小子赢了钱就想走，门都没有！"工头脸上的汗水已经出来了。他朝孤坐在草席上的女人说："翠珍，给我来杯茶。"女人听到了叫声，抬头朝他们看了看，只听得工头又说："我渴死啦，风流底这鬼天气，他奶奶的都快到冬天了还这么热！"女人一声不响地把茶给端了过来，坐在工头对面的泥水工趁女人放下茶水的时机对女人说："嫂子，也给我来一杯吧。"他的提议立刻招致其他人一顿喝骂。有人甚至扬言要和他断绝父子关系，但马上又改口说是断绝工友关系。工头就笑了起来，很大方地把钱一一分到赢钱人的手里，说："我他奶奶的都快成扶贫干部了！"女人在男人们的笑骂声中给每人都上了一杯茶。有人问女人想不想打麻将，并表示自己可以让给女人来一圈。工头不等女人回话就接过话儿说："拿女人做挡箭牌？还是个男人吗？"女人回了一句说她不会打麻将，说完又默然地坐回到草席上。女人听到麻将桌有人说了一句：死鬼来顺以前也不打麻将哩，这年头不打麻

将的男人实在是找不出几个来，来顺是个好丈夫啊。

女人嫁给来顺已经四年了。四年来女人还真的没见来顺打过麻将。来顺其实是会打麻将的，只是不想打而已。有了女儿之后，来顺就跟村里的包工头说要跟他出来做泥水工。包工头说："到城里做工可以，不过要先过麻将这一关。刚好三缺一，来顺你就先交点学费再说。"几圈下来，居然只有来顺一个人赢钱。打完之后，来顺却把赢来的钱全部还给了人家。包工头说："好样的，真是个难得的好青年，小伙子跟着我前途一片光明呀，好，我要你了。"出来之前来顺对女人说："你就在家里好好的等着吧，过不了多久，我就把你们全接到城里享福去。"

女人看了看时间，已经九点钟了。和尚还是没有来。麻将桌上还是一片热闹。工头现在已经赢回了一部分钱，兴致特别高，工头的兴致一来，他就忘记了法事，至于和尚来不来似乎已经与他无关了。女人有些着急，主动又给每人上了茶水。上完茶水，女人在工头的身边站了一会儿。工头刚好又和了一盘，随手就甩给女人一张百元大钞说："不喝茶了，喝茶没精神，来几瓶红牛吧。余下的钱就赏给你做小费了！"

女人从小就在山里头长大，虽然不知道什么叫小费，但她明白工头的意思。可是女人拿了钱却没有立刻走开，工头回过头来问："你真的不会打麻将么？"女人摇了摇头说："茶水还要不要？"麻将桌上有人接过去说："茶水没喝头，还是红牛好喝，你别想着给他省钱，几瓶红牛喝不穷他。你只管去买就得了。"女人还想说什么，工头说："好了，好了，每人给他来一瓶，余下的钱就是给你的小费了。"刚才说话的人又说："头的小费到处给，嫂子你也就不用跟他客气了。"

女人去大街买红牛时，商店里的老板却说她那张百元大钞是假的，女人一时愣在那里，半天回不过神来。怎么可能呢？女人从身上拿出自己的钱来对照，怎么对怎么觉得都一样。商店里的老板见她一张乡下女人的脸，就很有经验地开始教她怎样识别真假，什么水印啦、暗码啦，不过最要紧的还是手感。老板越说越兴奋，说她一辈子和钱打交道知道手感才是最重要的。这时女人想给工头打个电话，不过她还是没有打，女人没有手机，打电话不方便的。最后女人自己掏了腰包把红牛买了回来。女人回来之后，见工头正打得起劲，也没跟他说假钱的事，那张假钱她也不准备还给工头，她把工头给的那张百元大钞和自己身上的钱放在了一起，女人凭自己的直觉认为这就是真的。女人又是一声不响地坐回到草席上，耳边又听到有人说了一句：死鬼来顺要是长得不是那么胖，说不定那安全网就能接得住他。

丈夫确是个胖子。丈夫常对女人说，女人胖一点好。丈夫还在家时总是要女人多吃点，又说十个肥婆九个富，女人只要胖起来，离幸福就不远了。女人总是不信。有了女儿之后，女人觉得身材什么的也不重要了，重要的是丈夫和女儿，所以女人往往也是来者不拒，有得吃总比没得吃强吧。女人摸了摸自己的肚子，觉得来这里一个多月的时间，自己至少已经瘦了十斤。瘦了就瘦了，也没什么大不了的，反正丈夫也不在了，他看不到了。女人抬头望了望丈夫的照片，丈夫仍然是一脸的幸福笑容。女人眼前一黑，丈夫的笑容不见了。

又停电了。麻将桌那边立刻骂声四起。黑暗中有人嘘了一声。女人听到麻将桌那边有人小声说："你看，来顺在笑咱们呢。"几个人就一齐朝祭台那边望过去，只见暗淡的烛火被微风吹得摇摇晃晃，来顺那一脸的笑容也在大家的眼里生动了起来。有人悄声说："来顺回来了。"工头说："你别吓唬我，我胆子小，好了，我得给来顺兄弟上炷香。"工头上完香，对坐在草席上的女人说："翠珍，你以后还是留在工地吧，工地的厨房需要你。"女人没做声。工头又加了一句："我以后给你加工资。"女人说："我现在心里乱得很，以后的事以后再说吧。"

和尚就在停电之后不久来到了工地，是个年轻人，年轻人骑了辆女式摩托车来，车后面还带了个木箱。年轻人穿一件短袖T恤，一头歌星般的长发，手腕上还刻有刺青，样子不像是个和尚，倒是和香港电影里那些烂仔有几分相似。但工头说风流底能找到会做法事的就只有他了，还说年轻人是子承父业，会念很多咒语。但女人明显地失望。她没想到只有一个人来。按照老家的规矩，做这样的法事吹吹打打的至少要八个人。女人没想到这年轻人居然连个帮手也不带，女人就有种上当的感觉。不过人家来也来了，女人只好按照工头的吩咐把预先准备好的500元红包给了人家。年轻人拿了红包，就着手重新布置灵堂。灵堂里原来准备好的童人纸马之类的东西，年轻人都说不适用，女人一下子就着急起来说："都这时候了，去哪里买这些东西呢。"年轻人就不慌不忙地把他带来的木箱子卸了下来，然后从箱子里一件一件地把他需要的东西都搬出来，年轻人一边搬一边说："很多人都不懂这个，不怪你，还好这些东西我都准备有，也不贵，总共才二百五十元。"女人没想到有此一着，觉得东西贵，望了工头一眼，见工头把脸扭向一边不出声，自己也不好说什么，只好往口袋里掏钱。

年轻人一接到女人递过来的钱就感觉有些不对路，加上灵堂里又暗，看不

清楚钞票的真假。年轻人灵机一动，把他的摩托车打着，摩托车的灯光一下子把灵堂照得雪亮，也照亮了年轻人手里拿着的钞票。这回年轻人看清楚了，那张百元大钞确是假钱。但是年轻人什么也没说，在这种场合说这种事情，按照风流底的风俗习惯是不吉利的。

灵堂里有了亮光，原来打麻将的那班人又坐到了麻将桌上来了。工头刚坐上去没多久，口袋里的电话就响个不停，接了几个电话之后，工头又开始输钱了。但是电话还是一个接一个地打进来，连输了几盘之后，工头连电话也不接了，就让电话在口袋里响个不停。有人就提议工头把电话接了，别让它在这里烦人。工头说："谁爱接谁接去，他奶奶的今天手怎么这么臭！"工头说完还真的把手机从口袋里掏出来放到了麻将桌上。坐在工头下手的泥水工见状当真拿起来接了。泥水工对着电话说："别打了，头正忙着呢。你想他了就自己过来嘛。"过了一会，又有电话打进来，泥水工又接了，还是说刚才相同的说话。工头骂了泥水工几句，不再理他，只管出手上的牌。工头的对家提醒工头说："法事开始了，我们是不是过去帮帮忙？"工头看了年轻人一眼掉过头来冲他的对家说："你小子能帮得上什么忙？你又不是和尚，你当我不知你念的是哪本经！"他的对家答："我要是个和尚就省心了。可惜我六根未净呀。头儿倒是有做和尚的资本。"对家这话说得有些高深莫测，连工头也一下子不明其意。不过工头也不是傻子，马上就回了一句说："你以为戴上帽子就是和尚了吗？你看看人家，这才像个和尚。"工头指的是年轻人。

年轻人现在真的是个和尚了。他换了一套和尚穿的衣服，又戴上了一顶和尚帽，高高的和尚帽把一头长发也遮盖了起来。当和尚把唢呐吹起来时，坐在和尚身后的女人一直高悬着的一颗心总算落了下来。和尚吹了一段唢呐，就坐下来念一段咒语。念咒时和尚的手机在口袋里滴滴响了一阵。和尚拿出手机来看了看，是女朋友来的信息。和尚口中不停，一只手在手机的键盘上快速地打字，和尚很快就给女朋友回了信息。和尚收起手机又吹起了唢呐来。和尚的唢呐吹得十分响亮，在寂静的工地，孤单的唢呐声传得老远老远。女人就坐在和尚的背后，静静地听和尚吹一会儿念一会儿，如老僧入定一般，听不到身后有人在叫她。

"翠珍，翠珍。"

是工头在叫她。灵堂里不知什么时候来了两个女人。一个打扮得有些像美国西部的牛仔，露出来的手臂像男人一样粗壮。另一个打扮得不显山不露水，弱不禁风的样子像个林黛玉，但骨子里有一股骚劲让人怦然心动。她们是工头的二奶和三奶。两个奶字辈的女人都十分殷勤地给工头打来了夜宵。可是工头现在输惨了，没心情吃，便叫女人先吃。女人回过头来看了看，摇了摇头。女人其实肚子饿了，但她见只有两份夜宵，她不好意思自己一个人吃。工头见女人摇头，也不勉强她，毕竟现在是做着法事呢。

两个女人一左一右的坐在工头的身后看他打牌，并不时出口指点他，两个女人的意见并不统一，"牛仔"嚷着要出三饼，"林黛玉"却说出五条好，说着说着两人就吵起嘴来。工头懒得理她们任由她们吵。这样的争吵工头老早就习惯了。但是这回的争吵有些不同，也许是工头的冷漠让她们觉得非要找个人来出出气不可，于是争吵就渐渐升级，两个女人由最初的争出牌发展到人身攻击，互相攻击了一通之后，两人开始争老公，都说对方无耻，是专门抢人家老公的狐狸精。最后终于导致两人在灵堂里大打出手，打架的结果却令人大跌眼镜，那个看起来弱不禁风的"林黛玉"居然把"牛仔"的一只眼睛打坏了，血流了满嘴满脸，样子十分恐怖。事情到这个地步，工头也坐不住了，劝开两人之后，工头只得开车把"牛仔"送到医院里去治疗。

送走了"牛仔"，灵堂里突然又来电了。和尚见来电了，就把他的摩托车熄火。麻将桌上现在成了三缺一，"林黛玉"脸上虽然也挂了点儿彩，但伤得并不严重，她觉得她有义务代替工头把钱赢回来，就坐到麻将桌上和泥水工们接着打。三个赢了钱的泥水工觉得一个女人容易打发，也没把她放在眼里，他们的心思都一个样：二奶们口袋里的钱来得比他们容易多啦。"林黛玉"坐到麻将桌上才打了几盘，就连和了几盘牌，令三个泥水工刮目相看。"林黛玉"和了几盘牌，也开始洋洋自得起来，但她的高兴并没能维持多久，因为灵堂里又来了两个男人。

和尚最先看到那两个拿刀的男人出现在灵堂门口。和尚一见到两个男人进来就停止了吹唢呐。接着坐在和尚身后的女人也看到了男人进来了，但女人还来不及弄明白怎么回事，两把雪亮的水果刀就已经架在了"林黛玉"的脖子上了。麻将桌上另外三个泥水工吓得不敢动弹。"林黛玉"却显得一副临危不乱的模样，而且口气也不软："这是我和那狐狸精的事，你们插进来算什么？有种就一刀抹下来！"话音未落，"啪"的一声脆响，"林黛玉"脸上就挨了一巴掌。其中一个男人冷笑一声说："你想死？没那么容易！"另一个男人接着说："别跟她那么多废话！"说完就开始解"林黛玉"身上的纽扣。"林黛玉"没有动，任男人解，男人也

不客气，一件一件的将"林黛玉"身上的衣服解了个精光。两个男人显然是有备而来，十分钟不到，他们就在"林黛玉"额上和屁股两侧分别文上：我是贱人。那字是金红色的，在"林黛玉"额上、屁股上十分醒目。整个过程"林黛玉"却始终一声不吭，一副人为刀俎，我为鱼肉的模样。两个男人似乎对他们的杰作颇为满意，哈哈大笑了一通之后，其中一个男人对着麻将桌上几个泥水工说："什么叫贱人？大家都看到吗，这骚鸡就是样板！"然后男人在"林黛玉"的屁股上用力拍了两巴掌才扬长而去。两个男人走后，灵堂里就静了下来。"林黛玉"在无声无息地穿衣服。工头还没回来。这个时候才有个泥水工想起该报警了。但他们都没有手机，和尚把他的手机拿了出来，要帮"林黛玉"报警，但出人意料的是，"林黛玉"突然冷冷地说："不用了。"几个泥水工都不敢看她。"林黛玉"若无其事地穿好衣服之后，对麻将桌上三个泥水工说："咱们接着打吧。"几个泥水工相互看了看，于是埋头打麻将。和尚见没什么看头，拿出手机看了看时间，见离天亮还早，只得又继续做他的法事。女人坐在草席上，又朝祭台上丈夫的相片看了一眼，见丈夫仍然笑得一脸幸福。

下半夜时，工头一个人回来了。工头给每个人打了回夜宵。大家就都不打麻将了，和尚也不吹唢呐了。大家围过来吃夜宵。女人也捧了一盒夜宵坐回到草席上吃。工头已经吃过了，坐在一边剔牙。有人悄声问他："那个不碍事吧？"工头叹了口气说："一只眼报废了。"大家又都不出声，灵堂里静得只有人们吃夜宵的声音。也没有人向工头汇报刚才所发生的事情。吃完了夜宵，"林黛玉"起身要走，工头把她叫住了。"林黛玉"就回过头来，工头这才发现她额上的字，愣了一下，也没问怎么回事，默了一会，工头便从口袋里掏出支票本，写了一张支票递给"林黛玉"，并对她说："你还是回家躲一躲吧。""林黛玉"看了一眼支票上的数字，眼泪就出来了。她忽然对工头笑了笑说："这算是我三年来的小费吗？"工头有些为难地说："我知道这是少了点，我也不想这样。可是医院还等着我拿钱去做手术呢。"

"林黛玉"走了之后，和尚又开始他的法事。女人仍旧坐在和尚的身后，静静地听和尚念咒听男人们说话，偶尔打两个呵欠。几个男人都没了打麻将的兴趣。三个泥水工开始盘点输赢。两个赢了四百多，一个打和。打和的泥水工说："这女人真厉害，一下子就赢了我们五百多。"工头说："你们赢的还不是我的钱！"打和的泥水工就问工头到底输了多少。工头没有作正面回答，只是说："反正我是亏大了。"

"女人多了也是个麻烦事啊,不过这样也好,免得以后天天吵架。"

"不讨也,真为难这女人了。居然一声也不吭,真有她的。"

"这就是本事,你老哥懂什么。"

"还是来顺兄弟好。不嫖不赌一门心思的就想着干活赚钱。"

"现在他赚到钱了,可是人又不在了。赚了钱有什么用呢?"

"怎么没用?你打工这么多年了,赚了多少钱?你看人家来顺嫂子,至少她现在就成了小小的富婆啦。"

"照你这样说,那你干吗不从脚手架上跳下去?我保证你也能赚到一笔赔偿。"

"你可别这样说,说不定哪一天,你老哥就得像今天这样帮我打场法事。他妈的,有时候真想一死了之。死了就一了百了啦。"

"只怕想死也不是容易的事呢。"

女人就听到麻将桌那边有人长长地叹气,她自己也叹了口气。这时夜已经深。工头已经呵欠连天起来。另三个泥水工说话的兴致也淡了。说来说去,除了钱和女人,也没什么可说的了。工头实在熬不住了,他对另三个泥水工说:"你们陪一下翠珍吧,我得去睡一会儿,明天我还要到医院里去呢。"工头也不跟女人打招呼站起来就回去睡觉了。三个泥水工坚持了一个小时,也一个个走了。灵堂里就只剩下女人与和尚两个人了。和尚刚赶完一个场子,现在也有些扛不住,念着念着就糊涂了。女人虽然不懂,但和尚翻来覆去的只念两句话,就是最难懂的外语,女人也能听得出个一二来。

"你是不是念错了?"女人说。

和尚一惊像被人打了一针,清醒了一些。回头看了看身后的女人说:"我怎么会念错呢,这一句至少要念三十遍呢。"女人听和尚这样说,心里虽然觉得有些怪,但也不好说什么,毕竟人家才是和尚。和尚又念了一会儿经,忽然停下来不念了。女人等了好久,也不见和尚有什么动静,以为和尚念完了,看看时间,离天亮还早着呢。

"想不想你丈夫在那边过得幸福一些?"和尚突然说,并不回头。

"为什么不想?那叫你来做什么?"女人答。

"那得念幸福咒。"和尚说。

女人在家乡从来没听说过有什么幸福咒，但听和尚这样说，似乎是这里的习俗，丈夫既然是客死他乡，理当入乡随俗。

"那就念吧。"女人说。

"这得另收钱。"和尚说。

"钱不是都给了你吗？为什么还要收呢？"女人有些不解。

"幸福咒从来就没列入做法事之内，而且这又是我的专利，别的和尚不懂。现在的专利都吃香，做我这行的，也得改革改革了。不过念不念幸福咒决定权还是在你手里。"和尚突然回过头来，看着女人说："人死了，他在地下的日子好不好过，其实对活人也没什么影响的。"

女人犹豫了一会说："念幸福咒得收多少？"和尚笑了笑说："有两种，一是念五十遍，二是念一百遍。五十遍便宜一些，一百五十元。一百遍就要贵一些，要二百元，随你选择，当然一百遍和五十遍的效果几乎是一样的。"

"就一百遍吧，我去拿钱。"女人说。女人说完就走出了灵堂。她身上没有那么多钱了，她要回宿舍里取钱。女人回宿舍取钱时换了一身新的衣服，连鞋也换了，甚至往头上抹了些头油什么的，头发也被梳得油光可鉴。和尚觉得有些奇怪，但也没往心里去，收了女人的钱之后，就开始念他的幸福咒。其实和尚根本就没有什么幸福咒可念，和尚只是用风流底话一遍一遍地唱《我要幸福》，和尚早就看出女人是个刚从乡下出来的，就是用风流底话骂她，她也一样云里雾去的。果然不出和尚所料，女人越听就越迷糊，一首《我要幸福》才唱了不到十遍，女人就趴在草席上睡着了。

女人没想到自己还会醒过来，她把三天的安眠药一齐吃了下去，她以为自己会跟丈夫一起去了另一个世界，但是饥饿让女人感觉到自己还好好的活着。灵堂里的祭台不知什么时候已经撤走了，和尚也走了，有人在女人身上盖了一张棉被，女人拿开被子伸了个懒腰。这一觉睡得真好。这时候有工友见女人醒了过来，就给女人捧来一碗热腾腾的素面。女人坐在草席上吃了一碗面之后，神志开始清醒过来。她清醒过来的第一个念头就是马上回家，她一刻钟也不愿意在城里停留。女人在收拾东西时，突然发现照片上的丈夫长出了长长的胡子。

（原载于《收获》2007年第6期）

亲爱的深圳

吴　君

1

程小桂是李水库的一块心病。如果不是程小桂，李水库感觉自己不会连想也没想就撕开那封要命的家信，至少他会认真研究一下，然后再决定拆还是不拆。现在，李水库拿着这封信有点儿傻了，因为他用了太大力气撕开，使得信无法恢复，更不能正常地交给收信人了。

话还要从卖报纸说起。来收购旧报纸的家伙显然是一个有点钱的男人，样子和这个大楼里面的那些白领们相似，脸上没有灰尘，一双手细腻、白净，衣服也穿得很是整齐。

当时已经是下班时间，清洁工都在一楼大厅里面，有些讨好地围在程小桂旁边，脚下是捆扎整齐的旧报纸。这个时候的几个女工都显得咋咋呼呼，甚至像是打了兴奋剂，和上班时的表现完全不一样，人变得超级不正常。上班的时候，她们只需拿着拖把或者抹布而不用说一句话，就像一个个只有眼珠会动的机器人。

似乎只有下了班，那些白领男女们离开的时候，他们才变成活物，一个个都变得爱说爱笑，尤其是那些来了一段时间的保安，开起黄色玩笑不要命。当然李水库要除外，程小桂总是让他不要说太多话。她说，如果说太多对他和她都没好处。至于没了什么样的好处，程小桂没说。

程小桂正煞有介事地说话和使用手势，显然她是这帮人中的领导者。事实上也是如此，她是这帮人中最大的官——清洁班长。

此刻，她正像有仇一样黑冷着一张脸，横在收报纸的男人面前。一楼大厅的气氛被她搞得异常紧张。也许因为仗着身边人多，程小桂总是有点打群架的味道。一双耀眼的白手在胸前没有规则地上下左右舞动，这使她的动作显得过了

火,像在舞台上表演话剧。

她说,买就这个价,不买就拉倒! 深圳特别喜欢用这样的方式砍价,如果你会了,你不仅懂得这个城市,而且开始像个深圳人了。说完这一句,程小桂感觉自己有点那个意思了。

买就这个价,不买就拉倒! 最后一句是江西口音,声音明显劈了。是程小桂旁边那个高个的女清洁工鹦鹉学舌,用还没有改良好的家乡话重复程小桂这句气话。明显看得出来,她用这个方式讨好正气势汹汹的程小桂。她一会儿让脸变成讨好,一会儿变成气急败坏,好像谁真的惹了她。

对方从始至终都很平静,听完程小桂几个人的咋呼之后,对着程小桂问,你是不是也是这个意思?

当然! 虽然只有两个字,可是程小桂觉得这句话很像城里人了。其实她正欣赏着自己的一招一式,她很是得意自己今晚的表现。

想不到,对方竟然想也没想就说,好吧,就按你们说的,我没意见。

这种态度程小桂没有料到,这使她的一张圆脸变灰了,又白了,最后拉成一张狭窄的马脸。她有点想搭救自己,张了两次嘴却没有挤出半句话,脸也被逼得肿起来,似乎恢复了在乡下的样子,一对白手指在众人面前交叠,放开,最后重又交叠,来回几次之后,她明显有了些疲倦,额头很快浮出了一些疲劳的皱纹,就连眼角上的一颗黑痣也比平时都要显眼。可是尽管这个样子,仍然没有一个人来管她一下,她甚至有些恨刚才还咋咋呼呼的几个女工,她们如果不是那样巴结着她,帮着她,她嘴里也不会冒出那样的话。

几个女工显然也没料到会是这个局面,都想着至少要砍杀几个回合才能成交,她们和程小桂一样,还有一大堆话憋在嗓子里呢。此刻她们也不知道说什么好,有的人看地面,有的人故意让眼睛随着大门外行驶的车辆不断移动。

没有办法,程小桂只有硬着头皮说话了,她说,这报纸的质量特别好,应当有个好价钱。不信你可以比较一下。她这个样子,感觉有点像夸自己田里的白菜萝卜。显然这些话是没有任何准备的,这就使得最后的几句话分了岔、拐了弯、绕了远,有耳朵的人都能听出,程小桂此刻的声音正发软,像是醉了酒,说话也开始语无伦次,甚至露出了她一口难听的乡音。

报贩子好像很清楚程小桂的心思,除了微笑,什么也没说。

直到数钱的时候,程小桂突然从半空中放出一句话,零钱不要了!

差不多所有的人都吓了一跳，包括程小桂自己。

只有那个男人安静地微笑。当着几个人的面，程小桂的脸又被他这样的笑映成一个猪肝色，手指也开始发抖了。显然，她知道自己今晚出了洋相。

这一幕最后是怎么演绎的暂且不说，关键是被正在下楼的保安李水库看了一个完整。作为程小桂的丈夫，李水库的肺快要被气炸了，什么身体不舒服，什么工作太忙、累，看起来全是撒谎，通通都是借口。随便哪一种理由，都会把李水库揉到南墙去，让李水库总是痛恨自己不争气的身体。可是想不到，他那么多天忍饥挨饿，不能碰一下她的身体，她却在这里对着一个收垃圾的野男人卖弄风骚，而且手法竟与当年追求他的时候有些相似。

什么收垃圾？人家是民营企业家！有一次，李水库这样称呼那种职业的时候，程小桂马上予以纠正。

追你怎么啦，不行吗，至少我成功了。这是程小桂的话。当时李水库一边骂程小桂骚，一边喜欢得不行。当年李水库就是喜欢程小桂身上的那种说不出来的劲头。

这个样子，不是老母猪发情又是什么？要是在老家，李水库准要冲上去给那个男人一个大耳光，然后再回过头臭骂一顿程小桂。可是在深圳这样一个特殊的地方，除了在心里狠狠地推自己一个跟跄之外，他又能做什么呢？

心里像是被人浇了开水。他把手捂在自己胃和肚子之间，脸上挂着吓人的表情，拖着灌了铅的一双腿，从楼梯返回保安室。

面对眼下的一切，他有什么办法呢，当然这并不算是一个明确的绿帽子，却是一记闷拳。难道需要动手吗，此刻他就是感到英雄无用武之地，虽然他曾经跟程小桂显耀过自己懂武术。

也就是说，如果不是程小桂，李水库认为自己绝对不会那么冲动，连想也没想，就撕开那封要命的家信，至少他会好好看一下，然后再做决定。

2

程小桂是李水库的一块心病。他是在父母的一次次要求甚至是威胁之下，才到深圳接程小桂回去生孩子的，毕竟他已经二十六岁了。这块心病使得他对深圳这个漂亮的城市也打了折扣。不然的话，他这颗年轻的心，该多么喜欢这里

啊！也就是说程小桂毁坏了他的好心情。

到了深圳的程小桂，整个人发生了很大变化，再也不是过去那个身材又矮又肥的程小桂。现在的程小桂显得比过去高了一些，头发黑亮，人也变白了，也许是总戴着一副白手套的原因，她的手指显得细长，说话也日渐条理化，很难再看出乡下人的样子。至少李水库是这么认为的，这是他到城里来的第一个感受，这种感受让他心里没着没落。

更重要的是她还学会了拒绝，拒绝他这个做丈夫的正常的生理需求。拒绝之后，他觉得身体的重要部位被封住了，像被人捂住了嘴，一句话也说不出来，只能四肢乱伸乱踢蹬。

唉，我的孩子啊，都被你程小桂耽误了。这是李水库心里面的话。本来他想偷偷让程小桂怀上，要是这样，程小桂不回也得回了，一个女人挺着一个大肚子，哪个单位还会要她呢？

可是他一直不能得逞，程小桂从来就不给他这样的机会。

深圳尽管很漂亮，却让他无所适从，总是找不到感觉。比如说李水库每天抬头总是找不到太阳的方向。要是在老家，他一抬头就可以对着太阳，对着太阳他就知道自己在哪儿，无论在地头，还是在山上。比如说太阳悬到正头顶，他一定是刚吃饱了午饭，安心地种水稻呢；如果太阳斜到了河里，那个时候就是要收工了，他的肚子开始叫唤，一双脚则向烟囱的方向移动了。这样的生活他一直认为非常幸福，直到程小桂离开家到深圳打工为止。

去深圳找程小桂，李水库心里是没底的。

没有人知道，为了去见程小桂，李水库背着家里人先去过一趟离自己家不算太远的少林寺。身上揣着在镇里烧砖赚来的钱，在寺院外面一家培训中心，学了一个星期的武术。本来想在程小桂面前显摆一下，免得又让程小桂看不起。李水库连初中都没念完，程小桂却是一个高中毕业生，还是在县重点一中读的。

他只跟程小桂提过一次自己的这件事，当即就遭到了嘲笑。当然嘲笑还不是最严重的，程小桂看都没看这个证件一眼，就说他愚蠢到家，根本没长大脑，学来的东西，全是没有什么用处的花架子，只适合给一些根本不懂武术的外国人表演，或者只能摆出几个姿势给人拍照，类似于宝安公园里老人们每天练习的几个动作。

李水库气得一句话也说不出来，当然主要还是生自己的气，要知道那几个花

架子可是花去了他不少钱。这样一来，他也不想跟程小桂提起，在家里自己已经补习完了高中课程的事，在心里他不想输给老婆。要不是这么快出来，他应该拿到毕业证了。

3

歪歪扭扭的字体和一些让人看了感到亲切的地名，说明了这是一封家信。家信应该更有意思，通篇说的都是大实话，不像城里人的那些公开信，什么亲爱的顾客，亲爱的同事们，这是什么呀，词是用在这些地方的吗？把这种最最严重的词都用上之后，他就感觉人的关系开始越来越远了。

要是平时，一看到这样的信封，即使不看内容，李水库也会感到亲切，有如坐在老家玉米地吹着微风的感觉。这样的信，他会觉得在这个高楼里住的人，其实个个都是有感情的，而不再是机器人，也没有他想象的那样可怕，可能也包括他的老婆程小桂。什么金领白领，他不喜欢这样的叫法，这根本就不是对人的称呼，而是对衣服和机器的统称。

信是从河南平台县寄来的，撕开之后才知道是一封挂号信。

李水库蒙了。

一开始是问信的主人收到不久前寄来的麻雀了吗？然后才是信的本意，这是一封向这个大楼里一个女人要钱的信，那个女人叫张曼丽，是这个楼里的一个部门经理。不过在这个大楼里，被人称为经理的人还是很多。如果不是这封信，李水库不会知道这个大楼还有一位和自己家这么近的老乡。看了信，李水库才知道张曼丽以前不是这个名字，而是一个比他还要土的名。信里说，张曼丽的父亲生病了，病得很重，家里实在没钱了，还说本来家里已经答应过她，为了不影响她的前途不想再联系，可是这一次是因为爹已经躺在医院里了。张曼丽的电话又换了好几次，工作也换来换去，家里总是联系不上，没办法，只好写信。她已经很久没有给家里寄钱，医院说再不交钱就要把人赶出去，如果赶出去的话，人离死也就没几天了。到现在家里欠了很多外债，包括张曼丽上中专时家里欠的钱也还是前几年才还上。村里那些债主看见爹这个样子，怕还不了，都跑到医院门口来讨钱，尤其是那些债主知道张曼丽在深圳上班，就更加不放过爹。这样一来，医院很生气，已经催促爹快点出院。信里还说，这样做，实在是因为没有别

，，，324

的办法。信写得很短，好像每一句话都重复了两次，写信人笨拙和难过的神情跃然纸上。

信是用圆珠笔写的，只有半页纸。字不仅小，而且踉踉跄跄，好像是一个腿脚有毛病，随时要摔跤的枯瘦妇人。其实看了不到一半，李水库一双手就吓得冰凉。

他明白自己惹祸了，而且是一个大祸。

无法复原的信，摆在面前，就像他的心情。

用了太大的力气撕开，现在根本对不上去，一个上午他用各种办法试过都不能复原。在各种尝试的过程中，这信封已经在他粗糙的大手中出现了明显的皱纹、破损。显然，这样正面把信交给收信人的可能性几乎没有了。明白自己的努力无济于事之后，他的身体软在一个破旧的沙发上，脑袋再也没有力气挺立，彻底斜瘫在左肩上方。此刻他再也不想动弹一下。

脑袋里白光一片，连地面也是这样。这刺眼的白光会让人眼睛出现肿胀，也曾使他找不到太阳的方向。此刻，他用肿胀的眼睛看了一下四周，发现每个人都好像在光影里。白光里的程小桂此刻正在宽敞的大厅里神气地走来走去，手指经过的地方，出现了弧线，很像飞机划过的天空。

真是倒霉！为什么碰到了这样的一封信呢？而且是程小桂合同快要结束的时候。之前一直都顺利，想不到，只是吃了一回醋，就摊上这样的一件事情。

一万元！李水库长这么大还没有见过这么多的钱呢，要这么多的钱一定是大病，信上说是救命钱。

下午三点多，李水库怀揣别人的家书，坐在大楼的保安室里，脸上映着从四面八方射来的白光，心里无比难受，他的生活里没有遇到过比这再大的麻烦。

最痛苦的是他看见自己的老婆程小桂拿着一个拖把走来走去，他却不能对她说什么。不知是不是自己太敏感，李水库感觉程小桂还特意向他这边看了几眼，不过也都是装出漫不经心的样子。要是平时，李水库的心里一定又会发痒，身体又要膨胀。可是现在的李水库已没了那情绪。他来到了十七楼和十八楼之间，把身体靠在了墙壁上，这里没有光，可以让他安静一会儿。

他的眼睛对着窗外，窗外的工地上正在打地基。这让他想起自己久违的手艺——泥水工。当年县里修水库大堤，他和村里几个人一起去，结果只有他一个人受了表彰回来，村长带着一帮人在村口敲锣打鼓迎接他，当时乐昏了头，他没经过父亲允许就把自己的名字改成了李水库，一家人也没有怪他。也就是那一年，程小桂主动对他好，并嫁给了他。

可是有谁知道，眼下他正为程小桂苦恼着呢。

4

本来就没想过要到深圳打工，他只是想把程小桂带回老家去，完成人生的第二件大事——生孩子，否则的话，结了婚等于没结。只是程小桂的合同期还有六个月，所以只能再等，更重要的是，程小桂想要看李水库的表现。李水库向程小桂保证过，以前的那些事情绝不允许再次发生。就是在这样的情况下，李水库来到了这个单位当上了保安。

当时坐了一天一夜的汽车，才来到了深圳的关外——宝安区。这也是刚刚改成区不久的一个地方，总的来说还有点过去县城的味道。比如说楼房高矮不一，摩天大厦下面很可能就是几间破旧的民房，市场显得混乱，卖衣服的和卖烧鹅的店铺紧靠在一起，衣服里面都是猪肉和鸡屎鸭屎味儿。街道上有一些人穿着很新潮，有的则与他李水库一样土里吧唧，甚至还光着膀子。主要街道上有漂亮的汽车，更有一些晒得黑糊糊的摩托车拉客仔，不断地凑到行人眼前问，去哪里？

李水库从长途车上下来，就是被这种摩托车拦住并拐了几个大弯才把他带到这栋大楼门前的。把他放到地上的时候，李水库身体有很长的时间都没站稳。

两年没见到的程小桂，像换了一个人，当然，这与她穿了一双高跟鞋和一身让人不能亲近的银灰色职业装有很大的关系。两个人一见面，她先是用眼睛四下瞄了半天，然后像地下党在接头，感觉的确没人，才对着李水库露出陌生的微笑，然后大大方方，用标准普通话说了一句：你好！

李水库脑袋瞬间出现了空白，他快速低下头，让眼珠子死死地粘在鞋帮上。不然的话，他担心程小桂还会走上前和他来一个革命同志式的握手。这个讨厌的地方！他在心里骂着。即使这样的时刻，他也舍不得骂一句自己天天想念的老婆，毕竟自己错在先，程小桂的离开是因为李水库，当时李水库不应该听了父母的唠叨，就去骂程小桂。主要是父母看不上程小桂，程小桂一天到晚看书，有时还用一个小本子写一些什么情啊爱呀的肉麻诗歌，这是母亲翻程小桂抽屉时发现的，父母总是认为程小桂不是一个想好好过日子的女人。

又不是什么有钱人家的大小姐，一天到晚这个样子，我们可养不起！母亲说

这个话的时候眼睛正盯着程小桂刚留了长指甲的手。

什么诗啊，那就是屁！李水库拉开抽屉，动手撕了程小桂的日记本。

程小桂脸上一直都很平静，一句话也没有说。想不到，第二天天还没亮，她就离开了家。当时李水库还在睡觉，醒来的时候，还没缓过劲儿，他甚至半天都想不起程小桂离开的原因。

此刻，程小桂落落大方的眼神让李水库惊慌得眼睛无处躲藏，他在光天化日之下再次低下头，说了句让自己越发感到窝囊的话: 你好！

你好你好！这是人话吗？这是一家人说的话吗？这是孩子娘对孩子爹说的话吗？这是要过日子的人说的话吗？李水库除了伤感，脑子还有一些混乱。直到缓过了劲，李水库还在心里骂道: 你好个屁！而在当时，他只是一脸的傻笑，就像白痴那样。一定要忍住啊，是自己错了。先把老婆接回去再说尊严的事吧，他在心里对自己说。

想不到他们这个大楼是这个区最高的楼房，看来程小桂信里面没有吹牛。如果想要看到楼顶，一定要想很多办法才行，这是他来到深圳不到一个星期就发现的事情。每次他想去望那些大楼的楼顶，都会被大楼的白光弄得头昏脑涨。他一直想找一个形容词，描绘一下这里楼房的高度和漂亮程度，却总也找不到，尽管他脑子里也装了不少形容词。以前他听过一些回去的人谈起关于高楼的故事，当然也包括那些没领到工资不敢回家过年而跳楼的。可真见了这样的楼房他还是大大出乎意料。他曾经从不同的角度去看这个大楼，每次都感觉到楼的身后冒着寒光。

这栋大楼里住了很多家单位，这让李水库想起小时候看过的一部电影《七十二家房客》。李水库观察，这栋大楼进进出出多数是工厂里办理城市暂住证的打工仔和打工妹，另外的就是一些做生意的人和大热天还要西装领带打电脑的白领男女。

深圳比他想象的要热上一百倍，却好上一千倍。到处都是这样白光闪闪的高楼，到处都是让他无比羡慕的男人，到处都是让人心虚气短的女人。每次看见这些女人们，都会让李水库脑子不再好用，她们说话和走路的样子让他浑身酥麻喘不过气。在李水库眼里这就是神仙住的地方，是他父母和兄弟姐妹累死也想不到的好地方。

李水库站在大楼大厅的中间，心里感到有些不真实，也不踏实。大厅右侧悬

挂着一个巨大的荧屏，播放着深圳的风光和各种管理规定：中英街、世界之窗、欢乐谷，然后就是大梅沙。大梅沙的大浪扑过来，李水库本能地躲闪了一下，他闭上了眼睛。再后来就是著名的深南大道。这个大道在深圳里面，要去看，需要办一个边防证。街上灯火辉煌，李水库的身体随着灯光飘了起来，从这个灯飞到另一个灯。他不能再看了，头脑感觉到了晕，心里乱成一片。才看了几眼，李水库的眼球似乎就被粘在了上面，整个人被吸在荧屏上，身体随着画面旋转，翻了十几个跟头，直到要把他胃里那点东西都折腾出来。

不知过了多久才明白自己仍然在地面上，只是脚仍是站不稳。他蜷缩着身子，半蹲在地上。突然发现一双歪扭的皮鞋下面是冰一样透明的地面，上面映着一个站立不稳、松松垮垮的男人。再伏下身，看到的是李水库难看的衣服和一张灰突突的苦脸。

这样的地板很多次都让他险些摔倒。这是一种怪地板，站在上面让人发慌，感觉地板会晃动。越是这样，他就越是感觉很多人在看他的腿，看他迈出的每一步。在这样的注视下，他感觉腿和脚都不是自己的了。他的后脑上似乎长了一双眼睛，似乎专为了警惕着城里人。

电梯更是可怕，只一秒钟就让人没了根。人向上走，而心和胃突然间分开，心飞向了嗓子眼儿那里，胃则拼命坠落，最后粘住了大肠，身上的血也往下跑，挤在裤裆处，冷也从脚下涌上来。不知为什么，每次坐在上面，他连老家的模样也想不起来。想不起老家的时候他就会慌了手脚也慌了神。在一阵阵空调的冷风里他只是想吐，却又吐不出来。一般情况下，他都选择走楼梯，一步一个台阶，每一次脚落下都有说不出的舒服。当然这也是相对的，他最喜欢的还是家里那种崎岖的山路。

除非是太高，事情又紧急，他才别无选择地闭上眼去受罪。

你怎么了？是不是生病了，要不要我帮你啊？有人问他。电梯里，是一个温柔的女孩子声音。

李水库刚睁了一下眼睛又马上闭上，重新回到黑暗里。睁开的那一下，看见的是一团粉脸。

你知不知道地王在哪？深南大道在哪儿？还是那个女孩子的声音。你如果知道，可不可以告诉我，我特别想去一次。

李水库闭上了眼睛，脸也抽成了一团，还是不能说话，只好摇了一下头，手向

声音的方向用力地摆了摆。不知过去了多长时间，终于可以睁开眼了，粉脸却早已经下去，消失在城市的白光里。

他住的这个地方在深圳的关外，和真正的特区还有一道铁丝网隔着，不过离深圳的飞机场很近。遗憾的是，李水库还从来没有真正地进特区内看过一次呢。更不要说著名的深南大道，那些伙伴们从电视上知道了深圳，临行前曾经交代过他，一定要替他们看一次。

成了这座大楼里的人，李水库总感到是在梦里。几次梦里醒来，李水库都缓不过劲儿。如果不是程小桂这种态度，李水库本来应该特别兴奋，这一切多么新鲜啊，这是一个新世界。更重要的是那些老板和美人们与他同在一栋大楼里上班，也全都在这种怪地板上行走。好多次他都想马上去找到他的那些同村人显摆这些事儿。

当然，他还想捶自己一拳，怪自己不争气。

不知为什么，李水库有时很想对这个城市大喊一句什么，却总是找不到词汇，他想用一个词表达自己被压迫太久的情绪，当然他并不能完全明白这是由于身体的压抑造成的。

而所有的这些都让程小桂看不起。

李水库这个工作是程小桂给他找的，这样一来李水库和程小桂的关系就有点别扭。而别扭到了什么程度，只有李水库才知道。在老家，李水库不仅不怕程小桂，程小桂还要经常看着李水库一家人的脸色，原因是程小桂的娘家比李水库的家里还要穷，人一穷就没有了志气。

想不到，事情发生了变化，这栋望不到顶的高楼不仅给农村女人程小桂壮了胆，还让程小桂的家人在村子里直起了腰。不仅如此，程小桂不久前又寄回去了一笔钱给家里，不仅还了一部分债务，还购置了一些急需的农药，村里人都羡慕李水库的父母，李水库的父母果然也对这个程小桂的娘家客气得不行。李水库和程小桂两家的老人在村子里都有了面子。

只是没想到，那次寄了钱后，程小桂成了一个功臣，样子更加傲慢，更加不愿意理李水库了。李水库住在八个人一间的宿舍里，程小桂也是六个人一间，没有什么机会一起说话，更不要说住在一起。从头到尾，他们只亲热过三次，李水库每次都需要忍受各种莫名其妙的羞辱。

李水库对这栋大楼的恐慌，让他对程小桂也无端地产生了畏惧。现在他就

连说话都是小声小气的，整个人像没着没落的城市孤儿。没有人知道，李水库经常躺在大楼无人经过的十七到十八层的楼梯上想心事。

据程小桂说，李水库的工作，是她找了这栋大楼里一个非常重要的人物安排的。为了这份工作，他们必须要以老乡的身份相处。程小桂还郑重地提醒过他一些注意事项。

李水库一直以为当天就可以同房，想不到程小桂根本就不搭这个茬儿，公事公办地把李水库送到保安员住的宿舍。李水库刚把行李放在地上，想把准备好的话说出来，这时，程小桂从口袋里摸了一下，掏出来一把黄色的新牙刷，远远地扔到写着李水库名字的铁架床上，说，你是不是很久都没有洗过澡了？还没等李水库反应过来，程小桂已经转身离开了。

第二天晚上，李水库去宿舍找程小桂。推开门，程小桂正靠在被子上，用手机发信息。看见李水库，好像受到了惊吓，程小桂连鞋也没穿，就一下子站到了地上。房间里还有一个女工，程小桂忙着向那女工介绍李水库，说这也是新来的同事。

那个人用眼睛瞄了一眼李水库，点了一下头，马上就溜出去了。

你怎么进来不敲门呢。程小桂把手机放进裤袋里，黑着脸对李水库说。

看到程小桂真的生气了，李水库嘴里咕噜了一句，门又没锁。

程小桂大声说，有没有锁你都要敲门知不知道，你怎么一点礼貌也不懂呢？我还有事情要做，正准备出去，有什么事以后再说吧！

说话的时候，程小桂穿好了袜子和皮鞋，移动了脚步并用手拉开了门。

李水库一直跟着程小桂。最后糊里糊涂被程小桂带出门。到了电梯门口，程小桂脚步突然停下了，她对李水库说，你先走吧，我还要去另一个地方呢！

5

平时很少看到电视，李水库很寂寞。大楼为了省钱，没有从保安公司找人，而是随便在街上找了几个样子老实巴交的。李水库和其他保安兄弟私底下了解过，比起外面的人，他们少了两百块钱。大家都明白这件事情的内幕，所以做出一些有点出格的事情也并没有什么内疚。可对于李水库来说，这只是第二次。

第一次拆的是一封写给男人的信，男人是大楼里一个中层管理人员。那是

一封有趣的信。这个年代真正的信已经很新鲜，有的只是美容、治疗性病的广告和旅游公司、礼品公司寄来的一堆纸垃圾。

平时根本看不出，那个男人不爱说话，每天都是按时上下班，工作认真负责，对人有礼貌讲分寸。很明显，男人在云南昭通地区旅游，艳遇了当地一个风情女人。信写得无限具体，无限缠绵，无疑是想唤起这个四处留情的男人对她身体的美妙回忆。没想到，却让摸不到女人身体的李水库受到了严重的刺激。平时沉默寡言的李水库，当时像一个高烧病人，浑身滚烫，还在上班时间，就回到宿舍铁架床上画地图了。

那封艳信的使用价值不可估量，当然被他毫不迟疑地没收、保存、匿藏在他认为最安全的地方。这是他的私人秘密，无人知晓。不过看见同事在上班的时间突然回宿舍时，他就会突发奇想，也许每个人都可能有一封这样的信，或者他们分享了他的战利品。对于这封信，他没有一点自责，甚至还安慰自己，这是为了挽救一个家庭不被破坏。这封艳信平安无事，壮了李水库的胆。他觉得深圳人并没有他原来想的那样神秘和可怕，更没有他想的那样心细，他们甚至有些大大咧咧。偷着拆信这样的事情，过去也有个别的保安这么干过，他知道，也还从来没有出过什么麻烦。

这封家信的主人叫张曼丽。他当然认识，他每天都可以见到那个漂亮的脸。她差不多也是这个大楼里最引人注目的女人之一，虽然年龄不小了，但很有风韵，大楼里没有人不知道她，只是感觉里张曼丽似乎并不认识李水库。

他知道在没人的时候，张曼丽还拿过几件男人穿过的衣服给李水库的同事。当然在有人的时候，她对这个同事连眼皮都没撩过一下。李水库认为她这样做也可以理解，谁让他们身份不一样呢。想到身份的问题，李水库又在心里批评了自己，他觉得自己也就只配程小桂这样的女人，这样一想，他心里又平衡了。

大楼里面的女人们说话的时候并不回避李水库，反正在她们的眼里李水库不过是一个透明而且没心没肺的乡下人。张曼丽经常叫李水库那个同伴帮助她搬东西到汽车里。有时候是空调，有时则是一个大大的果篮。听保安说，都是从一些男人的车里拿下来的，这些东西李水库在中央台的广告节目里面见过。遗憾的是她从来没有让他搬过。怎么也想不到，张曼丽后面还有这样一个穷苦的家。这样的家把李水库和她的距离一下子拉近了，这是他的想法。尤其是在程小桂冷漠的态度之后。

　　按照惯例，张曼丽也被李水库想过多次，作为情欲的发泄对象。刚来的时候，在一些人的口里听说张曼丽的父母都是北京的高官，一个哥哥在外交部，一个姐姐还在日本做生意。她年纪不小了，只是一直没有合适的结婚对象。也许条件太好了吧。很多人说这话的时候眼里都是羡慕。包括程小桂一到了这个大楼也是羡慕那些长得漂亮、人又能干的女人。

　　程小桂偶尔在嘴里还冒出一两句城里人说的话和广东普通话，这让李水库嘴上不说，但心里却有点烦。你又不是深圳人，说得再多也不像！不过这也只能是他心里的话，当时他想起了张曼丽，人家那才是一个十足的城里人呢，再给你程小桂两辈子的时间，也追不上人家。情绪像是蒿草，不断地撩拨他的心。李水库没想到，正在他四下走动，想着如何补救的时候，张曼丽走下了电梯。

　　她拿着一个小巧玲珑的手机说话，很明显电话那端是一个男性。散发着妖气的声音多次撞到李水库耳膜上。这样的声音会让李水库感到有一种说不出的身体愉快。有好多次，李水库偷偷溜进张曼丽办公室隔壁，那是个存放各种维修工具的杂物间，他用一个玻璃钢水杯贴到墙壁上，偷听张曼丽与别人打电话。电话的具体内容听不清，只是记得有一次是午休时间，张曼丽竟然对着电话发出尖锐的喊叫，随后是低沉的呻吟。他把自己想象成电话那一端的男人，身体膨胀，他在张曼丽的声音中得到了一泻千里的满足。没人知道，做他这样的保安还是有一些不能与人分享的乐趣的。当然，这之后，他也不只是对着大楼的一个女人才这样。张曼丽这时与工作时好像并不是同一个人。

　　李水库一颗心提到喉咙口，身体也如一个弹簧冲出，挡在了张曼丽面前，张曼丽差一点被突然冒出来的李水库绊倒。正在通话的张曼丽着实被吓了一跳，她躲闪了一下，可身体还是擦到了李水库新换上的保安服。

　　真讨厌！张曼丽向着李水库翻了一个白眼。抛出来的声音有些娇气，有些愤怒，明显是说给李水库和电话里面那个人听的。骂完这一句，张曼丽皱起的眉头又松开了，她对着电话发出娇滴滴的声音，人也轻快地绕过傻瓜一样的李水库，留下一句：倒霉呗，差点撞上一个农民！

　　她并没有发现李水库今天与往日不一样。

6

除了工作是程小桂给他找的，就连后来他们行过几次夫妻之事的地方也是程小桂找的。尽管只是一个存放清洁工具的杂物间，黑胶桶就占去了很大的位置，里面发出腐烂的味道。而就是找这样的一个地方，也是李水库这个一米七二的大男人办不到的。这样一想，李水库就觉得窝囊，同时也感到城市和自己的乡下真是不一样，至少把他们的地位颠了个个儿。在深圳，女人的工作似乎更容易找一些，而男人如果没有一技之长，上哪儿去找活呢？就连这个保安的岗位也还是人家看他年轻才要的。在老家谁会想到程小桂会比李水库还有本事？她不过是一个喜欢看点闲书却没有什么特长的普通女人罢了。当然，除了长一双细腻的手之外。因为这样一双手，她就总是对一些田里的活儿挑三拣四，这最让李水库的父母看不起。可现在一切都不同了，程小桂是村里那些女人们羡慕的女强人，无所不能。

很明显，进了城的程小桂比李水库想象的要混得开，这使得程小桂态度完全变了，也让本来就自卑的李水库更加沉默。包括对程小桂本人，他们除了向家里寄回去多少钱这样的事情需要说两句，别的基本不谈，其实也没有条件去谈。连一个给李水库适应的过程也没有，程小桂就变成了现在这个样子。脾气火暴，同时动不动就是人生、事业、社会之类的大道理。一个女人不好好地做事好好地服侍老公，却要弄得不像一个女人。这一切的一切都让李水库心里窝囊。你是深圳人吗？你不过就是一个女农民工！你有深圳户口吗？你不过有一张暂住证，你穿了一身白领的衣服也还是农村人！这是压在他心里面的话。

有时候李水库真想当着程小桂的面说出来，可看着程小桂自我感觉良好的样子，又不知怎么开口了，当然更主要的是他怀疑自己根本就没有这个胆。

当然李水库没有完全怪她，毕竟她很久没有回家了。从她用的东西上看，她挣的钱也没有乱花过，全都寄给了家里。

从见面那一刻起，李水库就要适应这个新程小桂。更多的时候，在这个无边无际的大楼里，他们互相都是面无表情，彼此看一眼就过去了。尽管李水库受不了，却也没有办法。程小桂似乎尝到了让李水库痛苦难受的甜头。到了后来她竟然上了瘾，故意多次用这样平静的眼神来看他。

她再一次这样看他的时候，李水库在心里骂着，别欺人太甚！

其实在这个大楼里，如果有细心的人，就会发现他们的不正常。要知道，在深圳这样一个特殊的地方，哪一个保安、哪个饭堂师傅不和清洁女工摸一把说几句调情话过过手瘾嘴瘾呢？而他们竟然一次打情骂俏都没有过。

来到深圳的李水库自然见过太多漂亮的女人，这些漂亮的女人像老家灰暗的土墙上挂着的赵薇、范冰冰之类电影明星年画，不同的是，这些肉身能不断地走动，却没有一个与李水库发生实质上的接触。李水库知道，城里女人样子虽然好看，可是没有体温，甚至不能给李水库想要的东西，李水库要的东西很明确、具体。自己最终还将回到老婆那里。无论如何，程小桂才是自己的女人。想不到，现在除了不能碰一下老婆的身体，就连说一句完整的话都难。她还曾经威胁过李水库，他们的关系不能让任何一个人知道，否则会把一切都毁了。因为真要是被大楼的人知道他是她的老公，这个大楼根本就不会要他。不仅如此，作为介绍人，程小桂马上也要卷起铺盖一起被辞退。两个人押在这栋大楼里的一个月工资，将一分也拿不回来。程小桂说话的样子非常严肃，让李水库感到很无奈。

大楼早就规定了回避制度，可是李水库觉得这是对城里人的规定，因为在深圳人眼里，谁都没有想过这些农村人也会结婚、生孩子，似乎他们压根就是一些没有性别的人。

白天的时候，他无数次认真地打量这个大楼里的每一个人，内心不断猜测，到底哪一个是重要的人物呢？程小桂说过，他们那个恩人是有文化的人，绝非他们这样的农民工，人家每次说出来的话都非常有道理。

到了下班的时间，除了小心地观察这个大楼的每一个局部和细节，他还会寻找程小桂嘴里的这位所谓恩人。

这个大楼让他觉得神秘、神圣。最后他感觉这里的每一个人都很重要，他们才有能力收留程小桂，同时也收下了他。他们穿着时尚、得体，他们做事沉稳，寡言少语。每一个人都可能是程小桂的重要关系，也就是说这些人都可能是他和他们家的恩人。这样一想，李水库会从心里对每一个人好，对每一个人亲。

李水库看得最多的是老板模样的男人和衣服光鲜的女人。最后以至于把老板模样的人脸上的麻子和痣的大小与方位都记得清清楚楚。当然那些长得像老板的人并不知道有一个什么人这样看着自己。而那些仙女一样的女人们则是让李水库想入非非、不能自已。刚开始李水库认为自己这样做非常不应该，可是后

来他说服了自己。

每一次想她们之前，他会在内心里或是嘴上念上这样的一句：可怜可怜我吧。我想老婆了，我的老婆就在这里，可是……当然这样的时候，一定是四周没有其他保安的时候。

他有他的规矩，平均每两天才想一个女人，一般情况下，都是这个大楼里每两天见到的第一个女性，这是在他第四次被程小桂拒绝之后采取的一个办法。而对于那几个在心里好过几次的女人，他甚至会滋生出一种亲切感，他经常用眼睛追逐并在心里抚摸着她们的身体。

有的人是皮肤好；有的人哪里都不好，皮肤粗糙得要命，手也像男人的，不过就是一对奶子大，这是李水库的体会。当然他从来没有真的动过她们一下。

"嗨，老婆！"他自言自语。他不知道这个称谓是对着谁的。远处是老婆的身影在晃动。他说，老婆，除了心里，我下面也想你了。他说这话的时候，有一次竟带着哭音。

撕开那封家信，完全就是受了程小桂和那个收报纸男人的刺激。没有人知道，他的身体快要崩溃了。

好在一个老乡在宝安上合路给他联系了一个洗脚的活儿。这样一来，他不仅可以赚点钱，也好打发那些想女人的时光。尤其是周六、周日和节假日，那样的时间里根本就没有一个人和他说话。这样的时候，大楼的临时工也就越多地聚集在宿舍睡觉或扯淡。李水库和程小桂更是一点机会也没有了。毕竟一个男人的手是需要女人肌肤。每一次给女人做足底按摩，李水库都会想到程小桂，想着脚是程小桂的脚，他会更加温柔一些，老婆，我这也算是赔罪啦。然后接着想下去，想到后来又觉得程小桂没有什么好的，还是眼前的这个女人好看，想程小桂那个贱人想亏了，他在心里说。

他知道深圳有很多保安都兼职做类似的事情，当然还有一些是帮洗车厂擦洗汽车什么的。有很多次李水库躲在暗处等程小桂，想要拉住她说一句话。程小桂竟然吓得脸色发白，一边用眼睛不断四下看，一边说，你找死啊？你难道不知道这是什么地方吗？

窗外是工地，大厦已经起到了第三层。看着灰暗的天空，李水库想，跑到城里不是找死吧。想这些的时候，他把自己的一张脸贴紧了窗户，脸被挤压得完全变形了，最后有点痛。这样的时候，他感到了一些舒服。

　　第一次，李水库正在解腰带，正在取头发夹子的程小桂说，能找到这样的工作是做梦也找不到的好事。

　　李水库笑着说，是啊！

　　其实，程小桂不说，他也知道。上合村的马路上的确有很多拿着铁锹的农民。每开来一辆稍慢的汽车，他们就会争着跑过去，跟车里面的人说话，讨好人家，求汽车里面的人把工地上抬沙子、和泥、爬脚手架的累活给自己。这些民工浑身又脏又臭，经常被爱车的司机训骂，所以他们的身子不能靠近汽车。到了中午，拉不到活的农民就索性躺在上合路的两边，脸上盖一件破衣服睡大觉。

　　如果不是老婆，李水库怀疑自己这种身份如果进了城，也只能在上合路上等活呢，这些人除了等，还有什么办法呢？不像李水库有一个这么好的命，本来是找老婆，却一下子进了这么高、这么干净的大楼里面来做事。尽管如此，每次去洗脚店，都要经过上合村，李水库还总是忍不住去看那些人。那些愁苦的表情其实跟他还是很像的，他认为自己内心和他们没有一天不是相通的。虽然是那些人在这个城市里抬沙子、和泥，可是李水库感觉自己的肩也是累的，手臂也经常是酸软的。

　　他们的下一顿饭在哪儿？晚上又在哪儿过夜？一想到过夜这个问题，他的眼睛会在他们的身上停滞的时间长一些。同时李水库认为自己说什么也不能太冲动，即使再不如意，都要先忍着。家里已经收到钱了，捎了信儿，让他不要着急，赚点钱再回去。打工的这几个月，李水库都是买了饭票就把所有的钱寄回老家，很明显，家里希望他留在城里打工。他知道，村子里已经没有什么壮年男人，包括那些六十多岁的男人，都出来打工了。

　　你不要装糊涂！身下的程小桂训斥他说，要知道人家上合村那些人现在连饭还没吃上呢！

　　是啊！李水库感慨着。

　　程小桂显然并不满足这样的话，说，是什么，我看你什么也不是。

　　李水库没话说了。

　　想不到程小桂又在说话，要是不信，你可以到上合路口去看看那些拿着铁锹等活的人。李水库已经记不清程小桂是第几次这样威胁他了，尤其在这种关键的时刻。

　　李水库感觉自己就像一个癞皮狗，此刻他只想趴在程小桂的身上，哪怕是

挨几句骂几句损也无所谓。他嬉皮笑脸地说，老婆，我就是想你那里了。

空气先是沉闷了一会儿，终于，程小桂出现了很大的反应，她先是用力掀翻李水库，人坐得笔直，声音提高了八度说，我告诉你，这个地方可是被监视的，包括说话的声音！

什么被监视？李水库还是没有反应过来，样子有点懵懂。却见程小桂射过两道凶狠的光。在光的威慑下，李水库光着的身子很快缩小了许多，他抓紧了手中一条内裤，让它遮住自己的私处，像是完全变了一个人。

程小桂用白手指着李水库，厉声道，你吃什么饭的？连这个都不知道！怎么领的工资？这叫渎职你知不知道！李水库感觉程小桂此刻的样子好像是这栋大楼真正的主人。

这是什么？我告诉你，你可别跟我玩心眼。程小桂把一只被扎了几个眼儿的安全套扔到李水库身上。

李水库浑身除了软就只有冷汗了。

睡着的程小桂半睁了双眼，张开大嘴，睡相跟死猪一样难看。

程小桂明显比过去瘦了，瘦了的程小桂让李水库有了一种不踏实感。在老家的时候，程小桂不是这个样子，性格就像一团棉花，最多就是一个人生闷气，闹点小情绪，偷着哭一会儿，跟他撒撒娇，很少会像现在这样发脾气，更不要说讲那些粗话了。一想起这些，李水库觉得还是自己的错，否则好端端的程小桂怎么会跑来深圳呢。

直到程小桂的呼噜声渐渐变粗，李水库的一只手才又重现，并重新开始有了活力。还是想做成男人，他顺着程小桂的下衣襟拐进了她灰色的西装裤里，他摸到了程小桂的腿根。李水库明确知道自己是想女人的，白天想，晚上想，他觉得自己这一辈子都会想，当然这一定要在吃饱饭的前提下。

李水库想，虽然他的老婆程小桂白天一身职业装，一天到晚还戴着一副莫名其妙的白手套，看起来挺威风，可是一到了晚上又变回一个地地道道的农村人。由此说来，他喜欢城市的晚上，城市的晚上他们都没有身份这种东西。在夜晚，他李水库和程小桂就应该是一对夫妻，而不是什么同事，不管程小桂是否承认这一点。

在夜晚，他李水库想的就是程小桂，梦里压住的也是程小桂，尽管绝大多数的时间里他们并不在一起。夜晚的时候，他会想到那些老板模样的男人会与什

么样的女人睡觉之类的问题。老板们不会在晚上出现在大楼里，更不会与他在男女事情上有什么分歧。有时他也会想，他和这个城市里面的其他男人也许不在同一个夜晚。因为他们的夜晚是什么样，他李水库并不知道。想过几次以后也就不太想知道了，因为他们的夜晚与他无关。

李水库总是希望在夜里发生一些大事，比如地震或者失火，那程小桂一定会慌里慌张地跑到他这里，穿着在老家时经常穿的花衬衫，而不是平时穿的那种灰色衣服。那个时候，他们将先是紧紧拥抱在一起，随后，在这栋大楼每个人都孤立无援之际，他们手拉着手，以夫妻的名义逃走。哪个人想拦都拦不住，身后全是羡慕的眼神。这样的场景他想过很多次。

这样的时刻怎么还不到呢？每到他的工资迟发、少发，挨老板骂，或者程小桂拒绝和他亲热的时候，他便会强烈盼望这一时刻的早日到来。

在他的幻想里，他的老婆到了晚上不再是衣服整洁、说话有礼貌的那个人，她还是他原来那个老婆。李水库在自己的想象中脱掉了那个在大楼里身穿工装的清洁班长程小桂的衣服，一次又一次碾着她的身体。他身下的程小桂软弱、疲倦，什么都要依靠他李水库，而他李水库则像一个无敌的勇士，无所不能。

我要吃油条！

好！我这就给你买去。李水库站起身来，才发现程小桂正闭着眼睛说胡话。

他倒是想为程小桂买油条吃，但是在这个城市里谁还在吃油条呢，要吃也是早茶，而什么是早茶他还没有亲眼见识过，尽管一来到这个城市他就听很多人说起过。他希望程小桂和他有一次这样的机会，留给将来他们回到老家的时候，一起去回忆。可是他知道，即使他提出来，程小桂也会拒绝。毕竟他们不能公开地出现在各种公共场所。

看见了程小桂黑亮的发丝上有一个被压扁的饭粒，于是他扳过程小桂沉重的脑袋并用手指摘下那饭粒。做这个事情的时候他故意大手大脚，一点儿也不小心。他太了解她的身体了，所以他不担心她会醒过来，因为他知道程小桂是一旦睡着了就是被扔在马路上也能打呼噜的粗人。根本不是每天说着"你好"的女人。

你是白领吗？你根本不是！李水库小声嘟囔着，他以为程小桂已经睡着了。

来深圳后不到一个月，李水库就知道老婆其实就是一个清洁班长。班长和其他清洁工一样要做事情，每天要面对垃圾和灰尘，甚至是粪便。只是在李水库面前，她总是说一些什么白领之类的话。李水库知道，这一切都是程小桂装出

来的。

　　李水库正想着这些,一直沉睡的程小桂突然对着他翻了一下眼皮,还笑了一下,这样的一个动作,吓了李水库一身冷汗。不过李水库的呆还没发完,就见到程小桂闭了眼,哼叽了一声,把盘着的腿伸开,翻了一个身,又睡了过去。

　　直到李水库的手再次向前伸出,并碰到了程小桂敏感部位,程小桂才彻底醒了。醒来后的程小桂先是目光呆滞,可连半分钟都不到就开始变得异常凶恶。她先是狠狠地剜了一眼手脚慌乱、不知所措的李水库,并让目光停滞不前,落在李水库的手上、脸上。这使得李水库的一只手悬在半空,无依无靠。程小桂的目的就是让李水库感觉出自己是一个十足的行为不轨之人。

　　他刚拿了洗脚店给他提成的一百七十块钱,他想用这笔钱给程小桂买一块手表。来这里也是想征求一下程小桂的意见,看看买什么牌子的好。这样想的时候李水库就有点财大气粗。他壮了胆子说,你就那么累啊,跑到这个地方好像就是为了睡觉。

　　……

（原载于《中国作家》2008年第3期）

"蛇口风波"始末

马立诚

有的事情看起来并不大，却蕴含着深沉而凝重的历史意义……

谁能想得到，蛇口招商大厦9层一个普通会议室1988年1月的一个小小风波，竟震荡全国，久而不息，甚至波及日本、美国、法国、挪威、澳大利亚……

1988年8月中旬，挪威首都奥斯陆。一群学理工的中国留学生聚集在挪威理工学院的一间教室，读着8月6日《人民日报》海外版上的《"蛇口风波"答问录》，激烈地争辩起来。一位刚考取了博士资格的男生挥舞着这张报纸潸然泪下道："中国有希望了! 有希望了! "

1988年11月21日，当《人民日报》评论员吴国光访问日本，来到风光秀丽的京都产业大学的时候，该校著名教授小岛朋之向他提出的第一个问题就是: 听说贵国北京派了几个人到深圳特区给青年讲演却遭到拒绝，这是怎么回事? 我们都很关注，请介绍一下?

从1988年9月起，到今年1月，美国著名的新闻媒介从各种角度广泛地报道了"蛇口风波"。美国的读者们从《纽约时报》《华盛顿邮报》《美国新闻与世界报道》《新闻周刊》上读到了曲啸与蛇口青年就"淘金者"的辩论，读到了彭清一问发言的青年叫什么名字，读到了争论双方对特区发展的不同看法……直到今年1月23日，《新闻周刊》还刊登了该刊敏锐的女记者艾鼎德从"淘金者"的争论分析中国今后走向的文章。

海外的华文报纸，更是争相发表社论和通讯，评述"蛇口风波"的是与非……

9楼会议室这场即兴的对话到底说了些什么，竟引起全国的震动和世界如此关注?

第一章　风起青萍之末

笔者深知，要向不知内情的读者介绍一个即兴的、话题十分分散广泛的座谈会的发言，对写家来说是一件很不容易讨好的事。可是我相信不少人会饶有兴趣地看下去。这不仅仅是由于本文首次披露这次座谈会的详情，更由于在我们这个激变的转型的年代，人们最为关心的是思想的涌动和搏击所带来的一切。

这是1988年1月13日晚上。

会议室内外的海报"青年教育专家与蛇口青年座谈会"标明了远道客人的身份。

三位专家均为中国青年思想教育研究中心的报告员，他们是80年代初以来相继以有关青年教育的演说成名的。一位是"启迪青年心灵的灵魂工程师"——北京师范学院德育教授李燕杰，第二位是被称为"现实生活中的'牧马人'"的某部调研员曲啸，第三位是自称"我这个跟在后边的老兵"的中央歌舞团前舞蹈演员彭清一。

座谈会由共青团蛇口区委负责人主持，近70名蛇口青年参加。其中，有些人是看到海报以后自发前来的。

这个会议并没有什么中心议题。开始时，主持人先请三位专家谈谈来特区的观感。

三位报告员在观感演说中对蛇口青年是给予了很高评价的。

曲啸说，来深圳、蛇口感受最深的是特区的巨大变化。几年前，深圳还是只有两万多人的边陲小镇，现在成为拥有50多万人口的现代化城市。1980年工业产值是6000万元，而现在是57.6亿元。事实雄辩地说明了党的改革开放政策的英明正确。

他说："我所见过的青年，从总体上讲，深圳的青年是很可爱的，到了培训中心，看到青年人孜孜不倦地学习，非常令人鼓舞。这个地区毗邻港澳，经济又很活跃，可是在蛇口没发生一起重大恶性案件，这是很值得研究的……总之到深圳几天，给我一个总的感觉，深圳不是断线的风筝，而是一只腾空的雄鹰；深圳青年也不是断线的风筝，而是腾飞的雄鹰，正在沿着有中国特色的社会主义航道前进。"

李燕杰说，1949年他随军南下曾到过这里，30年前这里还是一片荒僻的乡野。近几年又来到深圳，变化实在惊人。他谈了在特区工厂、农村、学校、图书馆等地参观的体会，谈了与青年接触的感受，最后说："在这里，我看到了八个字：公正、热情、廉洁、高效。我想用一句话来概括对深圳的观感：'美的山河美的人，美的风光美的心。'"

彭清一在发言中以激动的心情回忆了他在舞蹈演出中第一次见到毛泽东，并有幸与毛泽东握手的场面。他强调说："今天虽然累点，但晚上见到蛇口青年，感到非常高兴。这里的图书馆外面有那么多自行车，没有丢过。在内地，北京大学清华大学都丢车，丢得还不少。相比之下，哪里文明呢？是这里文明。"他说："我们在全国还有点影响，我要凭着这三寸不烂之舌，向别的地方介绍蛇口青年。"

至此，谁也没有对这个座谈会的正当与否产生争议。如果没有发生后来的对话，那么这个晚间演讲大概会成为三位报告员演讲记录中最新的一笔了。

对下面发生的事情，只好解释为是历史、是命运要在这个不那么顺利的"13"日夜晚安排一次观念的撞击。这，在感情上对所有的当事人都不免有点遗憾。但从历史发展的理性来看，这个偶然当中却包含着时代的必然。

先是一位青年站起来问了一个问题：在内地、在北京，市民也好，青年也好，他们对深圳到底是什么印象？

这是没有任何挑战性的问题，报告员们很乐意回答。

曲啸说："总体来讲，人们的印象是模糊的，因为他们并不了解这里。"他接着列举了内地一些老年人和青年人对特区的不同看法。提到青年的时候，他说："内地青年有很多人向往特区，想到这里来。但是这些想来的人中间有两种人，有创业者，也有淘金者。……在个别人的思想里，想到这里来干什么呢？淘金，挣钱，玩。真想到这里来创业的，有。……凡在人群之中，必定有先进的、落后的、中间的。有差异是正常的……就是在座的当中有没有淘金者呢？到这里创业，这是大多数，有没有淘金者？有。"

经历过文化大革命这场浩劫的青年，尤其是商品经济比较发达的特区青年，对于十年动乱中惯用的把人分成"左、中、右""先进、中间、落后""95%"与"极少数"之类的做法，自然是反感的。再说，"淘金者"这个词本无所谓好坏，因为淘金不同于偷金、抢金，它毕竟还要付出艰辛的劳动，曲啸把它作为"创业"

的对立面提出来，加以否定，就容易引起误解。

导火索在这个敏感的问题上第一次被点燃了。

据彭清一后来回忆，曲啸老师发言后，坐在门口的一个青年说："希望三位老师能和我们一起讨论一些实质性的问题，不要讲些空洞的说教。你说来深圳的人有建设者创业者，也有淘金者，请解释清楚什么叫'淘金者'？"

根据当时一位参加者自己的录音，还有一位青年问道："我想问问，我们一些青年到这里承包、租赁，这些人是不是淘金者呢？三位老师对淘金者有没有一个明确的概念？是来挣钱、搞商品经济的就是淘金者吗？"

曲啸的回答是："我说的淘金者不是为深圳特区的发展来创业，不是为了创业献出自己的全部力量，而是看上了这样一个经济非常活跃、利也很厚的地方，为了个人利益到这里来，图这里生活好、工资收入高。如果钱少了，生活又艰苦，就不肯来。我把这类人当做淘金者，特区不欢迎这样的淘金者。"

曲啸是把动机的纯正高尚、不掺杂一点个人打算放在最重要的地位来考虑的。

对此，青年不同意。一位青年站起来反驳道："我们来深圳、蛇口为什么不能赚钱呢？淘金者赚钱，但没有触犯法律，无所谓对错。淘金者来蛇口的直接动机是赚钱，客观上也为蛇口建设出了力。比如个体户开餐馆，他的目的是谋生赚钱，但他给国家上交税金，也方便了群众，这样的淘金者有什么不好？除了投机倒把、经济犯罪等等之外，凡是正常的经济活动，都是用自己的汗水和生命创造财富、活跃经济，对社会发展起着推动作用。"

曲啸仍然坚持自己的观点，他说："目前有一部分青年特别强调个人的价值，我认为，'天生我才必有用'，每个人都有价值这是肯定的。但是个人的价值如果不在群体的价值中去体现，个人的价值是很难得到充分体现的。青年人应该考虑到祖国的命运，而且应把这个放在第一位。到深圳、蛇口来，到底是为了享受还是为了创业来了？为了创业而来，我认为是真正好样的；如果为了享乐而来的话，那是很危险的。"

一位蛇口青年进一步反驳曲啸的意见说："情况往往是，创业和淘金，为自己打算和为社会考虑，这些东西在人身上是交织在一起的，不大容易分得清楚。谁也说不清楚。这些东西从理论上没有解决。在一个人身上，为自己、为别人、为社会各占多少比例，在什么情况下怎样调整等等，说不清楚。有的人他自己也弄不清楚自己，但他还要说，他觉得自己好像挺清楚似的……"

曲啸打断了这位青年道："你认为你现在做的一切和你个人的价值都只属于你个人的吗？"

青年："当然是这样的。"

曲啸接着问："那你现在为什么做工作？"

青年："为什么工作？第一是为生存，这是五个基本需要的最低层次；第二是安全；第三……首先是为生存我得干活，就是这样。有些时候我觉得中国有些东西，挺虚的而且挺伪的，加起来就是挺虚伪的。"

另一位青年说："其实，干就是了，做完之后我们看效果，你管他什么淘金不淘金、创业不创业呢。他创了半天业闹了个大赔本不也挺可笑的吗？淘金者有什么不好？美国西部就是靠淘金者、投机者的活动发展起来的。创业和享受这两者是不能分开的，两者并不矛盾，并不是我创业以后都得给别人，我也要取一部分。"

彭清一对青年发言中举出美国西部开发的例子很不以为然。他认为：美国是美国，怎能和我们特区相比？美国姓资，搞的是资本主义，我们是建设社会主义的特区，两者没有共同之处，我们不能用资本主义开发西部的办法来建设特区。

蛇口青年对此则认为，这样僵化地划分姓"资"还是姓"社"，不利于改革的深入发展，不利于吸取全人类共同创造的文明成果，不利于我国生产力的解放和提高。

在这次对话中，最出乎报告员们意料的是，李燕杰、曲啸、彭清一说的那些赞扬蛇口青年的话，并未在听众中获得他们三位期待的效应。蛇口青年不欢迎这样的赞扬。这是为什么呢？

一位蛇口青年发言说："刚才三位老师对蛇口人包括对蛇口青年作了高度评价，差不多是完美无瑕；内地的一些报纸、电台等宣传工具介绍特区，也是'创业'呀'巨变'呀什么的，十分完美。这些反映，大家觉得不够确切，有夸张的地方，说得不好听一点，有歪曲的地方。其实，特区青年和内地青年一样，除了工资、大锅饭不同以外，也都是人，也是在这块土地上成长的人，因此有阴暗面，有痛苦。这一点也要实事求是，讲求实际，不要用空洞的词吹得那么高。比如说几位老师提到的这里青年爱学习，我们的确刻苦，但唯一的压力就是我们在这里没有父母也没有兄长，是一个人在孤军奋战，如果自己不努力的话，就有可能被淘

汰。我们今天坐在这里工作,很难说明天还能不能再坐在这个地方。这就是我们学习的动力,这里说的是一个被动的学习动机。当然,这里机会是有的,因此也有愉快。"

另一位青年说:"我认为上课学习的绝大部分是工人,不信可以去翻翻花名册,报名的工人占90%以上。很多大学生都在干什么呢?打扑克、搓麻将。我问他们怎么回事。他们说,第一,根据蛇口办户口的原则,大学生只要身体健康,户口就可以办。户口有了,工作也好找。所以在蛇口,大学生失业的就很少。工人就不一样了,因为没有文凭,要办户口就困难。第二,蛇口工资待遇,总经理第一,副总经理第二,工程师第三……什么也不是的就最差。所以这些原因逼人去学习。这些东西要同时讲出来,不然就很表面,很虚假。"

一位学过企业管理的青年说:"听说蛇口打破了铁饭碗,我很感兴趣,是抱着一种研究的心理到这儿来的。来了以后悲伤地发现,不管是新来的还是早在这儿工作的人,至少要用自己精力的五分之一去研究自己的领导是什么样的作风、喜好什么!而不是研究在工作中怎样充分发挥我的学识、能力,怎样尽到自己的责任搞好工作,而是研究我怎样才能迎合老板的心理,使自己不被'炒鱿鱼'。这种普遍的现象至今还没有报刊分析。"

至于自行车晚上放在外面不丢,以及挂在车上的东西不丢的现象,一位青年发言说,精神文明跟物质文明有关系,跟这个地方收入高有关系。这里大家都收入几百块钱,为拿别人一点东西被抓住,有些人就会觉得得不偿失。内地呢,各种人都有,很复杂,收入也低,如果你的一把伞放在公共汽车上忘了拿了,别人就给拿走了。你下次上车看见别人的伞忘在那里,你当时很气,也会拿走。如果内地经济收入达到了这儿的水平,我觉得内地的精神文明会更高。当然,这个东西也不是绝对的,并不是物质文明发展了,精神文明一定就发展。比如有一些国家,原来是不毛之地,一发现石油之后,整个国家富了,这也免费那也免费,免费读书免费医疗,全免。但他们依然用手抓饭吃……但是我还是认为精神文明的发展要依赖一定的物质基础。精神文明的某些内容,不是人为提倡就能办到的,关键要有物质文明的条件。犯罪的问题不在于宣传,说你不要去犯罪、犯罪是不光荣的等等就能解决。内地很多的吵架、打架是由于收入低造成的。

对此,曲啸表示了不同意见。他说:"经济水平越高精神面貌越好,这个理论我们不同意。"他列举了美国各种案件发案率的统计数字之后说,美国的经济水平高，犯罪率也高。所以关键还是思想品德问题。像深圳这个地方，两个文明建设还是要同步进行的，如果忽视了这一点，单纯地搞经济的话，人们的生活是不会那么愉快的。

一位青年发言反驳说："争论图书馆问题、自行车问题以及犯罪率多少的问题，没有什么意义，这些只是现象。老实说，到图书馆能办证的有多少？你到四海去问问工人，有多少人能办图书证？他们凭什么办图书证？图书馆里摆的书，计算机技术方面的书有很多都是过时的。蛇口工业区现在犯罪率很低，这只是一个现象。我敢断言，深圳的犯罪率将来会高于全国任何一座城市，因为青年人刚到这里，还没有犯罪的条件……那么先进与落后本质的问题是什么呢？是制度，是体制问题。三位老师说蛇口8年就建成这样，不得了。其实如果你走出去，看看日本，看看世界，这又算得了什么呢？举一点这个那个什么自行车啊，都是鸡毛蒜皮的小事。蛇口这地方好就好在开放，站在山头上，能望到海上……我觉得三位老师是在游说，我们这里不看你怎么说，而看你怎么做。来到蛇口这个地方，你们带来的这种思想，蛇口受不了。你们赞扬蛇口，像报纸上那些空话一样，其实大家受不了。所以我希望三位老师有时间的话，最好是深入一下，到基层更充分地接触一下，到后海那些没有电、没有水、没有地方洗澡的单身宿舍去看一下，那么关于青年人的感受可能更深入一些。老实说，今天来参加这个座谈会的人档次还是比较高的，如果你要真正了解蛇口青年，就应该到青年宿舍去看一看，看看青年人在想什么、干什么。你们还可以通过什么途径到蛇口来扎扎实实地待上一年半载，甚至到独资厂、合资厂当个部门经理，跟大家一块做个什么，这样就有可能了解到跟报上说的空话不同的东西，就更有价值。我还希望你们把今天在这里的谈话带到内地去，告诉大家蛇口真正是怎么回事。这里的情况绝不像报纸说的那样莫名其妙。很多外地青年看了报纸上的大话空话，就把蛇口想得那么好，虚无缥缈起来，这实际上是一种愚昧，是空洞的、不反映真实情况的宣传造成了这种普遍的愚昧，让青年人造成这么一种愚昧，这实际上是一种犯罪。"

对青年提出的尽可能深入实际的建议，报告员们是赞成的。彭清一赞扬了蛇口青年"很坦率、很诚恳"。他说通过这次对话长了经验，以后到一个地方去就要多调查研究，讲话就要警惕一点，不要下车伊始就哇哩哇啦。

另一位青年就宣传与实际的矛盾直率地谈了自己的见解："我觉得，蛇口作为咱们国家的一个试验点，对国家摸索自身的方针政策是有好处的。但蛇口朝

什么地方发展，也在摸索当中。蛇口有些地方应该好好推敲推敲。说蛇口只有中国特色，我觉得是不是有点拔高了？因为我觉得在很多地方外国特色倒能体现出来。比如这里的建筑风格、上班环境、工资体制，包括商店里的商品陈列，倒是体现了外国的特色。这一点，如果硬说都是中国特色，我觉得就有些不合适。"

另一位青年补充说："如果有中国特色，那么它就自己出来了。如果没有，你也不必要特意去强调，强调它有多大作用呀？"

在如何表达对祖国的爱的问题上，双方也展开了激烈的交锋。

争论是由一位蛇口青年的发言引起的。这位青年尖锐地说："三位老师的思想在蛇口是没有市场的。三位老师的演讲在内地有反响，在蛇口这地方就不一样。蛇口很多青年在独资公司，他们的利益不一样。我不怕对你们说这些话，香港老板不会炒我的鱿鱼，在内地就不敢了，不敢畅所欲言，这其实是很简单的一个道理。"

曲啸："我想问你一个问题，你说我们的思想在深圳是没有市场的，你说我们是什么思想？"

青年："我想你们是希望蛇口青年带着对国家的爱、对蛇口创业的思想来干，并为这个感到骄傲，这不符合这里的人的实际。我想，如果蛇口独资、合资企业都撤走，我不知道蛇口还有什么东西，这是在座的都知道的。"

曲啸："我们希望青年对祖国有深厚的爱，你能申明你对祖国没有爱吗？"

青年："我认为要看这个爱怎么表达，应当实事求是，而不应当讲虚的、假的、空头的。老实说，蛇口青年都知道，你们是空头的，虚无缥缈的。我们讲实际，我们用自己的劳动表达对祖国的爱。我们自己劳动了，劳动成果自己享受……蛇口青年挣了钱，他也创造价值……他大可不必想着我现在是为了国家，为了什么什么，这里的人是分成好多不同层次的……"

曲啸："你认为这种思想感情的层次是非常低的吗？"

青年："不好说，应该说是表达的方式不一样，也应允许蛇口青年通过体力劳动的方式表达对祖国的感情……我的意思是希望三位老师把这里的真实的东西带回去，敢在内地讲出来。"

彭清一："明天我就在大会上当着那么多的人讲你的话，你叫什么名字？明天你们市长都要去……"

在笑声中，这位青年递上了自己的名片。

接着，双方又对如何对待青年人的自主意识发生了争执。

话题是从彭清一发言介绍自己的女儿引起的。彭清一说："因为我到处跑，我的孩子毕业以后考大学，我没有找过门路。她没考上，目前干什么呢？在××招待所当服务员。每天涮痰盂叠被子，一天就干这个活儿，这是艺术家的女儿。我对她说什么呢？孩子，不要小看，这个工作总需要人呐，总得有人干。当爸爸到你们那儿住的时候，朋友去了，你们微笑，服务很好，人家高兴。我对孩子就是这样，我从来没有为了让她摆脱招待所去走后门。人家评价我说，彭清一这个人是正的。我的孩子涮痰盂继续涮下去，我不受社会上任何事情的影响。我要保持下去。如果每个人都这样做，从自己做起，国家就有希望了。"

而青年人看法正相反。一位青年发言说："这是女儿选择职业的权力受到了父亲的限制，父亲把思想灌输给她，告诉她应该怎样做。如果没有你这个父亲，我看你这个女儿就很危险了。应当让青年发挥主动性，让他们根据自己的意愿进行选择，包括选择自己的职业，应当为青年有这样的主动精神感到骄傲才对。"

座谈会接近尾声的时候，又围绕着进口小汽车和体制改革问题争论了一番。

先是曲啸在发言中提到："我看到我们国土上跑着那么多的外国车，我看着难受。开人大会的时候，在人民大会堂前面的车只有一辆是上海牌小汽车，这不能不说是个不正常的现象。"

青年问道："你气愤的是什么呢？"

曲啸："我们落后。"

青年说："有外国车并不奇怪，因为我们的汽车制造业起点低，再说落后是次要的。二次世界大战以后，日本比我们更落后。日本算什么？日本那个时候衰败到了什么程度？为什么不多几年就起来了？光看到落后算什么？关键是制度问题，是体制问题。甚至大量进口汽车也是某些人拥有过分的不适当的权力所致，这也是个体制问题。体制要有利于发展。离开了这个谈什么落后，只是个现象。"

还有的青年认为：在目前开放的主题下，在全球经济、贸易逐渐趋于一体的形势下，没有一些外国的东西倒是落后的表现。

应该补充的是，会议进行中，的确有一位青年发言说："我今天到这儿来有两个目的，一个是看看曲啸等三位老师是怎么样的人，在我的印象里曲啸老师好像是瘦的，没想到还挺胖（笑声）；第二个目的，我特别想知道这些年国家变化这

么大，三位老师感受最深的是什么……"

在会上，这似乎没构成威胁，它倒使会议显得更加轻松活泼，减少了那些习见的正襟危坐式的隔阂。里根总统早餐时看报纸上画他的漫画，不是也时常忍俊不禁吗？

这位青年发言之后，报告员们在演讲中对这次会给了不少好评。

彭清一称赞了青年的幽默和坦率。他说："我们在会议开始谈了一些话，经过大家反馈之后，一些问题很值得我们——燕杰老师、曲啸老师，还有我这个跟在后边的老兵——研究，我们的确对蛇口了解得少。今天好多在座的同志提出了问题，好得很。如果在内地，可能好多人不这么谈出心里话，那样并不好。我们今后要多调查研究，多听听。因此今天一些同志发言我很满意。满意什么呢？他们很坦率，很诚恳。"

曲啸也在会上说蛇口青年提的问题比较坦率。

李燕杰说："今天在双方发言中有一些不同见解，这不要紧，相互间可以同意，也可以不同意，但彼此是有启发的。我很喜欢'海纳百川，有容乃大'这句话，实际上也应该这样去做。"

最后，会议主持人、共青团蛇口区委副书记谢鸿在总结发言中也称赞了这些热烈的激动人心的场面。一位青年站起来代表发言的人表示赞同，并感谢说："参加这个会很荣幸。"

看来，如果我们的思维方式更加开放，那么，各种不同意见的交流，本该浇灌出令报告者和听众都感觉甘美的果实。随着不同范围的品尝，这甘美还会渗透进许许多多的心田，滋润出孕育着更加宏大的民族精神的新芽……

然而，可惜，也许更加宏大的民族精神比我们期待的要来得更晚些，请看——

第二章　吹皱一池春水

座谈会刚结束，情况就变了。

三位报告员动作很快。座谈会后第二天，1月15日，一份以北京师范学院青年教育研究所（李燕杰任所长）的名义起草的题为《"蛇口座谈会"始末》的材料就写了出来，从深圳分送给中央和有关单位的领导。那个递名片青年的名字也上了材料。

随李燕杰南下的北师院青年教育研究所的一位室主任郭海燕说："那份材料是有，我写的……我有责任把个别青年的错误言论实事求是地反映出来。"

蛇口方面的同志则称这是"一份不光彩的材料"，是一个"小报告"。

这份材料在"蛇口风波"的起伏跌宕中是个关键，不妨将它在这里曝一下光，以使读者对事态的发展有一个更加明晰的把握。

下面是这份材料的全文。

"蛇口座谈会"始末

1月13日晚上，在蛇口招商大厦9层会议室，举行了一次"青年教育专家与蛇口青年座谈会"，出席这次座谈会的有近日来深讲学的中国青年思想教育研究中心报告员曲啸、李燕杰、彭清一同志。这次座谈会事前没有通知本人，陪同来蛇口的深圳市委书记谢建文同志也不知此事。参加座谈会的蛇口青年有五六十人，蛇口区团委书记谢鸿主持会议。

开会之后，三位专家首先发言，对深圳市、蛇口区青年建设者的成就给予了高度评价和充分肯定，并畅谈了自己几天来的观感。曲啸同志在发言中说道，内地不少人向往深圳，其中不乏有识有志之士，但也有少数想到这里捞一把的"淘金者"。

在他发言之后，坐在门口一个戴眼镜、穿西装的青年突然发难，把"恳谈会"引向邪路。他说："希望三位老师能和我们一起探讨一些实质性的问题，不要在这里做那些不着边际的宣传。你们说来深圳的人有建设者、创业者，也有淘金者，请你们解释清楚什么叫淘金者！"

当曲啸同志作解释时，两位男青年相继举手发言。坐在后面的一个长头发的男青年首先站起来挑衅："我们久闻曲啸、李燕杰的大名，今天才算看到了你们的真面目。原来我以为曲啸受了那么多苦，一定很瘦，没想到你这么胖！（哄笑）你们几位闯荡江湖，四处游说，很会来点幽默，弄个噱头，你们的演讲技巧已经相当纯熟。但是我告诉你们，在蛇口这个地方，你们的那一套没有市场！"（哄笑、掌声）

这时，另一位举手的男青年（经了解，他是招商进出口贸易公司的李云忠）站起来发表了长时间的即兴演讲，大意如下："你们到这里来宣传，肯定没有市场！独资、合资企业里的工人没有人会听你们的。我们就是为了自己赚钱，什么理想、信

念、为祖国作贡献，没有那回事。报纸上的宣传有几句真话？只有我们才了解深圳的真面目！你们要想了解深圳，你们就应该到四海、后海去看看那里的工棚，看看住在没有水、没有电的工棚里的合同工，看看他们在干些什么，想些什么！这里是文化的沙漠，青年人十分空虚。你们说深圳的犯罪率在全国是最低的，可是我敢断言，用不了多久，只要条件一具备，深圳的犯罪率肯定是全国最高的。曲啸老师说看见满街跑的都是日本汽车心里很难过，你难过什么呢？自己没有本事造不出汽车，买日本的有什么不好？你们说蛇口只有七八年的历史就建设得这么好，和人家日本比比这算什么嘛！你们要想真了解特区，希望你们到这儿来住上一年半载，当个部门经理。我们判断你们几位，不是听你们的宣言，而是看你们的行动。我再奉劝你们一句，那一套政治宣传不要搬到蛇口来，在这里没有市场！"

这时坐在靠窗户那边的一个青年站起来说："报上的那些宣传我们非常反感。说什么深圳走的是具有中国特色的社会主义道路，其实有什么中国特色？深圳的特色就是外国的特色！它的建筑，它的街道，它的城市构造，它的企业经营方式，完全和外国的一样。有中国特色就说有中国特色，没有中国特色，就不要编造出一个中国特色来。中国特色的社会主义到底是什么东西，你们谁能说得出来？"

这时一个穿蓝上衣敞着怀的青年站起来说："我们这个地方说话还比较自由，顾虑还比较少，山高皇帝远嘛！我骂你们几句，也没有人会来管我，我的香港老板更不会炒我的'鱿鱼'。你们说想到深圳赚钱的人是淘金者。我们就是想赚钱。你们说要为祖国作贡献，我自己流血流汗赚的钱就该我自己享受，为什么要给别人！你们说深圳青年爱学习，有几个真爱学习的？图书馆有几个人能进去？有几个人能办图书证？图书馆里都是些什么书？计算机技术……都是过时的，有几本有用的书？我们今天来的都是层次比较高的，你们要想了解蛇口，就去找低层次的青年了解了解他们的想法吧！你们那些时髦的宣传在这儿一点用也没有！"

那位发表长篇演讲的李云忠又站起来说："淘金者有什么不好！美国西部就是靠淘金者、投机者的活动发展起来的，可是由于政治的原因，中国从来不宣传。刚才有人说深圳没有丢单车的现象，这只是太表面的现象，根本问题是制度问题，我为此感到愤懑。"

那个敞着怀的青年接着说："你们应该说自己由衷的话，不要说那些出于某种政治目的的话。"会场上，曲啸、彭清一、李燕杰同志力图对上述较为明显的错误言论进行说服、诱导和批评、帮助，但是他们的发言经常被打断，整个气氛是不让他们说话的，而且是嘲弄的甚至是敌对的。

散会之后，几位一直没有发言的青年主动走上来对三位专家说："他们不能代表我们蛇口青年。你们的报告我们都听过，讲得太好了！我们完全同意你们的观点。"这几位青年还主动要求和老师们合影留念。

北京师范学院青年教育研究所

1988年1月15日

蛇口青年在座谈会上的发言，固然未必尽妥，但在这份材料里，青年发言的背景和上下文以及所针对的具体问题、特定对象全被割去了。作者截取了一些没头没尾的片言只语，经过排列组合，连缀成文，这就给人形成了整个座谈会从头至尾充满了"明显的错误言论"、已经走上"邪路"的印象。经历过十年浩劫的人们，对于这种陷人以罪的文风和笔法是并不陌生的。起码，这份材料无助于创造一个平等对话的社会环境。联想起类似用语凶险的材料在过去的政治运动中曾经起过的作用，蛇口的同志觉得心头罩上了一层阴云就一点也不奇怪了。

在这份材料里，座谈会正当与否也成了问题。李燕杰后来还对记者说："说这次座谈会有点'突然袭击'，我想并不过分。当时蛇口区请我们参观浮法玻璃厂，根本没有提要开什么座谈会。据说这会是蛇口团区委主持的。可是当天陪同我们参观的市团委书记一点也不知此事。直到吃了晚饭，说是请我们去坐坐，却看见'青年教育专家与蛇口青年座谈会'的海报。我想这至少是不礼貌的行为。我们几个为了不让青年人坐蜡，就进去了。"

然而蛇口培训中心副主任荆跃却说："在座谈会前两天，我曾向燕杰老师提出过，到了蛇口后与青年见见面，他没有表示反对。"

蛇口区团委副书记谢鸿说："当时我们团委是受培训中心的委托组织这次座谈会的。至于几位老师会前知道不知道，我想并不重要，既然是青年教育专家，来到蛇口和青年们见见面，谈一谈，不是很正常的事情吗？至于说有意准备好要为难几位老师，这是绝没有的事情。有两点可以证明：一是参加座谈的青年，包括发言的几位青年，都是自发而来的；二是我们连录音也没有准备，就是为了让气氛随便些。"

对于材料中所说的一位西装青年"突然发难"，将会议"引向邪路"的问题，

谢鸿评论道:"其实类似这样争论起来的座谈会在蛇口是司空见惯的,比这更激烈的也有。就在这次座谈会后不久,温元凯来到这里搞了一次对话,那辩论的程度比这次厉害得多,可大家都习以为常。这里的青年思想活跃,敢想敢说,并不是要跟哪一位过不去。而三位老师的观念有些与蛇口人实在想不到一块,多提了几个问题是毫不奇怪的,没想到几位老师把问题看得那么严重。事后大家都议论说,这几位老师可能是在内地总是听到掌声、欢呼声,不习惯这种讨论问题的方式。"

可是,谢鸿这里所说的大家在底下的议论,毕竟不能抵挡那份已经送给各有关方面领导的材料中给蛇口青年扣上的吓人的"帽子"。

《蛇口通讯报》总编辑张梦飞感到了自己沉重的责任。他说:"老实说,当初没有打算报道这件事,因为争论在蛇口的确很寻常,不值得。但第二天曲啸在深圳市演讲,专门用一段话来贬损蛇口青年,电视也放了,以后又冒出那份不那么光彩的材料,我们才感到不能沉默,要维护蛇口青年的声誉。报社年轻记者魏海田、王克朴正好参加了座谈会,提出了报道设想,才开始报道出来。"

应当说,这已经不单是维护蛇口青年声誉的问题了。

这场观念的撞击,即使不在蛇口出现,也必将会在别的地方发生。这是我们古老而又青春的祖国从自然经济、产品经济走向商品经济,从农业文明走向工业文明,从传统社会走向现代社会必然要经历的文化观念的震荡。在这个"礼崩乐坏"的发展过程中,可能会产生一些人感情上不大容易接受的东西,甚或会伴随着一些消极的现象,但这一伟大的转变过程是中华民族的唯一出路。

经过了十几天痛苦而又紧张的沉默,终于,2月1日,《蛇口通讯报》这张很少为内地读者所知的周报,在头版报眼上发表了一条使它名震全国的消息:《蛇口青年与曲啸李燕杰坦率对话——青年教育家遇到青年人挑战》。

这篇300多字的标明"本报讯"的短文,扼要地向读者介绍了1月13日在座谈会上,青年教育家与蛇口青年在如何看待"淘金者"、如何看待进口汽车、如何表达对祖国的爱等问题上互相对立的观点。

这条消息虽然比实际发生的事晚了18天,但在中国新闻体制的观念系统中,却是一条货真价实的新闻。

素以眼光敏锐著称的老资格的《羊城晚报》,2月12日在头版显著位置刊登了该报记者邹启明写的千字通讯:《"热门话题"和它的余波——记蛇口青年的

一次座谈》。

这篇通讯以较多的篇幅介绍了1月13日座谈会上曲啸与蛇口青年在"淘金者"问题上的争论，委婉地批评了三位报告员口头上理解青年"直率"的同时又对这次座谈会不满的情绪。该文最后一部分是采访谢鸿的答问录。谢鸿在答问中结合实际提出了"面对新环境中成长的新一代，如何做好思想教育工作大有文章"的课题。这正是1988年党中央和广大干部群众正在紧张思考的、即将破门而出的课题。

《羊城晚报》的介入，使蛇口座谈会的风波广为扩散，引起了内地不同读者群的关注。

3月28日到4月25日，《蛇口通讯报》连续发表三篇从理论上深入剖析这场观念撞击的文章，从而把"蛇口风波"以更加尖锐的态势提到了人们面前。

3月28日刊出的是魏海田写的一篇引起了很大争议的文章：《蛇口：陈腐说教与现代意识的一次激烈交锋》。这篇两千多字的文章分析了蛇口青年与报告员在如何看待淘金者、如何表达对祖国的爱、如何看待落后等几个热点问题上的分歧，鲜明地提出了："蛇口青年并不认为创业者和淘金者是两个截然分开的概念，更不是对立的。相反，蛇口青年认为两者是密不可分的，蛇口青年宁愿以'淘金者'自居。"文章指出了三位报告员的一个矛盾：一方面，时时称自己"海纳百川、有容乃大"，甚至在讲演中还屡次反问别人"为什么容纳不了别人呢？特别是别人一句话、一个什么事触犯了你个人利益的时候，为什么不能胸怀宽广一点"；另一方面，又在1月15日的"材料"中给蛇口青年扣上吓人的"帽子"。作者送给三位专家两句诗："我为你举手加额，我为你扼腕叹息。"

4月11日，魏海田再度在《蛇口通讯报》发表长文：《蛇口青年与曲啸等同志还有哪些分歧？》。这篇文章是针对座谈会之后，曲啸在深圳的电视演讲中把蛇口青年当做反面材料批判而写的。文章说，蛇口青年对这种肤浅的批判和牵强附会极为反感。作者直率地说："不客气地说，蛇口这个开放之窗今天所有的一切成就都是从这些被某位青年教育专家称为'没有希望的人'手中建设出来的，都是这些自谦为'淘金者'的人们用汗水甚至鲜血浇铸的。"

魏海田在文章中还对另一个尖锐的现实问题进行了鞭辟入里的剖析："一位青年教育专家认为应当警惕改革条件下剥削阶级思想的干扰，这无疑是对的。他又似乎认为改革能够克服这种干扰，'有很多个体户把收入的很大一部分

献给了国家，办了公益事业'。这个例证在蛇口青年看来，不但不能证明改革的成果，还可能造成人们对改革信心的动摇。"

"应当承认，一些个体户要办公益事业的动机是高尚的，但在目前情况下，人们也应当看到，一部分个体户的这种举动并不是完全出于自愿，而是对'左倾'思想心有余悸的表现，尤其是对那些看到个体户发财就不自在的人的恐惧的表现。个体户是受到法律保护的，但却被近40年的传统观念视为异己。因此，我们认为个体户政策如真正落实，就应当承认个体户在赚钱的同时，已经为国家作出了贡献，而且要承认个体户对国家的贡献和其他人是一样的。个体户不应当永远置于受审地位，不应当认为他们只有拿出更多的钱来办公益事业，才是没有受剥削阶级意识影响的行为。个体户只有理直气壮地将劳动所得揣入腰包，才能使更多的人相信我们政策的连续性和稳定性。如果把那些'左倾'阴影徘徊下的人们的战栗，也作为正常甚至高尚行为来赞扬，那么，人们就会对政策本身产生疑问。如果真要证明改革的成功，就应当从这个角度上阐述党的十一届三中全会以来政策的稳定性和连续性，而抨击那种无端占用他人劳动所得的行为。"

4月25日，《蛇口通讯报》发表长文：《"神的文化"是对人的全面窒息》。这篇文章尖锐地批评了用一种至善尽美的、无法企及的道德模式规范千百万人的陈旧的思想工作，实际上是在宣扬"神的文化"。作者指出这种以"榜样——神——超现实价值标准"来要求所有的人的文化模式，和中国传统文化中的"道"以及贞女牌坊、二十四孝同样，都是禁锢人的个性、消灭独创精神的手段。文章提出："现在迫切需要的是人的文化，需要有怀疑、批判精神的人。恩格斯曾经阐述过向权威挑战的必要性。真正的教育专家，应该对蛇口青年敢于思考、敢于提出问题的精神给予高度评价才是。然而，李燕杰、曲啸等同志的做法恰恰相反。他们几位的演讲和报告，在大路子上也还是在宣扬'神的文化'"。

在当代，信息的传播不受高山大河的阻隔。北师院青年教育研究所的材料，曲啸的电视演讲，《蛇口通讯报》和《羊城晚报》的消息、通讯和理论文章，随着人们的阅读与议论，在广袤的内地激溅起了一圈又一圈冲击波。人们纷纷侧过身来，以极大的注意力吸收着从南国辐射出来的五光十色的信息，回忆着，辨认着，思考着……

被南方人称为"沉闷"的北方波动起来了。

素以改革的锐气著称的《天津青年报》率先披挂上阵，对这场争论作出了迅速反应。

6月4日，该报一版发表了记者唐竞写的一篇综述性文章《李燕杰、曲啸在蛇口遇到青年挑战》。文章说："蛇口青年打破常规，没有单方面地接受青年教育家们的传道、授业、解惑，与李燕杰、曲啸唇枪舌剑，展开激烈的争论。"文章概括了双方争论的三个主要问题，介绍了会上质问名字的事件和北师院青年所的材料，以及《蛇口通讯报》发表的理论文章和蛇口工业区主要领导袁庚就这场争论发表的重要谈话。

6月11日，《天津青年报》头版再度刊登唐竞的报道：《"挑战"给青年留下思考》。这篇文章向读者介绍了天津市各界青年对"蛇口风波"的议论。该文写道："一位干部说，中国现在需要的是更新观念，更新一切不符合现代化进程的观念……我们的一些干部往往说一套做一套，嘴上喊加快民主化进程，可实际工作上专横跋扈，听不得不同意见，这怎么能让青年信服呢？一位团干部说，李燕杰、曲啸所宣传的缺乏新鲜感。改革已进入关键时刻，青年们迫切要知道改革向何处发展，它能给青年带来什么，青年应以怎样的精神境界投身改革，改革应更新哪些思想观念。不管李燕杰、曲啸还是我们的新闻界，在这方面给我们提供的太少了，遇到挑战理所当然。"

唐竞还特地采访了天津改革开放的前锋——天津经济技术开发区。这里的青年以更深的思考和更加直率的态度指出："表面上这是一场争论，实际上反映了传统观念的没落与现代意识的崛起……几千年来，中国人按照传统意识塑造自己，与世无争、超脱飘逸、重义轻利，不讲经济角逐、发达进取、自强奋斗，搞得穷了就讲人穷志不穷，搞得亡国就讲尽忠殉节。褒而言之，这给人一种悲壮的美感；贬而言之，则给人以一种悲惨的感觉。难道我们就得束缚自己，再去鼓吹人们自杀吗？商品经济代替了自然经济、产品经济，本身就要求经济关系的价值化。在改革开放比较彻底的地区，想赚钱能赚钱被认为是有才能的表现，这是历史的进步。它瓦解了血缘关系、人身依附关系和官本位，使人的社会联系广泛化、平等化和普遍化，使人富裕、企业发展、地区发达……"

文章最后说，天津市许多青年"希望青年教育专家们不要把'青年是我师，我是青年友'作为一种用于某种目的的口号或一种姿态，要把自己真正放在青年位置上，真正成为青年的朋友"。

北京。颇有声望的《新观察》半月刊在1988年6月第12期以显著版面刊出著

名杂文家牧惠的杂文:《蛇口青年的名片与答丢夫的手帕》。牧惠的文笔向称洗练老辣,这一篇,更以它的鲜明烁人耳目。文章抨击了一位教育专家在辩论中当场质问发言青年叫什么名字的威胁性手段。牧惠说:"我很欣赏这位青年光明磊落的行动和在场青年给他鼓的掌……在权威面前无所畏缩,强烈要求平等对话的精神十分可贵。"文章指出,假如在过去,或者假如在内地的某处,这位被问到名字的青年大半是马上败下阵来,缩到人群中去,甚至逃之夭夭,并且为此而忐忑不安。果如此,这岂不是十分可悲?"对比之下,我却不禁为三位青年教育家惋惜。我觉得,这一问,实际上是认输。它意味着,尽管这三位在座谈会开头时盛赞特区青年非常可爱……声明有什么问题可以敞开问,答得不对可以不同意,可是这一问却把这些好话全勾销了。在他们的脑子里,这些青年并不可爱,权威即使答得不对也不准有异议,于是才有这一手杀手锏……莫里哀笔下的答丢夫,在见到少女桃丽娜时,给她递去一块手帕,请她把其实已被衣裳盖住的双乳遮起来,不要用这来挑逗他的灵魂。桃丽娜回答得极妙:你就这么经不住引诱?你从头到脚一丝不挂也动不了我的心。大概是李健吾先生,在评论这个作品时说过一句风趣的话:这块手帕出卖了答丢夫。任何譬喻都很蹩脚,但读到关于名片的报道时,我马上直觉地记起李健吾议论过的这块手帕来。"

受到过多约束的报刊虽然常不免比实际生活慢半拍,可在这个问题上还是发挥了它们改革的触角与媒介作用——《现代人报》《南京日报》《中国青年报》《文摘周报》《黄金时代》等报纸和杂志纷纷发表"蛇口风波"的消息或转载文章……

"蛇口风波"由南向北涌动起来。

第三章 卷起千堆雪

1. 半路杀出个爱射门的曾宪斌

1988年春的北京,《人民日报》大院。

9号楼4楼——中国社会科学院研究生院新闻系所在地——一间拥挤而又静谧的研究生宿舍里,一个来自广东的31岁研究生把2月12日《羊城晚报》头版那篇报道蛇口座谈会发生争论的通讯,小心翼翼地剪了下来。

是对来自家乡的消息的关注?

不。小伙子那敏锐的目光一下子就捕捉到了这篇短短的通讯在当代中国向人们展示的巨大意义。

这个表情严肃的青年眯缝着一双细长眼睛陷入了沉思。他叫曾宪斌，新闻系新闻业务专业85级研究生。这位好动脑子、笔头勤快的"海军第一个新闻研究生"在《人民海军报》上撰文说："新闻是我所钟情的、理想的事业。"

小伙子说话慢条斯理，平常衣着很是朴素。80年代尾了，还留着平头，穿一身旧军便服。乍一看，你可能直觉地认为他保守。可这个未来的记者的新闻追求却很有点刺激性：要当一个射门意识强的记者。

这个"射门意识"可不是指一般的提高命中率，只是把自己的名字经常印在报上；而是指要主动向那些重大的、敏感的、有争议的问题出击，这样的问题就是曾宪斌所说的"门"，要命中它，驾驭它。凡是新闻圈里人或是接触过新闻的人，都掂得出这份追求的分量。

果不其然。他下功夫写的那些通讯都获得了强烈的反响，其中多数引起了争议。

《一位国家级专家竟去读硕士研究生——程抱全的选择发人深思》一文1987年12月18日在《人民日报》一见报，立刻在一楼大厅的评报栏引起了争论。有的人认为此事荒唐，简直是开玩笑，足以看出我国用人体制的弊端；有的人认为程抱全只有中专毕业，读研究生丰富自己不算稀罕……17天之后，上海的《报刊文摘》在头版摘要转载了此文。

1988年2月14日在《人民日报》头版发表的《与雷宇对话》更引起了众多反响。雷宇，这位因海南"汽车事件"遭到查办闻名全国的人物，1988年初东山再起被广州人选为副市长。这遭遇本身就够具有爆炸性的了。曾宪斌在《与雷宇对话》中仗义执言，为改革者"摔倒再爬起来，'棒打不回头'"的韧性叫好，同时就敏感的"新闻监督"问题和雷宇畅所欲言、互相发问，提出了"新闻界多来点批评监督，以保护人民赋予的权力不至滥用乃至错用"这一重要呼吁。几天之后，《解放日报》《南方日报》转载了此文。

第三篇《"孟维娜行为"追踪》(《人民日报》1988年7月6日)，报道了广东一位颇有争议的年轻妇女——自荐竞选广州市人大代表的私立弱智儿童学校创办人孟维娜。在这篇报道中，孟维娜尖锐地批评了我国当代政治生活中若干不正常的现象。她说："有些人大代表说'当个代表没意思，一年开那么一两次会，没什么用'，我很怀疑这些代表会有议政参政的热心和能力。而我不同，我有参政

议政的自觉意识……"文章还披露了我国一些地方人大代表选举按上边命令投票的敏感现象。这篇文章的发表，在广东引起了一阵波澜……

为什么曾宪斌有这么大的锐气？

借用这个年轻人自己创造的一个富有中国特色的社会学概念来说，他得力于"县城文化"。

他认为，在中国，生活在大城市的人由于相对优越感，很多人意识老化，失去了进取精神。而穷乡僻壤的村落，则由于封闭落后，大部分人的精神面貌常处于呆滞状态，无由进取。只有县城，由于它一方面时时受大城市各种信息的冲击，人们的观念比较开放；另一方面又对广大农村基层种种封闭落后的弊端感同身受，因而思变之心最切，最具有向上竞争拼搏的劲头。这种内在的动力机制敦促着县城有为的年轻人时时更新自己，不停顿地向前进取。

现在，正当他即将进入《人民日报》评论部实习的时候，他读到了《羊城晚报》这篇通讯。虽然只有千字，虽然只露出了蛇口座谈会的一角，可曾宪斌仍然感受到了一股震撼全身的冲击。商品经济观念和习惯了的思想意识、道德形态发生了这样尖锐的冲突，看来，一场震动全国的大争论是不可避免的。是啊，类似的冲突和争论早已在朋友间、家庭里进行了，但那是隐蔽的。人们上班开会，该顺着别人说什么还得说什么，真没劲透了！但是现在，一个新的时代就要来临了。该把话端到桌面上来了。改革的深入需要公开性！中国需要公开性！

这不是他渴望已久的那个"门"吗？《人民日报》作为党报，应当推动这样一场观念的革新，推动思想政治工作的改革。一段时间以来，地方报刊为此做了不少努力，但地方报刊毕竟影响有限。如果《人民日报》介入，局面将会大为改观……

他跑图书馆，跑资料室，收集着逐渐泅开来了的"蛇口风波"的报道、评论，一篇又一篇地复印下来，思索着。

当然，在实习期间他还有日常的编辑、采访、写作……但在繁忙中，他抽空酝酿着从何角度切入……

5月下旬，他尝试了第一次。

他写了一篇一千字的杂文送给了《人民日报》评论部的编辑。

这篇杂文对青年教育专家在座谈会激烈辩论时质问发言青年名字的做法提出了批评。

2.《"蛇口风波"答问录》的风波

《人民日报》，作为全国最大的消息总汇之一，它的编辑和记者当然有很多人也在关注着"蛇口风波"。报社内部的意见是有分歧的，但有一点却为大家所认同：这场"风波"显示了长期以来的思想政治工作遇到了严峻的挑战，这里确有值得深入探讨的价值。

随着"蛇口风波"的荡漾，广大思想政治工作者和报刊读者或是迷惘，或是焦灼，或是疑虑，或是兴奋……各种各样的反映也涌到了报社。无疑地，它已经成了广大干部和群众迫切关心和亟待了解的热点。作为党报和全国第一大报的《人民日报》，对此保持沉默，视若无睹，实在不是上策。

到了5月，《人民日报》有关部门上上下下对"蛇口风波"的关注又增添了新的动力。从这个月起，党中央领导同志在讲话中再三强调指出要改造我们的思想政治工作，要在新形势、新任务面前，探索思想政治工作的新路子，宣传舆论机关要在这方面多做工作。

怎样就思想政治工作的改造开展一场生动活泼、入耳入脑的宣传呢？

自然，最好的由头就是"蛇口风波"。

此前，评论部的编辑在接待来访中已经听到了反映：一些读者看了部分报刊之后，觉得这些文章基本上都是根据《蛇口通讯报》的文章立论，很难全面了解有关各方的观点和态度，特别是李燕杰、曲啸、彭清一同志怎么看待这场"风波"？他们三位自各报刊报道"蛇口风波"以来，一直没有公开发表讲话和文章。大家希望能有一篇较为全面的报道。

就在此时，评论部收到了曾宪斌写来的杂文。

评论部的领导和报社的有关领导研究了这篇杂文之后认为，这篇文章仍然存在简单化的毛病。"蛇口风波"这样一件大事，一千字的篇幅难以说清，因此没有刊用。但同时，建议曾宪斌去采访与"风波"有关的各个方面，听听他们各自对这场"风波"有什么评价，然后写一篇报道，客观地反映出来，使读者既了解蛇口各有关方面的态度，也能了解李燕杰、曲啸、彭清一同志对此的看法，以便由此开展一次如何加强和改造思想工作的讨论。报社有关的领导和编辑认为，这样的宣传方式，比发表单篇的评论或杂文更有吸引力。

曾宪斌7月份风尘仆仆地上了路。他先在北京采访了李燕杰、曲啸、彭清一和郭海燕。然后南下深圳，采访了蛇口座谈会组织者和参加者，还采访了蛇口党

政负责人袁庚等同志。

7月下旬，曾宪斌完成采访，写出了七千字长文《"蛇口风波"答问录》。

这篇报道以记者提问的方式，有名有姓地记录了有关各方一共13人在事后评述"蛇口风波"的发言。

这篇报道分为四个部分：1.这次座谈会是"突然发难"吗？2.会上争论了哪些问题？3.名片插曲和"材料"是怎么回事？这三个部分读者难了解。4.对这次座谈会应如何评价呢？这部分里登出五个人的发言，最值得注意的是三个。一是李燕杰，他重申了"我一贯主张对青年一代要做到深入、信任、理解、爱护"，同时又说"蛇口那几个人的做法可以概括为五不对：立场不对，观点不对，事实内容不对，路子不对，手段不对"。二是曲啸，他说："对于那极少数别有用心专事制造谣言挑拨是非的人，我们还想奉告一句，如果认为我们在任何时候都不会或不敢运用法律武器维持自己的正当权益，那就错了。"第三位是抗日战争时期的老战士、当今蛇口招商局董事长袁庚同志的发言。他说："有两点可以明确表态：一、既然不是到这里来传经送道，就不能只允许一家之言；既然是座谈，就大家都可以谈。曲啸、李燕杰同志可以有自己的观点存在，也应该允许其他的观点存在。我们还是要提倡、坚持不论对内对外，不论是谁，不论什么流派、什么观点，只要不反党、不搞人身攻击，都可以让他们在这里发表，在这里交流，在这里探讨。但有一点要讲清楚，我们不欢迎教师爷式的空洞说教，听不得不同意见，甚至要问你是哪个单位的？叫什么名字？这种作风连我这个老头都不能容忍，青年人是不会欢迎的。二、我非常赞赏这句话——'我可以不同意你的观点，但我誓死捍卫你发表不同意见的权利'。希望记者同志一定要把这个观点报道出去，这是保卫宪法赋予的言论自由的神圣权利。所以，对那位被追问姓名并上了什么材料的青年人，我们一定要加以保护。即使他的发言有什么不妥，也不允许在蛇口发生以言治罪的事情。"

这篇文章完成之后，在广东的曾宪斌把全文寄给《人民日报》评论部，把文中李燕杰、曲啸、彭清一、郭海燕的发言部分寄给这四位同志审核。

报社接到稿件后，8月4日晚上，评论部一位编辑打电话给李燕杰，询问他们几位的发言是否属实，并告诉他报社准备发表这篇文章。李燕杰回答属实，并说他和曲啸、彭清一讨论一下，对他们的发言做了补充，第二天派人送到报社。

8月5日上午，郭海燕把一份经过扩写的近九千字的李燕杰、曲啸、彭清一、

郭海燕的发言稿送到《人民日报》评论部，并要求照扩充的样子发表，"不要删节，不要改动"。但原文中，这四人的发言篇幅两千多字，一下子扩充这么多，报纸版面容纳不了。何况扩充后的发言和原文相比，并无实质不同。于是，评论部的编辑读了送来的扩充稿以后，吸收了他们改稿中的部分重要内容，对曾宪斌的文章作了重要补充。8月6日，《"蛇口风波"答问录》在《人民日报》一版转二版全文见报。《人民日报》在为此文加的编者按中说："这是发生在半年多前的一场小小的争论，后来几家报纸作过报道。本报今天向读者介绍事情的经过及有关各方的意见，并且愿意继续为更多的同志参加讨论提供一点版面，共同探索新时期青年思想政治工作问题。"同一天，《人民日报》海外版也发表了此文。

《"蛇口风波"答问录》立刻引起了不同的反响。

重庆出版界一位老同志来信说：8月6日的《"蛇口风波"答问录》我连续读了两遍。当我确认不是"内参"，而是代号为1—1的《人民日报》时，我感到仿佛从报面上再次看到已经实行了的改革、开放，看到了能兑现的公开化和真格的透明度。用实践的标准检验一下报纸，《"蛇口风波"答问录》的出现算不算一项推动现代化的新纪录？我深切相信，是的，也深沉地希望会是这样。

北京的一些作家在座谈会上说，自打《人民日报》刊登了这篇《"蛇口风波"答问录》，他们开始自费订阅《人民日报》了。

中国社会科学院和中国人民大学的博士研究生们给报社寄来了大批信件，为《人民日报》发表这篇文章欢呼，并且热情地为这次讨论撰写了一大摞生动活泼的论文。

对这篇文章最为关注，对《人民日报》稍后的讨论倾注了更大精力的，是全国各地和人民解放军广大的思想政治工作者。他们以欢迎的、积极的态度看待这篇文章的问世。他们纷纷执笔为文，一篇篇从各种角度评论这场冲突的文章从山村供销社、从合资企业、从新组建的集团军以及导弹驱逐舰的思想政治工作者手中，飞到了《人民日报》编辑部。

自然，来稿的意见是不尽相同的。一组发人深省的数字，读者会在下一小节中见到。

然而……

8月11日下午4点30分，《人民日报》评论部的一位编辑打电话给李燕杰同志，征求他对此文的意见。下面是电话对话的内容。

编辑：老李，《"蛇口风波"答问录》发表之后您有什么想法和意见？

李燕杰：这篇报道该写进去的没写，不该写的很多都写进去了。比如文章写到了我的女儿，现在她饭也不想吃。白天黑夜给我们家打电话的接连不断，干扰很大。有的同志说这是共产党又开始批评新的"三家村"了。政法界也有人要为我打官司，《人民日报》太不负责任，把我们摆进去批判。

编辑：批判新"三家村"的说法是没有根据的，这是文化大革命那一套读报观念。有不同意见是正常的，报社发表这篇文章的基点，是探讨新形势下思想政治工作如何改造。

李燕杰：这篇文章影响的确不好。我要求《人民日报》检查，检查三条：1.（记者）到我们这儿开座谈会的时候的说法和发出来的文章不一样。湖北一位同志打电话来说，读了这样的文章他们寒心了。2. 蛇口方面有人并没有出席座谈会，怎么也发表意见？比如袁庚，他的讲话就很坏，这一段讲话说明袁庚是个不择手段打击别人抬高自己的人。3. 要检查为什么导致这样一个局面。一位同志打电话给我说：这几年就你们几位热心思想政治工作，《人民日报》还发这样的文章来打击，真不像话。

编辑：思想工作并非只是几个人在做，我们报前几天还发表了我报记者采写的天津塑料厂搞好思想政治工作的经验，我们报社也在积极地做思想政治工作。

李燕杰：我们希望《人民日报》领导人屈尊接见我们几个人一次，大家谈谈，澄清事实。《人民日报》并没有了解我在蛇口到底讲了些什么，这是对我们不负责任。报纸报道的虽然是事实，可也不能把我在吃饭时（按：接待曾宪斌采访时曾与曾共进餐）讲的话登出去。群众对你们报纸登这样的文章有意见。

编辑：要求和报社领导见面的事一定转达。曾宪斌跑了几个地方对此进行采访，这就是调查研究。我们登的文章并不是蛇口座谈会的发言记录，而是会后各人对此的看法。群众对这篇文章的反映我们也收到了，跟你说的不一样。

李燕杰：《人民日报》这样点我的名就是不对，这是拿我当靶子批判。

编辑：这不是点你的名，这是大家各抒己见。要说是点名，那么13个发言的人都点了名。思想政治工作的改造需要集思广益，共同研讨。没有拿谁做靶子。我报还打算进一步讨论这个问题，欢迎你、曲啸和彭清一同志写文章陈述观点。

李燕杰：我要求《人民日报》重新座谈、调查。不行的话请中共中央有关方面和中纪委来参加好了。

就在这同一天，郭海燕还以个人名义打印了一份致《人民日报》领导人的公开信。

这封信对《人民日报》发表《"蛇口风波"答问录》一文提出"强烈抗议"，要求《人民日报》评论部及曾宪斌"向李、曲等同志公开道歉，以挽回影响"。

8月27日，李燕杰等同志又以"北京师院青年教育研究所"的名义，写了一份题为《关于"蛇口风波"报道群众来信来访情况综述》的材料，报送中央领导机关并扩散到社会上。

这份6000多字的材料分为两大部分：

"一、对《人民日报》的做法普遍表示不理解。"这部分材料引用了八九个人的来信，说《人民日报》发表《"蛇口风波"答问录》一文是"组织这样大块的文章批判新的'三家村'"，"是下决心取消思想政治工作了"。材料还特地提到了《蛇口通讯报》1988年6月份在北京召开的如何办好报纸的座谈会上，"《人民日报》两位前社长及现任总编及中央体改委童大林等人"在会上发了言，并无中生有地说："《人民日报》早就被拉过去了"，"宣传的基调他们早已定好了"。

"二、对蛇口某些人的做法表示强烈不满。"这一部分引用10个人的来信，说："'座谈会'就是突然发难"，"若干青年，包括蛇口的某些青年，抱有极端个人利己主义"，"为特区建设作出贡献的袁庚同志的言论和做法，实在令人吃惊"。"袁庚的表态亦像是在'文革'中站出来支持造反派的角色如出一辙。""我们想问一个问题：蛇口还走不走社会主义的道路？""蛇口一些'淘金者'的思想，实属不要党的领导，是绝对的自由人。发展下去，特区必然要走向邪路的。"

材料最后说："李燕杰、曲啸、彭清一同志认为，对'蛇口风波'有不正确看法的同志，包括新闻界的同志，绝大多数是因为未能全面客观地了解'蛇口风波'的真相。对这些同志，他们完全予以谅解。但，确有少数人在有意歪曲事实，制造混乱，对这种人必须予以揭露。"

——又是一个"确有少数人"！

3.一石击起千层浪

《人民日报》8月6日为《"蛇口风波"答问录》一文所加的要就此展开一场讨论的编者按，犹如一块巨石，在全国读者特别是思想政治工作者当中激起了阵阵强烈的波澜。

老实说，这些年，一提起思想政治工作，大多数人都是敬而远之。"整人、训人、耍嘴皮子"，这就是人们对这一行的评价。

有谁知道，就在这个充满了是非的领域里，一大批有智有识之士在默默地思索，辛勤地研讨？他们打破了一度笼罩在这个领域的权力崇拜意识和缺乏主体精神的弊端，从当代政治发展和社会体制改革的高度，深入追究着思想工作领域中一系列病态逻辑和由此形成的历史及其与当代现实错位的种种表现，并且进而发出了思想政治工作必须转型，必须进行深层次变革，必须适应新体制需要的呼吁。

然而，这些同志过去散落峰头，缺乏显露智慧的机会，加之这个敏感领域过去一向很少在大范围内展开"在真理面前人人平等"的公开讨论，这就使我们的思想政治工作一次又一次丧失了开拓、进取、变革的机会，渐渐陷入越来越被动的境地。

今天，具有极大传播力的《人民日报》在改革精神的鼓舞下，向这些同志敞开了阳光喷涌的大门，怎不令人振奋？

这里要补叙的是，报社有关领导和评论部对这次讨论的想法是不纠缠琐细的枝节，把重点放在探讨如何加强和改造思想政治工作的普遍问题上来。

鉴于这是一个新的复杂的任务，报社决定在讨论中不定调子，不做结论，鼓励各抒己见。对李燕杰等同志，既肯定他们的贡献，也指出他们面临新的挑战，需要改进提高；对蛇口青年，在鼓励他们实事求是敢想敢说的同时，对某些不妥当的想法做适当批评。报社认为，这样做，对沟通教育者和被教育者，对加强和改造思想政治工作会有好处。

本着这个指导思想，《人民日报》8月8日在第三版右上角刊出了《关于"蛇口风波"的讨论》这个专栏。首期两篇文章别开生面，以《人民日报内部评报两种意见》为题，把8月6日《"蛇口风波"答问录》发表当天报社内部评报栏上两篇针锋相对的评报文章搬到了报纸上。一篇蹙眉叫苦，认为"李燕杰等同志碰了那样的大钉子，简直不好理解，思想工作总不能一味地'哄你上天'吧"。另一篇则欢呼不迭，预言这篇文章"反映了全国意识形态领域内的一场不可避免的大争论，这场争论迟早要发生，藏也藏不住"。

这可是件新鲜事。评报栏家家报纸都有。每天报纸一出，编辑们免不了七嘴八舌说长道短。热心者便拿起笔来，三言两语仓促成篇贴在栏内，自然成为热点，吸引人流，也就促进了思考。评报栏上的话，都是即兴率真之作，不像报纸上的许多文章，讲究面面俱到，四平八稳，许多话说了等于没说。离新闻界远的读者，以为编辑们也是死板模样，其实不尽然。评报栏上的长短文，常常火爆十足地打起笔仗来，读了让人心跳。可大约也正由于此，没见过哪家报纸把评报栏上的话登出去的。文法还在其次，报纸的"形象"岂不要受损？

《人民日报》破了这个例。一来是想让编者和读者沟通，彼此干的、看的是一个事物，可隔着一张报纸老死不相往来岂不遗憾？二是6日的编者按中说了要讨论，这轰轰烈烈的起兴容不得凉了，是以先拿它来打头炮抛砖引玉。三是这个领域素来敏感，怕有作者摸不着头脑先要看看"背景"。这两篇文章一出，比什么样的动员都管用。

果然，从8月8日起到9月14日该专栏结束，短短1个月零6天，1531件信稿从全国各地涌到《人民日报》。

来信来稿的几个数字颇值得玩味。

一是信稿的80％是各地及部队从事思想政治工作的同志写来的，可见大家憋了一肚子的话要说。

二是1531件信稿中，有266件倾向或赞同李燕杰、曲啸、彭清一同志的观点，占全部信稿的17.4％。

这1531件来信来稿有以下三个特点：

首先，全部信稿，不管各自持什么观点，都赞成《人民日报》开展这场讨论。

中共广东惠州市委宣传部曾华流在来信中说："《人民日报》关于蛇口风波的讨论，可以说是看准了思想政治工作的行情。"

什么行情呢？常州市四建公司干部苏志德说："新时期在纠正了思想政治工作只讲'义'不讲'利'、只讲'天理'无视'人欲'、要人人都做圣人的'左'的倾向之后，整个思想政治工作跟不上改革的步伐，一时间瞻前顾后手足无措，现在正处于老的一套不行、新的一套不会的时期……"

许多同志在来信来稿中指出：类似蛇口的争论早就在各地、各单位以及家庭、朋友间进行了，而且远远尖锐得多。这不用大惊小怪，在历史大转变时期，如果没有这样的争论，那倒是很不正常、不可思议的了。报纸把这场争论刊登出来，是件好事。

中共山东荣成拖拉机厂党务办公室姜泽强来信指出：新矛盾新问题就是在

这样的撞击下逐步被发现的，新方法新思路也是在这样的撞击中逐步形成的。

倾向或赞同李燕杰同志观点的来信来稿也赞成开展这场讨论。唐山市政工程公司粟显士来稿说："感谢《人民日报》提出了蛇口风波，这个问题太重要了……想赚钱能赚钱的就被认为是有才能的观点……不仅蛇口有，内地也有……这些观点究竟对不对，产生的问题应如何解决……应该认真加以讨论。"

第二，参加讨论的绝大多数作者都把精力放在了对如何加强与改造思想政治工作的探讨上。很多文章提出了发人深省的见解。如收复老山主攻团前政委、现在国防大学政工研究室工作的黄宏同志在来稿中分析说，三位老师在商品经济相对发达的蛇口受到发难，尽管可能有多方面的原因，但商品经济的发展使得思想政治工作的改进不可或缓，是一个不容回避的事实。历史并不承认感情，对于思想政治工作者来说，重要的不是愤懑和不平，裁定谁是谁非；而在于冷静地内省和反思。三中全会以来，思想政治工作每前进一步，无不伴随着思想政治工作对传统思维方式、工作方式的批判和再认识，这是一个痛苦的跨越。商品经济带来什么变化呢？黄宏同志说，其一，是商品经济的自主带来青年利益观念的强化。他从老山前线干部战士74％的人在调查问卷中肯定"军人应该无私奉献但也要讲物质利益"等事实中分析说，当代青年打破了自然经济条件下对经济关系的冷漠，而把对社会作贡献与自己必须获得一定利益联系起来，从中获取作贡献的动力。其二，商品经济的契约性带来青年权利意识的强化。权利是利益的法律契约形式。蛇口青年有较强的权利意识，显然与商品经济的发展密切相关。我们的思想政治工作过去很少讲人们应有的社会权利，这是有片面性的。其三，商品经济的平等性带来青年民主意识的强化。民主是人民群众的利益在政治形式上的表现。有了民主就必然要说出自己的主张，并且通过民主的形式保证这种权利和利益的实现。改进思想政治工作必须切切实实把民主作为自己工作的准则……应该把展开不同意见的争论，包括在某些非行政的场合允许得出不一致的结论，也作为思想政治工作的一种形式。

四川省人事局干部洪方明、柳州铁路局党校朱宁等同志着重从理论上分析了思想政治工作在革命战争中诞生，在产品经济条件下发展，在商品经济崛起的今天不适应形势要求的几个阶段的具体情况。

洪方明说："我们的思想政治工作失去了过去的感召力……李燕杰等同志所做的探索还不是对失去感召力的深层历史反省基础上的努力，没有深刻触及现

行思想教育过时的一些基本内容和形式，他们所尝试的不过是浅层的东西。根本问题是什么呢？过去的思想教育从内容到形式，都是与革命战争时期，与'队伍'生活这些特定历史条件相适应的。而现在，商品经济发展了，历史条件不同了，思想教育旧的形式、内容失去了适应性和合理性。以过去战争中教育行军'队伍'的那一套来教育今天社会的各色人等，以军事共产主义生活中的东西要求今天商品经济中的人们，必然导致历史性的思想与现实的错位。对于这一点，我们近年来在推进改革开放、发展商品经济的同时没能充分认识。李燕杰等同志虽然语言优美，善于演讲，但其内容在本质上仍然深深地带有过去时期的烙印，这就难怪商品经济发展比较快的蛇口人有'隔世之感'。"

朱宁在一篇《严峻的反思》的长文中说："这次风波实质上是商品经济意识对日趋衰落的自然经济、小农经济意识的挑战，是开放意识和封闭意识的交锋。"

各地及部队的思想政治工作者来信来稿中，绝大部分赞同上述同志的看法。远在美国、法国、挪威、澳大利亚的留学生们，从《人民日报》海外版看到关于"蛇口风波"的讨论，也纷纷寄来了参加讨论的稿件。他们的文笔夹带着开放的气息，语言爽快明朗。曾在国内插队的挪威工学院工程博士、留学生陈昕来稿说："我在国内上大学听了四年政治课，假话多于真话，政治老师也只是例行公事罢了，大家都可以理解。人最可贵的品质是真诚，但过去经常的政治运动的迫害，使人们不得不用虚假的外壳将真诚封锁起来……在改革开放不断深入的今天，这套'一言堂'的方式越来越没有市场了。'蛇口风波'就是一个很好的例证。从中我们看到了中国的希望。"美国明尼苏达大学博士生王武来信说："'蛇口风波'这样的报道能够刊登出来，是过去没有过的。我可以毫不夸张地说，这些报道及讨论牵动了这里所有关心祖国政治的人。看到《人民日报》新闻改革迈出大步，我们深表赞赏，并增加了对改革的信心和早日报效祖国的决心。"

赞同李燕杰等同志观点的张家口地区经贸局汽车队贾学华则认为，蛇口风波冲突的实质是："现在人们只认钱，不管什么社会主义、资本主义，只要能捞到钱就好。特区有这种思想倾向，内地同样有。根本不讲'主人翁''责任感'，也不讲'集体主义''爱国主义'，管你什么为人民服务的伟大宗旨及远大共产主义理想，只要能捞到钱，什么都干，把荣与辱颠倒过来了。"

第三，此次讨论的另一成果，是众多读者在来信来稿中对思想政治工作如

何加强与改进提出了不少好的建议。

兰州军区政治部刘成栋和蔡建华、北京人民警察学院理论教研室魏磊、大庆油田党委宣传部王迎春等一批同志提出：思想政治工作者的观念更新是重要的一条。刘成栋、蔡建华说："现在突出的问题是：一些青年教育工作者受'左'的思想、传统观念、固定模式影响较深，用老眼光看待新事物，用老观念评估新思想，用老办法解决新问题，这是造成扭着劲的重要原因。"什么是"老眼光""老办法"？魏磊指出：其一，在思维方式上，从抽象的原则和规范出发，用一系列理想化的"应该"去要求错综复杂的社会和千姿百态的个体，导致永远还原不到现实的理想主义。如果辅之以意识形态赏罚机制，便导致：1. 盲从和膜拜。2. 泛社会的虚假，人们不堪忍受道德的苛苦而又不能不戴上假面具，某些狡诈之徒便趁机图谋己欲，形成双重道德。其二，在价值取向上重整体轻个人，重集体利益，压抑个人利益，片面强调集体利益的先天合理性，贬低个体欲望在历史上的进步作用，集体永远是目的，个人永远是手段。这就导致了独立人格的丧失、自尊的丧失和社会的一片死相。在现存社会中，并非所有的集体都有其合理性，一些以集体利益所行的邪恶不乏耳闻。在这种情况下片面强调个人利益服从集体利益，不以公正为原则，将助长和强化社会邪恶。其三，在教育方式上取居高临下姿态，缺乏平等。

魏磊提出的方法是：思想政治工作者要深入研究商品经济形势下平等意识和利益观念崛起的现实，研究人们主体意识和权利意识逐步觉醒的现实，并使思想政治工作逐步适应这个现实，从观念到行为来一个蜕变。王迎春同志认为，除了要反对僵化以外，思想政治工作者还应该更新陈旧的知识结构，掌握当代新兴的各门科学知识。

四川大学团委书记、中共长沙市南区区委宣传部提出了思想政治工作要多元化、多层次的建议。认为，社会主义初级阶段经济基础的多元性，决定了上层建筑领域中社会观念、道德准则、心理状态以及思维方式的多元格局。思想政治工作要适应多元化格局，要具有时间上的动态性和空间上的区位性的区别，并且一定要摒弃空话套话漂亮话……

引人注目的是，大部分来稿都提出了思想政治工作要推行平等的原则，采取民主的形式。

浙江大学物理系教师王世亮说，他在美国留学时几次听诺贝尔奖得主的报告，不可谓不权威。他们讲45分钟，也得让听者提问评论15分钟。一个报告竟精彩到数小时讲不完而听众不得开口，从效果看无论如何也会打折扣。

……

历史的回顾与前途的开掘，在这些作者们笔下，展开得如此绚烂，令人大开眼界。雨果说过：比陆地更广阔的是海洋，比海洋更广阔的是天空，比天空更广阔的是人的心灵。人的工作本应是最富有生机、最富有意趣的工作，怎能容得枯燥、教条和僵化？

这次参加讨论的作者队伍之广，稿件内容之丰富、角度之新颖，为此一领域前所未见，许多读者称赞这次讨论是思想政治工作者研讨改革的一次盛会。

可惜，《人民日报》限于版面，从8月8日到9月14日的16期讨论，只刊出39篇文章，而且大都是几百字的短文。一些有较高理论水平的力作未能在报上和读者见面，是一憾事。

庆幸的是，北京的中国新闻出版社鼎力相助，于今年3月出版了《蛇口风波》一书，从1531件来稿和海内外报刊发表的评论中选取了110篇反映不同观点的文章，庶几可弥补这一不足。

这里要说明的是，尽管1531篇来稿中，倾向或赞同李燕杰等同志观点的只占17.4%，但《人民日报》《关于"蛇口风波"的讨论》专栏发表的39篇文章中，倾向或赞同李燕杰等同志观点的共有17篇，占全部见报文章的44%，远远超出了来稿的实际比例。为了肯定李燕杰等同志的贡献，《人民日报》还邀请了一些同志写文章对李燕杰等同志所做的探索做了较高的评价。

在"讨论"的过程中，人民日报社领导根据李燕杰等同志的要求，请他们来报社商谈。但李燕杰等同志说工作忙，来不了报社。在这种情况下，《人民日报》值班副总编辑范荣康和评论部副主任于宁于9月7日前往北京师范学院看望李燕杰等三位，向他们解释了报社的想法，征求了他们的意见，再次请他们写文章。并且表示，他们三位今后如有好的讲演，报社可以派人去听，只要内容符合报纸宣传需要，也可以考虑发表讲演稿。此后，李燕杰、曲啸、彭清一同志写了《我们到底讲了些什么？》一文，表达了他们的观点。《人民日报》于9月12日在《关于"蛇口风波"的讨论》专栏中全文发表了该文。

"讨论"结束的9月14日，鉴于读者中对此问题有不同看法，连《人民日报》内部也依然有争执，因此在这一天刊登《〈人民日报〉内部评报依然两种意见》

的一组文章时，在编者按中依然不做定论。在肯定了参加"讨论"的同志都对认识真理做了有益的事之后，提出今后在思想上和实践中继续讨论，继续探索。

《人民日报》关于"蛇口风波"的讨论，在全国报刊中掀起了评论这场风波的热潮。自8月中旬到11月中旬，全国几百家报刊纷纷就此发表文章，其中的绝大多数都指出思想政治工作必须改革，以适应商品经济发展的新形势。有些报刊还提出了"应该有一个'蛇口环境'，一个使人免于恐惧的环境"。《四川日报》8月31日刊登的《朱伯儒谈"蛇口风波"》一文尤其引起了读者的兴趣。朱伯儒说："'蛇口风波'客观上向我们提出了改进教育方法的问题……对话的双方在地位上是平等的，在探索真理的道路上，双方都能从对话、交流、争论中受到教育，得到启迪，得到提高。"他还提出了做思想政治工作必须下工夫研究商品经济，他说："如果'淘金者'是在商品经济条件下，通过自己的诚实劳动，进行合法经营，获得合法收入，尽管他的直接动机是赚钱，也应当肯定。"他对蛇口青年个别偏颇的观点也提出了批评。

第四章　余波荡漾

《人民日报》关于"蛇口风波"的讨论结束了。

但风波远远没有停息。

是的，从某一层面来看，甚至可以说风波刚刚开始。我相信，在了解了"蛇口风波"的方方面面之后，不少读者会得出这样的结论：这场风波所争论的问题，实际上已经超出了加强与改造思想政治工作的范围，它所反映的，是我们这个民族从传统向现代的演进中，道德观念、人伦准则、行为规范和价值体系所发生的激烈变迁；它所呼吁的是：深化改革绝不能仅仅偏重经济，中国的改革是一场整体的改革，只有同步推进实质性的政治体制改革和意识形态改革，才能找到振兴的出路。

这正是中国改革经过十年探索之后，在新的国内和国际环境下所遇到的热点问题。

也许，从这里你可以了解，为什么这场风波引起了全国和世界如此重大的关注。

1989年2月10日

东方风来满眼春

——邓小平同志在深圳纪实

陈锡添

南国春早。

1月的鹏城，花木葱茏，春意荡漾。

跨进新年，深圳正以勃勃英姿，在改革开放的道路上阔步前进。

就在这个时候，我国改革开放的总设计师、各族人民敬爱的邓小平同志到深圳来了！

在我国社会主义现代化建设的关键时期，小平同志的到来，是对深圳特区最大的关怀和支持，是对深圳人民最大的鼓舞和鞭策。

一

1月19日上午8时许，在深圳火车站月台上，几位省、市负责人和其他迎候的人们，在来回踱步，互相交谈，他们正以兴奋而激动的心情等待着……

来了！远处传来马达的轰鸣声。接着一列长长的火车徐徐进站。时钟正指9时整，列车停在月台旁边。

一节车厢门打开，车站服务人员敏捷地把一块铺着红色地毯的长条木板放在车厢门口。

不一会儿，邓小平同志出现了！人们的目光和闪光灯束都一齐投向这位领一代风骚的伟人身上。

他，身体十分健康，炯炯的眼神，慈祥的笑脸，身着深灰色的夹克、黑色西裤，神采奕奕地步出车门。他的足迹，在时隔8年之后，又一次踏在处于改革开放前沿的深圳这块热土上。

下车后，邓小平同志满面笑容地同前来欢迎的广东省委书记谢非、深圳市委书记李灏、市长郑良玉一一握手。

握手时，谢非说："我们非常想念您。"

李灏说："我们全市人民欢迎您的光临。"

郑良玉说："深圳人民盼望您来，已经盼了8年了。"

简洁的话语，充分表达了全省、全市人民对小平同志的想念和崇敬之情。

邓小平同志同省市负责人登上一辆中巴，一直驶到下榻的市迎宾馆的"桂园"。在这里恭候的市委副书记厉有为、市委常委李海东迎上前来，同小平同志握手并向他问好。

千里迢迢，舟车劳顿，市负责人劝他老人家好好休息。

但是，小平同志却毫无倦意。他说："到了深圳，我坐不住啊，想到处去看看。"

众所周知，邓小平同志是创办经济特区的主要决策者。早在1979年4月，他在听取当时中共广东省委主要负责人的汇报后说："可以划出一块地方叫做特区。陕甘宁就是特区嘛。中央没有钱，要你们自己搞，杀出一条血路。"次年8月，全国人大常委会正式通过并颁布《广东省经济特区条例》，中国经济特区就这样诞生了。深圳特区是邓小平同志亲自开辟的最早的改革开放的试验地之一。它的发展情况，小平同志当然十分关注。1984年1月，小平同志曾到深圳视察过。一晃，8年过去了。深圳的面貌又发生了什么样的变化？老人家急不可待要目睹一番。

随行人员说，小平同志身体好，昨晚在车上休息得不错，既然他兴致高，就安排活动吧。

在桂园休息约10分钟，小平同志和谢非等同志在迎宾馆内散步。

散步时，邓楠向小平同志提起他在1984年1月26日为深圳特区题词一事。邓小平同志接着将题词一字一句念出来："深圳的发展和经验证明，我们建立经济特区的政策是正确的。"一个字没有漏，一个字没有错。在场的人都很佩服他那惊人的记忆力。

1984年，特区建设遇到不少困难和阻力，有些人对办特区持怀疑观望态度。是年1月24日，当时任中共中央政治局常委、中顾委主任的邓小平同志，同王震、杨尚昆同志在中顾委委员刘田夫和广东省省长梁灵光的陪同下，到深圳视察，给深圳特区题了词，肯定了深圳特区的建设成就，肯定了办特区的方针是正确的，给了特区建设以决定性的支持，坚定了人们办特区的决心和信心，使特区的建设事业继续推向前进。

散步后，小平同志在省、市负责人陪同下，乘车观光深圳市容。

车子缓缓地在市区穿行。这里，8年前有些还是一汪水田、鱼塘，羊肠的小路，低矮的房舍。现在，宽阔的马路纵横交错，成片的高楼耸入云端，到处充满了现代化的气息。小平同志看到这繁荣兴旺、生机勃勃的景象，十分高兴。正如他后来说的："8年过去了，这次来看，深圳、珠海特区和其他一些地方，发展得这么快，我没有想到。看了以后，信心增加了。"

小平同志边观光市容，边同省市负责人亲切交谈。

当谈到办经济特区的问题时，小平同志说，对办特区，从一开始就有不同意见，担心是不是搞资本主义，深圳的建设成就，明确回答了那些有这样那样担心的人：特区姓"社"不姓"资"。从深圳的情况看，公有制是主体，外商投资只占四分之一，就是外资部分，我们还可以从税收、劳务等方面得到益处嘛！多搞点"三资"企业，不要怕。只要我们头脑清醒，就不怕。我们有优势，有国营大、中型企业，有乡镇企业，更重要的是政权在我们手里。有的人认为，多一分外资，就多一分资本主义，"三资"企业多了，就是资本主义的东西多了，就是发展了资本主义。这些人连基本常识都没有。

车子行至火车站前，邓林指着火车站大楼那苍劲有力的"深圳"两个大字对小平同志说："您看，这是您的题字，人们都说写得好。"

邓楠打趣说："这是您的专利，也属知识产权问题。"说得小平同志笑了起来。

当谈到经济发展问题时，小平同志说，亚洲"四小龙"发展很快，你们发展也很快。广东要力争用20年的时间赶上亚洲"四小龙"。停了一会儿，他补充说，不仅经济要上去，社会秩序、社会风气也要搞好，两个文明建设都要超过他们，这才是有中国特色的社会主义。新加坡的社会秩序算是好的，他们管得严，我们应该借鉴他们的经验，而且比他们管得更好。

车子不知不觉到了皇岗口岸。皇岗边防检查站、海关、动植物检疫所的负责同志，热情地欢迎小平同志的到来。

小平同志站在深圳河大桥桥头，深情地眺望对岸的香港，然后察看皇岗口

岸的情况。

皇岗边检站站长熊长根向小平同志介绍说，皇岗口岸是1987年初筹建，1989年12月29日开通的。占地1平方公里，有180条通道，最高流量可达5万辆次和5万人次，是亚洲最大的陆路口岸。最近每天约通过7000辆次和2000人次。小平同志听了很高兴，不断点头，露出满意的笑容。

二

国贸中心大厦，高高耸立，直插云霄。这是深圳人民的骄傲。深圳的建设者曾在这里创下了"三天一层楼"的纪录，成了"深圳速度"的象征。到深圳来的中外人士，总要登上楼顶的旋转餐厅，远眺深圳城市的景色。

1月20日上午9时35分，小平同志在省、市负责人陪同下，来到国贸大厦参观，该大厦的女职工，整齐地站在两旁，鼓掌欢迎小平同志，并齐喊"邓爷爷好！"。小平同志高兴地向她们招手，并鼓掌致意。

在53层的旋转餐厅，小平同志俯瞰深圳市容。他看到高楼林立，鳞次栉比，一派欣欣向荣的景象，很是高兴。

坐下来后，他先看一张深圳经济特区总体规划图。接着，李灏向小平同志汇报深圳的改革开放和经济建设的情况。李灏说，深圳的经济建设发展很快，人民生活水平有了很大提高，1984年，人均收入为600元，现在是2000元。改革开放也有了很大的进展。他还说，这些年来，我们的精神文明建设和物质文明建设是同步发展的。深圳人对建设有中国特色的社会主义坚定不移，并且充满信心……

听了汇报后，小平同志和省市负责人作了较长时间的谈话。

小平同志充分肯定了深圳在改革开放和建设中所取得的成绩。然后，他说，要坚持党的十一届三中全会以来的路线方针政策，关键是坚持"一个中心、两个基本点"。不坚持社会主义，不改革开放，不发展经济，不改善人民生活，只能是死路一条。基本路线要管一百年，动摇不得。

小平同志又说，要坚持两手抓，一手抓改革开放，一手抓打击各种犯罪活动。这两只手都要硬。打击各种犯罪活动，扫除各种丑恶现象，手软不得。

小平同志思路清晰，记忆力强。他谈笑风生，有时一两句幽默的话语，引得

大家发出一阵阵笑声。在场的省、市负责同志聚精会神地聆听他老人家的谈话，不时还插上几句。谈话气氛轻松活跃。

小平同志侃侃而谈。他还谈到中国要保持稳定；干部和党员要把廉政建设作为大事来抓；要注意培养下一代接班人等重大问题。

在谈话中，小平同志强调要多干实事，少说空话。他说，会太多，文章太长，不行。谈到这里，老人家指着窗外的一片高楼大厦说，深圳发展这么快，是靠实干干出来的，不是靠讲话讲出来的，不是靠写文章写出来的。

小平同志精神健旺，谈兴甚浓。在国贸大厦旋转餐厅，老人家谈话约谈了30多分钟，使在场的人深受教育和鼓舞。

当小平同志离开旋转餐厅下到1楼大厅时，大厅的音乐喷泉，随着优美的乐曲，喷出图案多变的水柱和水花，蔚为壮观。1楼到3楼，站满了群众，黑压压的一片。人山人海，秩序井然。人人心花怒放，个个喜笑颜开。这是多么令人难忘的时刻！人们为有幸能一睹小平同志的风采而激动万分，也为小平同志身体健康、精神饱满而无比高兴。

群众在尽情地鼓掌，阵阵雷鸣般的掌声响彻国贸大厦。这掌声，表达了群众对倡导改革开放政策的小平同志的爱戴和崇敬；反映了群众对身受其惠的改革开放政策的坚信和拥护。

小平同志非常高兴，满面笑容地频频向群众招手致意。整个场面十分热烈，呈现出老一辈无产阶级革命家同人民群众融洽无间的动人情景。

三

离开国贸大厦后，小平同志乘车去深圳先科激光公司参观。

先科激光公司，是一家高科技企业，引进荷兰菲利浦公司的先进生产技术，是我国目前唯一的生产激光唱片、视盘和光盘放送机的公司。江泽民、李鹏、田纪云、刘华清、王震等国家领导人曾先后到这里视察。

车子到达先科激光公司时，该公司董事长叶华明等人迎上前去，和小平同志热烈握手。

有人介绍说，叶华明是叶挺将军的儿子。

小平同志握住叶华明的手亲切地问："你是叶老二吧？"

"不是,我是老四。"叶华明伸出四个手指回答说。

"啊,我们快40年没见面了。"小平同志深情地说。

"是的,我那时是小孩,现在50多岁了。"

"你弟弟叶正光在哪里工作?"小平同志对革命家的后代十分关心。

叶华明说:"在海南岛。"

原来,叶挺将军于1946年不幸飞机失事遇难后,叶华明于当年5月离开延安直到1953年、叶正光于1952年到1960年,都是生活在聂荣臻元帅家里。小平同志同聂帅常有往来,所以那时见过他们兄弟俩。

在公司贵宾厅,小平同志听取了关于公司情况的介绍。先科激光公司于1991年10月12日正式投产,使我国继荷兰、日本、美国之后,成为第4个能够生产激光视、唱盘的国家。该公司可年产激光唱片500万张,视盘150万张,激光视、唱盘放送机5万台。

邓楠拿起一块闪光锃亮的激光视盘给小平同志观看。这种恍如镜子般的盘片,能储存10.8万帧色彩逼真的清晰图像,可长久保存,永不磨损。小平同志听了,十分感兴趣,问:"是什么材料?"公司的同志答:"塑料上面镀一层银。"

他又兴趣盎然地看了激光视盘的特性、音响效果、功能和检索能力的表演。当他看到传记资料片《我们的邓大姐》时,对身旁的广东省委书记谢非说:"我今年88岁,邓颖超同志和我同年,都是1904年生的。我是8月出生,她比我约大半岁。"

小平同志出生于1904年8月22日,家乡是四川省广安县协兴乡牌坊村。

小平同志接着说:"邓颖超同志是河南人。"他女儿邓楠说:"不,她是广西人。"小平同志纠正说:"她的原籍是河南。广西是她出生和长大的地方。"小平同志对邓大姐十分熟悉。

接着,公司一位四川籍的业余歌手赵敏,为小平同志演唱了一首卡拉OK《在希望的田野上》。小平同志对他这位老乡的歌喉及音响效果十分赞赏,听完后带头鼓掌。他一边起身,一边说:"很好,我听得很清楚,不走调,音响效果不错。"

从贵宾厅出来到激光视盘生产车间,经过30米长的过道,许多职工在过道侧热烈鼓掌欢迎小平同志。

小平同志问:"这些职工多大年纪?"

叶华明答："大多数是25岁到30岁，由全国各地招聘来的，大部分是科技人员。"

小平同志听了高兴地说："很好，高科技项目要让年轻人干，希望在青年人身上。"

在激光视盘生产车间，当叶华明介绍他们每年要生产一部分外国电影激光视盘时，小平同志问："版权怎么解决？"

叶华明回答说："按国际规定向外国电影公司购买版权。"

小平同志对此表示满意："应该这样，要遵守国际有关知识产权的规定。"

小平同志边走边问，对公司的情况问得很仔细，他还问及原材料是否进口，我国目前能否生产，产品质量怎样保证等等，公司负责人一一作了解答。

当小平同志看到几位女工正在擦拭刚生产出来的激光视盘时，便停下来问："你们是什么地方人？"女工们回答："汕头人。"小平同志笑着说："我一看就知道你们是广东人。"说得大家都笑起来。

临离开车间前，小平同志问到公司今年的生产目标。叶华明说："今年要生产50万张激光视盘，250部激光视盘电影，国产片和外国片一样多，其中还有科教片和一部分卡拉OK。总产值可达3亿多元，利润8000万元。"小平同志高兴地说，很好，希望你们努力实现这个目标。

小平同志到先科激光公司参观，给了该公司的职工以极大的鼓舞。公司董事长叶华明对记者说："我是一直在党内老同志关怀抚养下成长的，见到邓小平同志身体很健康，我心里特别高兴。我决心在深圳第二个十年建设中，努力把工作做得更好，不辜负小平同志的殷切希望。"

四

1月21日，是华侨城建设者永远难忘的日子。这一天，小平同志到这里的中国民俗文化村和锦绣中华微缩景区游览。

"锦绣中华"，是集中国名胜古迹于一体的世界最大的微缩景区。中国民俗文化村，是中国民俗艺术的荟萃之地，是集民间艺术、民族风情、民居于一园的大型游览区。

上午9时50分，小平同志在省、市负责人陪同下，乘车来到中国民俗文化村

东大门广场。民俗文化村顿时沸腾起来了。广场上欢声雷动，鼓乐喧天，身穿鲜艳民族服装的各族青年男女，载歌载舞迎接小平同志的到来。

在广场西侧，小平同志登上电瓶车，由徽州街西行，缓缓驶经各个民族村寨。所到之处，各少数民族的演员都在尽情地跳舞欢歌，敲鼓击乐，充满欢乐祥和的气氛。小平同志一行在这里领略了千姿百态的民族风情，欣赏了古朴纯美的民间歌舞。而那别具一格的徽州石牌坊群，富有民族特色的贵州鼓楼、风雨桥、云南藤桥，金碧辉煌的西藏喇嘛寺等，又把小平同志一行带进了中华民族源远流长的传统文化长河中。

正在这里游览的群众、港澳同胞和外国朋友，纷纷驻足道旁，鼓掌向小平同志致意。小平同志亦频频向他们招手。

到新疆维吾尔族民居，小平同志走下电瓶车，在这里坐下来，兴致勃勃地观看维吾尔舞蹈。这时，小平同志的小孙子走过来，邓楠抱住他，说："亲亲爷爷。"小孙子亲昵地吻了一下小平同志的面颊，小平同志十分开心。

小平同志接着到锦绣中华微缩景区游览。在"天安门"前，小平同志下电瓶车观赏了"故宫"景色。然后，他走到"故宫"景点旁边的小卖部，很感兴趣地欣赏玻璃柜内的纪念品。

在"布达拉宫"前，小平同志分别同家人及亲属、陪同的负责同志合影留念。

在驱车回迎宾馆途中，小平同志和陪同的负责同志亲切谈话。

小平同志说："走社会主义道路，就要逐步实现共同富裕。共同富裕的构想是这样提出来的——一部分地区有条件先发展起来，一部分地区发展慢点，先发展起来的地区带动后发展的地区，最终达到共同富裕。如果富的愈来愈富，穷的愈来愈穷，两极分化就会产生，而社会主义制度就应该而且能够避免两极分化。解决的办法之一，就是先富起来的地区多交点利税，支持贫困地区的发展。当然，太早这样办也不行，现在不能削弱发达地区的活力，也不能鼓励吃'大锅饭'。"

他接着说，不发达地区又大都是拥有丰富资源的地区，发展潜力是很大的。总之，就全国范围来说，我们一定能够逐步顺利解决沿海同内地贫富差距的问题。

当深圳市长郑良玉汇报到在发展经济的同时，把社会主义精神文明建设搞好时，小平同志说，只要我们的生产力发展，保持一定的增长速度，人民的精神文明建设也可以搞上去。我们完全有能力把社会主义精神文明建设搞好。小平同志还谈到要尽快把经济建设抓上去。他说，有条件的地方要尽可能搞快点，只要是讲效益，讲质量，搞外向型经济，就没有什么可以担心的。

五

1月22日，边城深圳阳光明媚，仙湖植物园内春意盎然。今天，小平同志和杨尚昆主席带领两家三代人到仙湖植物园种树和游览，给园内园外带来了无尽的喜悦。上午9时45分，小平同志在省、市负责人陪同下，来到仙湖植物园。随同来的有他的夫人卓琳，女儿邓林、邓榕和小孙子。随后，邓朴方同志也来了。

先到这里的国家主席杨尚昆，同小平同志热烈握手。接着步入展览厅，观看仙湖植物园模型。小平同志听了关于植物园的情况介绍后，高兴地说："植物园大有可为。"

杨尚昆主席是1月21日到深圳视察的。小平同志和杨主席两位老战友在仙湖植物园相逢，自然高兴万分。"我们在一起几十年了啰。"小平同志深情地说。"我们是1932年认识的。"杨主席说着扳起指头数起来，"42、52、62……92，60年了！"这时身背三部相机的杨绍明走过来，握着小平同志的手："邓伯伯，新年好！"邓榕说："他是全国摄影协会副主席呀！"小平同志幽默地说："你们杨家有两个主席啰！"全场大笑起来。接着，小平同志和杨主席一同步入室内观赏植物区。这是一个大温室，培育着古今中外种类繁多的珍稀植物，林林总总，使人目不暇接。他们首先观看据说距今有1亿5000万年的恐龙时代的树种——桫椤。小平同志说："还有一种古代树种，叫水杉，现在全国都有了。有一棵很大的，在三峡附近。"说着，他还用手比画一下。植物园负责人陈覃清说："是的。水杉树种距今约7500万年，是在三峡附近湖北省境内发现的。"在场的人都很佩服小平同志丰富的知识和记忆力。小平同志说的那棵很大的水杉，是1946年薛纪茹先生发现的，他采集了标本。1948年，由胡先骕、郑万钧先生定名为水杉，公开发表，轰动了当时国际植物界。人们称此树种为活化石。这棵树胸径2.4米，高35米，在三峡附近湖北省利川县谋道这个地方。

接着，小平同志和杨主席仔细观赏其他植物，兴趣极浓。

看到一种叫"发财树"的植物，邓榕风趣地对小平同志说："以后咱们家也

种一棵。"

小平同志指着"光棍树"问:"为什么叫光棍树?"植物园负责人回答:"因为它不长叶子。"

在湘妃竹、人面竹、方竹前,小平同志伫立观赏。植物园负责人介绍说,毛主席的诗句"斑竹一枝千滴泪"中的斑竹,就是指这种湘妃竹。相传很久以前,一个妃子逃难到九嶷山,哭得很伤心,一滴滴泪水滴在竹子上,就成为现在的湘妃竹。

小平同志说:"成都竹子很多,有红的、黑的、紫的、黄的,也有方的。"植物园负责人说:"成都的望江公园各种竹子都有。"在场有人说:这里有的竹子就是悄悄地从成都"弄"来的。小平同志开玩笑说:"这也属知识产权问题啊,我是四川人,要你们赔偿啊。"周围的人全都笑起来。观赏植物区里笑语声喧。

小平同志被这些珍稀植物吸引住了,他观赏得很仔细,注意听介绍,还不断提问。他指着一棵天鹅绒竹芋问:"它长不长芋头?"植物园负责人答:"不长,只供观赏。"邓榕接着说:"爸爸很喜欢吃芋头。"植物园的同志说,这种竹芋的叶子,摸上去像绒布。小平同志听了,好奇地摸了一下。杨主席随手捡起一片叶子,风趣地说:"带着留个纪念。"

杨主席也在以极大的兴趣,观赏着各种奇花异草。他观看猪笼草、鸟巢蕨时,鸟巢蕨那活像鸟巢的模样令他十分开心。他问这植物开不开花?靠什么繁殖?植物园负责人一一作了回答。

这里有一种兰花,很奇特,叫"跳舞兰"。植物园负责人指着一朵兰花给小平同志介绍:"这兰花样子像个姑娘。这是头、身子、裙、腿。它在跳迪斯科哩。"小平同志笑着说:"是,很像个姑娘在跳舞。"

从观赏植物区出来,小平同志和杨主席等人向大草坪走去。置身于美丽的大自然中,满眼是青山绿水,茂林修竹,小平同志感到心旷神怡。他高兴地同家人在这里合影留念。

这里,绿色主宰了大自然的风光,使人流连忘返。小平同志说:"这里的环境真优美。"杨主席赞叹道:"真是天上人间,世外桃源。"

10时10分,小平同志和杨主席在一片开阔的草地上,种下一棵常青树——高山榕。小平同志和杨主席挥锹培土。接着,小平同志的家人也拿起铁锹,使劲地将土铲到树根上。邓朴方在旁人的帮助下,也培了几锹土。然后,小平同志和小

孙子一齐端起个红色的小水桶浇水。

杨主席同小平同志一家栽好树后，又领着自己一家在不远处种下另一棵高山榕。杨主席和家人一道培土、浇水，动作非常敏捷。

高山榕是一种亚热带植物，桑科榕属，是广东省的代表树种之一。生长快，树冠大，四季常青。

小平同志和杨尚昆主席在这里种下常青树，给深圳增添了无边春色，也将为子孙后代造福遮阴。深圳人民一定会记住这个日子，记住他们为建立新中国、为改革开放所作的卓越贡献，记住他们对深圳特区的关怀和支持，记住他们那长久而深厚的情谊。

种完树后，小平同志和家人在湖边散步，一家人其乐融融，尽情享受这温暖的阳光和清新的空气，欣赏这如诗如画的湖光山色。

小平同志神采奕奕地迈着步，表现出他对祖国的未来充满信心。摄影记者们纷纷按下快门，拍下这令人高兴的镜头。

六

1月22日下午3时10分，小平同志和杨尚昆主席在市迎宾馆接见了深圳市委、市人大、市政府、市政协、市纪委的负责人，亲切地同他们一一握手。

接着，小平同志和杨主席同深圳市五套班子的负责人合影。合影时，坐在前排的有：小平同志、国家主席杨尚昆、中央军委副主席刘华清、广州军区司令员朱敦法、广东省委书记谢非、新华社香港分社社长周南、广东省委副书记郭荣昌、深圳市委书记李灏、市长郑良玉、市委副书记厉有为。

合影后，人们都围拢过来，同小平同志握手，小平同志亲切地和大家交谈。

新华社香港分社社长周南握着小平同志的手，向他问好，并邀请他1997年访问香港。小平同志连声说：好，好。

广州军区司令员朱敦法中将向小平同志敬礼、问好。中央军委副主席刘华清上将向小平同志介绍说："朱敦法同志在淮海战役中是个连长。"小平同志笑笑说："那时还是个娃子哩。"在淮海战役这场波澜壮阔、规模宏伟的人民战争中，负责淮海前线一切事宜、统一指挥中原野战军和华东野战军的总前委，由邓小平任书记。

今天，小平同志同省市负责人作了重要的谈话。

小平同志说，改革开放胆子要大一些，敢于试验，不能像小脚女人一样。看准了的，就大胆地试、大胆地闯。深圳的重要经验就是敢闯。没有一点闯的精神，没有一点"冒"的精神，没有一股气呀、劲呀，就走不出一条好路，走不出一条新路，就干不出新的事业。不冒风险，办什么事情都有百分之百的把握，万无一失，谁敢说这样的话？一开始就自以为是，认为百分之百正确，没那回事，我就从来没有那么认为。

李灏说，深圳特区是在您的倡导、关心、支持下才能够建设和发展起来的。我们是按您的指示去闯、去探索的。

小平同志说，工作主要是你们做的。我是帮助你们、支持你们的，在确定方向上出了一点力。

小平同志还指出，社会主义的本质，是解放生产力，发展生产力，消灭剥削，消除两极分化，最终达到共同富裕。证券、股市，这些东西究竟好不好，有没有危险，是不是资本主义独有的东西，社会主义能不能用，允许看，但要坚决地试。看对了，搞一两年对了，放开；错了，纠正，关了就是了。关，也可以快关，也可以慢关，也可以留一点尾巴。怕什么！坚持这种态度就不要紧，就不会犯大错误。

在谈话中，小平同志还谈到了：现在建设中国式的社会主义，经验一天比一天丰富；在农村改革和城市改革中，不搞争论，大胆地试，大胆地闯；我们的政策就是允许看，允许看比强制好得多等等。

七

时间过得真快，小平同志在深圳，一晃几天就过去了。1月23日，小平同志在广东省委书记谢非的陪同下去珠海特区。上午8时30分，深圳市负责人以及警卫、服务人员，在市迎宾馆热烈欢送小平同志。人们都依依不舍，多么希望小平同志能在深圳多住几天啊。小平同志和市负责人一一握手告别。同车前往蛇口送行的有李灏、郑良玉、厉有为等。车子在宽阔的笋岗路向蛇口驶去。在车上，小平同志和省市负责人亲切交谈。李灏向小平同志简要地汇报深圳改革开放的几个措施：调整产业结构；放开一线，管好二线，把深圳特区建成第二关税区；加强法制，依法治市，加强立法执法工作；把宝安县改为深圳市的三个郊区等等。小平同志听了后说，我都赞成，大胆地干。每年领导层要总结经验，对的就坚持，不对的赶快改，新问题出来抓紧解决。不断总结经验，至少不会犯大错误。李灏说："您讲的非常重要。我们要争取少犯错误，不犯大错误。"小平同志说："我刚才说，第一条是不要怕犯错误，第二条是发现问题赶快改正。"

谈着谈着，车子到了蛇口。李灏说，南山区管蛇口这一片，南山区发展势头非常好，南山的荔枝很有名。全世界最好的荔枝在中国，中国最好的荔枝在广东，广东最好的荔枝在东莞、增城、深圳等地方。

这时，邓榕插话："那么，全世界的柚子哪儿最好呢？"车子里爆发一阵哄堂大笑。原来，小平同志平时在家里，常对孩子们夸耀四川的柚子最好。孩子们都不同意，认为沙田柚子最好。笑声过后，小平同志说，四川柚子最好，但认识统一不起来。邓榕说："说沙田柚子好的人多，说四川柚子好的人少。"车子在蛇口一个地方停了几秒钟，邓榕指着远处"海上世界"对小平同志说："这是海上世界，是您给题的名。"车子接着到赤湾港，缓慢地行驶。小平同志坐在车上察看赤湾港码头。

李灏介绍说，赤湾港在蛇口里面，可停3.5万吨的船，准备建成停5万吨船的码头。妈湾港在蛇口外面，可停5万吨的。深圳东部、西部都有港口，去年吞吐量达1400万吨，将来要达到上亿吨。

车子到达蛇口港码头。下车前，李灏对小平同志说："您这次来，深圳人民非常高兴。我们希望您不久再来，明年冬天来这儿过春节。"小平同志下车后，同前来迎接的珠海市委书记、市长梁广大握手。然后，小平同志同深圳市负责人李灏、郑良玉、厉有为一一握别。小平同志向码头走了几步，突然又转回来，向李灏说："你们要搞快一点！"把握时机，快一点将经济建设抓上去，这是小平同志对深圳的期望，也是时刻萦绕在小平同志心头的一件大事。李灏说："您的话很重要，我们一定搞快一点。"上午9时40分，小平同志乘坐的轮船离开蛇口港。1992年1月19日到23日，小平同志在深圳的这段日子，是极不寻常的日子，它将永远记载在深圳建设的史册上，永远记忆在深圳人民的心坎里。

"东方风来满眼春"。小平同志来到深圳，使深圳进一步涌起改革开放的春潮。小平同志在这里发表的许多重要谈话，对深圳的改革开放和建设，对整个社会主义现代化建设事业，都有重大而深远的意义。

敬爱的小平同志，我们衷心祝愿您健康长寿！深圳人民一定沿着您倡导的有中国特色的社会主义道路奋勇前进！

（该文最初刊登于1992年3月26日《深圳特区报》头版头条。随后，我国所有重要传媒和海外许多有影响的大报不约而同地在头版位置转发）

编后记

明眼人一看便知，本书的编纂明显受到戴安娜·拉维奇所编《美国读本——感动过一个国家的文字》的启发，连书名都被老实不客气地"拿来"了。

事实上，编者最初的构思，确实是想从深圳特区29年历史积累下来的文字丛林中，寻找那些几乎人人似曾相识或依然熟悉的篇章，那些在深圳人意识中产生过共鸣、对深圳人来说具有永恒品质的文字，寻找那些在当时获得广泛讨论、至今仍具文学价值而且将来也值得人们世代记忆的篇章，汇为一编，传诵百年。当然，这是一个难以企及的目标，却是一个值得追求的境界。

依据上述目标，编者确定了选文标准和编辑体例：首先，必须是1979至2009年间，与深圳相关的文字。诗歌部分稍有例外，个别篇章字面上虽非描述深圳，但诗人在深圳抒写，情绪却是深圳化的，亦酌情收入。其次，必须是既具有影响力又富有审美价值的文学作品。那些为数丰富的只具影响力和文献价值的文字可以考虑再编文献卷俾相得益彰。其三，考虑读者阅读的便利，全书篇幅控制在30万字左右；不同体裁作品入选数量视具体情况确定，不做平均分配；长篇小说节选精彩片断借斑窥豹。文章依体裁分类，按照发表时间先后排序。诗歌部分系主持何鸣从十几本自存剪贴簿中选出，当初剪报留存时忽略了出处，一时也来不及一一标明，稍留遗憾，以俟修订时补入。由于时间极为仓促，不少作者未能联系上，有些作者的简历亦未能查实，只能"寻找中"。唯望这些作者见到本书能惠告联系方式，以便支付稿酬。在此先致由衷的敬意和深切的歉意。

这一选目原则尤其是篇幅限制，决定了本书只是一个精品展而非"大阅兵"，因此无可避免地会留下大量的遗珠之憾。为了强化本书的权威性，我们拜访了几位德高望重的深圳市老领导。我们有幸和他们一起追忆似水流年，沉浸在激情燃烧的岁月，在光荣与梦想的氛围里，编者收获了隽永的故事、珍贵的线索、深广的启迪和丰富的教益。先生之风，山高水长，对此，我们永远心怀感激。

　　编者的动议一开始就得到了深圳市委常委、宣传部部长王京生同志的热情肯定。实际上他才是本书最初的策划者和整个编纂工作的推动者。他的指导与鼓励使我们克服了许多困难。著名学者谢冕教授为本书写下了热情洋溢的序言；市新闻出版局陈威局长多次对本书编纂工作提出指导性意见，副局长尹昌龙博士则对本书的编纂给予了非常细致的支持与帮助。资深出版发行人陈锦涛、何春华等，对本书的出版发行提供了最大方便，海天出版社在时间紧、任务重的情况下，举全社之力，保证了本书按时保质的问世。

　　本书的策划编纂，离不开深圳商报文化广场编辑部的精诚合作。编纂之初，曾公开征集篇目，动员各方人士撷英采华，推选举荐，编者因此获益良多，谨在此感谢深圳商报文化广场编辑部胡洪侠、张清两位主编及诸同仁的鼎力支持。

　　临近定稿阶段，我们邀集了一批曾经为深圳文学事业创臻披莽的资深学者举行了座谈。他们对选目提出了许多掷地有声的建议，在此一一致谢。

　　为了保证本书的编辑质量，我们邀请资深编辑分别主持不同体裁作品的选编。即：小说卷宫瑞华，诗歌卷何鸣，报告文学卷陈湘阳，散文卷姜威。初选目录，几乎囊括了30年来描写深圳题材的所有优秀作品，多达300万字以上。我们又特邀年轻新锐的文学研究者刘洪霞、胡新华、任珺、袁园、杨立青等，参与了复选工作。专家们披阅增删，在浩渺的文字海洋中，精选出一丛珊瑚。由于容量的限制，所有参与选编的人都对不得不舍弃更多的珍珠而呼痛不已。

　　复选之后，各体裁主持再度对复选结果爬疏理董，终于最后定稿。深圳报业集团的刘悠扬、刘琼、徐进娟对本书的排序、作者简介和文字录入等工作付出了辛勤的劳动，在此一并致谢。

　　综上所述，本书完全是集体劳动和友情客串的成果。主编充其量做了一些统筹工作。上面提到的各位，才是本书真正的功臣。

姜　威

2009年10月10日

再版后记

从选家中来，到读者中去；复从读者中来，再到读者中去。话说得像绕口令，却实实在在是本书的亲身经历。《深圳读本》问世甫一年就修订再版，作为编者，不能不把"读者万岁"四字反复振臂呼之。

来自读者的反馈很多，归纳后得两大高见：

一是在深圳经济特区而立之际编印《深圳读本》一书，有必要，有意义，也有意思。一路走来，回眸顾盼，无论是走得顺的抑或摔过跟斗的，无不发自内心地承认，这是一段流金岁月，这是一个激情燃烧的大时代。然则这样一个文学选本，证明着我们一起走过春天、走过四季、也走过自己。《深圳读本》的首倡者所推动的是类似《光荣与梦想》那样的功业，其意义或有过之。

二是本书主编在贯彻首倡者意图方面存在很大差距。这又可分两方面来说。一是长篇节选的失败。这其实也是入选的长篇节选的作者早就有过的意见。比如陆天明先生应编者要求动手节选时，就曾表达过此举近乎残害自己亲骨肉的意思。现在看来这个意见非常正确。长篇小说或长篇报告文学本身是一个活的有机整体，截取一段，连筋挂骨，牵肠挂肚，怎么感觉都是很痛的，甚至痛到不知所云。学生课本节选长篇，是因为它可以完全偏重写作技术而忽略整体情节，而文学选本则不宜节选。因此本次再版就将长篇节选悉数删去，代以体格健全的其他篇什。二是主编的视野不够开阔。比如有不少读者指出，20世纪80年代中后期，《新华文摘》转载了很多关于深圳的有震撼力的作品；90年代中后期，胡洪侠主编的《深圳商报》《文化广场》周刊曾经刊载大量传诵一时的好文章；21世纪以来，互联网上又涌现不可胜记的关于深圳的美文；而初版《深圳读本》却远远涉猎不够。

对于这些意见，本主编汗颜之余照单全收，因为它们是正确的。

因此，初版中选入的长篇小说和长篇报告文学节选，虽则它们都是感动了

深圳的文字, 也给读者留下了深刻印象, 但由于上述原因, 此次再版亦只有忍痛割爱, 尽管有遗珠之憾, 也只有等以后另结集出版, 以飨读者。

另外一些作者尤其是深圳本土作者的很多阅读深圳、为深圳所感动的好文好字, 虽然也同样地为这座城市的广大读者所喜爱, 但由于本书的篇幅所限, 这次再版仍未能一一选用。

本书自出版以来, 在读者特别是深圳读者中引起了很大的反响, 今年正值深圳经济特区成立30周年, 趁时修订再版本书, 作为对特区成立30年的总结和献礼。另外为尽量增加本书文化内涵, 追求内容与形式更完美的统一, 再版时对开本、封面和版式均进行了重新规划、设计。

最后, 关于必须感谢的人和事, 在初版后记中已经表达, 兹不赘述。唯本书再版仍有严峻的时间要求, 海天出版社又经历一次"深圳速度"的考验, 对于他们的敬业精神, 自应表示不止一丝的敬意。

姜　威

2010年8月7日